MARIO GIORDANO

Tante Poldi und der Gesang der Sirenen

AF202101

Weitere Titel des Autors:

Tante Poldi und die sizilianischen Löwen
Tante Poldi und die Früchte des Herrn
Tante Poldi und der schöne Antonio
Tante Poldi und die Schwarze Madonna

Apocalypsis
Apocalypsis II
Apocalypsis III

Wir waren Papst. Das Apocalypsis-Interview

Cotton Reloaded – 01

Titel auch als Hörbuch erhältlich

Über den Autor:

Mario Giordano, geboren 1963 in München, schreibt Romane (u. a. APOCALYPSIS-Trilogie), Jugendbücher und Drehbücher (u. a. TATORT, SCHIMANSKI, POLIZEIRUF 110, DAS EXPERIMENT). TANTE POLDI UND DER GESANG DER SIRENEN ist der fünfte Roman um die charismatische und einzigartige Ermittlerin aus Bayern. Giordano lebt in Berlin.

MARIO GIORDANO

Tante Poldi UND DER GESANG DER SIRENEN

Kriminalroman

lübbe

Dieser Titel ist auch als Hörbuch und E-Book erschienen

Vollständige Taschenbuchausgabe
der bei Bastei Lübbe erschienenen Paperbackausgabe

Copyright © 2022 by Bastei Lübbe AG, Köln
Lektorat: Daniela Jarzynka
Umschlaggestaltung: FAVORITBUERO, München
unter Verwendung von Illustrationen von © Martina Frank, München
Satz: Greiner & Reichel, Köln
Gesetzt aus der Scala Pro
Druck und Verarbeitung: GGP Media GmbH, Pößneck
Printed in Germany
ISBN 978-3-404-18472-9

5 4 3 2 1

Sie finden uns im Internet unter luebbe.de
Bitte beachten Sie auch: lesejury.de

1. Kapitel

Erzählt von Gerüchten, Abstellgleisen und Kotzbrocken, vom Verschwinden und kosmischer Ordnung. Die Poldi bereitet ihre Hochzeit vor und hat vorläufig dem Suff und sämtlichen Mordermittlungen abgeschworen. Wer's glaubt. Der Neffe jedenfalls nicht. Der verzweifelt an der Quadratur des Kreises und kriegt eine Abfuhr. Vito Montana sagt erst lange nichts, aber dann lässt er die Bombe platzen.

Als Anfang September die ersten Gerüchte durchsickerten, dass Aldo Favarotta – ja genau, *der* Aldo Favarotta, der Inbegriff von Verdorbenheit und Korruption – spurlos verschwunden war, gab es kaum jemanden zwischen Catania und Messina, der ihn sich wieder heil und an einem Stück zurückwünschte. Als es schließlich in der *La Sicilia* stand, heuchelte man natürlich öffentlich Entsetzen und Mitgefühl, war man »in Gedanken bei der Familie«, zumal mit dem Mikrofon eines Lokalsenders vor der Nase. Aber hinter vorgehaltener Hand wurden unfreundliche Dinge geraunt, die wenig mit Nächstenliebe und Herzensgüte zu tun hatten, sondern eher mit dem inbrünstigen Wunsch, Favarotta möge bereits in Säure aufgelöst oder irgendwo verscharrt sein, der Herr möge die Welt von diesem Blutsauger erlösen, diesem miesen Schwein, Rassisten und Kotzbrocken.

Aber wie einen krachenden Sommerhit braucht jeder Sommer auch seinen Sommeraufreger, das ist in Sizilien nicht anders als in der deutschen Provinz. Also irgendeinen Skandal, eine sportliche Niederlage, eine Peinlichkeit eines Politikers oder eines B-Promis, über die man endlos spekulieren, sich das Maul zerreißen und seinen Frust auf die eigene Misere ausschwitzen kann. Oder eben eine Hochzeit, auf die man freudig hinfiebern kann wie auf die ersten Kirschblüten an einem grauen Aprilmorgen.

Die Familie ist immer noch das Fundament der italienischen Gesellschaft, und Hochzeiten sind der Mörtel, der Familien zusammenfügt. Jede Hochzeit webt weiter an jenem Geflecht aus unausgesprochenen Verbindlichkeiten, Gefälligkeiten und sorgfältigen Ausgrenzungen, das ganz Italien durch alle Krisen hindurch zusammenhält. Hochzeiten strukturieren die Jahre. Wenn meine Tanten in Erinnerungen schwelgen, dann sagen sie oft Dinge wie: »War das nicht das Jahr, in dem Valentina und Enzo geheiratet haben?«

In diesem paradoxen Kernland des Katholizismus, das den Sexappeal und die Virilität beider Geschlechter zum nationalen Mythos erklärt, in dem vorehelicher Sex jedoch noch vor wenigen Jahrzehnten nur in Kleinwagen, am Strand und überhaupt nur unter größter Heimlichkeit möglich war, wurde schon immer früh geheiratet. Aber auch späte Hochzeiten werden gern gefeiert. Auch ganz späte. Hauptsache, man ist eingeladen, es gibt tüchtig zu essen, man kann ein paar einflussreiche Leute treffen und eine weitere *bomboniera* zu der Sammlung im

6

Schrank stellen wie den Pokal einer gewonnenen Meisterschaft.

Hauptsache Hochzeit.

Aldo Favarotta war also spurlos verschwunden, und das war ein ziemlicher Knaller, schon allein deswegen, weil ihn sich fast niemand zurückwünschte. Blöderweise konkurrierte sein Verschwinden aber auf lokaler Ebene mit der bevorstehenden Mega-Hochzeit des Jahres. Mitte September schließlich würden meine Tante Poldi und Vito Montana sich vor dem Bürgermeister von Acireale das Ja-Wort geben und sich danach von Padre Paolo in der kleinen Fischerkirche von Torre Archirafi ihren Segen dazu abholen. Da beide geschieden waren, kam eine richtige kirchliche Trauung nicht mehr infrage. Was jedoch niemanden störte. Montana war zwar Katholik, aber eben auch Kommunist, und die Poldi war ohnehin ein spiritueller Freigeist. Hauptsache, man konnte es anschließend tüchtig krachen lassen.

Seit die Poldi und ihr *Commissario* des Herzens sich nackt, gefesselt und geknebelt, den Tod vor Augen in einem Lieferwagen per Morsezeichen verlobt hatten, liefen die Vorbereitungen auf Hochtouren. Ganz Torre Archirafi vibrierte und summte vor Aufregung. Aber auch in den umliegenden Kommunen – in Riposto, Giarre, Fiumefreddo, Mascali, Calatabiano, Santa Venerina, ja, bis hin nach Taormina und Catania – spekulierte man bereits darüber, was meine Tante Poldi tragen, wie viel Karat der Ring haben, was es zu essen geben würde (hoffentlich bloß nichts aus Poldis barbarischer Heimat), welche Promis eingeladen waren und vor allem, mit welchem Eklat wohl zu rechnen sei. Denn der Vergnügungswert jeder sizilianischen Hochzeit ruht auf drei Säulen:

der Länge der Menüfolge, der Kitschigkeit der *bomboniera* und dem Ausmaß des Eklats. Und von Eklats und Kitsch verstand meine Tante Poldi schließlich was.

Meine Tante Poldi. Bürgerlich Isolde Oberreiter, gebürtig aus Augsburg, langjährig ansässig in München, inzwischen wohnhaft in der Via Baronessa 29, Torre Archirafi, Frazione di Riposto, Sizilien. Verheiratet, verwitwet, geschieden, verlobt. Eine barocke Erscheinung in jeder Hinsicht, immer für einen Eklat, einen dramatischen Auftritt und eine knallharte Mordermittlung gut. Markige Flüche, große Gefühle, Vollräusche, goldene Riemchensandalen und Perücke inklusive. Außer meinem verstorbenen Onkel Peppe und Vita Montana hatte noch nie jemand die Poldi ohne dieses schwarze Trum von Perücke gesehen, und niemand wusste, was sich darunter verbarg.

In einer meiner ältesten Erinnerungen sehe ich sie mit meinem Onkel Peppe im Garten meiner Eltern in Neufahrn. Die Poldi trägt ihre zur Bienenkorb-Frisur hochtoupierte Perücke und einen Jumpsuit mit Tigermuster. In meiner Erinnerung ist sie ein bisschen schlanker als heute, aber dennoch eine stattliche bajuwarische Erscheinung mit Kurven und Kanten und vor allem einer Stimme wie das Donnern eines Alpengewitters. Mein Onkel Peppe trägt einen selbst geschneiderten, lässigen weißen Leinenanzug mit sehr weit offenem Hemd und raucht eine Roth-Händle nach der anderen. Er raucht praktisch, wie er atmet. Die Poldi und der Peppe streiten sich wie die Kesselflicker, schreien sich auf Bairisch an, werfen sich die übelsten Schimpfworte an den Kopf, die ich mir alle für den nächsten Schultag zu merken versuche. Es geht um Freiheit und um einen Manfred, und dabei zischen sie die Biere nur so weg. Ich erinnere mich, dass ich mich ein bisschen fürchte, aber dann sehe ich, dass meine Eltern ganz entspannt und lächelnd danebensitzen. Und im nächsten Augenblick, wie die Poldi und mein Onkel Peppe sich schon wieder umarmen und leidenschaftlich küssen und sich kurz darauf dann hastig verabschieden.

Das ist alles lange her.

Als mein Onkel Peppe vor einigen Jahren starb, verlor die Poldi so ein bisschen die Bodenhaftung. Sie hat schon immer viel getrunken, aber damals, stelle ich mir vor, muss ihr Plan gereift sein, sich so richtig die Birne, die Trauer und die Schwermut *con tutto* wegzusaufen. Damals verloren wir sie dann auch aus den Augen. Die Poldi wanderte nach Tansania aus, zog wieder zurück nach München, erbte und verkaufte ihr Elternhaus. Und dann, vor etwas über einem Jahr, kaufte sie das kleine Haus in Torre Archirafi und zog an ihrem sechzigsten Geburtstag von München nach Sizilien, um sich gepflegt mit Meerblick totzusaufen.

So weit der Plan.

Trotz diverser Abstürze lag dieser Plan inzwischen jedoch zum Glück *on the rocks*, und das war vor allem Vito Montana, meinen Tanten und Sizilien zu verdanken. Statt sich totzusaufen, hatte die Poldi nämlich so ganz nebenbei ein paar Mordfälle aufgeklärt, diverse Kerle flachgelegt, zwei Autos zu Schrott gefahren, eine Ehe gestiftet, Freunde gefunden und auch die Liebe. Ganz gegen ihren ursprünglichen Plan war sie dem Tod etliche Male von der Schippe gesprungen, hatte sich sogar ein wenig mit ihm angefreundet, könnte man sagen. Irgendwie hing sie ja doch am Leben. Denn auch, wenn sie es oft und ziemlich schlimm mit der Schwermut hat, kenne ich keinen Menschen mit mehr überschäumender bajuwarischer Lebensfreude als meine Tante Poldi.

Vor einem Jahr hatte ich sie in ihrem alten Alfa von München bis nach Sizilien gefahren, und da ich mit meinem Familienroman nicht wirklich vorankam und aus Sicht meiner Tanten Teresa, Caterina und Luisa ohnehin praktisch arbeitslos war, hatten sie mich regelmäßig aus Deutschland einfliegen lassen, um auf die Poldi aufzupassen. Was dazu führte, dass ich irgendwann bunte Hemden und schwarze Anzüge trug, mit dem Rauchen anfing, mich tätowieren und mir zwei Mal so richtig volle Kanne das Herz brechen ließ. So viel zum Thema Aufpassen.

Dennoch waren wir im Lauf des vergangenen Jahres so ein bisschen zusammengewachsen, möchte ich sagen. Wir hatten eine Schießerei und zwei Anschläge von Maria überlebt. Wir waren jetzt ein Team. Sie hatte mich zu ihrem Trauzeugen bestimmt, was sagt man dazu? Wer etwas von ihr wollte, musste erst an mir vorbei, bitte Wartenummer ziehen. Ich war ihr Chronist, Manager, Hausmeister, Fahrer, linke Gehirnhälfte, Kummerkasten und Klotz am Bein. Kurz gesagt: voll auf Augenhöhe!

Selbstredend war ich daher auch Dreh- und Angelpunkt der Hochzeitsvorbereitungen.

Eine sizilianische Hochzeit ist nichts für Anfänger, da wird alles bis ins kleinste Detail durchgeplant. Ich mag mich in der Vergangenheit möglicherweise hie und da abfällig über italienische Hochzeiten geäußert haben, aber wenn man selbst zum Rädchen eines perfekt abgestimmten familiären Getriebes wird, dann sieht man die

Dinge anders. Eine sizilianische Hochzeit ist, was Konzeption, Zusammenspiel der verschiedenen Kräfte und Gewerke, Vorbereitung, Durchführung und Harmonie des Ergebnisses betrifft, nichts weniger als ein Renaissance-Kunstwerk. Ich glaube, der griechische Ausdruck *kosmos* für die innere Ordnung und Schönheit der Welt wurde anlässlich einer Hochzeit auf sizilianischem Boden erfunden.

Weil niemand in meiner Familie das besser verinnerlicht als ich und ich außerdem mit deutschen Grundtugenden ausgestattet war, hatte mir die Poldi die allerwichtigste Aufgabe von allen übertragen: die Tischordnung!

Das klingt jetzt vielleicht so mittelschwierig, aber bei zweihundert geladenen Gästen aus Politik, Showbiz, Polizei, Einzelhandel, Landwirtschaft, Kirche, Nachbarschaft, Halbwelt und Familie galt es, eben so ein kosmisches Kunstwerk der gesellschaftlichen Ordnung und Harmonie zu schaffen. Immerhin war genug Platz vorhanden, da die Hochzeit in Valéries Garten auf Femminamorta stattfinden würde.

Praktischerweise war ich inzwischen bei der Poldi ausgezogen und bewohnte die ehemalige Kapelle in Femminamorta. Praktisch vor allem, weil ich mich dadurch jeden Tag mit Valérie streiten und dann wieder versöhnen konnte. Und weil ich direkt vor Ort war, was für meine detaillierte Planung nur von Vorteil sein konnte.

Die Hochzeitsgäste würden zwischen Palmen, Avocado- und Mangobäumen an wie mit leichter Hand verstreuten Zehner-Tischen sitzen, aber natürlich folgte alles einer geheimen Ordnung. Nämlich meiner. Wo waren die Sichtachsen? Von jedem Tisch aus mussten die

Poldi und Montana gut zu sehen sein. Die Verteilung der Tische sollte dem Goldenen Schnitt folgen, gleichzeitig aber sollte eine intime, zwanglose Atmosphäre geschaffen werden – wie bei einer Landpartie. Meine Tischordnung sollte eine Parabel auf die deutsch-italienische Verständigung werden, ein Spiegelbild des europäischen Gedankens. Ganz großes Storytelling, das ganz große Bild. Meine Tischordnung sollte Geschichte schreiben.

Dazu mussten zunächst harte Faktoren wie Geschlecht, Alter, sozialer Status, geschätztes Jahreseinkommen, Familienstand, Muttersprache, Fremdsprachenkenntnisse, Hobbys, Allergien, Vorstrafen sowie sexuelle und politische Orientierung berücksichtigt werden. Die weichen Faktoren mussten selbstverständlich ebenso bedacht werden. Ich musste wissen, wer mit wem konnte oder auch so was von gar nicht. Ich musste Familiengrade, unausgesprochene Hierarchien, Neid, Schulden, ausstehende Gefälligkeiten, Temperament, Suchtneigung und Sozialverträglichkeit ausbalancieren. Wer musste dringend mit wem verkuppelt werden? Wer durfte auf keinen Fall mit irgendwem verkuppelt werden? Sollten Paare zusammensitzen oder besser nicht? Bunte Reihe – ja oder nein? Die Promis alle zusammen oder auf die Tische verteilt? Wer würde in Uniform kommen? Wer waren die notorischen Witzbolde, Grapscher, Schwadronierer oder Langweiler? Konnte ich Poldis Ganovenfreunde mit den Polizisten mischen oder war Vorsicht geboten? Wohin mit den Altkommunisten? Eine Prise Konflikt hie und da würde für Stimmung und Gesprächsstoff sorgen, aber wehe, wenn der Funke in ein Pulverfass fiel. An keinem der Zehner-Tische durfte es Streit geben, aber verstocktes Schweigen wäre ebenso

Gift für die Stimmung. Wie wanderte die Sonne, wo würde es ausreichend Schatten für die älteren Herrschaften geben? Und überhaupt: Wohin eigentlich mit mir selbst? Sollte ich mich selbstbewusst und für alle sichtbar neben Valérie platzieren oder eher ganz bescheiden an den Rand beziehungsweise irgendwie unauffällig in Martas Nähe?

Man ahnt schon: Sizilien, kompliziert, immer kommt was dazwischen.

Die Gästeliste schwoll mit jeder Woche weiter an. Überfordert mit der Datenmenge suchte ich nach einem Algorithmus, mit dem ich die einzelnen Faktoren quantifizieren und handlich clustern konnte. Dazu dübelte ich unter Valéries Protest ein großes Whiteboard an ihre Küchenwand und begann, Mindmaps zu malen. Hatte ich von der Poldi gelernt.

Da ich über Montanas Familie so gut wie nichts wusste, telefonierte ich bald jeden Abend ausführlich mit Marta, seiner Tochter in Rom, die ich auf Poldis einundsechzigstem Geburtstag kurz kennengelernt hatte. Ich wusste natürlich, dass sie praktisch verlobt mit diesem Fabio war, und es ging ja wirklich nur um Sachthemen. Aber ich mochte ihre Stimme, hörte ihr gerne zu, und irgendwann sprachen wir über alles Mögliche. Als Valérie das zufällig spitzkriegte, brach sie einen Mörderstreit vom Zaun und zerstörte das Whiteboard.

Das alles – die Datenflut, die Verantwortung, die Streits mit Valérie multipliziert mit Dehydrierung und Schlafmangel – führte dann Anfang September zu einem kleinen nervlichen Zusammenbruch.

Ich gebe zu, ich wollte alles hinschmeißen.

Bis dann eben die ersten Meldungen über das Verschwinden von Aldo Favarotta durchsickerten. Irgendwie weckte das meine Lebensgeister wie eine eiskalte Zitronenlimo an einem Nachmittag im August. Denn ein Jahr Praktikum bei meiner Tante Poldi hatte aus einem planlosen Nerd und Möchtegern-Schriftsteller eine auf knallharte Deduktion gepolte Kriminalmaschine gefräst, einen Detektivoid, und mein sechster Sinn raunte mir zu, dass da was ganz Großes im Busch war. Größer jedenfalls als eine Tischordnung.

Das Verschwinden von Aldo Favarotta beflügelte meine Fantasie, plätscherte träge in das Sommerloch in meinem Gehirn. Aus den Nachrichten erfuhr man so gut wie nichts. Weder, ob es sich um eine Entführung handelte, noch, ob es ein Lebenszeichen oder erste Erkenntnisse gab. Dieser Mix aus Halbinformationen, Spekulationen, Neid, Missgunst und Hitze heizte auch in der Bar an der kleinen Piazza von Torre Archirafi die Diskussionen an. Der Name Favarotta war mir ein paarmal in Zeitungsartikeln begegnet, aber ich hatte mich bisher nicht sonderlich für Lokalpolitik interessiert. Da man mich in der Bar der traurigen Signora inzwischen aber kannte, wurde ich großzügig mit Gerüchten versorgt.

Trotz schlechter Schulbildung, aber mit Chuzpe und wenig Zimperlichkeit hatte sich der in Enna geborene Favarotta ein Imperium aufgebaut. Er war einer der größten Arbeitgeber der Region. Ihm gehörten zahlreiche Einkaufszentren, Outlets und Spielhallen an der Ostküste.

Er selbst bezeichnete sich gern als »Innovator« und prahlte mit seinen Erfindungen wie zum Beispiel dem *Favamot*. Eine Art Perpetuum mobile, das angeblich nur auf Basis von Erdmagnetismus und Schwerkraft funktionierte und mit dem Favarotta in Kürze eine von ihm selbst designte Serie von Elektrorollern und Kleinfahrzeugen produzieren und damit die Mobilität revolutionieren wollte.

Er unterstützte die Lega Nord, gab Interviews in Table-Dance-Bars und prahlte gern mit seinem Reichtum und seiner Virilität.

In einem Interview hatte er erklärt, dass man die nordafrikanischen *boat people*, die die Hölle der Überfahrt irgendwie überlebt und es gegen alle Maßnahmen der Regierung und der Küstenwache auf italienischen Boden geschafft hatten, umgehend zurück ins Meer werfen müsse, um die Gefahr der nächsten Eroberung Siziliens abzuwehren.

Er gab die Zeitschrift *Aldorama* heraus, die kostenlos in seinen Shopping-Malls verteilt wurde und die vom *Consiglio Nazionale Ordine Dei Giornalisti*, dem italienischen Presserat, als verschwörungstheoretisch eingestuft wurde. So behauptete ein Artikel in *Aldorama* beispielsweise, dass Italien seit dem Zweiten Weltkrieg von einer von den Reptiloiden unter dem Ätna eingesetzten Marionettenregierung geführt würde. Die in *Aldorama* abgedruckten Interviews mit Sting, Elon Musk, Kim Jong Un und Sophia Loren stellten sich sämtlich als erfunden heraus.

Je mehr ich über Aldo Favarotta hörte, desto mehr kristallisierte sich das Bild eines gerissenen Narzissten und großen Kindes heraus, dem nie jemand auf die Finger geklopft hatte, weil alle zu fasziniert oder zu angewidert von seiner Dreistigkeit waren.

Ich gebe zu, ich fand das irgendwie cool. Favarotta erinnerte mich an das Bild *Der Scharlatan* von Hieronymus

Bosch, auf dem ein hakennasiger, schlecht rasierter Mann mit Hut eine kleine Gruppe von Leichtgläubigen mit einem Taschenspielertrick über den Tisch zieht. Immer, wenn ich dieses Bild betrachte, wünsche ich mir, ich könnte ein richtiger, mit allen Wassern gewaschener Scharlatan sein.

Wenn an Onkel Martinos Faustregel: »Je kleiner der Mann, umso wahrscheinlicher Mafioso!« etwas dran war, dann musste Favarotta zudem ein sehr gefährlicher Mann sein, denn er war bestimmt nicht größer als ein Meter fünfzig.

Mit eineinhalb Metern Reichtum, Unverschämtheit, Machismo und Prahlerei plus Geschmacklosigkeit und offenem Rassismus kann man es in Italien durchaus zum Liebling der Medien bringen. Seltsamerweise hatte diese Zusammenstellung bei Favarotta versagt. Die Medien schienen ihn nur mit der Kneifzange anzufassen. Wenn sein Name überhaupt irgendwo auftauchte, dann meist in Verbindung mit den Arbeitsbedingungen in seinen Outlets oder einer Orgie in einem Swingerclub. Selbst rechtsextreme Politiker mit allerniedrigster Hemmschwelle ließen sich nur ungern mit ihm fotografieren. Vielleicht fehlte ihm einfach nur der ölige Charme eines Berlusconi, das zornige Charisma eines Beppe Grillo, der Blutdurst eines Matteo Denaro oder der kalkulierte Zynismus eines Salvini. Vielleicht lag es auch an seinem Aussehen. Auf einem Zeitungsfoto, das man mir in der Bar zeigte, sah ich einen kurz gewachsenen, fast halslosen Mann von Mitte vierzig mit schlechter Haut und schütterem Haar. In einer formlosen Hose und einem Polo-Shirt mit Ferrari-Emblem posierte er vor einer amerikanischen Corvette. Fast alles an ihm wirkte irgendwie daneben. Sein Grinsen linkisch und verschlagen, in seinen Augen erkannte ich eine Mischung aus Neid und Kummer.

Aber vielleicht bildete ich mir das auch nur ein. Das mochte an den vielen unerfreulichen Geschichten liegen, die man mir über ihn erzählte. Wie mies Favarotta seine Angestellten behandelt, wen er alles übervorteilt, betrogen, verraten, verleumdet und in den Ruin getrieben hatte. Demnach musste der Mann genug Feinde haben, die ihm den Tod und alles Schlechte an den Hals wünschten.

Hochzeitsvorbereitungen hin oder her, ich war mir sicher, dass der Jagdinstinkt meiner Tante Poldi bei einem Vorfall dieser Größenordnung gar nicht anders konnte als anzuspringen. Ich ging fest davon aus, dass sie bereits erste diskrete Ermittlungen angestellt hatte und möglicherweise meine ebenso diskrete Unterstützung brauchen könnte. Zumal ich seit Tagen nichts von ihr gehört hatte, was bisher immer ein Hinweis darauf war, dass sie irgendwas ausbrütet.

In einem wahnsinnig emotionalen Interview mit Radio Galatea 95,2 hatte die Poldi zwar verkündet, dass sie bis auf Weiteres nicht mehr kriminalistisch tätig sein und sich ganz auf ihr privates Glück konzentrieren würde, aber ich kannte sie ja besser.

Also erschien ich eines schönen Morgens Anfang September, keine zwei Wochen vor der Hochzeit, mit drei Portionen Granita *mandorla-caffè*, drei duftenden, warmen Brioches, so herrlich fluffig wie die Rauchwolke über dem Ätna, plus der neuesten Ausgabe der *La Sicilia* in der Via Baronessa 29.

Nachdem ein gewisser gut aussehender *Commissario* mit grau meliertem Vollbart, grünen Augen, kompaktem

Bäuchlein, Zornesfalte zwischen den Augen und zerknitterten Anzügen dort eingezogen war, hatte ich mein Dachkabuff geräumt, um die beiden *best-ager*-Turteltäubchen nicht beim *Dings* zu stören. Andererseits war ich seitdem nicht mehr so nah am Geschehen.

Ich gebe es zu, ich platzte vor Neugierde und Sensationslust. Aber meine Tante Poldi ist ja bekanntlich etwa so berechenbar wie das Wetter am Ammersee, was wunderte ich mich eigentlich?

In der Via Baronessa hatte sich nicht viel verändert. Bis auf den Baukran auf dem Grundstück mit dem verfallenen Haus gegenüber. Wie ein großes gelbes Unkraut schien er über Nacht zwischen dem Ginster emporgewachsen zu sein. Ein hölzerner Bauzaun sperrte das Grundstück ab, dahinter hörte ich Gehämmere und Stimmen. Der Ausleger des Krans drehte über mir durch den wolkenlosen Himmel und schaffte Zementsäcke in einer großen Maurerwanne von der Gasse auf die andere Seite des Zauns.

Ich musste drei Mal klingeln und sogar den Türklopfer bemühen, bevor die Poldi mir endlich öffnete, aber eben auch nur einen Spaltbreit.

Sie trug einen malvenfarbenen Kimono mit Blütenmuster, dazu goldene Seidenpantöffelchen mit kleinen Puscheln. Sie war geschminkt, *smokey eyes*, die Perücke frisch toupiert, und sie duftete wie ein Jasmingarten. Sie wirkte wie Madame Butterfly in sehnsüchtiger Erwartung Pinkertons. Das hätte mich eigentlich schon stutzig machen können.

»Ach, du bist's, Bub.«

»Tadaaa!«, rief ich schwungvoll und hielt ihr die beiden duftenden Papiertüten hin. »Frühstück!«

Die Poldi spähte kurz auf die Straße und sah mich an, als ob sie nicht genau wüsste, was sie mit mir und den Tüten anfangen solle.

»Äh, stör ich?«

»Geh, Schmarrn!«, seufzte sie, rührte sich aber nicht von der Stelle, die Tür hielt sie fest. »Du, Bub, sei mir nicht böse, gell, aber magst morgen vielleicht noch einmal vorbeischauen?«

»Äh, warum? Was ist morgen anders?«

»Gar nix.« Die Poldi nahm mir die beiden Tüten aus der Hand. »Mei, des ist so lieb von dir, Bub. Also, wir sehen uns morgen, ja? Bussi!«

Sie wollte die Tür wieder schließen, aber geistesgegenwärtig und reaktionsschnell, wie ich bin, hielt ich sie mit einer Hand auf. Ich stehe manchmal vielleicht ein wenig auf der Leitung, aber zu blöd, um die Nachtigall in Klompen trapsen zu hören, bin ich auch wieder nicht. Die Poldi hielt dagegen, wortlos rangelten wir ein bisschen um die Tür.

»Sag mal, Poldi, erwartest du etwa jemanden?«, fragte ich.

»Geh, Schmarrn!«, blaffte sie mich an.

»Oder hast du etwa ... Herrenbesuch?«

»Für was hältst mich?!«, schnaubte sie. »Vielleicht brauchen der Vito und i bei dem ganzen Rummel zwischendurch einfach mal ein bisserl *privacy*?«

Ich sah sie prüfend an. Aber sie zeigte keinerlei Anzeichen eines Hangovers, wirkte taufrisch und voll auf der Höhe. Ich ließ die Tür los.

»Es ist halb elf, Poldi! Du bist angezogen, halbwegs nüchtern und selbst sexuelle Naturgewalten brauchen Erholungsphasen. Sprich, Frühstück. Und ich brauche ein Update. Ich bleib auch nicht lange. Also lässt du mich jetzt endlich rein?«

»Nein!«

Wenn ich eines von meiner Tante Poldi gelernt habe, dann, wann es Zeit wird, die schmutzigen Tricks auszupacken. Ehe sie die Tür wieder schließen konnte, starrte ich ins Dunkel hinter ihr und riss die Augen auf.

»Boah! Das glaub ich nicht!«

Irritiert wandte sich die Poldi um, und ich nutzte den Moment. Entschlossen drängte ich mich wie eine Katze an ihr vorbei ins Haus.

»Du bleder Gloifel!«, schimpfte sie mir auf Bairisch hinterher, aber ich war nicht mehr aufzuhalten.

Energisch und investigativ stiefelte ich ins Haus und scannte mit allen Sinnen die Lage. Irgendetwas stimmte hier nicht. Das Haus wirkte zu still und aufgeräumt für das Epizentrum einer sizilianischen Hochzeit zwei Wochen vor Tag X. Nirgendwo Stoffproben, Kataloge für Tischdekoration oder Bonbonieren-Muster aus allen Kreisen der Kitschhölle. Noch nicht einmal die unvermeidliche *Vogue Sposa*, die wichtigste almanachartige Veröffentlichung Italiens, ein telefonbuchdicker Katalog der aktuellen Brautmoden und Accessoires.

Als ich in Poldis kleinen schattigen Innenhof trat, schoss mir Totti schwanzwedelnd entgegen, sprang an mir hoch und furzte vor Wiedersehensfreude.

»Was macht der denn hier?«, fragte ich die Poldi, die stinksauer hinter mir auftauchte.

Denn, muss man wissen, Totti war ja der Hund von Tante Teresa und Onkel Martino. Eine typisch sizilianische Promenadenmischung, wie aus Einzelteilen sämtlicher Hunderassen zusammengelötet, gelb mit schwarzer Schnauze und riesigen Fledermausohren. Als Wachhund war Totti wegen seines freundlichen Gemüts zwar völlig untauglich, dafür hatte der Onkel ihn zum perfekten Trüffel- und Steinpilzhund abgerichtet und verbrachte einen Großteil seines Pensionärslebens mit ihm in den Eichenwäldern am Ätna. Die beiden bildeten im Grunde eine mentale, fast siamesische Einheit und waren praktisch unzertrennlich, daher meine Verwunderung.

»Des is Hausfriedensbruch, des weißt fei schon, gell?«

»Jetzt komm mal runter, Poldi! Also, was macht Totti hier?«

»Der ist halt ... also ... Sag einmal, wie redest du eigentlich mit mir? I bin fei immer noch deine Tante und damit quasi Respektsperson!«

Streng wie ein Untersuchungsrichter hob ich die Hand, sah mich weiter um und lauschte. Das Haus wirkte immer noch still. Aber von irgendwoher hörte ich ein leises Summen und Knarzen.

»Wo ist Montana?«

»Der musste früh zum Dienst.«

Die Poldi wirkte zunehmend nervös und blinzelte kurz rüber in Richtung Schlafzimmer.

Und ich nur so zu mir selbst: *Bingo!*

Um das klarzustellen: Ich bin nun wirklich kein Moralapostel. Die Poldi ist mir über nichts Rechenschaft schuldig. Sie ist eben ein Mensch mit einem hohen ... ich sag mal ... Freiheitsbedürfnis. Ich liebe sie, und es steht mir nicht zu, über sie zu urteilen.

Aber mal ganz ehrlich – sie stand kurz davor, Montana zu heiraten! Da konnte ich ihr keine Seitensprünge durchgehen lassen. Da war ich der Familie und auch Vito Montana verpflichtet, so viel *sicilianità* musste sein.

Geschickt und wendig wie ein italienischer National-spieler täuschte ich links an, um rechts an ihr vorbei-zusprinten. Trotz ihres schlimmen Knies und der leich-ten Fülle reagierte die Poldi jedoch geschmeidig wie ein Panther und tackelte mich. Ich stolperte, berappelte mich aber sofort und stürmte zurück ins Haus. Die Poldi und Totti hinter mir her.

»Ja, Kreuzsacklzement, bleibst du wohl stehen! Totti, fass!«

Aber ich war nicht mehr aufzuhalten. Ich sprang über das Sofa, umkurvte Totti, der mich begeistert anhechelte und mir zwischen die Beine lief, und hechtete zur Schlaf-zimmertür. Ich riss die Tür auf und platzte ins Schlaf-zimmer.

Und dort sah ich …

Nichts.

Ich gebe zu, ich hatte erwartet, Russo in flagranti im Bett zu erwischen. Zumindest einen nackten Verkehrs-polizisten, denn auf nichts fährt die Poldi mehr ab als auf uniformierte italienische Ordnungshüter.

Doch stattdessen – *niente! Zero.*

Das Bett war frisch gemacht. Es duftete nach Rosen, Mottenkugeln und Montanas Aftershave.

Ein bisschen perplex zögerte ich einen Moment, dann riss ich eine Schranktür auf.

In diesem Moment schlug hinter mir die Schlafzim-mertür zu, ich hörte, wie energisch abgeschlossen wur-de.

»Poldi! Was soll das?« Ich hämmerte gegen die Tür. »Mach sofort wieder auf!«

»Tut mir leid, Bub«, hörte ich sie von der anderen Seite.

Kurz darauf von oben Schritte und Getrappel, gepresste Stimmen auf Italienisch, ich konnte sie allerdings nicht zuordnen. Totti bellte, niemand reagierte auf ihn, die Stimmen schienen irgendwas zu diskutieren. Eine resolute Frauenstimme, die mir bekannt vorkam, mischte sich ein. Kurz darauf polterten die Schritte die Treppe hinab. Durchs Schlüsselloch war nichts zu erkennen, also presste ich ein Ohr an die Tür. Eine ganze Gruppe von Leuten schien da die Treppe hinabzukommen. Gesprochen wurde nur noch wenig. Stühle wurden gerückt. In der Küche zischte auf einmal eine *caffètiera*.

»Hallo?«, rief ich laut und hämmerte wieder an die Tür. »He! Ich bin übrigens auch noch da!«

Jemand brummte etwas, Schritte näherten sich schlurfend, es wurde aufgeschlossen.

Ich trat einen Schritt zurück und straffte mich, entschlossen, der Poldi so was von die Hölle heißzumachen. Aber nicht die Poldi öffnete mir.

Sondern meine Tante Teresa.

»Magst einen *caffè, tesoro*?«

Ich starrte sie ungläubig an. »Äh ... Was ...? Ich meine, wie ...?«

»Oder möchtest du lieber hier stehen bleiben und ›Äh‹ sagen?«

Aus dem *cortile* die Stimme von Onkel Martino. »Teresa!«

Einfach nur so. Wie immer, wenn sie nicht in seiner Nähe war, wie so ein Leuchtfeuer der Liebe und der Gewohnheit.

Meine Tanten Teresa, Caterina und Luisa sind die Stützen unserer Familie. Geschöpfe des Frühlings, sanft und mild wie eine Maibrise, wechselhaft und stürmisch wie das Wetter im April, hartnäckig wie die letzten Wintertage im März. Alle drei sind in München geboren worden, ihr Deutsch ist immer noch makellos, mit einem Hauch von Bairisch – zum Verlieben! Meine Tante Teresa, die älteste der drei Schwestern, ist der Boss der Familie. Sie hat die sanfteste Stimme von allen, und so lange sie deutsch spricht, scheint die Sonne. Aber wehe, sie wird sauer und legt auf Sizilianisch los, dann zieht man besser den Kopf ein.

Immer noch verdattert folgte ich ihr in den Hof. Wo mich das gesamte Hochzeitskomitee erwartete: die Poldi, die drei Tanten, Onkel Martino, Totti, Vito Montana, die Signora Cocuzza und Padre Paolo.

Der Padre löffelte sich die inzwischen fast geschmolzene *granita* rein und rauchte abwechselnd dabei. Onkel Martino trank einen *caffè* nach dem anderen und mampfte eine Brioche dazu. Beziehungsweise zerrupfte sie und verfütterte das meiste an Totti. Die Poldi war gerade dabei, eine Flasche Prosecco zu öffnen, Luisa und Caterina verteilten schon mal Gläser.

Niemand nahm sonderlich Notiz von mir, es schien, als hätte ich mir das ganze Versteckspiel nur eingebildet.

Ich hob fragend die Arme.

»Setz dich«, brummte Montana.

Ich gehorchte.

Onkel Martino schob mir eine Tasse *caffè* über den Tisch. »*Dai!*«

Ich zuckerte den Espresso, rührte einmal um und kippte ihn dann in zwei bedächtigen Schlucken runter, wie es sich gehörte. Alles schweigend wie bei einem uralten Ritual, dessen Ablauf ich zwar kannte, aber nicht den Sinn dahinter.

Gegenüber auf der Baustelle legte ein Presslufthammer los.

Der Korken knallte, die Poldi füllte Gläser und reichte mir das erste.

»Na, los. Auf den Schreck.«

Wortlos nahm ich das Glas entgegen, trank aber nicht.

Als ob nichts gewesen wäre, stieß die Poldi mit mir an.

»Tut mir leid, Bub. Aber du hast uns vorhin ganz schön überrumpelt, weißt. Wie kommst mit der Tischordnung voran?«

»Dein Ernst jetzt?«

Die Poldi zuckte mit den Schultern. »Ja, freilich.«

»Ganz ehrlich?«, stöhnte ich. »Gar nicht!« Und dann weiter auf Italienisch, damit jeder es verstehen konnte: »Ja, ich geb's zu, ich bin voll am Ende. Schlagt mich, köpft mich, werft mich unehrenhaft aus der Familie raus, aber ich krieg's einfach nicht hin mit der Tischordnung. So jetzt ist es raus.«

Ich hob ergeben die Hände und erwartete Ausbrüche der Enttäuschung, Haareraufen, Klagen, Vorwürfe, zumindest düsteres Stirnrunzeln. Stattdessen: verständnisvolles Kopfnicken.

»Das wussten wir doch, *tesoro*«, sagte Tante Teresa sanft auf Deutsch.

»Wie bitte?«

»Die Tischordnung ist im Grunde gar nicht so wichtig«, versuchte Tante Luisa mich zu beruhigen.

»Nicht wichtig?!?«, rief ich aus. »Die Tischordnung ist das Herzchakra der Hochzeit! Ein Mandala der kosmischen Ordnung, und ich bin *so* knapp davor!«

Ich zeigte mit Daumen und Zeigefinger an, wie knapp.

»Geh, Schmarrn«, winkte die Poldi ab. »Die Aufgabe ist quasi unlösbar. Des ist wie ein *Koan*, weißt? So ein unlösbares Rätsel, des der Zenmeister seinem Schüler gibt, damit er sich daran die Zähne ausbeißt und darüber nachert zur Erleuchtung g'langt.« Sie räusperte sich. »Beziehungsweise, um ihn zu beschäftigen, damit er nicht rumnervt, während der Meister auf dem Weg zur Erleuchtung ist. Respektive Meisterin.«

Da dämmerte es mir langsam.

»Ihr habt mich auf ein Abstellgleis gestellt! Ihr wolltet mich aus dem Weg haben!«

Kein Kommentar aus der Gruppe. Es schien ihnen nicht einmal peinlich zu sein.

»Nein, wir haben dich vom Radar genommen«, korrigierte mich die Poldi. »Des ist ein Unterschied.«

Allgemeines Nicken. Die Poldi wollte noch etwas hinzufügen, aber ich schnitt ihr das Wort ab.

»Moment mal! Willst damit sagen, du ... nein ... ihr alle zusammen seid da schon wieder an einem Fall dran? Aber ihr sagt's mir nicht?«

»Jetzt sei nicht wieder gleich eing'schnappt.«

»*Warum*, Poldi???«

»Herrgott, warum, warum, warum!«, rief die Poldi gereizt. »Wenn du dich nur hören könntest! Warum, glaubst du, planen wir diese Riesenhochzeit mit allem Pipapo?«

»Weil es wichtig ist, hallo?«, rief ich aus. »Weil wir Sizilianer sind? Weil wir – deine Worte, Poldi – den guten

Göttern des Glücks opfern müssen, indem wir es regelmäßig so richtig krachen lassen?«

Allgemeines Nicken beim deutschsprachigen Teil der Runde. Die Poldi sah mich nur milde an.

»Scho richtig. Aber nun haben wir ja gerade kürzlich erst meinen Geburtstag g'feiert, und du kennst meine natürliche Bescheidenheit. Also – wozu der ganze Aufriss, könntest dich doch nachert fragen.«

»Sag's mir, Poldi!«

»Mei, wie vernagelt bist du eigentlich? Weil des ein *honey pot* ist, natürlich!«

»Ein was?«

»Mei, eine Falle halt. Um jemanden anzulocken, der dann daran pappen bleibt. Herrgott, ist des denn so schwer zu kapieren!«

»Wen?«

»Denk nach.«

Und in diesem Moment machte es *Klick* bei mir.

»Nein!«

»Doch.«

»Unmöglich! Wie ...?«

»Jetzt sei halt nicht wieder so ungeduldig und sperr die Ohren auf.«

Sie wandte sich zu ihrem Verlobten und *Commissario* des Herzens. Montana sah wiederum mich ernst an, wie man jemanden anschaut, den man trotz aller Fehler, Macken und Neurosen respektiert.

»Wir konnten dich nicht einweihen«, erklärte er mir in ruhigem Ton. »Nicht, bevor wir mehr Informationen hatten. Deswegen haben wir nur den engsten Kreis eingebunden.«

»Ich *bin* der engste Kreis!«, rief ich anklagend, machte

mit beiden Händen Krönchen und schüttelte sie lebhaft vor der Brust.

Die ewige italienische Geste allgemeiner Erregung und Emphase. Ich hab's ja sonst eher nicht so mit großen Gesten, aber hier fand ich sie ziemlich angebracht.

Montana hob die Hand. »Es gab Gründe. Aber als du heute Morgen hier reingeplatzt bist, haben wir beschlossen, dich ins Boot zu holen.«

»Na super.«

Montana ignorierte mich und holte Luft.

»Sagt dir der Name Aldo Favarotta etwas?«

2. Kapitel

Erzählt von Hartnäckigkeit, Bürokratie, dem natürlichen Verhältnis von Frau und Mann und von sizilianischen Familien. Ach, und von Tempeln und Raubkatzen. In China fällt ein Sack Reis um, die Poldi hat einen neuen Plan und rennt gegen Windmühlen an. Sie drückt mehrere Anrufe weg und kriegt ein Angebot, das sie dann doch neugierig macht. Neugierig genug jedenfalls für eine kleine Spritztour aufs Land.

Kurz nach ihrem einundsechzigsten Geburtstag nahm die Poldi Montana auf einen kleinen Heimaturlaub nach München und in das Voralpenland mit. Wo es sich die beiden Frischverlobten bei frischer Luft, frisch gezapften Hellen und frisch verliebtem *Dings* so richtig gut gehen ließen. Eine Zeit voller Vorfreude und Heiterkeit. Sollte man meinen.

Aber zu diesem Zeitpunkt, stelle ich mir vor, fiel eben irgendwo in China ein Sack Reis um. Mit einem matten *Plumps* kippte er am Rande eines großen Stapels in den sandigen Boden der Inneren Mongolei und blieb dort liegen. Staub wirbelte auf, eine Maus wetzte erschrocken davon. Die Katze von Herrn Liu jagte ihr hinterher, das nervte den Hund von Herrn Liu, wie verrückt bellte er der verhassten Katze hinterher. Das nun weckte Herrn Liu aus seinem Mittagsschlaf. Herr Liu bemerkte, dass er spät dran war, er sprang in seinen Wagen und brauste los, um seine Tochter von der Schule abzuholen. Ohne dass er selbst davon irgendetwas gemerkt hätte, brauste er mitten durch eine riesige Warmluftblase, die träge über den endlosen Feldern der Provinz Ningxia waberte, unschlüssig, was sie mit dem angebrochenen Nachmittag anfangen sollte. Die Verwirbelungen von Herrn Lius Wagen führten dazu, dass die warme Luft sich seufzend vom Boden ablöste und langsam aufstieg. Was eine komplexe meteorologische Kettenreaktion in Gang setzte, die sich schließlich in einem Mördergewitter entlud, das wiederum zu vielen weiteren globalen Kettenreaktionen führte, von denen Herr Liu und ich nie erfahren würden – alle nicht wirklich dramatisch, aber alle miteinander verbunden –, die aber einige Wochen später dann Sizilien erreichten. Stelle ich mir vor. Weil alles in der Welt ja miteinander verbunden ist, sagt die Poldi. Weil wir alle ständig und unablässig Dominosteinchen in irgendeinem labilen Gleichgewicht sind, Elemente jener fortgesetzten Kettenreaktion ohne Anfang und Ende, aus der Koinzidenz entsteht. Der seltsame Zufall. Das, was immer dazwischenkommt, wenn wir gerade Pläne machen. Sprich, das Leben.

Ende August erhielt die Poldi einen Anruf von einer unbekannten Nummer.

Das war erst mal nicht ungewöhnlich. Seit meine Tante Poldi es zu einer gewissen Prominenz in der Region um Riposto gebracht hatte, riefen alle naselang fremde

Leute bei ihr an. Um sie für diskrete private Ermittlungen zu engagieren, sprich: ihre Partner auszuspionieren, um sie um Rat zu bitten, um einen Tipp für die Lottozahlen zu erhalten, um ihr Tinnef, Finanzprodukte oder irgendwelche Abos anzudrehen oder auch, um sie als Werbepartnerin zu gewinnen. All diese Anfragen lehnte die Poldi mittlerweile ab, beziehungsweise drückte sie sofort weg.

Außerdem, sollte ich vielleicht erwähnen, hatte die Poldi ja ein ganz neues Projekt. Eines, das sich erst kürzlich frisch und krakeelend wie der tätowierte Phönix auf ihrer linken Brust aus der Asche des vergangenen Jahres erhoben hatte und das ihre Expertise auf einem anderen Gebiet mit Lebensfreude und Geschäftssinn verband: nämlich eine Weinbar zu eröffnen. Wer hätte es gedacht?! Eine kleine, schnuckelige, multikulturelle Weinbar in Taormina, stellte sich die Poldi vor, wo sie zu deutschen Weißweinen und sizilianischen Rotweinen und *spumanti* diverse sizilianisch-bayrische Tapas servieren würde. Fusionsküche, sozusagen, und selbstverständlich alles hausgemacht. Der Name stand auch schon fest: *Oberreiter.*

»Weil«, erklärte mir die Poldi, »des klingt bodenständig und zugleich *fancy* in Italien, verstehst? Weil des Deutsche hat ja in Taormina historisch immer noch einen gewissen Nachhall. Denk an Thomas Mann und die ganze deutsche Bohème. Deswegen hab i zuerst gedacht, i nenn die Bar *Zauberbar.* Nicht schlecht, gell? Verstehst – Zauberbar, Zauberberg?«

»Poldi!«, stöhnte ich fassungslos.

»Aber mei«, fuhr die Poldi ungerührt fort, »des fand i dann doch zu nah an der *Wunderbar* an der Porta Catania.

Des gibt dann nachert nur böses Blut, wenn meine Bar so richtig einschlägt.«

»Fehlt der Apostroph«, ätzte ich ein bisschen. »Warum nicht *Oberreiter's* und nicht gleich noch eine in München und eine in Manhattan aufmachen? Warum kleckern, wenn man klotzen kann?«

»Geh, Schmarrn«, winkte die Poldi ab. Aber so, als hätte ich einen durchaus überdenkenswerten Vorschlag gemacht. »Ein Apostroph im Namen wirft immer ein schlechtes Licht auf deine Libido und deine geistige Gesundheit. Merk dir des. Aber des mit dem Franchise hab i mir natürlich auch schon überlegt. Aber gell, immer schön eins nach dem anderen. I bin ja nicht überg'schnappt.«

Man wird vielleicht nachvollziehen können, dass meine Tanten nicht wirklich begeistert von der Idee waren. Montanas Enthusiasmus hielt sich ebenfalls in Grenzen. Aber er kannte die Poldi inzwischen gut genug, um sich zu hüten, ihr irgendwas ausreden zu wollen. Meine Tanten Teresa, Caterina und Luisa jedoch sahen in dem Projekt »Schnuckelige Weinbar in Taormina« eine praktisch deckungsgleiche Schnittmenge mit Poldis ursprünglichem Projekt »Totsaufen mit Meerblick« und wurden nicht müde, ihr den Kopf zu waschen. Das große finanzielle Risiko, die mangelnde gastronomische Erfahrung, und warum überhaupt sich im Alter so was noch ans Bein binden?

Aber nun tickt die Poldi eben anders. Wenn man versucht, ihr irgendeine Schnapsidee auszureden, dann verhakt die sich nur umso mehr, und sie muss sie erst recht durchziehen. Außerdem brauchte sie dringend ein neues Projekt, in das sie sich verbeißen konnte, um sich vom

Ermitteln abzulenken. Oder besser gesagt: vom Nicht-Ermitteln. Denn wer meine Tante Poldi kennt, ahnt, welche schier übermenschliche Leistung es für ein detektivisches Superhirn wie sie bedeutete, keinerlei Ermittlungen mehr nachzugehen. Aber wer Sizilien kennt, der weiß auch: Es ist kompliziert, immer kommt was dazwischen.

In diesem Fall der überhitzte Immobilienmarkt in Taormina plus Bürokratie, Nepotismus und Neid zum Quadrat. Keine wirklich gründerfreundliche Gleichung.

Außerdem, darf man nicht vergessen, war in China ja vor Kurzem ein Sack Reis umgefallen. Die Kettenreaktion hatte sich gemütlich fortgepflanzt.

Das Gewitter hatte die Stadt Yinchuan genau in dem Augenblick erreicht, als Frau Wang, die sechzehn Stunden am Tag Pakete für einen chinesischen Logistik-Konzern auslieferte, gerade bei Grün losfahren wollte. Ein wenig abgelenkt durch den plötzlichen Wolkenbruch hatte sie einen unbedeutenden Auffahrunfall verursacht. Alles nicht schlimm, niemand verletzt, bloß hatte sich dadurch in der Folge die Auslieferung des Prototyps eines High-Tech-Gerätes zur Behandlung von Hautunreinheiten an einen exklusiven Beautysalon in Seoul um einen Tag verzögert. Weswegen Frau Kim, besser bekannt als Liza, Sängerin der koreanischen K-Pop-Band Kamu, ein Interview im Frühstücksfernsehen von JTBC wegen eines schlimmen Pickels kurzfristig abgesagt hatte. Auch nicht schlimm, hatte aber im Internet kurzzeitig zu Spekulationen über den Gesundheitszustand von Liza geführt. Die hatte sich, geschmeichelt von der Sorge ihrer Fans, erst Stunden später auf ihren

Social-Media-Accounts dazu geäußert. Doch bis dahin hatten sich die Gerüchte bereits ein kleines bisschen aufgeschaukelt, waren in einem Dutzend Sprachen wie ein Tsunami durchs Netz um die Welt gerast und hatten sich kaum einen Tag später als Gerücht von Lizas Tod vor Daan aufgetürmt, einem jungen Kamu-Fan im niederländischen Eindhoven. Woraufhin Daan keinen Sinn mehr in seinem Leben gesehen und sich außerstande gesehen hatte, an diesem Tag zur Schule zu gehen. Stelle ich mir vor.

Als die Kettenreaktion schließlich Sizilien erreichte, war die Poldi bereits auf der Suche nach einem passenden Lokal für ihre Weinbar, das zentral in der Nähe des Corso Umberto gelegen sein sollte. Die wenigen Ladenlokale, die überhaupt zur Vermietung standen, erwiesen sich jedoch als um ein Zehnfaches teurer, als die Poldi erwartet hatte. Außerdem, nun ja, wer schon mal versucht hat, als Deutscher einen Ausweis für eine öffentliche Bücherei in Italien zu bekommen, der kann sich vielleicht vorstellen, was es bedeutet, eine Ausschanklizenz an einem der touristischen Hotspots Italiens zu bekommen. Sehr zur Erleichterung der Tanten biss die Poldi in der *Comune di Taormina* auf Granit. Montana erklärte ihr zudem behutsam, dass erstens die meisten Immobilien in Taormina ohnehin im Besitz einer Handvoll von Familien und Investoren seien, dass zweitens natürlich nichts ohne ein gehobenes Level von Bestechung ablaufe und dass drittens das gesamte Gastronomiegewerbe unter alteingesessenen Gastronomen aufgeteilt sei, die voller Neid genauestens darauf achteten, dass es den anderen niemals zu gut gehe.

Aber wenn man der Poldi erklärt, dass die Wahrscheinlichkeit auf den Hauptgewinn in der Lotterie eins zu zehn Millionen stehe, dann sagt sie gut gelaunt: »Mei, pfeilgrad. Dann hab i ja eine Chance!« Denn vom Sportsgeist und von den Chancen des Lebens versteht sie was.

Kein bisschen eingeschüchtert stattete sie daraufhin den wichtigsten Wirten und Restaurantbesitzern kleine Antrittsbesuche ab und erklärte ihnen ihr Vorhaben. Was dazu führte, dass bald jedermann in Taormina über Donna Poldinas neues Projekt Bescheid wusste. Was dann über drei Ecken wiederum dazu führte, dass eine Woche nach ihrem Geburtstag, kurz nach dem Mittagessen, ihr Telefon dudelte. *Plingplongdingedongdongdingdingdong.* Eine hübsche Melodie, sanft und freundlich wie die chinesische Tropfenfolter.

Die Poldi ließ es klingeln. Sie hatte sich eigentlich zu einer kleinen Siesta hingelegt, doch der Lärm der Jugendlichen vom *lungomare* her ließ sie nicht in den Schlaf kommen. Die Poldi überlegte gerade, ob sie sich nicht mit einem klitzekleinen Gin Tonic in die verdiente Mittagsruhe verhelfen sollte, verkniff ihn sich aber, da sie sich vorgenommen hatte, die Finger von den harten Sachen zu lassen. Den Schuss Grappa in ihrem Morgenkaffee zählte sie nicht mit.

»Blöderweise«, unterbrach die Poldi jetzt Montana, der mir die ganze Vorgeschichte geduldig und in möglichst allen Details berichtete, »blöderweise hatte der Vito an dem Tag Dienst in der Präfektur in Acireale und würde erst gegen Abend in die Arme seiner Herrin und Gebieterin zurückkehren.«

»Gebieterin? Nicht dein Ernst jetzt, Poldi.«

»Mei, freilich«, erklärte sie mir ungerührt. »Der Vito ist mir doch mit Haut und Haar und seiner unersättlichen *sicilianità* verfallen. Ein Sklave meiner Lust. Des ist ja nebenbei auch des natürliche Verhältnis von Frau und Mann. Idealerweise hätt' i da also gern den Vito vernascht, um danach in ein wunderbar wohliges postkoitales Koma zu fallen. Des ist, als wenn du in einen endlos tiefen Brunnen fällst und nachert dann ganz langsam wieder emporsteigst, verstehst? Wobei, des verstehst natürlich nicht, weil des kriegen halt nur sexuelle Ausnahmetalente wie der Vito und i hin.«

Zufrieden lehnte sie sich zurück. Die Tanten wandten sich feixend ab.

»Was hat sie gesagt?«, fragte mich Montana irritiert.

»Nichts«, seufzte ich. »Bitte weiter.«

Also wie gesagt, Siestazeit, die Poldi schlaflos, *Plingplongdingedongdongdingdingdong*, unbekannte Nummer, die Poldi drückt den Anruf weg.

Es war schwül im Haus, über dem Ätna braute sich was zusammen, die Luft schwer und feucht, wie angefüllt von einer üblen Vorahnung.

Auch den nächsten Anruf drückte die Poldi weg.

Doch kaum zwei Minuten später rief die Nummer erneut an, und dann hartnäckig *Plingplongdingedongdongdingdingdong* im Abstand von fünf Minuten.

Das fand die Poldi zwar ziemlich nervig, machte sie aber auch neugierig, da kam sie einfach nicht gegen an. Also nahm sie den Anruf irgendwann doch entgegen, bereit, der Person so richtig geharnischt den Kopf zu waschen.

»*Pronto!*«, knurrte sie gereizt in den Hörer, denn in

Italien meldet man sich ja traditionell nicht mit Namen, sondern nur mit dem Hinweis, dass man empfangsbereit sei.

Was im Grunde reine Augenwischerei ist, denn Italiener sind naturgemäß eher auf Sendung als auf Empfang gepolt.

»Donna Poldina?«

Eine Männerstimme, so dunkel und ölig wie eine frisch frittierte Aubergine.

Die Poldi sagte nichts.

»Hier ist Favarotta. Aldo Favarotta.«

Er sagte es, als müsste die Poldi wissen, wer er sei. Das wusste die Poldi zwar tatsächlich, aber sie sagte immer noch nichts. Da könnte ja jeder behaupten, dass er der größte Schmierlappen der Region sei.

»Sind Sie noch dran?«

»Was wollen Sie, Signor Favarotta?«

Kurzer Raucherhusten.

»Ich möchte Ihnen ein Geschäft vorschlagen.«

Er sagte wörtlich: »*un business*«.

»Ich bin nicht interessiert.«

Kurze Irritation am anderen Ende.

»Wollen Sie gar nicht wissen, um was es geht?«

»Nein. Einen schönen Tag noch, Signor Favarotta.«

Die Poldi legte auf.

Zwei Minuten später rief Favarotta wieder an. Wahrscheinlich hatte er so lange gebraucht, um das Nein meiner Tante zu verdauen.

»Wissen Sie, Signor Favarotta«, erklärte ihm die Poldi. »Ich bin Deutsche. Im Herzen bin ich Sizilianerin und Massai, aber da oben im Kopf, da bin ich Deutsche durch und durch. Und wenn wir in unserer barbarischen teutonischen Kultur Nein sagen, dann meinen wir auch Nein. Weil, sonst würden wir Ja sagen, verstehen Sie?«

»Und wenn ich ein Angebot habe, das Sie nicht ablehnen können?«

Da würden Normalos wie ich natürlich sofort drauf anspringen. Der Punkt ist nur: Jedes Mal, wenn Männer so etwas zur Poldi gesagt hatten, war bereits der nächste Satz eine entwürdigende Frechheit gewesen, eine Drohung oder das Angebot einfach nur unterirdisch schlecht.

»Glauben Sie mir, das haben Sie nicht«, seufzte die Poldi müde. »*Buona giornata.*«

»Sind Sie denn gar nicht neugierig?«

Die Poldi legte auf.

Sie wartete einige Minuten, ob Favarotta es erneut versuchen würde, um ihn dann endgültig zu blockieren, aber diesmal schien er es kapiert zu haben.

Dennoch neugierig geworden, stellte die Poldi ein paar Nachforschungen im Internet über Favarotta an. Das ist so ein Reflex bei ihr. Was sie nun in verschiedenen Online-Artikeln und in sozialen Netzwerken über den Mann las, zeichnete das Bild eines skrupellosen, durchgeknallten Unternehmers mit angeblichen Mafiakontakten und einer allgemein durch und durch verschlagenen Natur. Der häufigste Hashtag in den Kommentarspalten war *#gollum.*

Favarottas Einkaufszentren und Outlets für Billigmode waren monströse Kitschpaläste im postmodernen Diktatorenbarock aus Beton, Glas, Messing und Fiberglas-Fassaden in Terrakotta-Optik und trugen Namen wie *DragoMondo, Palazzo magico* oder *Shangri-La.*

Sein neuestes Großprojekt war ein Komplex aus Themenpark, Shopping-Mall und Hotel namens *Xanadu* im touristisch unerschlossenen Süden Siziliens. Hier wollte Favarotta die sagenhafte, angeblich von Marco Polo entdeckte Sommerresidenz des chinesischen Kaisers Kublai Khan wiederauferstehen lassen. Das Bauvorhaben, las die Poldi bei ihren Recherchen, hatte bereits zahlreiche Umweltschutzorganisationen, Bürgerinitiativen und Tourismusverbände auf den Plan gerufen. Bislang mit mäßigem Erfolg, wie es aussah, denn in einem Interview kündigte Favarotta stolz und trotzig an, dass er im kommenden Herbst persönlich den ersten Spatenstich ausführen werde.

An diesem Punkt ihrer kurzen Recherche rief Favarotta, *Plingplongdingedongdongdingdingdong,* erneut an. Und da platzte der Poldi der Kragen.

»Kreuzbirnbaumundhollerstauden! Jetzt sperr die Ohren auf, du bleder Hammel, du Nullchecker!«, fuhr sie ihn auf Bairisch an, und dann auf Italienisch weiter: »Rufen Sie mich nie wieder an, Sie kleine Mistkröte. Ich will mit Ihnen nichts, aber auch gar nichts zu tun haben, kapiert? Ansonsten werden Sie mich kennenlernen! Haben Sie das jetzt verstanden?«

Für einen Moment Stille in der Leitung.

Dann sagte eine Frauenstimme in akzentfreiem Deutsch: »Bis auf die bairischen Flüche habe ich Sie sehr gut verstanden, Donna Poldina. Und wenn Sie mir fünf Minuten Ihrer Zeit geben, können wir vielleicht weitere Missverständnisse vermeiden.«

Die Frau klang freundlich und bestimmt. Als ob sie gewohnt sei, zu bekommen, was sie wollte.

»Und wer sind *Sie* jetzt?«, fragte die Poldi verblüfft.

»Silvia Favarotta. Mein Mann hat sich vorhin vielleicht nicht ganz klar ausgedrückt. Aber er würde sich geehrt

fühlen, wenn Sie es einrichten könnten, bei uns vorbei-
zukommen und sich sein Angebot anzuhören. Es verpflichtet Sie zu nichts, es ist in keiner Weise unmora-
lisch, und ich kann Ihnen versichern, dass es wirklich
interessant ist.«

Vielleicht war es der Tonfall der Frau, der Klang der
deutschen Sprache oder schlicht die Neugierde, die die
Poldi inzwischen gepackt hatte.

»Um was, in Dreiteufelsnamen, geht es denn?«,
seufzte die Poldi jedenfalls.

»Um einen kleinen Gefallen.«

»Soso.«

»Meinem Mann ist zu Ohren gekommen, dass Sie
eine Weinbar in Taormina eröffnen wollen und vor
schrecklich bürokratischen Hürden stehen. So was kann
Jahre dauern, wenn es überhaupt klappt, mein Mann
weiß ein Lied davon zu singen.«

»Soso.«

»Aber mit seinen vielfältigen Verbindungen könnte
mein Mann es möglich machen, dass Sie ganz unbüro-
kratisch eine Ausschanklizenz und auch ein schnucke-
liges Ladenlokal erhalten könnten. Was sagen Sie dazu?«

Die Poldi hatte so etwas geahnt. Unter normalen Umständen wäre sie sogar ein bisschen darauf angesprun-
gen, aber nach ihrer Recherche über Favarotta war ihr
sämtliche Lust vergangen, den Mann auch nur kennenzulernen. Auch wenn er eine Frau hatte, die gutes
Deutsch sprach und ganz vernünftig wirkte.

»I bin nicht interessiert.«

»Ja, das habe ich mir schon gedacht.«

»So, haben Sie des!« Die Poldi lachte. »Und warum
rufen Sie mich dann noch an?«

»Sagen wir, ein kleiner Test. Mein Mann hat natürlich noch ein besseres Angebot für Sie.«

Ehe die Poldi etwas einwenden konnte, sprach Silvia Favarotta weiter.

Und die Poldi nur so: »Jalecktsmiamarsch!«

Die Villa der Favarottas lag am Ortsrand von Gaggi, einem kleinen Ort unweit von Taormina, im Flusstal des Alcantara gelegen.

Der Alcantara entspringt an der Nordseite des Ätna in den Nebrodi-Bergen und mäandert um den Vulkan herum nach Osten durch Lavafelder hinab, bis er bei Giardini Naxos ins Ionische Meer mündet. In der Nähe dieser Mündung steht ein bisschen verloren und abseits des heutigen Flusslaufs auch ein kleiner, kühn geschwungener und immer noch völlig intakter Brückenbogen aus römischer Zeit. Als die maurischen Einwanderer im neunten Jahrhundert diese Brücke entdeckten, benannten sie den ganzen Fluss nach ihr: *al-qanṭarah* – die Brücke.

Das wirklich Besondere am Alcantara sind jedoch die *gole*. Tiefe Schluchten und Canyons, die der Fluss zum Teil über Jahrtausende ins Basaltgestein geschürft hat oder die bei Erdbeben und Vulkanausbrüchen entstanden sind und den Flusslauf verschoben haben. Durch diese berückend schönen Schluchten wie aus einem Fantasyfilm kann man am Flussufer entlang über viele Kilometer herrlich wandern. Wenn man nicht zufällig mit Onkel Martino und Totti unterwegs ist, ist es dort wunderbar still, man hört nur den Fluss und vielleicht das Flüstern einer Flussfee. Aber meistens ist man ja mit Onkel Martino und Totti dort unterwegs.

Für den Besuch bei Favarotta hatte die Poldi ein eher sachliches Outfit gewählt. Und zwar einen Hosenanzug im Camouflage-Design und dazu den weißen Cowboyhut, den ihr angeblich Madonna geschenkt hatte. Damit passte sie gerade so eben noch in den pistazienfarbenen alten Fiat 500, den ihr Radio Galatea 95,2 gesponsert hatte. Mit Werbelogo und Poldis Konterfei als Schattenriss auf der Motorhaube. Sehr unauffällig.

Die Gewitterwolken über dem Ätna hatten sich bis zum Meer hin ausgebreitet und verwandelten den Tag in Blei.

Ohne Klimaanlage und trotz heruntergekurbelter Seitenfenster schwitzte die Poldi in ihrem kleinen Gefährt, bekam kaum Luft vor lauter Feuchtigkeit und Vorahnung. Trotz der Wegbeschreibung von Silvia Favarotta fand sie das Anwesen auch nicht gleich auf Anhieb und musste ein bisschen über unbefestigte Straßen herumkurven. Was teilweise an ihrer Aufregung nach dem Telefonat gelegen haben mag. Aber auch kein Wunder, nach dem, was Silvia Favarotta ihr da angeboten hatte.

Straßenschilder oder Hausnummern – natürlich Fehlanzeige. Das ist Absicht. Reiche Sizilianer verbergen ihren Luxus gerne hinter trutzigen alten Mauern, Dornröschenhecken, wilden Müllkippen und rostigen Eisentoren.

Als der Poldi ein zerbeulter, älterer weißer Toyota Pickup mit staubverschmierten Scheiben entgegenkam, hupte sie kurz und winkte, um den Fahrer nach dem Weg zu fragen. Aber der Toyota brauste achtlos an ihr vorbei. Die Poldi erkannte einen jungen Mann mit Sonnenbrille auf dem Fahrersitz und rief ihm ein paar geharnischte Wünsche aus der Schatzkiste bairischer Flüche hinterher.

Erst, als sie zum dritten Mal an diesem halb über-
wucherten Eisentor in einer alten Trockensteinmauer
vorbeikam, bemerkte sie die Überwachungskamera über
dem Tor und wusste, dass sie hier richtig war.

Das rostige Tor öffnete sich überraschend quietschlos
und elektrisch. Und als die Poldi mit ihrem knuffigen
Cinquecento die gewundene Auffahrt hinauföttelte, sah
sie die Villa der Favarottas schließlich in ihrer ganzen
Absurdität vor sich aufragen.

»Des musst du dir vorstellen«, unterbrach die Poldi Montana an dieser Stelle erneut, »als ob ein völlig zugekoks-
ter Architekt sich vorgenommen hätte, des Anwesen
eines amerikanischen Sklavenhalters des achtzehnten
Jahrhunderts mit einem griechischen Tempel zu kreu-
zen und des alles auf einen sizilianischen Barockpalast
draufzupfropfen. Säulen über Säulen, Farben, goldene
Statuen, mehr muss i nicht sagen.«

»Dezenz ist Schwäche!«, gab ich grinsend zurück.
»Deine Worte.«

Die Poldi schüttelte den Kopf, als ob mir wirklich gar
nicht mehr zu helfen sei.

Es gab ein bisschen Unruhe, weil Montana zum
Dienst musste und die Poldi eine filmreife Abschieds-
szene vor versammelter Mannschaft hinlegte, als ginge
er mit der *Titanic* auf große Fahrt.

Danach übernahm die Poldi dann die weitere Bericht-
erstattung.

Eine Frau von etwa Mitte dreißig in einem schlichten
cremefarbenen Kostüm und mit Perlenkette erwartete sie
vor dem Haus. Sie sah aus wie eine italienische Anwältin.

»Ich bin Silvia Favarotta«, begrüßte sie sie auf Deutsch, als die Poldi sich aus dem kleinen Fiat gequält hatte. »Nennen Sie mich Silvia.«

Die Frau war der Poldi gleich sympathisch. Fester, trockener Händedruck, klare Stimme und ein offener Blick. Vielleicht ein kleiner Zug von Härte um die Augen. Ein typisch sizilianisches Gesicht mit dunklem Teint, breiter Nase und vollen Lippen. Eine schöne, selbstbewusste Frau, fand die Poldi. Also eine Frau, die so gar nicht zu Aldo Favarotta und dem ganzen Ambiente zu passen schien.

»Sie sprechen aber gut Deutsch«, sagte die Poldi.

»Danke, Sie auch«, erwiderte Silvia Favarotta freundlich, und die Poldi biss sich auf die Lippen wegen des Fauxpas.

»Autsch. Entschuldigung.«

»Kein Problem«, antwortete Silvia Favarotta. »Ich mag Ihren bairischen Dialekt. Und ich erwarte nicht, dass man mir meine Kindheit in Pinneberg an der Nasenspitze ansieht. Aber bitte, kommen Sie rein, mein Mann erwartet Sie im *salotto*.«

Die Poldi ließ sich ihre Aufregung nicht anmerken und gab sich höchstens mäßig interessiert.

Ich kenne ja keine abgebrühtere Socke als meine Tante Poldi. Womöglich hat Sizilien da auch auf sie abgefärbt, denn Sizilianer sind Meister der Emotionskontrolle. Sie können sich aus heiterstem Himmel schreiend, klagend, haareraufend auf den Boden werfen und so richtig die Welle machen, aber das ist meist nur Theater und sagt rein gar nichts über ihre wahren Gefühle aus. Die haben sie nämlich völlig im Griff.

Die Poldi folgte Silvia ins Haus, wo die Geschmacksverirrung im Übrigen munter weitere Kapriolen schlug. Die Klimaanlage kühlte das Haus auf herbstliches Island herunter, die ganze Villa wirkte, als hätte jemand den Marmorpalast der Eiskönigin mit sämtlichem Trödel Siziliens angefüllt. Da die Fensterläden – wie meistens in Sizilien – verschlossen blieben, war es schummrig dunkel, vielleicht auch, um die Ambiente-Beleuchtung in wechselnden Regenbogenfarben von den Rändern der abgehängten Decken besser zur Geltung zu bringen.

Draußen grollten nun die ersten Donner vom fernen Ätna.

»Mein Vater hatte eine Pizzeria in Pinneberg bei Hamburg«, erklärte Silvia nebenbei. »Kurz nach dem Abi sind wir dann allerdings alle zurück nach Sizilien gegangen.«

»Was ist passiert?«

»Mein Vater hatte Heimweh«, sagte Silvia knapp.

»Sie hätten doch bleiben können.«

Silvia blieb kurz stehen und sah die Poldi an. »Ich weiß, dass das in Deutschland keine populäre Haltung ist. Meine Freunde verstehen es immer noch nicht. Aber ich bin Sizilianerin. Dies ist mein Land, und hier gelten Familienstrukturen noch etwas.«

Die Poldi wollte noch etwas fragen, aber Silvia wandte sich bereits ab und führte sie nun durch eine Flügeltür in den *salotto* mit der angrenzenden Terrasse.

Einen sizilianischen *salotto* als Wohnzimmer zu bezeichnen wäre, wie eine *cassata siciliana* mit einem Marmorkuchen zu vergleichen. In einem *salotto* sitzt man nicht gemütlich mit der Familie und dem Hund herum, nimmt Mahlzeiten ein oder schaut fern. Nein, im *salotto* wird gehuldigt und repräsentiert. Wenn die Küche das Herz jedes italienischen Haushalts ist und die Sofaecke vor dem Fernseher das Gehirn, dann ist der *salotto* das spirituelle Heiligtum. Jeder antike Tempel hat ein Allerheiligstes tief in seinem Innern, das verborgen und sichtbar zugleich nur den Hohepriestern vorbehalten ist, weil dort das Göttliche wohnt. Und weil jedes sizilianische Haus, jede Wohnung, selbst die schäbigste Klitsche immer ein Tempel ist, braucht man logischerweise immer einen *salotto*. Bestenfalls ein Zimmer, aber zur Not tut es auch eine Ecke, wo man die schönste Vitrine hinstellen und seinen Lieblingsnippes präsentieren kann. Wo man ein bisschen angeben und den Göttern des Wohlstands opfern kann. Denn nur darum geht es. Die Größe und die Einrichtung des *salotto* messen präzise den Grad des erreichten Wohlstandes. Und mit dem will man eben hin und wieder angeben.

Der sizilianische *salotto* ist eine dreidimensionale Vision vom besseren Leben und erzählt eine Geschichte von Aufstieg und Einfluss. Im *salotto* wird auf runde Geburtstage und frisch Verstorbene angestoßen, auf das Jura-Examen der Tochter und den BMW des Sohnes. Für den *salotto* leistet man sich die teuersten Möbel, Teppiche, Bilder und Preziosen. Die werden so arrangiert, dass der Gast auch alles gut sehen und bewundern kann. Die meiste Zeit über bleibt der *salotto* allerdings verschlossen, denn wie gesagt: Allerheiligstes, nur den Hohepriestern vorbehalten. Sprich, Familienoberhäuptern und den allerwichtigsten Gästen. Also zumindest Staatspräsident, Trainer von Juventus Turin, Roberto Benigni oder Diego Maradona.

Oder eben meine Tante Poldi.

Favarottas *salotto* toppte alles, was die Poldi bis dahin an Luxuskitsch gesehen hatte. Das alles beherrschende

Thema hier: Art déco. Protzige Sofas in schwarzem Klavierlack mit Blattgold-Applikationen und Samtpolstern. Davor ein riesiger Couchtisch bezogen mit Leder. Auf dem Boden Zebrafelle. In den Ecken vergoldete Standleuchten in Form von nackten Frauen, die Fackeln in die Höhe reckten. Dazwischen lebensgroße Raubkatzen aus Porzellan, lederbezogene Tischchen und Kommoden, auf denen sich weiterer Luxusnippes türmte. Antike Uhren, Bronzestatuetten (nackte Frauen und Raubkatzen), verschiedene Asiatika, Elfenbein-Schnitzereien unter Kristallglas-Glocken (nackte Frauen und Raubkatzen), Jade-Figuren (nackte Frauen und Raubkatzen) und Nachbildungen von Fabergé-Eiern. An den Wänden wuchtig gerahmte Ölschinken mit Blattgold, die – wer hätte es gedacht? – Szenen mit nackten Frauen und Raubkatzen zeigten, japanische Katanas und ein gigantischer ausgestopfter Kopf eines Kampfstiers mit vergoldeten Hörnern. Darunter eine restaurierte chromglänzende und beleuchtete Wurlitzer Jukebox aus den Sechzigerjahren, die aussah wie das Kontrollpult eines Atomkraftwerks.

Favarottas *salotto* war ein Sanktuarium des Kitsches, eine Absage an Realität, Alltag und guten Geschmack.

Die letzten Zweifel bezüglich des Geisteszustands des Hausherrn zerstreuten sich bei der Poldi, als sie kurz den Blick hob und das Deckenfresco entdeckte. Es zeigte Mussolini in heroischer Pose, wie er dem etwas größer dargestellten Favarotta eine funkelnde orientalische Stadt am Ende eines Regenbogens in der Ferne zeigte wie ein gelobtes Land. Das Abbild dieser Stadt wiederholte sich in einer Aquarellskizze, die gerahmt neben dem Kampfstier hing und mit »Xanadu« überschrieben war.

In seiner Geschmacklosigkeit hätte dieser *salotto* dem einen oder anderen kaukasischen Oligarchen oder IT-Milliardär aus der Inneren Mongolei schon Tränen des Neids in die Augen getrieben. Was der Poldi aber wirklich vollends den Atem verschlug, war – der Thron.

Denn die gesamte Einrichtung war auf einen einzigen Punkt hin ausgerichtet: einen goldenen Thron auf einem Podest an der Stirnseite des *salotto*. Eine monströse Konstruktion aus verschlungenen Drachen, Schwertern und Schlangen, auf dem Favarotta gerade irgendwelche wahnsinnig wichtigen Dokumente studierte.

Er trug beigefarbene Chinos, die ein bisschen zu lang waren, und Wildlederslipper mit Bömmelchen. Dazu ein weit aufgeknöpftes weißes Hemd und einen Clubblazer mit dem Emblem irgendeines englischen Yachtclubs.

Als die Poldi den *salotto* betrat, hob er den Blick mit gespielter freudiger Überraschung von seinen Papieren und erhob sich von seinem Thron.

»Donna Poldina! Wie schön, dass Sie den Weg zu mir gefunden haben!«

Favarotta schmatzte ihr einen feuchten Kuss auf den Handrücken. Er roch nach billigem Aftershave und Zigarettenrauch.

In der Ferne donnerte es.

»Bitte nehmen Sie Platz! Eine Erfrischung? Silvia, haben wir noch Erfrischungen im Haus?«

Favarotta führte die Poldi an der Hand zu einem der Art-déco-Sofas, wo sie Platz nahm. Silvia setzte sich ihr gegenüber und klingelte mit einem Glöckchen. Favarotta setzte sich wieder auf seinen Thron. Alles wie ein kleines Ballett.

»Sie sind ein Mythos, Donna Poldina!«

Was, nebenbei bemerkt, so ein bisschen verstaubter Ausdruck ist, den Italiener, die jünger als hundert Jahre sind, nicht mehr benutzen. Als *un mito* oder *mitico* wurden nur noch in den Achtzigerjahren Popstars, Schauspielerinnen und Schlagerfuzzis gefeiert.

»Genau wie ich!«, fuhr Favarotta ungebremst fort. »Wussten Sie, dass Archimedes Sizilianer war? Ich habe herausgefunden, dass ich ein direkter Nachfahre von Archimedes bin. Von Archimedes und Friedrich II. Das erklärt einiges. Ich hänge es nicht an die große Glocke, aber ich bin von adliger Abstammung. Meine Mutter war eine heilige Frau, wie man bei uns sagt. Eine Schamanin, Heilerin und Wahrsagerin. Ihre Anhänger haben sie nach ihrem Tod einbalsamiert und an einen unbekannten Ort gebracht, wo man ihre Mumie heute noch verehrt.«

Die Poldi kam gar nicht so schnell mit, wie Favarotta seinen Unsinn auf sie abfeuerte.

»Das tut mir leid«, brachte sie nur hervor.

Favarotta wies auf den großen Couchtisch. »Das ist Galuchat! Rochenleder! Haben Sie so was schon mal gesehen? Fassen Sie mal an, hart und rau wie Schleifpapier. Verfluchte Biester. Wahnsinnig teuer. Wie finden Sie meinen *salotto*? Hier mache ich alle meine Geschäfte. Ich wollte eine ganz intime Atmosphäre schaffen. Intim, aber stilvoll. Und das ist mir gelungen, das sagen alle. Normalerweise sitzen hier vier junge, sehr hübsche Assistentinnen, die jedes Wort von mir stenografieren. Ich könnte jede von ihnen haben, mit einem Fingerschnipp. Aber ich will nicht, denn ich bin ein treuer Ehemann. Sehr treu, das sagen alle.«

Die Poldi warf einen Blick zu Silvia Favarotta hinüber, die aufrecht auf dem Sofa saß und keinerlei Regung zeigte.

Favarotta räusperte sich, um Poldis Aufmerksamkeit zurückzugewinnen, und fuhr ungebremst fort.

»Möglicherweise gab es ein kleines Missverständnis. Einige meiner Neider halten mich für ungeschickt, das ist sehr traurig und wirft ein sehr schlechtes Licht auf diese Leute. Aber wer mich kennt, der weiß, dass ich ein Muster an Geschick und Diplomatie bin. Und großzügig, sehr großzügig. Das sagen alle. Nicht wahr, *gioia*?«

Das galt seiner Frau.

»Aber ja, *amore*«, sagte sie lächelnd.

Die Poldi merkte, dass ihr das ganze Theater, der *salotto*, die nackten Frauen und die Raubkatzen, der Thron, die Jukebox und die beiden Favarottas zunehmend auf die Nerven gingen.

»Wie auch immer«, ergriff sie das Wort. »Ich bin nur hier, weil Ihre Frau eine Andeutung gemacht hat, die möglicherweise meine Neugierde geweckt hat und über die ich gerne mehr erfahren würde. Und dann sehen wir weiter.«

Sie suchte Silvia Favarottas Blick, und die Frau in dem cremefarbenen Kostüm nickte ihr zu.

Aldo Favarotta klatschte in die Hände. »Das ist großartig! Ich mag Sie, Donna Poldina. Sie sind genau wie ich! Sie machen nicht viele Worte, Sie wissen, was Sie wollen, und Sie bekommen es immer. Ich liebe Deutschland, wussten Sie das? Ich fahre auch einen BMW. Meine besten Freunde sind Deutsche. Sehr gute Leute. Und diese Freunde sagen, dass ich – Achtung! – die besten deutschen Tugenden verkörpere. Was sagt man dazu?«

Er breitete die Arme in gespielter Überraschung aus.

In diesem Moment erschien, leise wie ein Windhauch, ein livrierter Dienstbote mit einem Silbertablett und servierte *caffè*, *aranciata* und *cannoli di ricotta*. Außerdem stellte er einige Limonadendosen einer unbekannten Marke namens »Taifun« auf dem Couchtisch ab.

»Greifen Sie zu, Donna Poldina! Greifen Sie nach Herzenslust zu. Das sind *cannoli di ricotta*, eine Spezialität unseres wunderschönen Siziliens. Kennen Sie *ricotta* in Deutschland? Die müssen Sie probieren, es gibt nichts Besseres auf der ganzen Welt. Die lasse ich von der *Pasticceria Eden* in Torre Faro bei Messina kommen. Das ist die beste Pasticceria in ganz Italien. Was sag ich?! Der ganzen Welt! Und hier bei mir kriegen Sie sie, da müssen Sie sich gar nicht auf den langen Weg machen. Wir Sizilianer wissen noch, wie man Gäste anständig bewirtet, nicht so wie in Mailand oder in Deutschland. Bei mir ist alles vom Feinsten, schauen Sie sich nur um. Ich bin der beste Gastgeber Siziliens, das sagen alle.«

Wortlos und ein Muster an Selbstkontrolle nahm die Poldi einen *caffè* und einen *cannolo*.

Als die Poldi abbiss, zerbröckelte ihr das knusprige Röllchen fast zwischen den Fingern. Die Poldi aß es kurzerhand ganz auf, leckte sich die Finger und wischte sich die Krümel vom Jumpsuit.

Tatsächlich hatte Favarotta nicht zu viel versprochen. Das Röllchen war goldbraun und knusprig mit leichter Karamellnote, die *ricotta* cremig aufgeschlagen, nicht zu süß, mit kleinen Stücken kandierter Orangen, Kirschen und Feigen.

Favarotta schnipste, und der livrierte Dienstbote brachte ihm den *caffè* und zwei *cannoli* auf einem Tellerchen an den Thron. Die Poldi beobachtete staunend, wie schnell Favarotta sie schmatzend und mit wohligem Stöhnen verschlang. Anschließend öffnete er eine der Limonadendosen.

»Das müssen Sie probieren, Donna Poldina! Das ist ein Energydrink nach meiner persönlichen Rezeptur. Ich dachte mir, was die Typen in Österreich können, kann ich schon lange. Ich habe ihn ›Taifun‹ genannt, weil er so wirkt. Damit werde ich den Markt komplett aufrollen. Wie ein Taifun. Ich habe schon ein Angebot aus Brasilien. Von Pepsi. Na los, probieren Sie!«

Er schlürfte genussvoll aus der Dose.

Die Poldi rührte die Dosen nicht an.

»Nachher zeige ich Ihnen auch mein Musikvideo, das ich produziert habe. Die Sängerin heißt Fragolina. Weil sie so süß wie eine Erdbeere ist.« Er leckte sich die Lippen. »Ganz großes Talent. Ich bringe sie ganz groß raus. Den Song habe ich selbst geschrieben. Es geht um die Liebe und den Weltfrieden. Der Song hat gute Chancen, als Eröffnungssong bei der Fußballweltmeisterschaft in Katar zu laufen. Ich habe da viele Freunde. Sehr viele Freunde. Die Kriegsszenen haben wir in Libyen gedreht, kostet nur ein Fünftel wie in Italien. Mit allem Pipapo. Aliens, Raumschiffe, Panzer, Explosionen, wir haben eine ganze Schlacht gedreht.«

Die Poldi konnte nicht mehr bei so viel gequirltem Mumpitz. Sie stöhnte.

»Wie ich schon am Telefon angedeutet habe«, mischte sich Silvia Favarotta eilig wieder ein, »mein Mann könnte Ihnen ganz unkompliziert mit Ihrer Weinbar helfen.«

»Wollen Sie mich auf den Arm nehmen? Sie haben am Telefon noch von etwas anderem gesprochen.«

Silvia Favarotta wechselte einen Blick mit ihrem Mann. Als ob dies das vereinbarte Zeichen in der Gesprächsdramaturgie gewesen sei, leckte der sich erneut die Lippen und beugte sich vor.

»Ich könnte Ihnen helfen, Ihre Schwester Maria zu finden«, raunte Favarotta. »Ich weiß, wo sie ist.«

3. Kapitel

Erzählt von den Rätseln des Lebens, von Yin und Yang, schlummernden Talenten, alten Göttern und geheimen Wünschen. Der Neffe fällt aus allen Wolken und kriegt einen guten Rat. Die Poldi ruft den Padre an und schaltet in den Rallye-Modus. Die Signora Cocuzza spricht Spanisch, die Poldi wird Zeugin einer Persönlichkeitsveränderung und übersieht etwas.

»Nein!«, platzte ich heraus, als die Poldi es mir im Hof erzählte.

Meine Tanten wirkten vollkommen ernst, Onkel Martino bereitete im Unterhemd und mit Fluppe im Mundwinkel den Grill vor, der Padre rauchte mit finsterer Miene, nur die Signora Cocuzza wirkte auf einmal aufgekratzt.

»Doch«, sagte die Poldi.

»Aber Maria ist tot! So ein Inferno überlebt niemand!«

»Ach, Bub«, seufzte die Poldi. »Denk nach. Warum hat man kein einziges Fitzelchen DNA von ihr in der ausgebrannten Mineralwasserfabrik finden können? Die Maria, weißt, die hat schon so vieles überlebt, wo sie eigentlich von Rechts wegen und allen Naturgesetzen her hätte tot sein müssen. Aber sie ist halt nicht tot. Sie lebt. Des weiß ich.«

»Woher?«

»Des spürt man halt als Zwillingsschwester. Hier drin.« Sie legte eine Hand auf ihr Herz. »Sie ist immer noch da. Die Maria. Ich kann sie spüren. Und des bedeutet was?«

Ich atmete tief durch, um das sacken zu lassen.

»Nichts Gutes?«

»Du sagst es. Stinksauer wird sie sein, kannst dir schon denken. Aus ihrer Perspektive hat sie halt noch eine Rechnung mit mir offen. So schaut's aus.«

So langsam begann ich zu kapieren.

»Und die Hochzeit soll sie anlocken. Weil Maria gar nicht anders kann, als dir den schönsten Tag deines Lebens so richtig derbe zu versauen.«

»Ein bisserl komplizierter ist es zwar schon, aber so in etwa kommt's hin.«

Fassungslos sah ich sie alle der Reihe nach an. »Ihr seid ja alle komplett meschugge! Licht aus, Kurzschluss, alle miteinander. *Honey pot*! Ich glaub, es hakt! Ihr könnt doch nicht einfach lässig eine wundervolle Hochzeit für eine Harakiri-Aktion benutzen! Das ist ...« Ich rang um Worte. »... unwürdig! Von total gefährlich will ich gar nicht erst anfangen!«

»Reg dich ab, trink noch einen *caffè*, und lass deine Tante ausreden«, brummte Onkel Martino vom Grill her. »Du bist zu nervös. Also mich machst du total nervös. Du musst viel positiver denken. Deine Muster verändern. Durchlässiger werden, verstehst du? Viel durchlässiger.«

Zustimmendes Brummen vom Padre.

Die beiden schienen voll auf einer Welle zu surfen, auf bestem Wege, dicke Kumpels zu werden, und sie gingen mir gerade ziemlich auf die Nerven damit.

»Das hast du schön gesagt, *tesoro*«, sagte Tante Teresa, und ihre Schwestern nickten.

Ich gab auf. Und fummelte in meiner Umhängetasche neben dem Stuhl.

»Was suchst jetzt da?«, wollte die Poldi wissen.

Ich knallte mein Notizbuch auf den Tisch. »Ihr glaubt doch wohl nicht, dass ihr mit diesem Schwachsinn durchkommt, ohne dass ich alles haarklein und für alle Zeiten festhalte!«

Die Signora Cocuzza erhob sich hastig. »Ich glaube, ich muss ...«

Die Poldi drückte sie sanft auf den Stuhl zurück und lächelte mich gerührt an. »Mei! Bist jetzt nachert doch endlich unter die Krimischreiber gegangen und schreibst meine Fälle auf?«

»Nein, bin ich nicht!«, betonte ich. »Krimi ist nicht mein Genre. Ich bin literarischer Chronist.«

»Gell, was soll jetzt des sein?«

»Ich bin der Wahrheit und den Fakten verpflichtet. Und die gestalte ich dann ... nun ja ... ein wenig aus. Niemals privat, immer persönlich – das ist mein Motto.«

»Geh, Schmarrn!«, rief die Poldi. »Des muss ein Krimi werden, und er muss krachen, hast mich? Und dass du mir ja nur die spannenden Teile erzählst, gell! Action, Sex und knallharte Deduktion, sonst nix. Sackgassen, Beschreibungen von Land und Leuten und falsche Fährten kannst fei schön auslassen. Niemals übers Essen schreiben, keine Rückblenden, alles immer schön der Reihe nach. Merk dir des. Keine mythologischen Wesen und keine Ermittlerinnen mit Hangover. Des interessiert keinen. So, darf i jetzt nachert fortfahren?«

Die Geschichte zwischen der Poldi und ihrer Zwillingsschwester Maria gehört für mich zu den großen Rätseln des Lebens. Ich versteh's einfach nicht. Ich verstehe nicht, dass eineiige Zwillinge, so ähnlich sie äußerlich einander auch sind, doch zwei völlig andere Menschen sein können. Ich meine, diametral entgegengesetzte Persönlichkeiten, völlig anders gepolt. Plus und Minus, Yin und Yang, Horus und Seth, Harry und Voldemort.

Das ging schon in ihrer Kindheit los, als sich herausstellte, dass Maria gewisse Neigungen entwickelte, die sie zunächst an Insekten, später an kleinen Tieren auslebte. Auch für Feuer entwickelte sie früh eine gewisse Vorliebe. Bis irgendwann das Haus brannte und die Poldi und ihre Eltern nur mit knapper Not noch rauskamen.

Wie ich von der Poldi weiß, hat Maria danach viele Jahre ihres Lebens in irgendwelchen »Einrichtungen« verbracht. Dabei war Maria nicht dumm, im Gegenteil. Von der Poldi weiß ich, dass sie viele Talente hatte, und mit ihrer natürlichen Aggressivität hätte sie alles werden können – Dirigentin, Physik-Professorin, Regisseurin in Hollywood oder Vorstandsvorsitzende eines DAX-Konzerns. Sagt jedenfalls die Poldi. Denn wenn die Poldi über Maria spricht, dann schwingt zwischen Wehmut und Schmerz auch immer Bewunderung für die zwei Minuten ältere Schwester mit.

Stattdessen blieb Maria auf der dunklen Seite, wurde zum Phantom, wechselte Namen, Pässe und Aussehen und machte offenbar eine internationale Karriere mit einem Portfolio von Dienstleistungen, die üblicherweise Ermittlungsbehörden auf den Plan rufen. Doch irgendwie war sie jahrelang damit durchgekommen.

Manchmal, wenn Maria zwischendurch wieder aufgetaucht war, hatte die Poldi versucht, ihr in die Normalität zurückzuhelfen. Aber das ging jedes Mal nach hinten
los, denn Maria war ja immer schrecklich eifersüchtig
auf die Poldi und hat alles getan, um der Poldi das Leben
schwer zu machen.

Und irgendwann dann auch, sie umzubringen.

Jedenfalls ließen Marias letzte Aktivitäten kaum
einen anderen Schluss zu. Sie hatte kaltblütig die beiden
Dumpfbacken aus Messina erschossen. Das waren zwar
vorbestrafte Totschläger gewesen, aber Mord bleibt Mord,
da kennen das Gesetz und meine Tante Poldi keine Zwi-
schentöne. Und dann eben der verheerende Brand der
alten Mineralwasserfabrik von Torre Archirafi, bei dem
die Poldi und Montana beinahe draufgegangen wären,
wenn – in aller Bescheidenheit – Totti und ich nicht gewesen wären.

Aber was Maria eigentlich wirklich wollte, das wusste
nur sie selbst.

Ich bin ja ein grundsätzlich neugieriger Mensch, stets
bereit, meinen Horizont zu erweitern. Aber als die Poldi
mir alles erzählte, merkte ich, dass ich so was von keine
Lust hatte, herauszufinden, was in Marias Köpfchen so
los war. Um nicht zu sagen: Die Vorstellung, dass Maria
noch lebte und bereits ihren nächsten Coup plante, ver-
setzte mich in helle Panik.

Und was macht man, wenn die Panik kommt? Genau,
man wird ganz durchlässig, nimmt noch einen *caffè* und
hört seiner Tante zu.

»Meine Schwester ist tot«, sagte die Poldi gefasst, nachdem sie tief durchgeatmet hatte.

»Ist sie nicht!«, jubelte Aldo Favarotta auf seinem Blattgold-Thron.

»Sie wären nicht hier, wenn Sie das wirklich glauben würden«, sagte Silvia Favarotta und traf damit ins Schwarze.

»Und wo ist sie?«

Kann man ja mal versuchen.

Aber die Favarottas bissen nicht an. Im Gegenteil. Aldos Gesicht leuchtete jetzt vor lauter Verschlagenheit und Hinterhältigkeit.

»Ich habe gestern noch mit ihr telefoniert«, raunte er und beugte sich vor. »Wir stehen geschäftlich in Kontakt.«

Die Poldi zeigte keine Regung.

»Glaube ich nicht. Meine Schwester telefoniert grundsätzlich nie. Viel zu riskant. Sie hat andere Wege. Wissen Sie, was ich glaube? Ich glaube, dass Sie mir beide hier einen Bären aufbinden wollen. Ich glaube, ich sollte gehen.«

Sie erhob sich.

Das schien Favarotta zu irritieren, aber seine Frau blieb cool.

»Aber was, wenn mein Mann nicht blufft, Donna Poldina? Was, wenn er Sie nur um einen lächerlich kleinen Gefallen bitten würde und Sie dafür den Aufenthaltsort Ihrer Schwester erfahren könnten?«

»Und was wäre dieser lächerlich kleine Gefallen?«

»Ich möchte zu Ihrer Hochzeit eingeladen werden«, presste Aldo Favarotta hervor.

Die Poldi ließ sich zurück auf das Sofa fallen.

»Wie bitte?«

»Ich weiß, dass Sie diesen *Commissario* heiraten werden. Wie heißt er noch? Monti?«

»Montana.«

»Genau. Jeder weiß das. Sie werden doch bestimmt viele prominente Freunde aus Showbusiness, Politik und Gesellschaft einladen. Und ich möchte dabei sein.«

»Sonst noch was?«, rief die Poldi fassungslos.

»Nun, ich möchte neben einer schönen Schauspielerin sitzen, und zwar so, dass mich jeder gut sehen kann. Und Fotos natürlich. Jede Menge Fotos. Mit Ihnen und mit einer schönen Hollywood-Schauspielerin.«

Die Poldi sah hinüber zu Silvia Favarotta, aber die verzog keine Miene.

»Warum?«, rief die Poldi.

»Ich bin der größte Arbeitgeber der Region. Ich bin ein *innovator*, Visionär und Wohltäter. Das sagen alle.« Er deutete auf die mit »Xanadu« überschriebene Aquarellskizze an der Wand. »Schauen Sie dort! Meine neueste Vision. Ich werde Xanadu auferstehen lassen. Ein Ort der Wunder und der Fantasie, wo der gestresste Sizilianer sich mit seiner ganzen Familie erholen und nebenbei noch preiswert einkaufen kann. Ich sage Ihnen ehrlich, ich bin ein moderner Marco Polo. Aber ich habe viele Neider, die üble Gerüchte über mich verbreiten. Anders lässt es sich nicht erklären, dass die Presse mich meidet. Ich bereite außerdem meine Kandidatur bei den kommenden Regionalwahlen vor. Für eine Partei, die für traditionelle italienische Werte eintritt und denen in Brüssel gehörig den Marsch blasen wird. Wie man mir sagt, habe ich große Chancen. Ich bin ein sympathischer, bodenständiger Typ, aber die Presse verbreitet Lügen über mich. Doch wenn Sie mich zu Ihrer Hochzeit einladen, Donna Poldina, dann kann sie mich nicht mehr ignorieren. Das wird ein sehr gutes Licht auf uns beide werfen.«

Favarotta strahlte die Poldi an und breitete die Arme aus.

Der Poldi brummte der Schädel.

»Verstehe ich das richtig?«, brachte sie hervor. »Sie wollen *meine* bescheidene Popularität und *meine* Hochzeit dazu nutzen, dass *Sie* öffentlich besser rüberkommen? Um dann für Faschisten und Rassisten ins Regionalparlament einziehen zu können?«

Sie deutete auf das Deckenfresco.

»Ich bin kein Rassist«, sagte Favarotta. »Faschist ja, jeder anständige Italiener sollte Faschist sein. Aber kein Rassist. Das sagen alle, die mich kennen. Ich bin ein Visionär und Freigeist. Jemand, der sich traut, unbequeme Wahrheiten auszusprechen.«

»Und an diesem Punkt hab i dann endgültig genug von dem Schmarrn g'habt und bin gegangen«, beendete die Poldi ihren Bericht ein bisschen zu abrupt für meinen Geschmack und schenkte sich gelassen Prosecco nach.

Das kenne ich ja, das macht sie immer, um mich auf die Folter zu spannen. Meine Rolle in diesem Spiel ist, ihr das entsprechende Stichwort zu liefern. Vielleicht ist das überhaupt meine wichtigste Aufgabe im Leben.

»Natürlich nicht, ohne ihm vorher noch tüchtig den Marsch zu blasen«, soufflierte ich daher. »Ich meine von wegen Rassist und so.«

Die Poldi winkte ab. »Geh, nein. Was sollt' i da sagen? Dass i ihn für einen ausgemachten Kotzbrocken, Narzissten und Rassisten halte, *grazie e buona giornata*? Nein, des ist nicht mein Stil. Weil, an solchen Fuzzis perlt eh jede Kritik ab wie Schmutz an einem Lotusblatt.«

»Äh, du bist einfach so gegangen?«

»Mei, freilich.« Sie funkelte mich vergnügt an. »Aber natürlich bin i zurückgekommen. Kannst dir schon denken. Und zwar *undercover*.«

Die Poldi gab sich noch einen kleinen Moment, dann erhob sie sich würdevoll und ohne Eile erneut vom Sofa.

Denn vom großen Auftritt und vom richtigen Abgang verstand meine Tante Poldi was.

»Ich sage das jetzt nur einmal. Eher würde ich meine Hochzeit abblasen, als Sie dabeizuhaben. Und was Maria betrifft – dazu brauche ich Sie gar nicht. Ich finde sie schon alleine. Oder sie findet mich.«

Wie zur Bestätigung rollte ein Gewitterdonner über das Haus.

Favarotta glotzte meine Tante an, als hätte er den Satz nicht verstanden. Silvia Favarotta sagte nichts, begleitete die Poldi aber hinaus.

»Das wirft kein gutes Licht auf Sie!«, rief Favarotta ihr hinterher, als er sich wieder berappelt hatte. »Sehr egoistisch und kurzsichtig! Großer Fehler!«

Hatte die Poldi drinnen noch gefroren, traf die tropische Schwüle sie draußen nun wie ein Schlag. Sie bekam kaum Luft, der Schweiß tropfte ihr nur so unter der Perücke herab und ruinierte ihr Make-up. Während Poldis Camouflage-Jumpsuit ihr schon überall am Leib klebte, konnte sie bei Silvia keinen einzigen Schweißfleck erkennen.

»Wissen Sie, was ich mich gerade frage?«, ächzte die Poldi. »Ich frage mich, warum eine Frau wie Sie mit so einem Mann verheiratet ist.«

Silvia Favarotta reichte ihr die Hand. »Schlafen Sie eine Nacht drüber. Ich melde mich morgen bei Ihnen.«

»Das ist nicht nötig«, schnaufte die Poldi. »Meine Entscheidung ist endgültig.«

»Ich melde mich morgen bei Ihnen.«

Es wird niemanden verwundern, dass der Poldi ziemlich der Kopf schwirrte, vor lauter Kitsch, Schmarrn, Fragen und Sorge, als sie das Anwesen verließ und den Cinquecento durch das Eisentor fuhr. Und erst ihr Herz, das schlug so wild und verzweifelt, als drückte es jemand unter Wasser.

Die Poldi ist eben ein emotionaler Mensch, als Sternzeichen Krebs ohnehin dem Tidenhub ihrer Gefühle hilflos ausgeliefert.

Im Haus hatte sie sich noch zusammenreißen können, aber kaum war sie auf die Zufahrtstraße eingebogen, war es aus mit Contenance. Den Rest besorgte die Gewitterschwüle. Die Poldi zitterte am ganzen Körper, schaffte es gerade noch, den Fiat in den Schatten eines gewaltigen Feigenbaums am Straßenrand zu steuern. Als sie den Motor abstellte, erstarb mit dem Motorgeräusch auch der letzte Rest an Selbstbeherrschung. Schluchzend brach sie über dem Lenkrad zusammen, kriegte sich gar nicht mehr ein, während im selben Augenblick krachend um sie herum die Welt zerriss. Als wären Poldis Gefühle an einen gigantischen Röhrenverstärker mit Rückkopplungen und an sämtliche Sound- und Bühneneffekte angeschlossen, brach um sie herum ein Gewitter los, mit dem Odin locker den Weltuntergang hätte ankündigen können.

Sizilien ist ein uraltes Land, von allem gibt es immer zu viel. Das gilt für seine Aromen wie für sein Wetter. Der Frühling ist nicht bloß mild, sondern überbordende, betörende Lieblichkeit. Der Sommer nicht bloß heiß, sondern ein Schmelzofen aus dem innersten Höllenkreis.

Der Herbst kommt spät, kurz angebunden, ohne sanftes Weh und Ach. Und der Winter, obwohl kurz und nicht besonders kalt, ist muffig-klamme Trostlosigkeit.

Wenn es also regnet oder gewittert, dann auch richtig.

Außerdem haben Siziliens unzählige Eroberer – Phönizier, Karthager, Griechen, Römer, Araber, Normannen, Spanier, Bourbonen, Amerikaner und Touristen – eben nicht nur Tempel, Amphitheater, Paläste, Mandarinen, Granatäpfel, Tomaten, Auberginen, Massaker, Demokratie, Krisen, Mafia, Kitsch, Pop, Internet und Dreiviertelhosen gebracht. Sie alle hatten auch immer ihre Götter mit im Gepäck, ihre Dämonen, Trolle, Feen, Riesen und Sirenen. Die Eroberer sind irgendwann alle wieder gegangen, aber nicht ihre Götter. Die sind geblieben. Haben sich irgendwie miteinander arrangiert, haben sich in die fruchtbare Erde eingegraben, in Höhlen, Ruinen und Lavakavernen eingerichtet, an Flussbiegungen, Waldlichtungen und Meeresengen. Meistens sind sie friedlich und still, aber manchmal gibt es Zoff, und das lassen sie am Wetter aus.

Der Himmel öffnete sich brüllend und zuckend, überschüttete Poldis kleinen Fiat mit Sturzbächen wie aus der letzten Sintflut und hämmerte auf das Dach des Autos ein.

Wenn die Poldi aufschluchzte, dann rüttelte schon die nächste Gewitterböe am Wagen, und mit jedem ihrer Schluchzer verschleuderte Zeus eine Handvoll Blitze wie ein Obsthändler auf dem Hamburger Fischmarkt Bananen.

Dass Maria noch lebte, hatte die Poldi nie bezweifelt. Aber glauben, hoffen und wissen sind ja drei verschiedene Zustände, auch für meine Tante Poldi. Sie hätte sich gewünscht, dass der Tod mit seinem Klemmbrett in der Zwischenzeit noch mal aufgetaucht wäre. Dann hätte sie ihn vielleicht irgendwie überreden können, ihr wenigstens inoffiziell zu bestätigen, dass Maria noch lebte. Aber der Tod zeigte sich nicht, und mal ehrlich – das ist ja nicht wirklich schlecht.

Nun jedoch hatte sie ihre Bestätigung. Aber statt Erleichterung und Freude zu empfinden, schnürte ihr die Vorstellung, dass Maria bereits oder womöglich sogar schon länger mit Aldo Favarotta in Verbindung stand, das Herz zu. Während Regen, Zweige und reife Feigen auf das Autodach prasselten, musste sich die Poldi eingestehen, dass sie sich nämlich ganz und gar nicht freute, dass Maria noch lebte. Dass sie sich sogar ein bisschen fürchtete und ärgerte.

Dass sie sich Maria lieber tot wünschte.

Denkt man vielleicht nicht, aber die Poldi hat es mir viel später selbst gestanden, und in meiner Funktion als getreuer Chronist – immer schonungslos an den Fakten und den wahren Gefühlen dran – darf ich mich auch hier nicht um die brutale Wahrheit herummogeln.

Die Poldi hat das größte Herz, das man sich vorstellen kann. Sie hat Maria immer geliebt, hat selbst in den schlimmsten Zeiten unerschütterlich zu ihr gehalten und an sie geglaubt. Aber durch die Sache mit der Schwarzen Madonna war etwas in ihr zerbrochen, stelle ich mir vor. Oder verloren gegangen. Vielleicht war sie es auch einfach leid, dass nun wieder alles von vorne losgehen würde. Die schlaflosen Nächte, das Versteckspiel und das Bangen, wann Maria wieder auftauchen und welches Chaos sie diesmal mitbringen würde. Und wieder einmal stand auch die Frage im Raum, ob es nicht besser sei, alle Zelte abzubrechen, Sizilien zu verlassen und unterzutauchen.

Aber das wollte die Poldi nicht. Sie wollte bleiben. Sie liebte ihr neues Zuhause, ihre Familie, Montana, die neuen Freunde und ja, möglicherweise auch einen gewissen verklemmten Neffen. Sie liebte selbst Maria noch, irgendwie, trotz allem, aber sie wollte dieses Damoklesschwert, das nun schon ihr ganzes Leben über ihr schwebte, endlich ergreifen, abhängen, in Knisterfolie packen und in den Keller stellen.

Dazu jedoch musste sie Maria finden.

Und dazu brauchte sie einen Plan.

Als der Regen endlich nachließ und die Poldi sich wieder in den Griff bekam, rief sie Padre Paolo an und schickte ihm per Messenger ihren Standort.

Der Padre stellte keine Fragen. Eine knappe Dreiviertelstunde später rollte sein klappriger Fiat Punto, den er das letzte Mal zur Jahrtausendwende gewaschen haben musste – das unauffälligste Auto in Italien überhaupt also –, unter die große Feige, neben Poldis Fiat. Auf dem Beifahrersitz saß eine Frau.

»Was soll denn das werden?«, stöhnte die Poldi, als sie die Seitenscheibe herunterkurbelte und die traurige Signora erkannte, die wieder mal gar nicht traurig, sondern ziemlich aufgekratzt und wie das blühende Leben wirkte.

»Sie glauben doch nicht, dass ich Sie im Stich lasse, wenn Sie wieder an einer Sache dran sind«, presste die Signora, heiser vor Aufregung, hervor.

»Das ist keine *Sache*, das ist eine Privatangelegenheit«, erklärte die Poldi. »Ich komme gut alleine klar.«

»Das könnte Ihnen so passen!«, knurrte der Padre und stieg aus. »Eine Observierung macht man immer zu zweit.«

Die beiden duldeten keinen Widerspruch.

Seufzend stieg die Poldi aus dem Fiat und tauschte ihr Fahrzeug mit dem des Padre. Die Signora Cocuzza blieb sitzen.

»Ich werde ausnahmsweise für Sie lügen und auf Nachfrage bestätigen, dass Sie bei mir zum Kartenspielen sind«, sagte der Padre. »Aber wenn ich bis heute Abend elf Uhr nichts von Ihnen gehört habe, dann rufe ich Montana an.«

Die Signora Cocuzza nickte, und die Poldi verstand, dass ihre beiden Freunde es ernst meinten.

Wie verabredet fuhr der Padre Poldis auffälligen Cinquecento zurück nach Torre Archirafi und überließ der Poldi seinen alten Punto für die Observierung von Favarotta.

»Was ist Ihr Plan?«, raunte die traurige Signora, als die Poldi sie kurz auf den Stand der Dinge gebracht hatte.

»Gibt keinen. Ich ... ich meine, *wir* beobachten das Haus und folgen Favarotta, sobald er herauskommt.«

Die Signora Cocuzza nickte.

»Was fährt er für ein Auto?«

»Ich glaube, irgendein BM...«, setzte die Poldi gerade an, als ein riesiger BMW in einem Affenzahn an ihnen vorbeidonnerte wie das letzte Gewittergrollen oder wie Thors Hammer im Tiefflug. Und zwar das größte SUV-Modell, das die Bayerischen Motoren Werke überhaupt im Programm hatten.

Die Poldi sah gerade noch, dass der SUV eine Art Tarnlackierung hatte. Ein schwarz-weißes Fleckenmuster wie ein »Erlkönig«-Testfahrzeug, das zwar die Proportionen auf Fotos verzerrte, aber auf der Straße etwa so unauffällig wie ein Komet am Nachthimmel war. Dann klatschte eine schmutzige Flutwelle über den Punto, und die Poldi und die traurige Signora konnten für einen Moment nichts mehr sehen.

Aber Poldis Reflexe funktionierten tadellos. Punto starten, anschnallen, Gang einlegen, anfahren und Scheibenwischer einschalten waren eine einzige fließende Bewegung.

»Anschnallen!«

»Check!«, rief die Signora Cocuzza und straffte ihren Gurt. »Ist er das?«

»Wer in dieser Gegend fährt wohl sonst so eine Protzkarre?!«

Die Poldi gab Stoff. Wobei das bei knapp fünfzig PS eine eher relative Angabe ist. Die fehlenden dreihundert PS holte die Poldi jedoch durch ihre jahrelange Rallyepraxis wieder raus. Paris–Dakar und so, hat sie mir mal erzählt. Jedenfalls heizte sie mit Bleifuß über die holprigen Landstraßen, schaltete krachend, nahm jede Kurve auf der Ideallinie und schaffte es sogar, mit dem untermotorisierten Vorderantrieb zu driften. Stelle ich mir vor. Kurz vor Gaggi hatte sie schließlich wieder Sichtkontakt zum Zielobjekt. Die Poldi blieb dran.

»Jaja«, nölte ich, als sie es mir in Torre Archirafi erzählte.

»Glaubst es wieder nicht?«

»*Nope.*«

Die Poldi rollte mit den Augen.

»Deine Anglizismen kannst dir sonstwohin stecken, hast mich? Wer ›*Yep*‹ und ›*Nope*‹ sagt, zeigt nur, dass er ein Opfer der kapitalistisch-imperialistischen US-Film-industrie ist und kein Hirn hat. Vom Mikrokosmos weiter unten will i gar nicht erst anfangen.«

»Ach komm, Poldi, ehrlich! Wie willst du mit einem Punto eine übermotorisierte Höllenkarre verfolgen? Zumal, wenn du noch nicht mal weißt, wo sie hinfährt. Mal ganz davon abgesehen, dass das ja auch nicht ganz unauffällig ist. Nein, ich glaub's nicht, sorry.«

Die Poldi wandte sich auf Italienisch an die Signora Cocuzza. »Er glaubt's nicht.«

Die traurige Signora nickte.

»Wir hatten Dusel«, erklärte sie mir auf Italienisch.

Sie verwendete allerdings den Ausdruck »culo«, was ich hier aus Gründen der Schicklichkeit nicht wörtlich übersetzen möchte.

Kurz vor der Ortseinfahrt von Gaggi flammten die Bremslichter des schwarz-weiß gefleckten SUV plötzlich auf, und er hielt an. Die Poldi, voll im Rallyemodus, sah es einen Tick zu spät, um in unauffälligem Sicherheitsabstand ebenfalls zu halten. Also entschloss sie sich, einfach an dem BMW vorbeizufahren.

Beim Überholen kam ihr der Toyota Pick-up von vorhin entgegen. Er hupte sie an, die Poldi wich in einem halsbrecherischen Schlenker aus und fuhr noch ein Stück weiter, bevor sie anhielt. Im Rückspiegel sah sie, dass der Pick-up neben dem SUV hielt.

Favarotta stieg aus seinem Wagen aus, eine kleine Sporttasche in der Hand, und stieg in den Toyota. Der Fahrer des Pick-ups stieg dafür in den BMW, und beide Autos fuhren sofort wieder los. Der Wechsel verlief wie eingespielt, der Poldi blieb kaum Zeit zum Nachdenken.

Überzeugt jedoch, dass er sie geradewegs zu Maria führen würde, wendete sie den Punto und folgte nun dem Toyota.

Und zwar über Landstraßen am Alcantara entlang weiter ins nördliche Landesinnere hinein bis nach Randazzo.

Dort parkte der Toyota schließlich in einem Vorort vor dem schmucklos-funktionellen Gebäude einer Mittelschule. Favarotta stieg aus, sah sich kurz um und betrat dann zügig die Schule.

Die Poldi rollte langsam noch ein Stück weiter und parkte den Fiat vis-à-vis der Schule auf der anderen Straßenseite.

Die Signora Cocuzza löste ihren Gurt, aber die Poldi legte ihr eine Hand auf den Arm.

»Wir warten noch.«

»Aber ...«

»Sicherheit geht vor!«

Die Poldi beobachtete die Straße.

Das Gewitter hatte ein wenig Kühle gebracht. Mild senkte sich der Abend inzwischen auf den Vorort herab. Alte Platanen säumten die Straße, darunter parkten Autos. Überall standen noch Pfützen. Blätter und Zweige lagen auf der Straße. Nur wenige Menschen waren zu sehen. Eltern, die ihre Kinder an der Hand nach Hause führten, Männer mit Plastiktüten voller Obst von einem nahen Gemüsestand.

Die Schule lag eingeklemmt zwischen Wohnhäusern aus den Siebzigerjahren mit bepflanzten Balkonen und bröckeligen Fassaden, an denen Klimaanlagen und Satellitenschüsseln blühten. Die meisten Fenster wie immer verschlossen wegen der Hitze. Eine ganz normale italienische Wohnsiedlung.

»Okay, ich gehe rein«, verkündete die Poldi.

»Das werden Sie nicht, Donna Poldina«, widersprach die Signora Cocuzza unerwartet. »Ich gehe.«

»Wie bitte?«

»Ja, selber ›Wie bitte?‹! Sie sind doch viel zu auffällig. Was, wenn Favarotta Sie sieht? Halten Sie mich nicht ab, ich habe mir alles genau überlegt. Ich hab mein Handy auf lautlos und melde mich.«

Ohne Poldis Widerspruch zu beachten, stieg sie aus und näherte sich der Schule. Die Poldi fluchte leise und sah, wie sie die Schule betrat.

Und wartete notgedrungen.

Und wartete.

Und wartete.

Und wartete.

»Herrgottsakramentverrecktlecktsmialleamarsch!«

Geduld war noch nie Poldis größte Stärke. Geduld gehört einfach nicht zu ihrer Basisausstattung, die hat sie im Leben mühsam nachrüsten müssen, hat nie so richtig geklappt. Wenn man die Poldi wirklich bestrafen will, dann muss man sie warten lassen, nichts außer Mord und Durst quält sie mehr.

Als sie nach einer guten halben Stunde immer noch nichts von ihrer Freundin hörte oder sah, hielt sie es nicht länger aus. Gegen alle Regeln der Observierung stieg sie aus, setzte ihre Sonnenbrille auf, zog sich den Cowboyhut tiefer ins Gesicht und schlenderte von Platane zu Platane in einem Bogen zur Schule, sämtliche Sinne auf Empfang. Als sie den Schuleingang erreicht hatte, hörte sie von drinnen leise Musik.

In der Schule war es kühl, es roch nach Putzmitteln und dem Schweiß von Generationen von Schülern. Die verglaste Hausmeisterloggia im Foyer war leer, niemand zu sehen.

Über die große Treppe im Eingangsbereich folgte die Poldi dem Klang der Musik in den ersten Stock bis vor eine große, verschlossene Flügeltür, die offenbar zur Aula führte.

Die Musik, die dort herausschallte, weckte Erinnerungen an ein flüchtiges Abenteuer mit einem Verkehrspolizisten in Buenos Aires und leidenschaftliche Nächte mit einer kurz gewachsenen argentinischen Fußballlegende.

Vorsichtig drückte die Poldi die Klinke. Die Tür seufzte kurz wie erschrocken auf, als die Poldi sie einen Spaltbreit öffnete und hineinlugte.

Und vor Schreck erstarrte.

Denn das Erste, was sie sah, war die Signora Cocuzza. Im Arm von Aldo Favarotta, der sie im Tangoschritt über das Parkett schob, direkt an der Tür vorbei. Die traurige Signora dabei einen guten Kopf größer als Favarotta, aber Eins-a-Haltung und ein Blick so verloren und unergründlich wie ein Bandoneonspieler vom Río de la Plata. Aber auch Favarottas Haltung: tadellos und geschmeidig, musste die Poldi wirklich zugeben. Er trug Absatzschuhe, schwarze Hose, rotes Hemd und wirkte völlig verändert, konzentriert und ganz und gar bei sich, der Musik und der Signora Cocuzza.

Die Poldi hörte, wie er leise zu ihr sagte: »Sie tanzen wundervoll, Eleonora! Sie sind ein Naturtalent.«

»*Muchas gracias!*«, hauchte die traurige Signora Cocuzza, ohne eine Miene dabei zu verziehen. »Aber ich bin schon so lange raus.«

Wie zum Beweis des Gegenteils verzierte sie die von Favarotta geführte Colgada mit zarten Bewegungen, malte mit den Beinen Bilder auf den Boden und kehrte dann wieder in Favarottas enge Umarmung zurück.

»Nein, Eleonora! In Ihnen lodert der Tango!«

Die Poldi fasste es nicht.

Ohne die Tür noch weiter zu öffnen, versuchte sie, den ganzen Saal zu überblicken.

Offensichtlich fand in der Aula eine Milonga statt, eine Tanzveranstaltung der lokalen Tangoszene, wie es sie überall auf der Welt gibt und die jeder leidenschaftliche *tanguero* zielsicher findet. Die Poldi sah noch weitere, mehr oder weniger fortgeschrittene Paare jeden Alters auf der Tanzfläche. Die Musik kam vom Band. Knarzende, alte Tangoschnulzen aus den Dreißiger- oder Vierzigerjahren, mit großem Orchester und italienischen Texten.

Die Poldi fragte sich, wie der süßlich-sentimentale Belcanto-Schmerz der Tenöre mit der Strenge und der aussichtslosen Melancholie des argentinischen Tango zusammenpasste. Aber wundersamerweise harmonierte es irgendwie.

Die Poldi zählte von ihrer Position aus etwa zwölf Paare. Ziemlich viel für Randazzo, fand sie.

Maria war nicht darunter.

Das erleichterte und beunruhigte die Poldi zugleich. Sie konnte sich einfach keinen Reim auf Favarotta und die Milonga, das Versteckspiel mit dem Toyota und überhaupt seine offenkundige Persönlichkeitsveränderung machen.

Leise schloss sie die Tür und kehrte zum Auto zurück.

Nach einer weiteren halben Stunde kehrte auch die Signora Cocuzza leicht erhitzt zurück und setzte sich seufzend auf den Beifahrersitz.

»Naturtalent«, sagte die Poldi nur.

»Ich hab Sie bemerkt, Donna Poldina«, erwiderte die traurige Signora. »Das soll keine Kritik sein, aber das war sehr unvorsichtig. Sie können von Glück sagen, dass Favarotta ganz auf mich konzentriert war.«

Die Poldi sah sie nur wortlos an.

»Ach, jetzt schauen Sie mich doch nicht so an!«, wehrte sich die Signora. »Ich kann nichts dafür. Als ich an der Tür gelauscht habe, hat mich ein älterer Herr entdeckt und einfach mit reingenommen, weil er dachte, ich trau mich bloß nicht. Und danach haben mich die Ereignisse einfach mitgerissen.«

»Beziehungsweise Aldo Favarotta.«

»Was sollte ich denn machen? Er hatte gerade seine letzte Tanzpartnerin zu ihrem Platz zurückgebracht, als er mich entdeckte.«

»Sie hätten ablehnen können.«

»Das habe ich! Ich habe behauptet, dass ich gar nicht tanzen kann. Aber er hat nur gesagt: ›Jeder Mensch kann tanzen‹, und mich einfach auf die Tanzfläche gezogen.«

»Und dann?«

»Nichts dann. Er ist ein sehr guter *tanguero*, das muss ich schon sagen. Sehr sensibel, aber auch führungsstark und charmant. ›Der Tango ist mein Leben!‹, hat er mir erzählt. Und dass er den Tango erst spät im Leben entdeckt habe. Dass er sich ein Leben ohne gar nicht mehr vorstellen könne. Und dass er davon träume, einmal nach Argentinien zu reisen. Aber dass das schwierig sei, aus vielen Gründen. Und dann hat er mich bei der nächsten Cortina zu meinem Platz zurückbegleitet und mit einer anderen Dame getanzt.«

Die Poldi schüttelte den Kopf. Wie sie es auch hinbog

und quetschte – die Eigenschaften »charmant« und »sensibel« brachte sie so gar nicht in Einklang mit dem Aldo Favarotta, den sie noch kurz zuvor erlebt hatte.

»Also entweder hat der Mann einen noch größeren Hau, als ich dachte, sprich, multiple Persönlichkeit, oder ...« Sie zögerte.

»Oder?«

»Oder wir beide sitzen hier der größten Scharade aller Zeiten auf, und Maria feixt sich eins dazu, und gleich fliegt uns hier alles um die Ohren.«

Die traurige Signora dachte sehr ernsthaft über die zweite Variante nach, schüttelte dann aber energisch den Kopf.

»Er wirkte ganz authentisch auf mich. Ich meine, wir haben getanzt, wir hatten engen Körperkontakt. Da spürt man so was einfach. Nein, das war echt.«

»Hatte er sonst mit irgendjemandem Kontakt? Wurde irgendwas übergeben, ein Kuvert vielleicht? Waren er und noch jemand aus der Gruppe ungewöhnlich lange auf der Toilette?«

Die Signora Cocuzza schüttelte den Kopf.

»Haben Sie wenigstens Fotos gemacht?«

»Wo denken Sie hin?! Das wäre viel zu auffällig gewesen.«

Die Poldi stöhnte.

Aber trotzdem sagte sie: »Gute Arbeit, Sie Naturtalent.«

Ein bisschen ratlos blieben sie sitzen und starrten weiter auf die Schule. Die beiden reifen Detektivinnen sahen, wie einige Personen aus der Tangogruppe die Schule verließen, sich herzlich voneinander verabschiedeten und zu ihren Autos schlurften.

Eine knappe Stunde später kam auch Aldo Favarotta aus der Schule. Er trug wieder seine übliche Kleidung und hatte die kleine Sporttasche dabei, in der sich, vermutete die Poldi, sein Tango-Outfit befand. Er stieg in den Toyota Pick-up und fuhr los.

Die Poldi fädelte sich hinter ihm in den Verkehr ein und folgte ihm in sicherem Abstand.

Den schwarzen Mini mit den getönten Scheiben, der wiederum ihr folgte, bemerkte sie nicht.

4. Kapitel

Erzählt von *gamberi rossi*, vom Verschwinden und von Fusseln, von Lügen und Eifersucht, von Treue und Tenören. Montana wird misstrauisch, und die Poldi erhält schon wieder einen Anruf. Während Montana Silvia Favarotta auf den Zahn fühlt, leiht sich die Poldi einen Euro und hört auf ihr Bauchgefühl. Montana klärt die Poldi über das Elend Italiens auf, und bei der Poldi fällt der Groschen. Kurz darauf ist jedoch der Ofen aus.

»Moment, halt, stopp!«, unterbrach ich ihren Bericht. »Wenn du ihn nicht bemerkt hast, woher ...«

»Herrgott, was bist schon wieder ungeduldig!«, tadelte mich die Poldi. »Des hast von deinem Vater, der ist auch so. Der Peppe war auch so. Alle Männer in der Familie seid's ihr so, gell, Teresa?«

Meine Tante Teresa nickte wissend und fächelte sich Luft zu.

Es war Mittag geworden, im Hof staute sich die Hitze. Außer mir schien jedoch niemand sonderlich unter der Hitze zu leiden. Die Damen fächelten sich Luft mit Papptellern zu, der Padre öffnete nur den obersten Knopf an seinem Hemd, und Onkel Martino trug eh nur noch Shorts, Unterhemd und Basecap.

Grillgeruch und Holzkohlenrauch waberten durch den Hof.

Ich war froh, dass Onkel Martino keine *calamari* grillte. Seit ich einen tätowierten Kraken auf dem Arm trug, aß ich diese wundervollen Tiere nicht mehr. Bei anderen Meerestieren dagegen war ich nicht so heikel.

Onkel Martino brachte den ersten Teller gegrillter und köstlich nach Meer, Knoblauch und Petersilie duftender *gamberi rossi* an den Tisch, und sofort griffen alle zu. Vielstimmiges Schmatzen erfüllte den Hof.

»Teresa!«, brummte Onkel Martino, als er wieder am Grill stand, zum Zeichen, dass er noch da sei und sie immer noch liebe.

»*Si, amore*«, erwiderte Tante Teresa, während sie ihren *gambero* zerteilte.

Und als sie das sagte, wurde ich auf einmal ganz ruhig. Denn hier saß ich wieder mal mit meiner Familie und Poldis Freunden beim Essen. Wahrscheinlich würde bald alles ganz schrecklich werden, aber hier saßen wir und ließen es uns schmecken, als wenn dies die vorletzte Mahlzeit wäre. Denn auch das ist ein Geheimnis sizilianischer Lebensart. Es ist niemals die letzte Mahlzeit, der letzte Abschied, das letzte Wort, das letzte Mal. Immer nur das vorletzte.

»Ungeduldig und immer auf dem Sprung«, fuhr die Poldi fort. »Apropos, wie weit bist eigentlich mit deinem Roman?«

»Vergiss es, Poldi«, zischte ich und schnappte mir auch einen *gambero*. »Also, woher weißt du von diesem Mini? Denn wenn du darauf keine schlüssige Antwort hast, muss ich leider – sorry, Leute! – annehmen, dass ihr mir hier alle gerade einen Bären aufbindet. Sehr traurig.

Wirft ein sehr schlechtes Licht auf euch. Ihr denkt vielleicht, ich bin blöd, bin ich aber nicht. Das sagen alle, haha.«

Niemand reagierte.

»Das war ein Witz.«

Nur Schmatzen.

Die Poldi schenkte sich ungerührt Wein aus einer Karaffe mit Eiswürfeln ein, trank einen Schluck, sagte: »Ah!«, knackte ihre rote Riesengarnele auf, rieb sie sorgfältig mit dem Olivenöl auf ihrem Teller ein und aß ein Stück.

»Köstlich. Na los, probier!«

»Poldi!«

Sie aß genüsslich weiter.

»Mei, jetzt nerv halt nicht und iss endlich. Du scheißt dir eh gleich noch in die Hosen, da wär's besser, wennst eine Grundlage hättest.«

Der Pick-up nahm denselben Weg zurück, und die Poldi achtete darauf, immer mindestens ein weiteres Auto vor sich zu haben.

Den einzigen Reim, den sich die beiden Spürnasen auf die ganze Sache machen konnten, war, dass Favarotta seine Leidenschaft für den Tango aus irgendwelchen Gründen nur heimlich ausleben konnte und daher diesen regelmäßigen Transport zu den Milongas organisiert hatte. Bloß, warum?

»Vielleicht hat er eine Affäre?«, spekulierte die Signora Cocuzza.

»Ist Ihnen in der Schule irgendwer aufgefallen?«

Die traurige Signora schüttelte den Kopf.

Dann rief der Padre an.

»Uns geht's gut«, sagte die Poldi. »Unsere gemeinsame Freundin hat ein bisschen das Tanzbein geschwungen.«

»Soll das jetzt eine Metapher sein oder was?«

»Ich erklär's Ihnen später. Wir sind noch beschäftigt.«

»Keine gute Idee«, dröhnte der Padre. »Montana holt Sie nämlich gleich bei mir ab. Wenn Sie keine Fragen beantworten möchten, dann sollten Sie in zwanzig Minuten bei mir in der Sakristei am Kartentisch sein.«

Womit die Observierung dann beendet war.

Wie es aussah, würde Favarotta ohnehin am Ortsrand von Gaggi wieder in seinen BMW umsteigen und gemütlich nach Hause fahren.

Das Kennzeichen des Pick-ups hatte die Poldi längst fotografiert, vielleicht würde der *Assistente* Zannotta ihr diesbezüglich einen kleinen Gefallen tun, ohne dass Montana davon Wind bekam.

Daher bog die Poldi an der nächsten grünen Ampel rechts ab in Richtung *autostrada*. Beim Abbiegen wurde sie von einem schwarzen Mini überholt, der noch bei Gelb über die Kreuzung wollte.

Pünktlich um kurz vor elf saßen die Poldi und die Signora Cocuzza beim Padre in der Sakristei um seinen improvisierten Kartentisch herum, nahmen hastig Karten auf, schichteten Cent-Stücke vor sich auf und erstatteten dem Padre kurz Bericht.

Keine Minute zu früh, denn gleich darauf erschien Montana, um die Poldi abzuholen.

»*Amore!*«, hauchte die Poldi. »Wir spielen nur noch diese Runde zu Ende. Nimm dir einen Stuhl und sieh zu, wie diese beiden Verbrecher mich abzocken.«

Der Padre hustete, die Signora Cocuzza vergrub sich

hinter ihrer Kartenhand. Montana blieb stehen und warf einen Blick in die Runde. Die Poldi konnte seinen durchbohrenden Blick förmlich im Rücken spüren.

»Ich habe keine Ahnung, was ihr hier spielt«, sagte er leise. »Mit Karten hat es jedenfalls nichts zu tun.«

»Ein Bräutigam muss vor der Hochzeit eben nicht alles wissen«, sagte die traurige Signora spitz und erntete dafür einen dankbaren Blick von der Poldi.

Montana grinste und holte sich einen Stuhl.

»Haben Sie irgendwo noch ein Bier, Padre?«

In dieser Nacht träumte die Poldi schlecht, und das trotz einer stürmischen, vorehelichen Überquerung des Ozeanes der Lust mit Montana zuvor.

Die Details dazu ersparte sie mir diesmal, denn ihre Schwägerinnen und ihre Freunde saßen ja mit am Tisch, und da wird selbst die Poldi einsilbig.

In ihrem Traum tanzten Maria und Favarotta Tango auf der kleinen Bühne vor einem bayrischen Biergarten, irgendwo an einem Seeufer. Sie tanzten innig und wie vollkommen aufeinander eingespielt zur Musik einer kleinen Blaskapelle. Die Poldi saß in einem Hochzeitskleid auf einer Bank am Rande und fühlte sich klein, unbedeutend und abgemeldet. Leute gingen achtlos an ihr vorbei, lachten, applaudierten, niemand forderte sie auf. Neben ihr saß der Tod und füllte Formulare mit verschiedenfarbigen Durchschlägen aus. Die Poldi wäre gerne aufgestanden und weggelaufen, aber sie konnte sich nicht rühren. Dann entdeckte Maria sie, lachte laut, rief: »Du kapierst es einfach nicht! Du hast ja noch nie was kapiert!«, schlang ihren Arm um Favarotta und fraß ihn auf.

Es gibt diese Träume, die können noch so banal sein, die verfolgen einen den ganzen Tag. Was die Poldi aber noch viel mehr beunruhigte, war dieses nur allzu vertraute Unbehagen, irgendwas übersehen zu haben. Sie versuchte, sich einzureden, dass Favarottas Privatleben sie schließlich nichts anginge. Half aber nicht. Das Unbehagen blieb wie ein hartnäckiger Zeitschriftendrücker, der schon wittert, dass er mit seiner Knast-Story bestimmt zwei Abos verticken kann.

Also wieder Warten. Warten auf den angekündigten Anruf von Silvia Favarotta.

Zwar war die Poldi weiterhin nicht bereit, sich auf das Angebot einzulassen, aber vielleicht konnte sie den Favarottas ja unauffällig auf den Zahn fühlen.

Bloß riefen weder Silvia noch Aldo Favarotta an.

In der Zwischenzeit schickte die Poldi Montanas Kollegen Zannotta, einem ihrer größten Fans, das Foto vom Kennzeichen des Pick-ups. Eine Viertelstunde später wusste sie, dass der Wagen Favarotta gehörte beziehungsweise einer seiner zahlreichen Holdings. Die Poldi war nicht mal überrascht.

Entschlossen drückte sie die Nummer von Favarottas Handy. Aber da sprang nur die Mailbox an. Die Poldi probierte es den ganzen Tag über noch weitere Male, verschickte auch einige SMS, aber Favarotta rief nicht zurück.

Du kapierst es einfach nicht! Du hast ja noch nie was kapiert!, dachte die Poldi. Und auch, dass sie Montana alles erzählen würde, wenn er vom Dienst zurückkam.

Doch noch bevor ihr Geliebter, Verlobter, Gefährte, Vertrauter und Freund nach Hause zurückkehrte, erhielt sie wieder einen Anruf von einer unbekannten Nummer.

»*Pronto?*«

»Hier ist Silvia Favarotta.«

Ihre Stimme klang angespannt.

Die Poldi gab sich cool. »Ich habe meine Meinung nicht geändert. Ihr Angebot interessiert mich nicht.«

»Darum geht es nicht«, sagte Silvia Favarotta gepresst.

»Sondern?«

»Mein Mann ist verschwunden.«

Wenn Menschen spurlos verschwinden, dann gibt es dafür meistens nur eine plausible Erklärung: dass die betreffende Person nämlich mausetot ist und ihre Leiche bereits sorgfältig verscharrt beziehungsweise in Säure aufgelöst wurde. So was ist für die Angehörigen schon schwer genug zu verkraften.

Die andere mögliche Erklärung jedoch verlangt ihnen nicht weniger ab. Denkt man vielleicht nicht, dass so etwas noch möglich ist, bei all den Spuren, die ein moderner Mensch im Internet, bei seiner Kreditkartengesellschaft, seinen Ämtern, Mobilfunkbetreibern, Versicherungen, dem Arbeitgeber, auf seinem Computer und tausend anderen Datenbanken hinterlässt. Aber es geht. Wenn man es wirklich will, wenn man sich gut vorbereitet und bereit ist, sämtliche Brücken zu seinem alten Leben abzubrechen und unauffällig zu bleiben, dann kann man tatsächlich spurlos untertauchen.

Das wirklich Seltsame oder auch Wunderbare am spurlosen Verschwinden ist allerdings – dass es gar nicht verboten ist. Moralisch möglicherweise nicht einwandfrei, aber solange man nicht Gegenstand einer behördlichen Ermittlung ist, gibt es kein Gesetz, das einem das spurlose Verschwinden untersagt.

»Wie bitte?«, fragte die Poldi verblüfft, als Vito Montana es ihr und Silvia Favarotta später am Abend erklärte.

Sie hatte nach dem Anruf tapfer dem Impuls widerstanden, umgehend alleine nach Gaggi zu fahren. Nein, diesmal hatte sie geduldig auf Montanas Rückkehr gewartet und ihm ihr kleines Geheimnis gebeichtet. Montana war nicht mal sauer gewesen, hatte aber darauf bestanden, die Poldi nach Gaggi zu begleiten. Inoffiziell, wie er klarstellte.

Sie saßen wieder im *salotto* der Villa, nur diesmal blieb der Thron leer. Montana schien die Kitschexplosion um ihn herum gar nicht wahrzunehmen.

Silvia Favarotta wirkte gefasst. Sie trug eine schmal geschnittene dunkelblaue Hose und eine kurzärmelige Bluse in der gleichen Farbe, aus der gebräunte, muskulöse Oberarme herausragten.

Tennis, vermutete die Poldi. Vielleicht auch Leichtathletik oder Turnen. In jedem Fall etwas Dynamisches, denn trotz ihrer ruhigen, geraden Haltung wirkte Silvia Favarotta immer wie auf dem Sprung.

Montana hatte ihr einige knappe Fragen gestellt. Ob ihr Mann Drohungen erhalten habe, ob irgendetwas vorgefallen sei, ob er in finanziellen Schwierigkeiten stecke, ob er bereits zuvor schon einmal verschwunden sei. Silvia Favarotta hatte alles verneint. Woraufhin Montana ihr erklärt hatte, dass die Polizei in einem solchen Fall zwar eine Vermisstenmeldung aufnehmen, ansonsten aber nicht tätig werden würde. Die ganze Zeit über konzentrierte er sich ganz auf Favarottas Frau, die Poldi schien er gar nicht mehr zu beachten.

Was der Poldi wiederum Gelegenheit gab, ihre Wahrnehmung schweifen zu lassen.

Irgendetwas stimmte hier nicht.

Ich stelle mir vor, wie sie – äußerlich völlig cool und ganz sorgenvolle Anteilnahme – ihre hochempfindlichen und durch jahrelanges Training geschärften Sinne auf Empfang schaltete. Wie sie unauffällig und wie nebenbei den Raum abscannte, selbst kleinste, atmosphärische Veränderungen registrierte – Luftdruck, Temperatur, Geräusche. Ihre Sinne durchdrangen selbst die Wände, zogen durch das ganze Haus und auch nach draußen in den gepflegten Garten mit dem großen Pool und kehrten dann zurück in den *salotto*.

Die Einrichtung wirkte seit dem Vortag unverändert. Die Klimaanlage säuselte leise, alles war am selben Platz wie zuvor. Der livrierte Diener erschien wieder lautlos und servierte *caffè*.

Die Poldi sah ihm zerstreut nach, als er hinausging und konzentrierte sich dann wieder auf den Raum. Dazu schaltete sie nun von der Makro- auf die Mikroebene.

Und da fielen ihr dann doch zwei Kleinigkeiten auf.

Der Salon wirkte picobello sauber, geradezu antiseptisch rein. Die Poldi erinnerte sich, dass sie am Tag zuvor mit ihrem *cannolo* gekrümelt hatte, aber von den Krümeln war nichts mehr zu sehen. Offenbar war der *salotto* in der Zwischenzeit geputzt worden. Als die Poldi ihren Blick über den Boden schweifen ließ, fiel ihr auf, dass die Jukebox nicht mehr beleuchtet war. Irgendjemand hatte den Stecker der alten Wurlitzer gezogen. Die Poldi überlegte, ob die Steckdose am Vortag überhaupt sichtbar gewesen war. Ein kurzer Blick zu den Stehlampen bestätigte ihr, dass man die Wurlitzer wahrscheinlich verrückt hatte, denn sämtliche Kabel, Steckdosen und Anschlüsse waren ansonsten sorgfältig verborgen. Wie, um dieses

Heiligtum des Kitsches nicht durch profane elektrische Installationen zu entweihen.

Das war das eine.

Das andere waren kleine Staubflusen unter der Steckdose, wie sie sich hinter Schränken und anderen unzugänglichen Stellen sammeln. Ein weiteres Indiz dafür, dass die Jukebox vorschoben worden war.

Jukebox und Flusen. Würden Normalos wie ich im nächsten Augenblick bereits vergessen haben. Nicht so die Poldi. Denn das Oberreitersche Superhirn ist so voll auf Mustererkennung gepolt, dass es gar nicht anders kann, als immerzu Zusammenhänge herzustellen.

Doch so sehr die Poldi ihre grauen Zellen zwischen Großhirnrinde und Hypothalamus auch scheuchte und ihnen Beine machte, sie konnte sich einfach keinen Reim darauf machen, wie Flusen und verrückte Jukebox mit Aldo Favarottas Verschwinden zusammenhingen.

Das liegt ja meist daran, dass es noch eine dritte Variable gibt, die man entweder noch nicht kennt oder zu wenig beachtet hat.

Du kapierst es einfach nicht! Du hast ja noch nie was kapiert!

In der Zwischenzeit dozierte Montana weiter.

»Jeder Erwachsene im Vollbesitz seiner geistigen und körperlichen Kräfte hat das Recht, seinen Aufenthaltsort frei zu wählen, auch ohne diesen seiner Familie oder sonst wem mitzuteilen.«

»Moment!«, unterbrach ihn Silvia Favarotta. »Das heißt, mein Mann darf einfach so von der Bildfläche verschwinden?«

Montana nickte. »Solange kein Haftbefehl, der Verdacht auf eine Straftat oder Gefahr für Leib und Leben vorliegen, werden wir nicht tätig. Selbst wenn Ihr Mann, ich sag mal, zufällig in eine Verkehrskontrolle gerät, wird die Polizei ihn fragen, ob er einverstanden sei, dass Sie seinen derzeitigen Aufenthaltsort erfahren. Anders sieht es natürlich bei Minderjährigen aus, die gelten schon als vermisst, wenn sie ihre gewohnte Umgebung verlassen haben und ihr Aufenthaltsort unbekannt ist.«

Silvia Favarotta nickte. »Aber trotzdem sind Sie hier.«

»Rein privat!«, stellte Montana erneut klar. »Nur als Lebensgefährte von Frau Oberreiter.«

Wie er das sagte, klang es zwar ein bisschen zu besitzergreifend für Poldis Geschmack, aber dann auch wieder ganz natürlich. Wie man eben übereinander spricht, wenn man gemeinsam in einem Boot sitzt und gerade dabei ist loszusegeln.

Die Poldi merkte, dass ihre Gedanken abdrifteten und ermahnte sich zur Konzentration.

Silvia Favarotta war ein bisschen zusammengesunken, was sie verletzlich und kleiner wirken ließ.

Ganz menschlich, fand die Poldi.

Du kapierst es einfach nicht! Du hast ja noch nie was kapiert!

»Ich bin trotzdem froh, dass Sie beide gekommen sind«, sagte Silvia.

Montana räusperte sich. »In den meisten Fällen tauchen die vermissten Personen nach einigen Tagen wieder auf. Manche wollen ihrem Ehepartner einfach nur mal Angst einjagen. Manchmal liegt eine psychische Erkrankung vor. Meistens ist aber einfach eine Affäre der Grund.«

Silvia Favarotta schüttelte den Kopf. »Mein Mann ist weder psychisch krank, noch hat er jemals Selbstmordabsichten geäußert. Dafür mag er sich selbst zu sehr. Um mir Angst einzujagen, hat er andere Methoden. Ich will ganz offen zu Ihnen sein: In unserer Ehe steht es nicht zum Besten. Ich will die Scheidung, mein Mann will sie nicht. Mein Mann ist das, was man einen Kontrollfreak nennen könnte. Er würde niemals seine Geschäfte vernachlässigen.«

»Könnte er denn eine Affäre haben?«, fragte Montana.

Silvia Favarotta verzog keine Miene. »Jeder Mann hat Affären. Männer können gar nicht anders.«

»Vielleicht«, sagte die Poldi, »sind Sie ja ganz froh, ihn für eine Weile los zu sein.«

Den Zusatz »oder für immer« verkniff sie sich.

Silvia Favarotta steckte die kleine Provokation ungerührt weg.

»Vielleicht bin ich das«, antwortete sie brüsk auf Deutsch. »Aber noch ist er mein Mann. Und hier in Sizilien bedeutet das noch etwas.« Auf Italienisch fuhr sie fort: »Ich will wissen, wo mein Mann ist. Wenn er verschwinden will – *va bene*, seine Sache. Wenn er tot ist, ist es Sache der Polizei. Aber – zur Hölle! – ich will wenigstens wissen, wo er ist.«

Montana atmete durch. »Erzählen Sie's mir noch mal, bitte.«

»Wie gesagt«, wiederholte Silvia, »ich habe meinen Mann erst heute Morgen vermisst. Es ist nicht ungewöhnlich, dass er über Nacht wegbleibt. Manchmal ist es die Arbeit, die ihn aufhält, manchmal irgendeine Nutte. Aber er hat dann den ganzen Tag über nicht auf Anrufe reagiert. Und das ist nun wirklich ungewöhnlich. Business hat für meinen Mann immer oberste Priorität. Ohne ihn geht gar nichts, denkt er. Herzstillstand sozusagen.

Als ich am Mittag immer noch nichts von ihm gehört hatte, habe ich seine Assistentinnen weggeschickt und bin nach Taormina ins Hotel gefahren.«

»Welches Hotel?«, unterbrach Montana.

»Das *San Domenico*, das habe ich doch schon gesagt«, ergänzte Silvia gereizt. »Dort stand sein BMW verschlossen in der Tiefgarage.«

»Woher wussten Sie das?«

»Der Wagen hat ein GPS-Tracking-System als Diebstahlsicherung. Als ich anfing, mir Sorgen zu machen, habe ich mir von Aldos IT-Chef den Standort geben lassen.«

Montana nickte.

»Haben Sie im Hotel nach Ihrem Mann gefragt?«

»Das musste ich nicht. Aldo hat dort durchgängig eine Suite gemietet, die er manchmal für Besprechungen oder Schäferstündchen nutzt. Oder auch mal, um Investoren unterzubringen. Ich habe eine Schlüsselkarte.«

»Und da sind Sie einfach rein und haben nachgesehen?«

»Ja.«

»Hatten Sie keine Sorge, Ihren Mann in einer pikanten Situation zu ertappen?«

»Ich hatte zu diesem Zeitpunkt eher die Sorge, dass er tot auf dem Bett liegt.«

»Und dann?«

»Das Zimmer war unberührt. Der Portier versicherte mir, dass mein Mann die Nacht nicht dort verbracht hat. Danach habe ich Samir gebeten, den BMW abzuholen.«

Montana verzog das Gesicht. »Sie hätten ihn besser da stehen lassen.«

»Ich wollte vermeiden, dass irgendwer Fragen stellt.«

»Ich würde mir den Wagen gerne mal ansehen.«

Silvia Favarotta führte die Poldi und Montana zur Garage.

Dort stand der gefleckte Monster-BMW neben zwei anderen Fahrzeugen aus derselben Hölle. Einem Hummer, ausgestattet wie für einen Wüstenkrieg, aber vollständig mit einer quietschbunten Folie beklebt wie ein Hippie-Wohnmobil, und einer alten, restaurierten amerikanischen Corvette. Außerdem stand dort ein zweisitziges silbergraues Mercedes-Cabriolet, das offenbar Silvia gehörte und das sich gegen die drei anderen Autos eher schlicht ausnahm.

Weder die Poldi noch Montana berührten den BMW. Sie warfen nur einen Blick hinein. Der Wagen wirkte aufgeräumt, sauber und, vor allem, leer.

»Haben Sie ihn durchsucht?«, fragte die Poldi.

»Dazu hatte ich bisher keinen Anlass.«

Montana ließ sich die Ersatzschlüssel geben und öffnete den Wagen. Er bemühte sich, so wenig wie möglich zu berühren. Mit spitzen Fingern zog Montana eine Brieftasche aus Schlangenleder und ein Handy aus dem Handschuhfach.

In der Brieftasche befanden sich fünfhundert Euro, ein ganzes Arsenal von Kreditkarten, Ausweisen, Rabattgutscheinen und abgelaufenen Parkquittungen sowie ein Foto von Silvia und eines von einer älteren Frau. Ein altes Foto, verblichen und mit vielen Knitterfalten.

»Das ist Aldos Mutter«, erklärte Silvia. »Er hat nur dieses eine Foto von ihr.«

»Glauben Sie, dass man Ihren Mann entführt hat?«, fragte Montana, als sie wenig später wieder im *salotto* saßen.

»Ich weiß es nicht.«

Sie wirkte auf einmal blasser als vorher, fand die Poldi.

»Normalerweise würden sich Entführer doch mit einer Lösegeldforderung melden, nicht wahr?«

»Können wir das Handy mal einschalten?«

»Ich kenne den Code nicht.«

Montana nickte und ließ das Handy unberührt.

»Wann haben Sie Ihren Mann zuletzt gesehen?«

»Gestern Abend. Kurz nachdem Donna Poldina uns verlassen hatte, ist er noch mal nach Taormina gefahren.« Sie sah die Poldi dabei an. »Er war wirklich sehr aufgewühlt wegen Ihrer Absage.«

»Wo waren *Sie* eigentlich gestern?«

Wieder eine ganz einfache Frage. So, wie Montana sie stellte, klang sie völlig natürlich und eher wie zur Abrundung des Gesamtbildes gemeint. Aber die Poldi wusste, dass kein Kriminalkommissar der Welt diese Frage jemals einfach so stellt. Sie sah, wie Silvia die Stirn runzelte.

»Hier natürlich.«

»Den ganzen Abend? Bis heute Morgen?«

»Ja.«

Montana nickte. »Könnte das jemand bestätigen?«

Ein Anflug von Ärger kräuselte Silvias kontrollierten Ausdruck wie eine Böe einen stillen See.

»Ich verstehe die Frage nicht ganz, *Commissario*.«

»Beantworten Sie sie doch einfach, Signora.«

»Samir, unsere gute Seele, war auch hier. Fragen Sie ihn.«

»Die ganze Zeit?«

»Nein!«

Silvias Ton jetzt deutlich gereizt.

»Um halb elf oder so habe ich ihm freigegeben. Heute Morgen um sechs kam er dann wieder.«

Montana nickte, als wäre das eine zufriedenstellende Antwort.

»Warum haben Sie eigentlich Frau Oberreiter und nicht die Polizei angerufen?«

Silvia stöhnte und strich sich die Haare zurück. Wirkte auf einmal müde und noch verletzlicher.

»Weil ich der Polizei nicht traue. Seien wir mal ehrlich, Aldo ist nicht sonderlich populär. Ein *enfant terrible*, gefundenes Fressen für die Boulevardpresse. Wenn ich die Polizei rufen würde, dann wüsste es fünf Minuten später halb Sizilien. Und noch fünf Minuten später die ganze Welt. Und das wäre Gift fürs Geschäft.«

»Dachten Sie vielleicht, Ihr Mann ist bei mir?«, hakte die Poldi nach.

»Ich weiß nicht, was ich vorhin dachte. Aber jetzt möchte ich Sie gerne beauftragen, ihn zu finden.«

Die Poldi hatte es geahnt.

Sie erhob sich vom Sofa, trat an die Jukebox und sah sich die Titelliste an. Fast ausnahmslos alte italienische Schlager, außerdem Klassiker des Italo-Pop und des Italo-Disco.

Die Poldi deutete auf den Stecker am Boden. »Darf ich?«

»Bitte«, sagte Silvia ein bisschen verwundert. »Aber Sie brauchen einen Euro. Aldo mag es, wenn seine Gäste für die Musik bezahlen.«

Die Poldi drückte den Stecker in die Steckdose, und mit einem Klackern irgendwo in ihren mechanischen Tiefen erwachte die alte Wurlitzer und leuchtete auf. Von Montana ließ sich die Poldi einen Euro geben, die Münze kullerte durch die Mechanik, als würde sie verdaut. Die Poldi studierte die Liste der fast zweihundert Titel, die dieser Apparat abspielen konnte.

»Was hört Ihr Mann denn gerne?«

»G5.«

Die Poldi drückte die Kombinationen auf den großen Kunststofftasten an der Vorderseite und hörte, wie die Abspielautomatik hinter der Scheibe ratterte und die Single ausgewählt wurde. Nach einem kurzen Moment knarzte und knisterte es tüchtig, und das Stück begann. Es hieß *Tango della gelosia*, also »Eifersuchtstango«, gesungen von einem vergessenen Tenor namens Fernando Orlandis.

Quando negli occhi tuoi belli
io leggo l'amore
sento balzare nel petto
di gioia il mio cuore!
Ma poi ripenso che tu,
libera, ormai non sei più.
Penso al signore il tuo sposo che aspetta laggiù.

Wenn ich in deinen schönen Augen
Die Liebe les'
Fühl ich in meiner Brust
Vor Freude springen mein Herz!
Aber dann denk' ich wieder daran
Dass frei du niemals mehr wirst sein.
Denk' an den Herrn, deinen Bräutigam,
der dort unten wartet.

Fand die Poldi gar nicht schlecht. Liebe, Freiheit, Eifersucht – genau ihre Themen.

Sie lauschte dem klagenden Belcanto und erinnerte sich daran, die alte Schnulze auch bei der Milonga in Randazzo gehört zu haben.

»Tanzen Sie gern, Silvia?«

Silvia Favarotta sah verwundert auf. »Nein! Ich hab's eher nicht so mit Tanzen.«

»Und Ihr Mann?«

»Ich weiß jetzt nicht, was ... Also nein. Wenn er muss, schuckelt er bei Hochzeiten die älteren Damen über die Tanzfläche. Aber *gerne* würde ich das nicht nennen. Er hat die Jukebox so gekauft, wie sie da steht, mit der Musik und allem.«

Die Poldi setzte sich wieder und sah Silvia weiterhin an.

Im Hintergrund gab Fernando Orlandis alles an gebrochenem Herzen und Mimimi.

»Wo ist Maria?«

»Ich weiß es nicht. Das ist die Wahrheit. Aldo hat nie mit mir darüber gesprochen. Aber wenn Sie meinen Mann finden, dann werde ich ihn dazu bringen, es Ihnen zu sagen. Sie haben mein Wort.«

»In welcher Verbindung steht er zu meiner Schwester?«

»Hören Sie, Donna Poldina, ich habe nicht die geringste Ahnung. Aldo spricht nicht mit mir über Geschäfte. Das ist einer der Gründe, warum ich mich von ihm scheiden lassen möchte. Also – werden Sie den Auftrag annehmen? Ich bezahle Ihnen auch Geld, wenn Sie wollen.«

Die Poldi zuckte mit den Schultern. »Vielleicht taucht er ja morgen wieder auf?«

»Finden Sie meinen Mann, Donna Poldina! Diskret. Ich bitte Sie darum.«

Du kapierst es einfach nicht! Du hast ja noch nie was kapiert!

»Alles in Ordnung?«, fragte Montana auf der Rückfahrt, ohne den Blick von der Straße zu nehmen.

Die Poldi legte den Kopf zurück und schloss die Augen. Sie mochte es, wenn Montana fuhr.

»Ich hab das so satt.«

»Nein, du liebst es. Nur die Lügen setzen dir zu. Ich kenne das. Das hört niemals auf.«

Die Poldi richtete sich ein wenig auf und sah Montana an.

»Es tut mir leid, *tesoro*. Die Neugierde ist einfach wieder mit mir durchgegangen. Ich hätte es dir ohnehin erzählt.«

Montana gab einen unbestimmten Grunzlaut von sich, hielt den Blick stur auf die Straße gerichtet, obwohl nur wenig Verkehr war.

»Dich meine ich nicht«, rückte er dann mit der Sprache heraus. »Ich meine Silvia Favarotta.«

Die Poldi horchte auf. »Du denkst, sie lügt?«

Keine Antwort. Montana schien über irgendetwas nachzugrübeln.

»Was denkst *du*?«, fragte er schließlich.

»Ich denke ...«, begann die Poldi leise und zögernd, als fürchtete sie, irgendjemanden oder irgendwas zu wecken, wenn sie weitersprach. »Ich denke, dass Silvia Favarotta ihren Mann umgebracht hat.«

Die Poldi hätte nicht einmal sagen können, woher sie diese Gewissheit nahm oder wie sie mit der verschobenen Jukebox und den Staubflusen zusammenhing – aber als sie es endlich aussprach, erschien es ihr ganz schlüssig: Silvia Favarotta hatte ihren Mann umgebracht.

Montana ließ sich nichts anmerken, konzentrierte sich weiter aufs Fahren.

»Warum denkst du das?«

»Bauchgefühl.«

»*Dai*, Poldi! Gib mir was Besseres.«

»Es gibt nichts Besseres als mein Bauchgefühl, merk dir das! Wer geht denn noch zu einer Milonga, wenn er vorhat, am nächsten Tag unterzutauchen?«

»Das ist nicht so ungewöhnlich, wie du denkst. Wenn Menschen verschwinden oder sich umbringen, wirken sie kurz zuvor oft besonders normal und unauffällig. Also – was noch?«

Die Poldi stöhnte.

»Eine verschobene, ausgestöpselte Jukebox, die kurze Irritation, als ich sie nach dem Tanzen gefragt habe.«

»Überzeugt mich immer noch nicht. Warum sollte sie dich beauftragen, ihren Mann zu finden, wenn sie ihn umgebracht hat?«

»Weil sie das unverdächtig macht? Und weil sie sich ganz sicher ist, dass sowieso niemand je die Leiche finden wird?«

Montana antwortete nicht gleich.

Er verließ die Autobahn bei Giarre und fuhr auf die Mautstation zu. Die verwitterte Betonkonstruktion mit ihren Bögen und Pollern sah aus wie ein in die Steppe geklotztes Ehrenmal einer ehemaligen zentralasiatischen Sowjetrepublik. Es war nicht viel los, ein paar Laster nutzten die schnelleren Telepass-Schranken, Montana aber reihte sich vor einem der Kassenhäuschen ein. Allerdings waren die Kassierer auch hier längst durch automatische

Kassenanlagen ersetzt worden, an die man aus dem Fenster nie richtig rankam, die Münzen und Scheine nur selektiv annahmen und wo einem anschließend eine blecherne Frauenstimme »*Arrivederci!*« wünschte.

»*Vaffanculo!*«, erwiderte Montana gereizt. »Mit diesen Automaten dauert alles doppelt so lang! Ich will, dass hier wieder richtige Kassiererinnen und Kassierer sitzen. Ja, genau! Mit grauen, müden Gesichtern, die den ganzen Tag Kleingeld wechseln, aber nie ein Wort mit dir, auch wenn du zum tausendsten Mal bei ihnen bezahlst und dich nach ihren Kindern erkundigst, die manchmal mit dem Pausensnack hinter ihnen stehen und die du kennst, seit sie klein sind.«

Die Poldi sah ihn ein bisschen verwundert an. Aber Montana war noch nicht fertig.

»Schau dir diese Mautstation an!«, polterte er weiter. »Hier siehst du das ganze Elend Italiens. Diesen riesigen, trostlosen Fleck Beton, wo es nach Pisse stinkt und Papiertücher in den Büschen liegen. Aber in Wahrheit ist es ein magischer Ort. Er ist eben nicht nur für die Maut da. Er ist ein Ort der Begegnung!«

Da verstand die Poldi, dass es mal wieder Zeit für einen kleinen patriotischen Wutausbruch war. Montana brauchte das manchmal, um sich über den Zustand der Welt oder einer Ermittlung klar zu werden.

»Hier hat man sich abends verabredet, als es noch keine Handys gab. Als man seine Zeit nicht nur damit verbracht hat, im Dunkeln Internetvideos zu gucken, sein Essen zu fotografieren, Selfies im Bad zu machen und sich trotzdem für seinen Körper zu schämen. Als man überhaupt noch rausging, um seine Freunde zu treffen oder ein bisschen rumzufummeln. Ich habe hier schon tausendmal auf meine Kumpels und meine ersten Dates gewartet. Manchmal sind wir gar nicht erst wohin gefahren, sondern haben hier rumgehangen, was getrunken, gekifft und rumgeknutscht. Was man eben so machte. Obwohl es hier so schmutzig war. Wunderst du dich? Ich sag dir, wir waren hier, gerade *weil* es schmutzig war, roh und revolutionär. Anders als zu Hause. Und die Signora im Kassenhäuschen hat alles gesehen. Nie hat sie ein Wort mit uns gewechselt. Niemand wusste, wie sie heißt. Es gab noch Mysterien. Die hat man respektiert wie uralte Götter. Komplizenschaft der unteren Klassen. Da schau, die beiden Autos, die da parken! Die warten auf irgendwen. Aber früher war hier alles voll. Alles voller Autos und Leben! Und dann? Erst Telepass und dann die automatischen Kassen. Was für ein Dreck! Mautstationen sind Institutionen des italienischen Soziallebens. Aber sie funktionieren nur, wenn auch Menschen in den Häuschen sitzen, sonst ist die Magie weg, verstehst du? Und das ist das ganze Elend Italiens. Sie nehmen uns den Dreck und die Magie weg. Die Politiker, die Konzerne und die Banken. Irgendwann werden sie uns die Mautstationen ganz wegnehmen und alles elektronisch erfassen, über einen Chip unter unserer Haut. Aber wenn die Mautstationen fallen, dann fällt auch Italien, das sage ich dir. Dann ist Italien endgültig im Arsch.«

»Ich liebe dich, *tesoro*«, sagte die Poldi leise und legte ihm eine Hand aufs Bein.

Und als ob sich mit dieser Berührung des geliebten Menschen die Verbindung zum Universum erweitert hätte, fiel es ihr ein.

»Der Diener in der affigen Livree!«, rief sie aus. »Samir oder wie der heißt. Silvia Favarotta hat gesagt, dass er den ganzen Tag über da war, bis sie ihm abends freigab.«

Montana nickte.

»Und?«

»Das stimmt nicht. Ich bin nicht gleich draufgekommen, weil er im Wagen eine Sonnenbrille trug und auch keine Livree. Aber ich bin ganz sicher: Samir hat den Pick-up gefahren.«

Montana bremste und fuhr rechts ran.

»Bist du sicher?«

Die Poldi seufzte. »Ich weiß, auch nicht wirklich überzeugender.«

»Sie hat ein Alibi erfunden. Ohne Not.«

»Und was, wenn Favarotta morgen oder nächste Woche putzmunter wieder auftaucht?«

»Ach, weißt du, ich freue mich ja über jeden Mord, der nicht verübt wird.«

Die Poldi gluckste. »Hilfst du mir, *tesoro*?«

»Offiziell sind mir die Hände gebunden, das weißt du. Und außerdem fehlt noch das Motiv.«

»Aber du kannst das Ganze doch nicht einfach so unter den Tisch fallen lassen!«

»Ich bin in Gaggi nicht mal zuständig. Hör zu, ich werde tun, was ich kann, okay? Inoffiziell. Bring mir ein einziges Indiz, dass Favarotta tot ist, und ich rücke mit der ganzen Kavallerie an. Zannotta hast du ja eh schon um den Finger gewickelt. Ich werde ihn bitten, die Passagierlisten sämtlicher Flüge nach Argentinien zu überprüfen. Also, was hast du vor?«

Die Poldi atmete durch. »Zuerst mal brauche ich einen Kuss. Dann brauche ich ein Bier. Dann brauche ich eine Dusche. Und dann ...«

Sie legte Montana wieder eine Hand aufs Bein, und er fuhr langsam weiter hinauf Richtung Norden. Und das ist normalerweise die Ouvertüre für eine Odyssee der Lust, hinab in die schmutzigsten Kammern des Hades und hinauf auf die Höhen des Olymps der Ekstase. In den Hauptrollen: meine Tante Poldi als Ariadne, Kirke und Europa, und Vito Montana, Kriminalkommissar, Sizilianer und sexuelle Naturgewalt, als Odysseus, Achill, Polyphem und Zeus in Stiergestalt.

Die Poldi schockt mich ja gerne mit detaillierten Schilderungen ihres reifen Liebeslebens und freut sich, wenn ich rote Ohren kriege. Ich glaube, sie betrachtet das als eine Art Fortbildung bei mir. Aber die Lust gehört nun eben zur Poldi dazu wie der Suff, die Mordermittlungen, die Drama-Outfits, die Schwermut und die Perücke. Und obwohl ich weiterhin Hemmungen habe, mir die Poldi und Montana beim Sex vorzustellen, nehme ich auch diese Aufgabe als Chronist sehr ernst, um ein wahrhaftiges, schonungsloses Bild der animalischen, mythologischen Libido meiner Tante zu zeichnen.

Inspiriert von Montanas Jugenderinnerungen hätte die Poldi ihn am liebsten gleich an der Mautstation im Auto vernascht. Aber sie konnte sich gerade noch beherrschen, bis sie zu Hause in Torre waren. Dann jedoch – Feuerwerk der Leidenschaften.

Wie eine Hummerfrau, die zur Paarung ihren Panzer abwirft und sich dem Hummermann ganz rosig zart und wehrlos präsentiert, ließ sie die Hüllen fallen, nestelte an Montanas Gürtel, warf ihren *Commissario* aufs Sofa und dann sich selbst auf ihn. Montanas gewaltige, pulsierende *sicilianità* durchbrach ihre textilen Schranken mit Wucht wie Jupiters Blitze die Wolken.

Die beiden knutschten und fummelten keuchend und schnaufend auf dem Sofa herum, rutschten kichernd ab und versuchten, sich wieder hinaufzuwälzen. Um die Sache nicht unnötig kompliziert zu machen, setzte sich die Poldi schließlich rittlings auf Montanas Schoß. Beherzt wie Ariadne griff sie in die Schatzkammer des Minotaurus, um ihrem geliebten Theseus den Weg in die Unterwelt zu weisen.

Üblicherweise der Übergang in eine Parforcejagd der Leidenschaft mit Halali und Hörnerklang. Diesmal jedoch stimmte irgendetwas nicht. Die Poldi hatte kleine technische Probleme, das Kraftwerk kam ins Stottern, der Condor ins Trudeln, und ehe sie es sich versah, schmolz Montana in ihrer Hand, wurde Titan zu Wachs und zog sich zurück wie eine Schnecke in ihr Haus.

Ich muss es so drastisch sagen: Die Luft war raus, der Ofen aus.

Einen Moment lagen die beiden ein wenig perplex und schnaufend nebeneinander und sahen sich bloß verlegen an. Seit sie sich kannten, was dies der erste Aussetzer dieser Art.

»Geht gleich wieder«, brummte Montana.

»Nicht schlimm«, sagte die Poldi leise und küsste Montana.

Aber beide dachten das Gleiche.

5. Kapitel

Erzählt von Nickerchen, vom Lauf der Zeit und von Fragen. Fragen, die man sich selbst stellt, Fragen, die man in einer Ermittlung stellt, und Fragen, die man lieber nicht stellt. Die Poldi fühlt sich blockiert und hat einen Verdacht, den der Neffe nicht glauben kann. Er wiederum wird geghostet. Die beiden schließen einen Deal, der Neffe zieht die richtigen Schlüsse, und die Poldi schließt etwas auf.

Die alten Mauern des ehemaligen Fischerhauses in der Via Baronessa 29 hielten die Mittagshitze gut ab, nur die Stille des Nachmittags schlüpfte wie ein blinder Passagier auf kleinen Lichtstreifen durch die Ritzen zwischen den Jalousien und Fensterläden, vermischte sich mit dem Staub, taumelte noch ein wenig unschlüssig in der Luft und senkte sich dann seufzend auf alles herab.

Ich saß im Innenhof, rauchte eine und überlegte kurz, ob ich zu einer der Badestellen am *lungomare* rübergehen und einen *tuffo* ins Meer machen sollte. Aber dann fühlte ich mich doch zu träge nach der Riesenportion *gamberi*.

Die Tanten, der Onkel, die traurige Signora und Padre Paolo waren längst gegangen, um ihre Mittagsschläfchen jeweils zu Hause zu halten. Aus irgendeinem Grund hatten sie Totti zurückgelassen. Vielleicht hatten sie es aber einfach nicht übers Herz gebracht, ihn zu wecken, denn der Hund lag in der schattigsten Ecke des Innenhofs auf dem Steinboden, schnaufte leise im Schlaf und zuckte manchmal mit den Fledermausohren.

Ich war ganz froh, nicht allein zu sein.

Die Poldi hatte sich nach dem Abwasch in ihr Schlafzimmer zurückgezogen, ich konnte sie bereits schnarchen hören.

Ich hätte mich ebenfalls aufs Sofa oder oben auf mein Bett hauen können, aber irgendwie war ich wieder mal kein Stück müde.

Auch so ein Punkt, an dem ich noch entschlossener an meiner *italianità* arbeiten muss. Ich weiß nicht, warum, aber *siesta* fällt mir schwer. Dabei ist Mittagsschlaf total gesund und ein echter Kreativitätsturbo.

In Italien ist die *siesta* ein Nationalheiligtum. Die Dauer der *siesta* galt bis in die Siebzigerjahre sogar als Statussymbol. Je höher die Position, desto länger die *siesta*. Leitende Beamte pflegten erst zwischen elf und zwölf Uhr im Büro zu erscheinen. Um eins dann Mittagspause bis fünf oder sechs und dann gemütlich noch bis neun ein bisschen Hof halten, bevor man wieder nach Hause zur Familie zuckelte.

Diese Zeiten sind zwar vorbei, aber ohne das Mittagsschläfchen geht immer noch gar nichts. Der Mittagsschlaf ist immer noch ein Grundrecht der italienischen Werktätigen.

Das Wort kommt wie fast alles aus dem Lateinischen. Die *sexta hora* war die sechste Stunde nach Sonnenaufgang, sprich, Mittag. Sprich, heiß. Sprich, Arbeit oder überhaupt Tätigkeiten im Freien konnte man knicken.

Aus dieser einfachen arbeitsphysiologischen Erkenntnis ist die drei- bis vierstündige Mittagspause in Italien entstanden.

Zwischen eins und vier machen auch heute noch viele Geschäfte zu. So umständlich und langwierig es sein mag – man pendelt zurück nach Hause, um mit der Familie zu Mittag zu essen und sich dann gepflegt ein Stündchen hinzulegen. Die *siesta* ist ein Symbol der Familie und – Globalisierung hin oder her – wird immer noch verteidigt. Dafür wird dann eben bis in den kühleren Abend hinein gearbeitet, und entsprechend spät geht man auch ins Bett.

Ich dagegen quäle mich lieber drei Stunden durch mein Mittagstief, rauche, trinke literweise Kaffee, surfe durch die sozialen Netze, versuche zu lesen, hadere mit meiner Mittelmäßigkeit und wundere mich dann, warum ich abends so groggy bin.

Vielleicht aber auch kein Wunder, dass ich keinen Schlaf fand, nach dem, was mir die Poldi schon wieder erzählt hatte. Und außerdem: *Plingplong*, mein Handy. Eine Nachricht von Valérie.

Mon dieu, wo bist du?

Ich fragte mich, ob sie da nicht so ein bisschen den Eifersucht- und Kontrolletti-Tango sang, und tippte schmallippig zurück.

Immer noch bei Poldi. Erzähl ich dir später. :) Jetzt erst mal siesta.

Ahahahah! Bonne chance!

Denn in Frankreich wie in Italien lacht man ja anders herum. Sehr witzig.

Ich überlegte gerade, was wohl der subtile Subtext ihrer Nachricht war, als prompt eine Nachricht von Marta
aus Rom aufpoppte.

Ciaooo! Was machst du?

Nichts. :) Bin bei Poldi.

Oh! Viele Grüße. Heute Abend telefonieren?

Au weia. Ich überlegte kurz und tippte zurück.

Muss mal schauen. Hier gerade bisschen turbulent.

Ihre Antwort kam nicht gleich. Aber dann:

Ok. Meld dich einfach.

Ich stöhnte. Irgendwie hatte ich es mal wieder geschafft,
mich zwischen alle Stühle zu setzen. Vielleicht ist das
überhaupt mein größtes Talent.

Wie, um mich dessen zu versichern, tippte ich den
Chatverlauf mit einem Kontakt an, den ich kürzlich erst
angelegt hatte. Sie war offline. Die letzten fünf Nachrichten waren alle von mir. Die letzte lautete:

Alles gut bei dir?

Das war vor zwei Wochen gewesen. Das letzte Mal hatten wir uns in der Sprachschule gesehen. Seitdem nichts mehr, und wie gesagt, ich bin ja nicht blöd. Selbst ich merke irgendwann, wenn ich geghostet werde.

Schlafen konnte ich jedenfalls jetzt erst recht nicht mehr.

Also nahm ich mir mein Notizbuch vor und ergänzte mein hastiges Gekritzel mit ein paar Details aus dem Kopf. Je mehr ich aufschrieb, desto mehr Fragen stellten sich mir.

Hinter mir aus der Küche hörte ich es plötzlich klappern. Im selben Moment erwachte Totti, ließ einen fahren und stromerte ins Haus.

Ohne mich umzudrehen, rief ich: »Zieh dir bitte was über, bevor du rauskommst, ja?«

Wer meine Tante Poldi kennt, weiß schon, warum.

Eine Untertasse wurde ärgerlich auf die Arbeitsplatte geknallt.

»Herrgott, du wieder mit deiner spießerten Verklemmtheit. Des ist immer noch mein Haus, hörst? Hier darf i so nackert sein, wie i will. Hier darf i noch Mensch sein!«

Ich ließ das unkommentiert.

Aber als sie sich dann mit zwei Tassen Kaffee zu mir in den Innenhof setzte, hatte sie sich zumindest einen Kaftan übergeworfen.

Trotz des Mittagsschlafs wirkte die Poldi müde und zerknautscht. Die Perücke saß ein bisschen schief, offenbar hatte sie schlecht geschlafen, dazu die Hitze und wer weiß, was noch.

Ich meine, jahrelange Sauferei und Raucherei hinterlassen eben selbst bei Personen mit Eins-a-Genen irgendwann ihre Spuren. Dazu ein paar saftige Schicksalsschläge und eine Schwester, die einem jederzeit aus dem Nichts alles ruinieren könnte – so was zehrt an der Substanz.

Poldis Körper hatte das bisher alles immer gut weggesteckt, die sechzig sah man ihr normalerweise kaum an, sie hatte einen frischen rosigen Teint und durch ihre leichte Fülligkeit auch fast keine Falten.

Aber als ich sie nun so sah, machte ich mir auf einmal wirklich Sorgen. Ich hätte gar nicht sagen können, warum genau. Vielleicht war es diese bestimmte Art von Müdigkeit in ihrem leicht geröteten Gesicht. Diese Art, gegen die kein Schlaf hilft.

»Müd' schaust aus. Läuft's nicht gut mit Valérie?«

Ich ging nicht darauf ein.

»Warst du eigentlich mal beim Arzt wegen der Schnarcherei? Kann mich ja irren, aber ich meine, das wär' stärker geworden. Keine Luft zu kriegen soll ja auch nicht gesund sein.«

War als Scherz gemeint.

Die Poldi winkte verächtlich ab. »Geh, Ärzte! Was sollen die mir sagen, was ich nicht schon wüsst'?! Am Schnarchen ist noch niemand gestorben.«

»Nee, im Ernst jetzt. Gehst du zwischendurch eigentlich zum Arzt?«

»Was soll jetzt des? Und du? Was ist mit dir?«

»Äh, nee, aber ... Hey, Poldi, das macht man nicht! Fragen mit Gegenfragen beantworten. Das nennt man *Whataboutism*!«

»Gehackt kannst dich legen mit deinen Anglizismen, Signor Neunmalklug. I brauch keinen Arzt. Weil i nämlich pfundsg'sund bin. Und damit *basta*.«

Ich stöhnte und sah, dass unsere Kaffeetassen unterschiedlich voll waren. Probeweise nippte ich von ihrem Kaffee und schmeckte sofort den Alkohol.

»Was ist los, Poldi? Warum die heimliche Sauferei?«

»Gell, was soll jetzt diese bescheuerte Frage? Reicht dir des nicht, dass i mal wieder mittendrin in einer Ermittlung steck?«

»Das ist es ja gerade. Normalerweise wirken Ermittlungen wie ein Jungbrunnen auf dich. Diesmal sieht's genau anders herum aus.«

Die Poldi funkelte mich grantig an. »Ist des so? Sind wir jetzt unter die Hellseher gegangen?«

Ließ ich ihr nicht durchgehen.

»Ich meine, könnte doch gar nicht besser laufen – Hochzeit, Ermittlung, jeden Tag dreimal *Dings* mit Montana. Also, wo ist das Problem? Was ist los?«

Sie trank ihren *caffè* mit Schuss in kleinen Schlucken, als suchte sie nach einer passenden Antwort. Dann sah sie mich wieder an.

»I bin blockiert.«

»Äh, was?«

Sie knetete ihre Finger, als wären sie taub.

»Mei, mit der Ermittlung halt. I komm nicht weiter. Sackgasse. Vielleicht ist des diesmal alles eine Nummer zu groß für mich.«

Ich schüttelte den Kopf. »Glaub ich nicht.«

Sie schenkte mir einen milden Tantenblick, den sie sich sonst wohin stecken konnte. Von niemandem brauchte ich so einen Blick weniger als von meiner Tante Poldi.

»Des ist lieb von dir, Bub. Aber i bin wirklich blockiert. Und zwar ... mei, halt nicht nur ermittlungstechnisch.«

»Sondern?«

»Herrgott, kannst dir des nicht denken?«

»Äh, nein?«

»Mei, sexuell halt auch. Lecktsmialleamarsch.«

Ich konnte nicht glauben, was ich da hörte.

»Wie bitte? Nicht dein Ernst?!«

»Voller Ernst«, sagte sie geknickt. »Die Lust ist weg auf einmal. Pfffft! I weiß auch nicht. I find den Vito immer noch heiß und alles. Aber wenn wir dann ins Bett gehen, tut sich da gar nix mehr bei mir. I mag einfach nimmer. Den ganzen lieben Tag lang denk i an nix anderes als an Sex, i werd noch wahnsinnig. Aber wenn i dann neben dem Vito lieg, kuschel i mich ein, und tu so, als ob i gleich einschlaf. Aber i schlaf gar nicht ein, im Gegenteil. Die halbe Nacht lieg i wach und frag mich, was los ist. Ausgerechnet wenn i noch einmal die große Liebe finde, bin i total blockiert.«

Ich ließ das einen Moment sacken. Mit allem hätte ich gerechnet, nur damit nicht. Jetzt war mein empathisches und sexualtherapeutisches Talent gefragt.

»Betrifft das nur Montana?«, versuchte ich, das Problem einzukreisen. »Ich meine, machen dich andere Männer mehr an? Irgendwelche feschen Verkehrspolizisten vielleicht?«

»Geh, nein! Selbst die nicht!«

Dann schien es wirklich ernst zu sein.

»Was sagt Montana dazu?«

»Er ist total verständnisvoll, drängt mich zu nix. Ehrlich g'sagt, i glaub, er ist sogar ein bisserl froh.«

»Und wo liegt dann das Problem?«

»Ja i bin halt nicht froh, schnallst des nicht? Der Sex hat immer zu meinem Leben dazu g'hört. I hab des immer gebraucht wie die Luft zum Atmen. I war immer begehrenswert, verstehst? Sex war immer wie eine gute Freundin für mich, die mich aufg'fangen hat und für mich da war. Und wenn die auf einmal ›Pfiat di‹ sagt, dann fühlt sich des an, als ob's mir den Boden unter den Füßen wegreißt, verstehst des nicht?«

Ich musste glucksen.

»Ja, findest des jetzt auch noch lustig, oder was?«

»Sorry, Poldi, aber so richtig weltbewegend finde ich das irgendwie echt nicht. Du machst gerade eine stressige Zeit durch. Hochzeit, neuer Fall, die Sache mit Maria, überhaupt das ganze letzte Jahr. Und ... na ja ...«

»Was jetzt?« Poldis Stimme bekam eine gewisse Schärfe.

»Na ja, mal im Ernst, in eurem Alter ist es doch vielleicht ... also, ich meine, normal, dass man nicht mehr den ganzen Tag rummachen will wie so Teenies. Oder?«

Die Poldi sah mich missbilligend an, sehr missbilligend. »Ja, des gilt vielleicht für einen Gletznbeni wie dich. Aber nicht für sexuelle Erdbeben wie den Vito und mich.«

»Vielleicht die Midlifecrisis?«, witzelte ich.

»Meinst?«

»Boah, Poldi, das war ein Scherz. Im Ernst, mach dir keinen Kopf und lass es locker angehen. Die Lust kommt schon wieder. Jedenfalls kein Grund, wieder mit dem Saufen anzufangen.«

Die Poldi stieß einen tiefen Seufzer aus.

»I mach mir halt Sorgen, dass die Lust nimmer zurückkommt. Dass des der Anfang vom Ende ist. Thema durch. Aus die Maus. Ende Gelände. Schluss am Fluss. *Finito l'amore.*«

»Ach, komm, jetzt ...«

»Und außerdem«, unterbrach sie mich, zögerte dann jedoch, es auszusprechen. »Nun ja ... I glaub, der Vito betrügt mich.«

»Jalecktsmiamarsch!«, entfuhr es mir.

Ich meine, es ist doch so – die Jahre verschwimmen. Zerfließen zu Jahrzehnten, zu Generationen, und die Erinnerung zerfließt mit, klammert sich an Kleinigkeiten fest, die die Jahre markieren wie Bojen: Reisen, den Geruch eines Sommerabends, kleine Morgenrituale, der alte Schulweg, eine Haarsträhne mit Schleife in einer Lackdose. Ein Leben kann zu wenigen Fotoalben zusammenschnurren oder stolz und reich beladen den Jahrhundertweg entlangziehen. Aber eines hört niemals auf. Das mit der Liebe, der Begierde, der Eifersucht und dem ganzen Kack, meine ich. Oder dass Leute spurlos verschwinden und Menschen einander umbringen, Tango tanzen, Affären haben und Doppelleben führen. Ich weiß nicht, ob ich das tröstlich oder deprimierend finden soll.

Jedenfalls hatte die Poldi zwei Kondome in Montanas Jackett gefunden. Außerdem checkte er seine Nachrichten auf dem Handy offenbar öfter als sonst, hatte in letzter Zeit auch immer öfter länger in der Präfektur zu tun oder musste plötzlich eilig los. Für die Poldi klare Sache.

»Erfahrungswerte«, sagte sie.

Denn von Affären und Doppelleben verstand sie ja was.

Aber genau deswegen saß die Poldi nun auch voll in der Zwickmühle. Sie hat es im Leben ja selbst immer gerne krachen lassen. Hat sich die Männer – sprich:

meistens Verkehrspolizisten – geschnappt, die ihr gefielen. Sie hatte ihre eigene Definition von Treue zur Maxime ihres Handelns erklärt und meinen Onkel Peppe und ein paar andere Männer in ihrem Leben vor die Wahl gestellt: entweder mit ihrer Eifersucht klarzukommen oder zu gehen. Sie hielt zwar durchaus viel von Treue und Loyalität, aber meine Tante Poldi hatte es eben eher nicht so mit exklusiv monogam.

»I bin Polyamoristin!«, hat sie mir mal allen Ernstes erklärt. »Freie Liebe ist meine Religion.«

Gut, da war sie leicht angeschickert, aber gemeint hatte sie es trotzdem. Und das hatte sie auch Montana klipp und klar verklickert.

»Mein Herz gehört dir. Aber mit meinem Körper kann ich machen, was ich will. Und manchmal, also wirklich nur manchmal, verlangt dieser Körper eben nach einer anderen Haut als deiner. Ich will das nicht verheimlichen, aber ich will mich dafür auch nicht rechtfertigen oder Erklärungen abgeben müssen. Weil, sonst bin ich einfach weg.«

Klare Ansage.

Als Kriminalkommissar und Sizilianer ist Montana naturgemäß eine sexuelle Urgewalt, wie die Poldi immer sagt. Als Sizilianer ist er aber eben auch naturgemäß eifersüchtig. Und als Kommissar naturgemäß misstrauisch. Dennoch fügte er sich ins Unvermeidliche.

Manchmal denke ich, nur Montana und mein verstorbener Onkel Peppe haben die Poldi wirklich geliebt und konnten sie so nehmen, wie sie ist.

Aber es ist eine Sache, wenn der Partner sehen muss, wie er mit seiner Eifersucht klarkommt. Eine andere ist, mit der eigenen Eifersucht klarzukommen. Denkt man vielleicht nicht, aber so, wie die Poldi vor mir saß, drehte sie voll am Rad vor Eifersucht.

»Und deswegen bist du blockiert?«

»Was soll i machen, i bin halt ein emotionaler Mensch.«

»Ich glaub's nicht! Es könnte hundert andere Erklärungen geben. Okay, sagen wir, zehn.«

»Ockhams Rasiermesser«, wandte die Poldi ein und zitierte das berühmte Sparsamkeitsprinzip der Scholastik. »Wenn es für einen Sachverhalt viele mögliche Erklärungen gibt, dann ist die einfachste davon nachert am wahrscheinlichsten.«

»Nicht bei Montana.«

»Ach, Bub. Wenn der Gesang der Sirenen erschallt, wenn sie am Ufer ihr Haar kämmen und sich rekeln und strecken vor lauter Sehnsucht, dann seid's ihr Männer alle gleich. Dann denkt ihr immer, ihr seid's g'meint. Ihr könnt einfach nicht anders.«

Ich stelle mir Montana als reifen Odysseus vor, der sich mutwillig an den Mast binden ließ, um dem Gesang der Sirenen zu lauschen, als er an Sizilien vorbeisegelte. Die Zauberin Kirke – die in meiner Fantasie gewisse Züge meiner Tante Poldi trägt – hatte ihn kurz zuvor noch vor diesen Dämoninnen gewarnt. Mischwesen aus Vögeln und Mädchen, verwandt mit den Harpyien und den Musen, die die Seeleute vom Ufer her mit ihrem Gesang und süßen Versprechen in den Wahnsinn trieben, bis ihre Schiffe an den Klippen zerschellten.

Odysseus war ja das, was Psychologen heute einen »risikofreudigen *sensation-seeker*« nennen würden. Der musste es einfach immer wissen. Auch wenn er sich dafür eine blutige Nase holte.

Prompt drehte er voll durch, da oben am Mast, und brüllte seine Jungs unten an Deck an, sie mögen ihn gefälligst losbinden, zum Henker, und ans Ufer bringen. Zum Glück hatte die Crew Wachs in den Ohren und außerdem strikte Befehle, und so lief sirenenmäßig alles noch mal glatt.

Aber Sizilien war schon in der Antike kompliziert, schon damals fielen in China Reissäcke um, schon damals kam immer was dazwischen.

In Odysseus' Fall wenig später die beiden Monster Scylla und Charybdis, die bekanntlich die Meerenge von Messina bewachten. Die fraßen dann die Hälfte von Odysseus' Crew auf sehr unappetitliche Weise und versenkten sein Schiff.

Jedenfalls gehören Sirenen zu Sizilien dazu wie der Ätna, die Zyklopen und die *caponata*. Ihre Stimmen sind nicht die lieblichsten, deswegen haben sie auch einst den Gesangswettstreit mit den Musen verloren. Vielleicht hat sie das so ein bisschen *bitchy* gemacht. Vielleicht sind ein paar von ihnen deswegen auch ausgewandert. Nach Hollywood oder nach Deutschland an den Rhein.

Aber Sizilien – das in der Antike »*Trinakria*« hieß, »Dreikap«, wegen seiner dreieckigen Form – ist eben die mythische Insel der Ungeheuer und Vulkangottheiten. Sie sind immer noch da. Sie flanieren auf dem Corso Umberto, sie erscheinen mir in meinen Träumen, und nicht umsonst zeigt die Flagge Siziliens eine Gorgone in Form einer Triskele vor gelb-rotem Hintergrund. Ein Monster mit bleckenden Fangzähnen und Schlangenhaupt.

Sizilien – Trinakria ist ein Land mit vielen Gesichtern und Stimmen, von Widersprüchen zerrissen. Und auch seine Menschen sind oft zerrissen. Was wusste ich also schon über Montanas Dämonen?

»Was sagt Montana dazu?«, fragte ich die Poldi.

»I hab ihn noch nicht g'fragt.«

Das klang jetzt ein bisschen kleinlaut.

»I mag nicht als eifersüchtige Furie dastehen. Es ist *sein* Körper, da ist er mir keine Rechenschaft schuldig, wenn er auch mal eine Lust auf eine andere Haut hat. Obwohl des total bescheuert wäre, weil i hab eine sehr schöne Haut. Aber die Heimlichtuerei trifft mich schon arg.«

»Hast du mal sein Handy gecheckt oder so?«

»Geh, was denkst du von mir!«, entrüstete sie sich. »Des würd i nie tun, des ist gar nicht mein Stil. Und außerdem ...« Sie räusperte sich.

»Ja?«

»Außerdem hab i da nix g'funden.« Sie musste schlucken. »Ganz ehrlich, Bub, i bin kurz vorm Durchdrehen. I weiß nimmer weiter.«

Sie tupfte sich die Augen mit einer Papierserviette.

»Rede mit ihm!«, sagte ich leise.

Sie schüttelte den Kopf. »Des kann i nicht. I bin total blockiert. Innerlich wie äußerlich.« Sie schnäuzte sich und sah mich an. »I brauch deine Hilfe!«

»Äh, klar. Ich bin immer für dich da, das weißt du.«

Sie schnäuzte sich erneut und richtete sich dann, schon ein wenig gefasster, auf.

»Prima. Dann wirst du für mich herausfinden, mit wem er die Affäre hat.«

»Äh ... Moment mal!«

»Er vertraut dir. Ihr seid doch jetzt praktisch *best buddies*. Und du hast einen guten Draht zu Marta. Sei so gut, und krieg für mich heraus, mit wem der Vito sich vergnügt, ja?«

»Eh, du kannst mich doch nicht einfach so instrumentalisieren und auf Montana ansetzen, nur weil du's nicht hinkriegst, offen mit ihm zu reden.«

»I bin halt blockiert!«

»Du bist eifersüchtig und traust dich nicht!«

»Zefix noch mal, i hab gedacht, i könnt auf ein bisserl Familiensolidarität bei dir zählen. Aber da hab i mich wohl g'schnitten. Da hab i deine *sicilianità* wohl doch ein bisserl überschätzt.«

»Wie soll das überhaupt gehen? Soll ich ihn beschatten und aus der Ferne Fotos machen? Seinen Wagen verwanzen? Ihn betrunken machen und aushorchen?«

Die Poldi zuckte doch tatsächlich mit den Schultern. »Da bist ganz frei in der Wahl der Mittel. Hauptsache unauffällig.«

»Du bist unmöglich!«, rief ich fassungslos.

»Bitte!«, flehte sie. »Wir sind doch ein Team, gell?«

Sie zog sämtliche Register. Aber als sie »Team« sagte, hatte ich eine Idee. Es wurde Zeit, die Regeln des Spiels zu ändern. Um sie noch ein bisschen zappeln zu lassen, tat ich, als müsste ich darüber nachdenken.

»Okay«, sagte ich schließlich lässig. »Aber dann will ich ab sofort voll in die Ermittlungen eingebunden werden. Kein Abstellgleis mehr. Also nie mehr, hörst du?«

»Was soll jetzt des? Willst mich erpressen? Meine emotionale Not schamlos ausnutzen?«

Ich hob die Hände. »Sorry. Das ist der Deal.«

Sie funkelte mich gereizt an und wirkte sofort ein kleines bisschen weniger blockiert. Also eigentlich sogar wieder ziemlich frisch, trotz der Hitze. Denn außer Sex und einer zünftigen Mordermittlung kickt bei der Poldi nichts so sehr wie eine original bayrische Stinkwut auf die Dämlichkeit und Dreistigkeit ihrer unmittelbaren Umwelt.

»Du mickrige aufg'stellte Gwandlaus«, zischte sie. »Du staubig's Rotzbankert! Die eigene Tante zu erpressen! Des wird mich noch ins Grab bringen.«

»Poldi!«

»Mei, ja gut halt. Aber vorher musst fei erst noch ein kriminalistisches *assessment-center* bestehen. Breznsalzer und Nullchecker kann i nicht brauchen.«

Ich hatte es geahnt. Nichts liebe ich ja mehr, als spontan abgeprüft zu werden.

»Also, wenn du ich wärst«, fing sie an, »ein Level, das du natürlich niemals erreichen wirst, aber rein hypothetisch – was wären deine nächsten Ermittlungsschritte?«

Ich musste nicht lange nachdenken.

»Na ja, ich würde mir diesen Samir vorknöpfen.«

Die Poldi nickte. »So, und jetzt stell dir vor: ehemaliger Flüchtling aus Libyen, schon seit drei Jahren in Italien, Status: geduldet. Haust mit vier Jungs in einer Bruchbude von Wohnung zusammen, nicht dumm, spricht ein gutes Italienisch, will noch was werden, deswegen schuftet er achtzehn Stunden am Tag bei Favarotta, einschließlich Wochenende, und ist auch noch glücklich. Denn Favarotta hat ihm versprochen, dass er ihn zum General-Store-Manager von *Xanadu* macht. Aber nun springt ihm die Panik aus dem G'sicht, als i auftauch und ihm Fragen stell. Weil, der denkt natürlich, die schieben ihn ab, wenn irgendwas mit dem Chef ist und er unter Verdacht. Also sagt er mir gleich, dass er den Chef schon oft zu den Milongas g'fahren hat. Warum die Heimlichtuerei – danach hat er nie g'fragt. Er macht halt, was der Chef sagt, dafür gab's auch immer ein kleines Trinkgeld. Nächste Frage?«

»Hatte Favarotta Feinde, die ihm ernsthaft ans Leder wollten?«

Die Poldi nickte. »Einen ganzen Haufen, kannst dir schon denken. Silvia hat mir gleich eine Liste g'macht. Also praktisch jeder, der mal G'schäfte mit Favarotta g'macht hat.«

»Hat sie dir auch eine Liste seiner Geliebten gemacht?«

»Soweit sie Namen kannte, ja. I hab sie überprüft. Aber Fehlanzeige. Was würdest du sie noch fragen?«

»Na ja, ob irgendwas ungewöhnlich war in letzter Zeit. Ob er sich seltsam verhalten hat. Ob er irgendwelche komischen Andeutungen gemacht hat.«

»Negativ«, sagte die Poldi kopfschüttelnd. »Was noch?«

»Puh«, stöhnte ich. »Hat irgendwas gefehlt im Haus? Hat Favarotta irgendwas mitgenommen?«

Die Poldi strahlte mich an. »*Cento punti*, Bub. Eine Sporttasche und ein bisserl Wäsche zum Wechseln. Sonst nix.«

Ich dachte nach.

»Zurück zu Samir«, sagte ich. »Wann hat er Favarotta zum letzten Mal gesehen?«

»Gute Frage!«, lobte mich die Poldi. »Also, des war am Vormittag nach dem Milonga-Abend, so kurz nach zehn. Er hatte sich gerade um den Rasen gekümmert, da hat er Favarotta vom Garten aus im *salotto* gesehen. Eine halbe Stunde später hat er den *salotto* kontrolliert, ob die

Putzfrau auch gründlich g'wischt hat, weil, sonst rastet der Chef immer aus, und des will ja keiner. Jedenfalls war der Herr und Meister zu diesem Zeitpunkt nicht mehr im Haus.«

»Wo war Silvia Favarotta da?«

»Beim Yoga.«

»Mit welchem Auto ist Favarotta weggefahren?«

Die Poldi wirkte zufrieden mit mir.

»Genau des ist die Frage. Denn alle Autos standen ja in der Garage, und der BMW war zu diesem Zeitpunkt noch in Taormina.«

»Dann ist Favarotta entweder zu Fuß los oder wurde von irgendjemandem abgeholt.«

»Pfeilgrad.«

»Ergibt aber trotzdem alles keinen Sinn«, wandte ich ein.

»Weil du nicht alle Variablen kennst. Erinnere dich an meine Beobachtung im *salotto*!«

»Äh ...«

»Die verschobene Jukebox, Herrgott! Und die Fussel neben der Steckdose.«

Ich dachte nach.

Die Poldi lehnte sich zurück.

»Lass dir nur Zeit, i bin auch nicht gleich draufgekommen.«

»Warte, warte!«, rief ich nach kurzer Bedenkzeit. »Da waren Fussel, hast du gesagt. Aber keine Krümel, nicht wahr? Denn der *salotto* wird morgens vor zehn immer gewischt, hast du gesagt. Okay, dann muss die Jukebox ja danach verschoben worden sein.«

Die Poldi strahlte mich an und bedeutete mir mit einer lässigen Geste fortzufahren.

Ich dachte laut nach: »Silvia Favarotta ist beim Yoga. Favarotta also allein. Samir ist im Garten. Der *salotto* ist gerade geputzt worden, da kommt Favarotta, verschiebt die Jukebox und verschwindet kurz darauf spurlos. Fragt man sich doch: Was ist hinter der Jukebox?«

»Magst ein Bier?«, fragte die Poldi gut gelaunt.

Am Tag nach Favarottas Verschwinden fuhr die Poldi noch mal allein zu Silvia Favarotta.

»Darf i?«, fragte sie, als sie vor der Jukebox stand.

»Bitte.«

Die alte Wurlitzer stand offenbar auf Filzplättchen, denn sie ließ sich viel leichter über den Steinboden verschieben, als die Poldi angenommen hatte. Die Poldi war nicht mal sonderlich überrascht, als sie sah, was dahinter zum Vorschein kam: ein Wandtresor von der Größe eines Nachttischs, den die Wurlitzer so gerade eben noch verdeckte. Solides deutsches Fabrikat mit einer grauen Hammerschlaglackierung und einem mechanischen Zahlenschloss.

»Wussten Sie davon?«

Silvia Favarotta hob die Schultern. »Natürlich. Aldo bewahrt da sensible Dokumente auf.«

»Haben Sie den Code?«

»Nein. Da ist Aldo eigen.«

Die Poldi seufzte. »Wirklich nicht? Hören Sie, wenn Sie wirklich wollen, dass i Ihren Mann find', dann sollten Sie nachert ...«

»Ich kenne den Code wirklich nicht!«, wiederholte Silvia scharf und fuhr sich sofort danach durch die Haare. »Bitte entschuldigen Sie. Ich wüsste selbst gerne, was drin ist. Deswegen habe ich die ganze letzte Nacht in

Aldos Unterlagen nach einem Hinweis gesucht. Erfolglos. Aber ich kann einen Schlosser rufen, der den Safe knackt.«

Die Poldi betrachtete den Tresor. Auch ohne eine echte Tresor-Expertin zu sein, verstand sie immerhin so viel von der Materie, um zu erkennen, dass dieser Stahlklotz hier eine echt harte Nuss war. Ein elektronisches Zahlenschloss hätte sie mit einem starken Magneten in fünf Sekunden geknackt. Oder sie hätte das Notschloss hinter dem Batteriefach aufgebohrt, keine große Sache für Vollprofis wie meine Tante Poldi. Aber dieser hier ... Wahrscheinlich mindestens zehn Millimeter Stahl, den man durchflexen musste, immer auf die Gefahr hin, den Inhalt zu beschädigen. Das Zahlenrad saß so nahtlos und unverrückbar auf dem Stahl wie eine sizilianische Oma auf ihrem angestammten Platz im Bus. Es würde Stunden dauern, es mit einem Meißel wegzuhämmern. Nein, dieser Tresor zeigte der Poldi gerade den Stinkefinger.

Die Poldi schüttelte den Kopf. »Vielleicht gibt es eine bessere Lösung.«

Sie zückte ihr Handy und rief Onkel Martino an.

Denn Onkel Martino, muss man wissen, war fast vier Jahrzehnte lang Vertreter für Tresore und Kassenanlagen für Banken gewesen. Eine Tätigkeit, die ihn nicht nur in die entlegensten Winkel Siziliens geführt, sondern auch zu einer Tresorlegende gemacht hatte. Den Trick mit dem Magneten hatte die Poldi von ihm.

Die Direktoren der Provinzbanken hatten ihn wie einen Gott verehrt, wenn er, Fluppe im Mundwinkel, an eine verklemmte Tresortür getreten war, die sich partout nicht mehr öffnen wollte. Onkel Martino musste einen

Tresor nur liebevoll abhorchen, ihn an geheimnisvollen Stellen hie und da zärtlich berühren und beklopfen, vielleicht einen Mastercode einstellen oder allerhöchstens mit einem Spezialwerkzeug in einem Inspektionsloch herumstochern und – *klack* – ging er auf. Onkel Martino war der Ali Baba des sizilianischen Tresor-Business, es gab keinen Kassenschrank oder Safe, den er nicht öffnen konnte.

»*Beh!*«, sagte Onkel Martino nur, als die Poldi ihm Marke und Modellnummer des Wandtresors durchgegeben hatte. »Ist ein vierstelliger Zahlencode. Viermal links, dreimal rechts, zweimal links, einmal rechts. Aber bei deutschen Modellen musst du die Kombination sehr genau einstellen, sonst kapieren sie's nicht.«

»Und wie krieg ich ihn ohne Code auf?«

»Gar nicht. Also nur mit Gewalt oder indem du jede mögliche Zahlenkombination eingibst. In meiner alten Firma haben sie dafür ein Gerät mit Laptop, das schafft so etwas in ein paar Stunden. Soll ich fragen?«

Die Poldi dachte kurz nach. Aber dann verfiel sie auf einen anderen Gedanken.

»Gib mir ein paar Minuten, ich ruf dich wieder an.«

Die Poldi legte auf und betrachtete nachdenklich die Jukebox.

»Ich rufe einen Schlosser«, sagte Silvia Favarotta hinter ihr.

»Nein, warten Sie! Können Sie die Jukebox öffnen?«

»Warum?«

»Nur so eine Idee.«

Silvia Favarotta seufzte, verließ den *salotto* und kehrte mit einem kleinen Schlüssel zurück.

Die Poldi zog sich voll professionell ein Paar Latexhandschuhe über, öffnete die alte Wurlitzer und beugte sich über das große Auswahlrad mit den alten Platten.

»Nach was suchen Sie?«

»Die meisten Menschen«, erklärte die Poldi, »bauen sich Eselsbrücken für ihre Pincodes oder notieren sie als letzte Ziffern der Telefonnummer eines fiktiven Kontakts. Es gibt aber auch andere Wege. Einen Versuch ist es allemal wert.«

Sie hatte gefunden, wonach sie gesucht hatte und zog die alte Single mit dem *Tango della gelosia* heraus. Auf dem Etikett in der Mitte prangte der Schriftzug eines längst vergessenen Plattenlabels, der Titel des Stücks, die Namen des Komponisten, des Textdichters und des Tenors. Und eben auch einige Nummern, die wahrscheinlich einst für den Handel relevant gewesen waren: eine sechsstellige, eine fünfstellige und – tadaa! – am Rand auch eine vierstellige.

Ein bisschen nervös, aber mit größtmöglicher Genauigkeit stellte die Poldi die Kombination 3–1–7–5 auf dem Zahlenschloss des Tresors ein. Der Entriegelungshebel für die Türbolzen ließ sich problemlos drehen.

6. Kapitel

Erzählt wieder von Reissäcken und Koinzidenz, von der Schönheit der italienischen Sprache, von *microcheating*, Lava und Gold, männlichem Ego und Ekstase. Der Neffe will sein Italienisch aufpolieren, tritt einer Sirene auf den Fuß und erfährt etwas über die Poldi. Die Poldi wiederum hakt nach und erfährt etwas über Favarotta.

»Lecktsmiamarsch!«, sagte die Poldi zufrieden, als sie den Tresor öffnete.

Drei Fächer. Die beiden untersten waren leer. Im obersten Fach lagen zwei Zipperbeutel, voll mit blassblauen rautenförmigen Pillen, bei denen es sich, wie die Poldi mit einem Blick erkannte, um ein bekanntes Markenprodukt gegen Erektionsstörungen handelte. Ein ganzer Jahresvorrat davon. Und dann noch ein unscheinbarer DIN-A4-Umschlag.

Die Poldi inspizierte zunächst alle drei Fächer, wischte mit einem Finger über das Metall, schnupperte auch ein wenig in den Tresor. Dann zog sie etwas aus dem mittleren Fach. Eine Papierbanderole mit dem Aufdruck einer großen überregionalen italienischen Bank. Sie warf nur einen Blick darauf und legte sie wieder zurück. Erst dann nahm sie den Umschlag und reichte ihn Silvia Favarotta.

Silvia rührte den Umschlag nicht an, überhaupt wirkte sie wie erstarrt.

»Öffnen *Sie* ihn bitte.«

Die Poldi zog einige Papiere aus dem Umschlag und breitete sie auf dem Couchtisch aus, damit Silvia sie sich ansehen konnte. Das eine war ein fotokopiertes Testament, verfasst in einer krakeligen Handschrift und mit dem Datum des Vortages von Favarottas Verschwinden. Dann war da ein Briefumschlag, handschriftlich an »Silvia« adressiert. Auch den musste die Poldi öffnen. Er enthielt einen Brief in derselben krakeligen Handschrift.

»Lesen Sie ihn mir bitte vor«, bat Silvia Favarotta die Poldi tonlos.

Liebe Silvia,

wenn du diesen Brief liest, bin ich tot. Ich schätze, darüber werden sich eine Menge Leute freuen, dich eingeschlossen. Habe ich dich jetzt schockiert? Nein, bestimmt nicht. Dich schockiert ja so leicht nichts. Noch nicht einmal ich konnte dich je schockieren. Das war wirklich fies von dir, weißt du das? Ich habe mir doch so viel Mühe gegeben.

Wenn alles so abgelaufen ist, wie ich es veranlasst habe, dann hast du gerade in Anwesenheit von Dott. Scaramella den Tresor geöffnet.

Oder hast du ihn etwa heimlich aufflexen lassen? Böses, böses Mädchen!

Aber das ändert nichts.

Ich habe Dott. Scaramella genaue Anweisungen für den Fall meines Todes hinterlassen. Großartiger Mann, ich glaube nicht, dass du ihn mögen wirst. Er hat juristisch alles wunderbar wasserdicht ausgearbeitet.

Falls ich eines natürlichen Todes gestorben bin oder einen Unfall hatte, gibt es weiter nichts zu beachten.

Falls ich aber, was ich annehme (denn ich erfreue mich einer sehr robusten Gesundheit und bin ein ausgezeichneter Autofahrer, das sagen alle), ermordet worden bin, dann habe ich verfügt, dass das Testament erst vollstreckt werden kann, sobald mein Mörder gefasst ist. Vielleicht bist du es ja sogar?

Kleiner Scherz, amore, bitte entschuldige. Du musst also schon meinen Mörder finden, wenn du an das Geld willst. Ich denke, das kriegst du hin, geliebte Silvia. Du kriegst ja immer alles hin. Nur, mich zu lieben, das hast du nie hingekriegt.

Dein Aldo

Silvia Favarotta ließ sich keine Regung anmerken, als die Poldi den Brief sinken ließ. Aber die Poldi sah ihr die Anspannung an.

»Jetzt das Testament?«

Silvia nickte, und die Poldi las wieder vor.

Testament

Hiermit bestimme ich, Aldo Favarotta, bei bester Gesundheit, berstend vor Energie, strotzend vor Kraft, im Vollbesitz meiner geistigen Kräfte und beglaubigt von Notar Dott. Scaramella, nachfolgende Verfügungen nach meinem Tod.

Für den Fall, dass ich ermordet wurde, soll diese Ver-

fügung erst in Kraft treten, wenn meine Mörder über-
führt und gefasst wurden. Bis dahin bestimme ich No-
tar Dott. Scaramella zu meinem treuhänderischen
Nachlassverwalter und Generalbevollmächtigten.

Meinen gesamten Immobilienbesitz inklusive aller Mö-
bel, Bilder, Wertgegenstände, Autos usw. vererbe ich
meiner Frau Silvia Favarotta, die ich auch zur alleini-
gen Geschäftsführerin meiner sämtlichen Firmen und
Tochterfirmen bestimme.

Mein gesamtes bewegliches Vermögen an Barmitteln
und Wertpapieren vererbe ich zu je einem Drittel
a) der Fundación Tango Argentino in Buenos Aires,
*   Argentinien,*
b) der Umweltschutzorganisation La Forza Verde und
c) Frau Lenka Melnik, Bratislava, Slowakei (Dott.
*   Scaramella hat die Adresse).*

Taormina, am 2. September 20...

Aldo Favarotta

»WAAAS?«

Ich glaube, ich habe geschrien, als die Poldi das Testament von ihrem Handydisplay vorlas. Denn als Vollprofi
hatte sie es, wie auch den Brief, natürlich heimlich fotografiert.

Die Poldi sah mich bestürzt an. »Gell, was ist denn,
Bub?«

Ich riss ihr das Handy aus der Hand und suchte nach
dem Namen, der mich so aus der Fassung gebracht hatte.

»Ich kenne eine Lenka Melnik«, platzte ich heraus.

Die Poldi starrte mich an. »Was sagst du da?«

Ich tippte auf das Display.

»Ich kenne eine Lenka Melnik. Wir waren zusammen in der Sprachschule.«

Die Poldi nahm mir das Handy aus der Hand, tippte und wischte auf dem Display herum und reichte es mir dann zurück.

Ich sah ein Foto von Lenka. Sie trug ein hellblaues Sommerkleid und lächelte in die Kamera. Mit diesem skeptischen Dein-Ernst-jetzt-Blick, mit dem sie auch mich manchmal angelächelt hatte.

»Ist sie das?«

Ich nickte. Musste schlucken.

»Jalecktsmiamarsch«, sagte die Poldi kopfschüttelnd. »I reiß mir da den Arsch auf, um herauszufinden, wer des ist, bin blockiert und alles, und der Herr Neffe flaniert mit ihr fröhlich durch Taormina.«

»Nicht. Flaniert«, presste ich mit trockenem Mund hervor und versuchte, mich zu sammeln. »Ich hab seit Wochen nichts von ihr gehört.«

»Hast dich verknallt?«

Ich schwieg.

»Wo ist sie?«

Die Poldi seufzte und sah mich an, mit so einem Blick, den ich nicht recht deuten konnte. So eine Mischung aus Mitleid und Ungläubigkeit.

Koinzidenz ist das Kichern des Universums. Seit meiner Zeit mit der Poldi glaube ich fest daran, dass sich das Universum gelegentlich kleine, manchmal auch üble Späße mit uns erlaubt. Dass es Schilder verdreht,

Reissäcke umfallen lässt und uns wie der Fiesling in der Schule früher Beinchen stellt. Aber manchmal auch Steine wegkickt, über die wir sonst gestolpert wären. Anders kann ich mir bestimmte Dinge nicht mehr erklären. Seit ich die Poldi besser kenne, wundere ich mich sowieso über vieles nicht mehr.

In China war ein Sack Reis umgefallen, und in der Folge hatte ein niederländischer Jugendlicher die Schule geschwänzt. Das hatte zu einem lange andauernden Streit zwischen Daan und seiner Mutter geführt, was die Mutter so aufgeregt hatte, dass sie kurz darauf zerstreut vergessen hatte, hundert Euro am Geldautomaten herauszunehmen. Diese hundert Euro hatte stattdessen eine mittellose Musikstudentin an sich genommen und sich mit schlechtem Gewissen dafür zwei neue Saiten für ihr Cello geleistet. Was ihr wiederum bei einem mittleren Musikwettbewerb am nächsten Tag genug Selbstvertrauen verliehen hatte, um es in die zweite Runde zu schaffen. Weshalb nur leider ein Musikstudent aus Berlin nicht weitergekommen war, weshalb er früher abgereist und die A2 Richtung Hannover um ein weiteres Auto mehr verstopft hatte. Weshalb ein Feldhase es dann doch lieber unterlassen hatte, die A2 zu überqueren, und daher nicht überfahren, sondern stattdessen kurz darauf von einem Naturfotografen fotografiert worden war. Dieses Foto war so spektakulär gewesen, dass es im Internet viral gegangen war und ich es gesehen hatte, als ich wieder mal Zeit totschlug, anstatt weiter an meinem Familienroman zu schreiben. Und wie das immer so ist mit diesen Fotoplattformen: Wenn du einmal auf einen Hasen klickst, kriegst du nur noch Hasen angezeigt. Das hatte Valérie mitgekriegt und mir erklärt, dass ich, wenn ich schon eine Schreibblockade hätte, meine Zeit dann doch wenigstens mit etwas Vernünftigem zubringen könne. Dem Gemüsegarten hinterm Haus zum Beispiel. Weshalb wir uns kurz gestritten hatten und ich mich dann kurzfristig in der *Babilonia* zu einem Sprachkurs angemeldet und Lenka kennengelernt hatte.

Stelle ich mir vor. Kann natürlich auch alles ganz anders gewesen sein.

Meine Geschichte mit Lenka ist jedenfalls rasch erzählt, denn es ist eine kurze Geschichte. Wie überhaupt die meisten Geschichten meiner Beziehungen. Es ist noch nicht mal eine Geschichte, denn sie hat kein richtiges Ende, und es gibt darin niemanden, der sich verändert. Es ist nicht mehr als eine Anekdote über einen Typen, der sich wieder mal zum Narren macht und wieder nichts daraus lernt.

Kurz nach Poldis einundsechzigstem Geburtstag beschloss ich, meinem verlotterten Alltagsitalienisch eine Grundreinigung zu verpassen. Die Staubmäuse und falschen Präpositionen rauszufegen, Zeiten und Fälle mal so richtig durchzulüften, ein paar Deklinationen und Flexionen neu zu streichen, den quietschenden Konjunktiv zu ölen, die Artikel zu sortieren und ein paar hübsche neue Vokabeln und coole Idiome anzuschaffen. Einfach, um endlich ganz und gar in Sizilien anzukommen und hier vielleicht sogar Wurzeln zu schlagen wie die Poldi.

Italienisch ist so eine schöne, reiche Sprache mit einer großen Geschichte. Die Sprache von Dante, von Giovanni Boccaccio, Italo Calvino, Luigi Pirandello, Carlo Collodi, Umberto Eco, Susanna Tamaro, Gianni Rodari,

Dario Fo, Dacia Maraini und Elena Ferrante. Vor allem aber ist es eine Sprache, die gesprochen, gesungen und geschrien werden will, eine elegante Sprache, die zum Dialog auffordert, zu Widerspruch einlädt und immerzu hin- und her fliegen will.

Schon mit einfachen Mitteln kommt man ziemlich weit, denn Italiener machen es dir leicht. Hauptsache, du hast keinen starken Akzent, kannst ein bisschen übers Essen radebrechen und hast ein paar gängige Idiome drauf – schon macht dir jeder Komplimente.

Aus dieser Falle wollte ich raus. Ich wollte über alles reden können, wollte Valérie und Marta beeindrucken und nicht mehr der Depp sein.

Und um richtig Italienisch zu lernen, gibt es in ganz Sizilien keinen besseren und schöneren Ort als die *Babilonia*, die Sprachschule meines Freundes Michele in Taormina. In der Nähe des Teatro Greco gelegen, in einem malerischen alten Palazzo mit einem schattigen Garten und einer kleinen Cafeteria, kann man dort die Zeit, den Alltag, seinen Job und seine Mittelmäßigkeit für eine Weile vergessen und sich ganz aufs Lernen konzentrieren.

Oder aufs Flirten.

Aber ich greife wieder vor.

Gleich nach Poldis Geburtstag zog ich jedenfalls für einige Wochen bei Michele und seiner Frau aufs Sofa und belegte Kurse in der *Babilonia*. Vormittags Gruppe, nachmittags Einzel intensiv.

Da mein Verhältnis zu Valérie nach der Sache mit David ohnehin ein wenig, ich sag mal, in der Schwebe hing, hatte ich nichts gegen ein bisschen Abstand. Zumal ich inzwischen auch täglich mit Marta chattete, alles natürlich ganz unverfänglich und mehr so freundschaft-lich-ironisches Pingpong über die Poldi, Montana und den Zustand der Welt. Aber vom Sich-selbst-so-richtig-was-Vormachen versteh ich ja was.

Ich kam mir ziemlich cool und einheimisch vor, so morgens vor dem Unterricht noch einen *caffè* und ein *cornetto alla crema* in der Bar an der Porta Messina zu nehmen, eine zu rauchen, die *La Sicilia* durchzublättern und dann lässig zum Unterricht zu schlendern, als wär's zum Job.

Am ersten Tag kam ich mir auch noch ziemlich fort-geschritten vor. Bis ich meine Gruppe kennenlernte. Fünf sehr ehrgeizige Sprachschülerinnen unterschied-lichen Alters aus den USA, Finnland, Spanien und der Slowakei und ein pensionierter Oberstudienrat aus dem Rheinland.

Als Götz aus Düren bei der Vorstellungsrunde mit rheinischem Singsang auf Italienisch sagte: »Seelsor-ge ist eben nicht nur eine wohlfeile kirchliche Service-leistung, sondern ein Auftrag an uns alle, ehrenamtliche Verantwortung zu übernehmen«, wurde mir flau. Als Victoria, die reizbare spanische Erasmus-Stipendiatin, ihm darauf mit einer knatternden Tirade gegen den Ka-tholizismus und das Patriachat konterte, schwante mir, dass die kommenden Wochen kein leichter Ritt würden.

Ich bin nie gerne zur Schule gegangen. Ehrlich gesagt, empfand ich Schule als quälende Zumutung. Aber die Poldi hatte mir mal ihren Trick verraten, wie sie es sich damals leichter gemacht hat: sich einfach in jemanden aus der Klasse zu verlieben.

Also verliebte ich mich nach dieser ernüchternden Vor-stellungsrunde in Lenka. Das war nicht schwer. Sie saß mir direkt gegenüber, immer, wenn ich aufblickte, sah ich sie. Natürlich war sie schön, aber was jemanden wie mich viel mehr magnetisierte, war dieser zur Schau gestellte Ausdruck eines dunklen Geheimnisses. Was ja immer nur ein Ausdruck fehlender Selbstliebe ist. Ich weiß das, aber ich fahr trotzdem drauf ab, nichts zu machen.

Sie war Ende zwanzig, etwas größer als ich und fast anorektisch dünn. In den gemeinsamen Mittagspausen im Garten der Schule pickte sie immer nur in einem Salat herum, denn sie aß nichts, was Eltern hatte. Sagte sie. Sie nahm nur am Gruppenkurs am Vormittag teil, wie sie ihre Nachmittage verbrachte, weiß ich nicht. Ich weiß auch nicht, ob ich sie je ohne ihr Smartphone gesehen habe. Sie hatte es praktisch immer in der Hand, checkte Nachrichten oder beantwortete welche. Aus der Vorstellungsrunde wusste ich, dass ihr Vater Slowake, ihre Mutter Griechin war. Was man ihr beides irgendwie ansah. Was ich sonst über sie wusste, hatte ich aus den Gesprächen am Mittagstisch aufgeschnappt. Sie studierte Völkerrecht in London und – wer hätte es gedacht? – modelte nebenbei. Nach dem Master würde sie nach New York zur UNO gehen. Oder erst mal nach Buenos Aires, um Tango und Spanisch zu lernen. Wenn sie so etwas sagte, klang es so normal und natürlich wie Brötchenholen.

Ich kam mir wie ein schlechter Witz vor und war ein bisschen versucht, am Mittagstisch mit meiner bayrischen Tante und unseren gemeinsamen Abenteuern zu prahlen. Aber mit einem Seitenblick zu Michele und einem letzten Rest von Selbstachtung konnte ich mich gerade noch bremsen.

Eine Woche lang ging das gut. Ich paukte den Konjunktiv, unregelmäßige Verben, den Ablativ und das vertrackte *passato remoto*. Abends kiffte ich ein bisschen mit Michele, hörte mir Beziehungsratschläge von Maive, seiner estnischen Frau, an und chattete mit Valérie und Marta. Ich fraß Vokabeln und Redewendungen, die ja immer die Spreu vom Weizen trennen, und bestellte mittags Salat. Nebenbei, aber wirklich ganz unauffällig, schmachtete ich Lenka an. Wir haben in dieser Woche kaum ein Wort miteinander gewechselt.

Das änderte sich mit dem Ausflug auf den Ätna am ersten Wochenende, denn diese geführten Exkursionen gehören zum Angebot der *Babilonia* und sind toll. Ich war zwar bereits einige Male mit Ciro und mit dem Onkel oben gewesen, aber ich wollte nicht unsozial wirken und auch die Gelegenheit nicht verstreichen lassen, unverfänglich ein bisschen neben Lenka über die Lavafelder zu stapfen.

Selbst bei diesem Ausflug checkte sie ständig ihr Handy. Dabei wirkte sie viel aufgeräumter und nahbarer als sonst, scherzte mit Victoria, argumentierte gegen das *mansplaining* von Götz an, bis er schwieg, und lachte viel. Sie fragte mich nach meiner sizilianischen Familie aus, und ich ließ mich hinreißen, mit meinem Halbwissen anzugeben.

Ich schwadronierte über Vulkanismus, die unterschiedlichen Klimazonen am Ätna, Pilze allgemein und den Satansröhrling im Besondern, der ja überall auf der Welt giftig ist, nur am Ätna nicht, sondern im Gegenteil ein aromatischer Speisepilz. Hatte ich, ehrlich gesagt, nie ausprobiert. Ich plapperte nur schamlos sämtliche *fun facts* von Onkel Martino nach, schmückte mich mit fremden Federn, um ein bisschen Eindruck zu schinden. Dann ein lässiger Schlenker über Zyklopen, Zentauren und Zwergelefanten rüber zur sizilianischen Geschichte, Boxenstopp bei Friedrich II. und noch mal kurz abbremsen bei den gelben Halstüchern. Die mit dem aufgestickten »L« für Lucky Luciano, den damals bereits lebenslänglich in New York einsitzenden Mafiaboss, den die Alliierten kurz vor Kriegsende über Sizilien abwerfen ließen, um kampflos einmarschieren zu können. Dann Kupplung langsam kommen lassen und wieder Gas geben mit einem Potpourri der besten erfundenen Dönekes des Onkels. Wie zum Beispiel seiner Lieblingslügengeschichte über das kleine *castello* bei Bronte, das Lord Nelson nach der Schlacht bei Trafalgar übereignet worden war und wo Nelsons Nichten oft die Sommerfrische verbrachten, weswegen sie sich dann später als Schriftstellerinnen den Ortsnamen als Pseudonym wählten: Brontë. Klingt irgendwie schlüssig, hat Onkel Martino aber alles erfunden. Kümmerte mich aber nicht. Ich packte schamlos alles aus, ließ nebenbei fallen, dass ich, ähem, selbst auch Schriftsteller sei. *Faccio lo scrittore*, sagte ich, denn im Italienischen *ist* man nicht sein Beruf, sondern *macht* ihn nur. Auch eine Art Zen.

Und irgendwann erwähnte ich dann doch meine Tante, die berühmte Detektivin, und erzählte, wie sie mit meiner Hilfe bereits etliche knifflige Mordfälle aufgeklärt hatte.

Das schien Lenka interessant zu finden, denn sie ließ ihr Smartphone für einige Augenblicke unbeachtet und wollte mehr über diese Tante wissen.

Ich fühlte mich, als würde ich auf einmal im Spotlight auf einer großen Open-Air-Bühne erwachen und müsste nun abliefern. Und in dem Augenblick, als Lenka Melnik mich wahrnahm und mich irgendwie interessant fand, als sie kurz stolperte und sich an mir festhielt, gab ich alles.

»Ich würde deine Tante Poldi wahnsinnig gerne mal kennenlernen.«

Au weia, dachte ich.

Aber ich sagte: »Klar, kein Problem.«

Sie klatschte vor Vergnügen in die Hände und warf erneut einen Blick auf ihr Handy.

Und dann, aus heiterem Himmel: »Und wie wichtig sind dir der Klimaschutz und die Umwelt?«

»Äh ...«, sagte ich, ein bisschen auf dem falschen Fuß erwischt. »Sehr wichtig. Nein, ich meine, wirklich extrem wichtig. Es ist fünf vor zwölf, ehrlich jetzt, die da oben verzocken unsere Zukunft und müssen endlich aufwachen. Und wir müssen sie wecken. Meine Meinung.«

»Fragt sich nur, mit welchen Mitteln.«

Ich dachte an die paar Demos, an denen ich in letzter Zeit teilgenommen hatte.

»Wenn es um das Überleben der Menschheit geht«, erklärte ich, »können wir irgendwann nicht mehr zimperlich in der Wahl der Mittel sein.«

Sie sah mich ernst an und nickte.

»Du solltest Massimo kennenlernen. Ich glaube, ihr würdet euch gut verstehen.«

»Massimo?«

»Ein Freund.«

Mehr sagte sie dazu nicht und schloss wieder zum Rest der Gruppe auf.

Am Abend nach dem Ausflug hatten wir einen kleinen Umtrunk in einer Bar abseits des Corso Umberto. So mit bunten Cocktails, die Namen von Filmklassikern trugen. Ich vertrage ja nichts, also ließ ich es mit alkoholfreien »Psychos« ruhig angehen und freute mich einfach über die Nähe zu Lenka. Die praktisch ständig ihr Handy kontrollierte und kurze Nachrichten tippte. Es fing an, mich zu irritieren.

Nach dem ersten »Casablanca« fiel Victoria betrunken vom Stuhl und musste von Amy aus Detroit in die gemeinsame Ferienwohnung gebracht werden. Michele verabschiedete sich ebenfalls und warf mir einen bedeutungsvollen Willkommen-im-Club-Blick zu. Schließlich hatte auch er Maive in der Sprachschule kennengelernt. Ich ignorierte ihn. Götz aus Düren hielt noch zwei »Titanics« länger durch, dann strich auch er die Segel.

Lenka dagegen – ein »Pulp Fiction« nach dem anderen. Ich kam kaum mit, wie sie die wegzischte. Zwischendurch kippte sie Wodka-Shots wie nichts und Weißwein gegen den Durst. Allein die Flüssigkeitsmenge hätte mich schon fertiggemacht.

Ich musste an die Poldi denken und fragte mich, ob ich irgendwas an mir hatte, das Menschen mit Alkoholproblemen anzog.

Lenka zeigte keinerlei Anzeichen von Trunkenheit, lallte nicht, wirkte voll auf der Höhe. Sie wurde nur ein wenig lebhafter und erklärte mir, wie sehr ihr der Umweltschutz am Herzen liege und wie schlecht es damit doch in Sizilien bestellt sei, eine Schande.

»Hast du ein Auto?«, fragte sie, als sie zum zweiten Mal vom WC kam und ihr Handy gerade wieder gecheckt hatte.

»Äh, ja.«

»Kannst du noch fahren?«

»Äh, ja.«

»Kannst du noch was anderes sagen als ›Äh, ja‹?«

»Kommt drauf an?«

»Kennst du das *Zō* in Catania?«

Klar kannte ich das *Zō*. Das *Zō* und das *Nievski* in der Via Alessi waren die Pole, zwischen denen ich in unzähligen Feriennächten oszilliert hatte, immer im Schlepptau meiner Cousins, wie so ein gefangenes Elementarteilchen ohne *spin*. Im *Zō* hatten wir Bier aus Plastikbechern getrunken und die Probleme der Welt gelöst. Im *Zō* hatte ich meinen Cousins beim Kiffen und Flirten zugesehen, mich für mein schlechtes Italienisch geschämt und verdruckst rumgestanden. Im *Zō* hatte ich aber auch den ersten richtigen Kuss meines Lebens. Mit Arianna, die inzwischen mit Dario verheiratet war und schon zwei Kinder hatte, während ich versuchte, meinen Platz in der Welt zu finden, als wäre ich immer noch neunzehn.

»Äh, ja. Wieso?«

Sie kippte ihren Wodka und nahm meine Hand.

»Da ist heute eine Party. Lass uns hinfahren.«

Da war es halb zwölf, von Taormina nach Catania sind es gute achtzig Kilometer, und morgens um neun begann der Unterricht. Aber sagte ich das? Nein, sagte ich natürlich nicht. Ich ließ mich an die Hand nehmen, fuhr mit ihr durch die Nacht, fühlte mich schrecklich und großartig und frei wie der Wind.

Ich meine, natürlich fühlte ich mich mies, als wir an der Ausfahrt Giarre vorbeikamen. Schließlich schlief gar nicht weit entfernt Valérie – völlig ahnungslos.

Man nennt das »*microcheating*«, hatte ich gelesen. Also das kleine Brüderchen des Betrugs, den heimlichen Flirt, die zweideutigen Chats mit einer anderen Person, das verschwiegene Begehren, die kleine Flucht im Kopf, ohne wirklich das Haus zu verlassen oder das Herz zu bemühen. Trotzdem dünnes Eis, trotzdem gefährlich. Aber trotzdem fuhr ich weiter, ohne zu wissen, auf welcher Reise ich da eigentlich war.

Während der ganzen Fahrt war sie ständig am Handy und fragte mich nebenbei nach meiner Tante Poldi aus. Über ihre Mordfälle, über die Sache mit Maria, über die Hochzeit mit Montana.

Wenn ich allerdings davon anfing, dass ich an einem opulenten deutsch-italienischen Familienroman über drei Generationen mit literarischem Schwerpunkt, aber dennoch für ein größeres Publikum schrieb und dass ich ihr gern mal probeweise daraus vorlesen könne, wechselte sie das Thema und wollte rauchen. Oder das Fenster öffnen. Oder eine Playlist hören und mitsingen.

Follow my ecstasy.
Uhhh, uhhh, uhhh,
I can heal you, follow me.
Follow my ecstasy!

Sag ich mal nichts dazu.

Sie ließ mich an einer Tankstelle halten, um Bier zu kaufen. Sie war ziemlich aufgekratzt, bewegte sich aber wie in Zeitlupe. Nicht gehemmt oder so, nur sehr langsam.

»Findest du mich schön?«, fragte sie so ganz aus heiterem, subtropischem Sommernachthimmel, bevor wir an der Tankstelle wieder ins Auto stiegen.

Sie hatte wirklich ein Talent, mich verlegen zu machen.

»Äh, ja. Ich meine ... klar.«

Sie schüttelte ihre Haare und beugte sich über die Motorhaube.

»Und *was* findest du an mir schön?«

Liebe ich ja, solche Fragen. Ich fühlte mich plötzlich noch nüchterner, als ich es eh schon war, und wünschte mir, auf Micheles Sofa kriechen und schlafen zu dürfen.

»Lass uns weiterfahren, okay?«

Wir stiegen ins Auto.

»Bist du sauer?«

»Nein, bin ich nicht.«

»Bist du doch.«

Sie öffnete ein Bier und trank es während der Fahrt.

»Willst du mit mir schlafen?«

»Können wir die Frage vielleicht noch mal zurückstellen?«

»Alle Männer wollen mit mir schlafen. Ist okay. Ich schlafe auch mit einigen. Aber es macht mir keinen großen Spaß. Also nicht, dass es mir *gar keinen* Spaß machen würde, nur nicht so wirklich, hörst du?«

»Weiß nicht.«

»Den Männern macht es meistens auch nicht so viel Spaß. Es geht immer nur um Besitz.«

»Aber gefallen tut es dir schon, dass sie dich alle begehren.«

Sie boxte mir vergnügt auf den Arm. »Jaaaa! Ja, es gefällt mir! Es *gefällt* mir.« Sie schniefte und verdrückte eine Träne. »Aber am Ende bin ich nur die süße *fragolina*, mit der sie ficken und vor ihren Kumpels angeben wollen. Ich war noch nie verliebt, glaubst du das? Aber ich will auch keine normale Liebe, hörst du? Ich will einen verdammten Sturm. Schlaflose Nächte. Tango auf dem Dach. Gespräche bis morgens um fünf. Ich will Wahnsinn und

Leidenschaft. Ich will jemanden, der meinen Körper aus tausend Kilometern Entfernung zum Zittern bringt und mich so nah an sich ranlässt, dass ich mich bis auf die Knochen spüre, hörst du? Hörst du mich eigentlich? Ich will dir Raum geben für deine Abenteuerlust und Gründe, damit du immer wiederkommst, hörst du?«

Nein, falsch gedacht, ich glaubte *nicht*, dass sie mich damit meinte.

Stattdessen stellte ich mir die Poldi auf dem Rücksitz vor, schnaufend und augenrollend über so viel gequirlten Kitsch wie aus einem *inspirational post* irgendeines x-beliebigen B-Promis.

Lenka war offenbar betrunkener, als ich angenommen hatte. Möglicherweise auf irgendwas drauf. Ich befürchtete, dass sie in diesem Zustand noch mehr Unsinn reden oder anstellen würde und dass damit vollends alle Magie aus diesem Abend entweichen und irgendwelche Schwierigkeiten anfangen würden.

Ich hatte ja so was von keine Ahnung.

Stattdessen sagte Lenka, schon wieder ganz klar: »Kürzlich hab ich jemanden getroffen, da war es zum ersten Mal anders. Vielleicht bin ich verliebt.«

»Massimo?«

Sie lachte.

»Nein! Jemand anderes.«

»Und der wartet im *Zō* auf dich.«

Sie biss sich auf den Daumennagel.

»Weiß nicht.«

Sie biss noch fester auf ihren Daumennagel. Er wurde ganz weiß.

»Sag mal, kannst du das bitte lassen?«

»Tut gar nicht weh!«, sagte sie entschuldigend.

Ich konnte die Poldi auf dem Rücksitz praktisch sagen hören: »Zefix, du Gimpel, du siehst doch, was mit ihr los ist! Du drehst jetzt auf der Stelle um und fährst des Madl zurück!«

Was die reifste Entscheidung gewesen wäre. Aber so sehr ich die Spritztour inzwischen auch bereute, so neugierig war ich, wer in Catania auf Lenka wartete.

»Okay«, sagte ich. »Ein Drink, und dann fahren wir wieder zurück. Ob der Typ da ist oder nicht.«

»Zwei Drinks, Daddy.«

»Einer. Und nenn mich noch einmal ›Daddy‹, und ich schmeiß dich gleich hier raus.«

Als ich dann endlich in das nächtliche Catania hineinfuhr, unter goldenem Natriumdampflicht den *lungomare* entlang, an der Bar *Quaranta* und der kleinen Marina von Ognina vorbei, wo früher überall Palmen standen, dann in den Kreisverkehr an der Piazza Europa – da fühlte ich mich plötzlich wirklich wieder wie neunzehn.

Und so wird es mein Leben lang sein, wenn ich nachts durch Catania fahre, diese Nachtschattenstadt aus Lava, Gold, Gestank und Orangenblütenduft. Ich werde mich immer wieder wie neunzehn fühlen, voller Glück, für einen Moment am richtigen Ort und mit mir selbst verbunden zu sein.

Lo Zō, wie die Catanesen sagen, ist ein Kulturzentrum in einer umgebauten ehemaligen Schwefelraffinerie zwischen der Piazza Europa und dem Bahnhof, fast direkt am Meer gelegen.

Im neunzehnten Jahrhundert war Schwefel aus den Minen in Agrigento, Sciacca, Enna und Gela eines der wichtigsten Exportgüter Siziliens, hat viel Reichtum und noch mehr Elend erzeugt. Erst zur Herstellung von

Schießpulver, dann für Benzin. Bis es billigere Lösungen für beides gab und die sizilianischen Minen dicht machten. Das schmutziggraue Gebäude des *Zō* mit seinen drei Schornsteinen und den postmodernen Stahl- und Glaselementen zwischen Backsteinfragmenten erinnert kaum noch an den Pestgestank und die menschenunwürdigen Arbeitsbedingungen. An die Sklavenarbeit der Kinder in den Minen, die Verätzungen und die Unfälle.

Heute gibt es dort Ausstellungen, Konzerte, Film- und Theaterabende, Kreativworkshops und eine große Bar mit einem ganz ordentlichen Imbiss. Alles sehr *industrial* und *shabby chic*. An den Wochenenden legen DJs Elektro, House und Techno auf, beziehungsweise das, was in Sizilien noch als Techno durchgeht. Denn so cool, düster und berghainig das *Zō* auch gerne wäre, die Stimmung ist eher familiär und flirtig, jeder kennt jeden.

Als wir ankamen, war die Tanzfläche bereits voll, der DJ spielte leicht verdauliche, sommerliche Elektrobeats, und Lenka verschwand erst mal auf der Toilette. Auf einer Wandfläche war eine computeranimierte Videoinstallation zu sehen, die aussah wie zuckende Zucchini und anderes Gemüse, das sich anschließend in schaumigen Blasen auflöste. Ein bisschen so kam ich mir vor.

Ich bestellte Gin Tonic und Wasser an der Bar. Erstaunlicherweise erkannte mich Toni, der Barmann, wieder und fragte nach Ciro und Donna Poldina.

»Die Poldi?«, fragte ich perplex zurück.

»Ja, sie kommt manchmal zum Tanzen.«

»TANZEN?«

Toni zuckte mit den Schultern.

»Sie kommt, trinkt was, rockt für ein, zwei Stunden ab und geht wieder.«

»Allein?«

»Allein kommen oder allein gehen, was meinst du jetzt?«

»Äh, sowohl als auch?«

Toni hielt sich bedeckt. »Mal so, mal so.«

Ich stöhnte und nahm mir vor, bei nächster Gelegenheit ein wenig mit der Poldi über *microcheating* zu reden.

»Was soll jetzt des heißen, Signor Moralapostel?«, grantelte mich die Poldi an.

»Schon gut, Poldi!«, versuchte ich, sie zu beschwichtigen. »Ich weiß ja, dass du deine kleinen Fluchten brauchst.«

»Des sind keine kleine Fluchten, des ist mein Leben, merk dir des! So bin i, und so bleib i. Dein *microcheating* kannst dir sonst wohin stecken, Signor Sauertopf, hast mich? Des ist auch wieder nur so eine Erfindung der lustfeindlichen Unterhaltungspropaganda im Internet. Für mich heißt des immer noch flirten. Und flirten ist ein Lebensausdruck, des brauch i wie die Luft zum Atmen. Flirten ist eine hohe, filigrane Kunst, merk dir des. Ein Spiel mit dem Feuer, aber auf kleiner Flamme. Wer sich verliebt, ist raus. Aber wenn du weißt, wie man des spielt, dann ist des Rosenwasser für die Seele und ein echter Wellnessturbo obendrein. *A flirt a day keeps the doctor away*. Meine Worte.«

»Ist ja gut, Poldi!«, stöhnte ich.

Sie winkte ab.

»Und wie ging's dann nachert weiter?«

»Als sie zurückkam, hat sie ihren Gin Tonic gekippt und wollte tanzen«, versuchte ich, meinen Bericht rasch zu Ende zu bringen. »Also hab ich ein bisschen vor ihr herumgehampelt und versucht, die Blicke der anderen Kerle zu ignorieren. Ich weiß nicht, wo sie die Energie hergenommen hat. Ich war total groggy von der Ätnatour.«

»Wie hat sie getanzt?«, wollte die Poldi wissen.

»Wie meinst du das jetzt?«

»Herrgott, wie sie getanzt hat halt. Beschreib es.«

»Langsam«, sagte ich. »Irgendwie. Ich meine, es sah geschmeidig aus und heiß und alles, geb ich ja zu. Aber alles irgendwie, als ob sie in einem zähflüssigen Öl tanzt.«

Die Poldi nickte.

»Und des mit dem Daumennagel, hat sie des noch einmal g'macht? Oder irgendwas anderes, was hätte wehtun müssen, ihr aber gar nicht weggetan hat?«

Ich ächzte, als ich mich daran erinnerte.

»Ich bin ihr einmal auf den Fuß getreten, aus Versehen. Sie hatte ja nur Flipflops an. Hat sie aber fast nicht bemerkt. Als ich nachsehen wollte, ob der Fuß okay ist, hat sie nur gelacht und mich geküsst.«

»Und des hat dir nicht zu denken gegeben?«, stöhnte nun die Poldi.

»Mann, Poldi, ich hab mir schon gedacht, dass sie auf irgendwas drauf ist. Aber was sollte ich denn machen?«

Die Poldi hob die Hand.

»Und dann?«

»Dann hat sie Massimo entdeckt. Sie haben kurz gesprochen und sich über irgendwas gestritten, wie es aussah. Dann hat sie uns vorgestellt.«

»Wie sah er aus?«

»Auch so Ende zwanzig, bisschen kleiner als ich, ungepflegter Vollbart, Shorts und T-Shirt. Aber obercool, Ehrensache.«

»Geht des vielleicht auch präziser?«

»Mann, Poldi, ich hatte andere Dinge im Kopf, okay? Das war wieder so einer dieser Pseudo-Künstler, die sich für den Nabel der Welt halten und dir das Gefühl geben, du wärst der letzte Depp. Aber ihre Wäsche bringen sie immer noch zu *mamma*.«

Die Poldi grinste mich an.

»Massimo und wie weiter?«

»Hat er nicht gesagt. Wir haben uns wirklich *super* verstanden. Er hat mich von oben herab vollgetextet, dass er *visual artist* sei und gerade an einem neuen *Projekt* für *Lo Zō* arbeite. Die zuckenden Zucchini an der Wand waren auch von ihm. Und dann kam er auf die Umwelt, das Klima und den Regenwald zu sprechen. Und wie schlimm es um Sizilien bestellt sei und dass man was tun müsse, blabla, und alles mit der üblichen Dirigenten-Gestik. Er hat mich abgeprüft, wie ich dazu stehe. Fand er aber wohl alles nur so mittelüberzeugend, denn er hat sich die ganze Zeit nur nach Lenka umgeschaut.«

»Wo war Lenka da?«

»Wieder auf der Tanzfläche. Als Massimo genug von mir hatte und sich endlich trollte, hab ich nach Lenka gesucht. Aber sie war nicht mehr auf der Tanzfläche, sie war nirgendwo, auch nicht auf dem Klo. Also bin ich raus. Und hab nur noch gesehen, wie sie in ein Auto stieg und das Auto wegfuhr.«

»Mit wem?«

»Herrgott, Poldi, ich hab's nicht gesehen, okay?«

»Was für ein Auto war des?«

Das menschliche Gehirn ist ja ein Wunder. Komplexer als das Universum, hab ich mal gelesen, und zu den höchsten Genieleistungen fähig: Selbsterkenntnis, Kontrapunkt, Mordermittlung, Online-Shopping, um nur die wichtigsten zu nennen. Aber zu seinen allergrößten Leistungen, sagen Neurowissenschaftler, gehört das Vergessen. Niemand kann genau erklären, warum und wie wir vergessen. Nur eines scheint klar zu sein: Es geschieht nicht zufällig einfach so. Das Gehirn vergisst, was es vergessen *will*.

Aber jetzt sah ich das Auto wieder vor mir. Ich sah Lenka einsteigen, ich sah den Wagen wegfahren.

»Scheiße!«, hauchte ich. »Toyota Pick-up.«

»Farbe?«

»Weiß. Älteres Modell.«

»Hältst des immer noch für Zufall?«

»Aber ...?«, stammelte ich. »Ich meine ... Also, davon gibt's doch Tausende.«

Die Poldi sah mich nur an, als würde ich immer noch an den Osterhasen glauben.

»Konzentration, Bub. Was geschah dann?«

»Das war's. Ende der Story. Am nächsten Tag fehlte sie im Kurs. Mittags kam eine Nachricht.«

Ich zog mein Handy heraus und zeigte der Poldi den kurzen Chatverlauf mit Lenka.

Tut mir leid wegen gestern. L.

Kein Problem. Alles ok bei dir?

Mach dir keine Sorgen.

Sehen wir uns heute Abend?

Geht nicht, sorry. Muss ein paar Dinge regeln. Ich melde mich, ok?

Danach war sie nicht mehr zum Kurs erschienen. Ich hatte sie nicht mehr wiedergesehen, und auf die paar Nachrichten, die ich ihr danach geschrieben hatte, hatte sie nie geantwortet. Die Häkchen unter den Textblasen zeigten an, dass sie meine Nachrichten zwar erhalten, womöglich aber nicht gelesen hatte.

»Ich würde ...«, begann ich leise und musste kurz schlucken. »Ich würde jetzt gerne wissen, was mit Lenka ist und was das alles mit mir zu tun hat.«

7. Kapitel

Erzählt von Geld, Provokation und Bluff, von Umwegen, Paralleluniversen und Maulbeeren. Silvia Favarotta killt einen Panther. Montana nutzt sein Adressbuch und macht einen Besuch bei der Konkurrenz. Der Neffe dagegen kriegt Schuldgefühle und versucht, ein Männergespräch zu führen. Die Poldi wiederum kriegt erst keine Antworten und nimmt dann ein paar Dinge persönlich.

Die Poldi machte uns ein Bier auf. Totti kam angetrottet und legte mir seinen Kopf in den Schoß. Ich kraulte ihn hinter den Fledermausohren. Er furzte, aber ganz, ganz leise.

»Koinzidenz ist des Kichern des Universums«, erklärte die Poldi und nahm meine Hand. »Des Glück, merk dir des, ist eine unscheinbare Wiesenblume am Rande des Umwegs. Hast du nicht auch manchmal des G'fühl, dass du irgendwo falsch abgebogen und in einem Paralleluniversum g'landet bist? Und fragst dich, was mach i hier eigentlich, aber findest nimmer raus?«

»Ständig!«, stöhnte ich.

»Mei, und warum?«

»Keinen Schimmer, sag's mir.«

»Weil da eine Sirene g'sungen hat, der bist du g'folgt,

darum. Wenn wir den Gesang der Sirenen hören, dann folgen wir. Manchmal ins Glück, manchmal ins Verderben. Machen können wir da nix. Du nicht, i nicht, der Vito nicht und Aldo Favarotta auch nicht.«

Damit fuhr sie in ihrem Bericht fort.

»Ich kenne keine Lenka Melnik«, erklärte Silvia Favarotta, als die Poldi ihr das Testament reichte.

»Was ist mit *Forza Verde*?«

»Sagt mir auch nichts.«

»Und diese ...«

»Hören Sie, Donna Poldina, ich war nicht ganz aufrichtig zu Ihnen. Ich weiß natürlich von Aldos Tangofimmel. Ich nehme an, dass er auf diesen Milongas seine Affären trifft. Wahrscheinlich ist diese Lenka Melnik eine davon.«

»Wie es aussieht, ist es mehr als nur ein Fimmel.«

»Finden Sie meinen Mann, Donna Poldina. Um alles Weitere kümmere ich mich dann schon selbst.«

Die Poldi sah, wie Silvias Selbstbeherrschung bröckelte. Das Testament schien sie aus der Fassung zu bringen. Offensichtlich dokumentierte es, dass Silvia doch weniger über ihren Mann wusste, als sie angenommen hatte.

Die Poldi zog die offene Geldbanderole aus dem Tresor und dachte nach.

»Wahrscheinlich war Geld im Tresor«, sagte sie. »Wahrscheinlich wurde der Tresor in aller Eile leer geräumt, dabei wurde eine der Banderolen beschädigt. Laut Aufdruck waren das Hundert-Euro-Scheine. Eine Banderole fasst hundert Scheine, also zehntausend Euro pro Bündel.«

»Ja, ich kann rechnen«, sagte Silvia spitz. »Mein Mann

bewahrt kleinere Mengen Bargeld in diesem Tresor auf. Zwanzig-, vielleicht dreißigtausend. Um flüssig zu sein, wenn mal schnell irgendein Lieferant bezahlt werden muss.«

»Sie meinen Schmiergeld?«

Silvia Favarotta schwieg.

»So ein Geldbündel ist etwa einen Zentimeter dick«, überschlug die Poldi laut. »Bei einer Stückelung in Hundert-Euro-Scheinen wäre in dem Tresor genug Platz für weitaus mehr als dreißigtausend Euro.«

Silvia Favarotta stöhnte, griff nach ihrem Telefon und verließ den *salotto*. Die Poldi konnte sehen, wie sie mit dem Handy am Ohr draußen im Garten herumlief, manchmal stehen blieb, gestikulierte und dann wieder weiter durch den Garten tigerte.

Die Zeit nutzte die Poldi, um Fotos von den Dokumenten zu machen und sie Montana zu schicken. Sie hörte Silvia Favarotta zurückkommen und setzte sich wieder aufs Sofa.

Silvia brachte eine Flasche Whisky und zwei Gläser mit. Sie schenkte zwei Gläser ein, kippte das erste im Stehen, schenkte wieder nach, reichte der Poldi ein Glas und ließ sich dann auf den Thron ihres Mannes fallen.

»Wie viel?«, fragte die Poldi nur.

»Knapp über eine Million«, sagte Silvia tonlos. »Er hat vor einer Woche all seine Konten geräumt. Der Direktor der Bankfiliale in Taormina wollte es mir zuerst nicht sagen, aber als ich angedroht habe, dass ich sämtliche laufenden Kredite platzen lasse, hat er kooperiert.«

Die Poldi sah zu, wie Silvia trank. Sie schnupperte an dem torfigen Schnaps und kippte den Whisky auf ex.

»I glaub Ihnen kein Wort«, sagte die Poldi ruhig.

»Bitte?«

»I glaub, Sie spielen mir was vor. I glaub, dass Sie genauso von der Million wussten wie von den Milongas. I glaub, dass Sie auch wissen, wer Lenka Melnik und was *Forza Verde* ist. Weil i nämlich glaub, dass Sie Ihren Mann umgebracht haben, Silvia. Dieser ganze Auftrag, Ihren Mann zu finden, des ist nur ein raffiniertes Verschleierungsmanöver.«

Silvia Favarotta zeigte keine Regung. Sie trank wieder einen Schluck und sah hinaus in den Garten.

»Vielleicht habe ich Sie überschätzt, Donna Poldina. Vielleicht sind Sie doch nur eine durchgeknallte Säuferin.«

»Wo waren Sie, als Ihr Mann verschwand?«

»Hier. Zu Hause.«

»Warum haben Sie gelogen und behauptet, dass Samir an dem Abend hier war?«

Silvia fuhr sich durch die Haare.

»Ein Versehen. Samir ist so unaufdringlich und geräuschlos, dass ich manchmal nicht richtig auseinanderhalten kann, ob er da ist oder nicht. Ich brauche doch kein Alibi, oder?«

Die Poldi erhob sich.

Silvia Favarotta sah weiterhin in den Garten hinaus.

»Bleiben Sie! Ich bitte Sie. Das mit der Säuferin tut mir leid.«

Aber vielleicht war die Poldi dann doch ein bisschen eingeschnappt.

Sie marschierte stur zur Tür.

»Ich nehme an, Sie haben die Dokumente fotografiert?«, fragte Silvia Favarotta.

»Natürlich.«

»Dann kann ich Sie leider nicht gehen lassen.«

Die Poldi hörte ein Klicken hinter sich und drehte sich um. Silvia Favarotta hielt eine Pistole in der Hand und richtete sie auf die Poldi.

»Gell, des hättest jetzt nicht gedacht. Kannst es ruhig zugeben.«

Ich rollte mit den Augen. »Was soll das, Poldi? Kannst du diese Spielchen vielleicht lassen?«

»Glaubst es wieder nicht? Glaubst, i denk mir des alles nur aus?«

»Ich würde einfach nur gerne wissen, was mit Lenka passiert ist.«

»Und um deine private Neugierde kurzfristig zu beruhigen, soll i nachert durch meinen gesamten Fall so durchrauschen? Als wär's nix gewesen? Vielleicht hab i da eine Todesangst ausstehen müssen?«

»Kannst du's mir nicht einfach verraten und dann mit deiner Todesangst weitermachen?«

»Nein, kann i nicht. I bin halt eine unzuverlässige Erzählerin, so nennt man des, merk dir des für deinen Roman. Wenn du meine Fälle eines Tages aufschreibst, dann kannst alles schön fad in Reih und Glied aufstellen und nach Farben sortieren, wenn du willst. Meinethalben mach aus mir eine g'schockte Krampfhenne. Aber bis dahin, merk dir des, bin i immer noch die Hauptfigur in meinem Paralleluniversum.«

Nicht zum ersten Mal sah die Hauptfigur in ihrem Paralleluniversum eine Pistole auf sich gerichtet.

Daran gewöhnt sich vielleicht ein Profikiller, aber den meisten Menschen geht beim Anblick eines durchgeladenen schwarzen halb automatischen Tötungsgerätes der Arsch auf Grundeis. Zumal man ja weiß, wie schnell sich – hoppala – so ein Schuss lösen kann. Seit ich mit der Poldi die Schießerei in der Hütte oben bei Palma de Montechiaro überlebt habe, weiß ich, wovon ich rede.

Die Poldi ist zwar ein abgebrühter Vollprofi, aber selbst ihr setzte der Anblick einer Browning Safari Arms Matchmaster Kaliber.45 einigermaßen zu.

Dennoch blieb sie ganz ruhig und wunderte sich, woher Silvia die Waffe auf einmal hatte. Sie vermutete, dass sie irgendwo unter dem Thron versteckt gewesen war.

»Zu spät, Silvia«, sagte die Poldi mit größter Selbstbeherrschung. »I hab des Foto bereits an Montana weitergeleitet.«

Sie konnte nicht erkennen, ob Silvia Favarotta das verstanden hatte, denn sie zeigte keinerlei Reaktion, hielt die Pistole immer noch auf die Poldi gerichtet.

»Silvia?«, fragte die Poldi leise. »Könnten Sie die Pistole vielleicht weglegen?«

Silvia Favarotta sah die Poldi an, stöhnte leise – und hoppala ...

Bäng!

Die Poldi zuckte zusammen.

Bäng, bäng, bäng!

Es ist erstaunlich, wie ohrenbetäubend laut eine Pistole in geschlossenen Räumen sein kann, wie viel Schmauch sie entwickelt. Im Nu war der *salotto* voll mit beißendem Rauch.

Silvia Favarotta ballerte wie wild durch den Raum. Wild, aber nicht ziellos. Sie schoss auf den Tisch mit Rochenleder, sie feuerte auf den ausgestopften Stierkopf, sie ballerte auf die Lampen, die Bilder, auf den ganzen Kitsch. Die Poldi sah, wie sie dem Porzellanpanther den Kopf wegpustete und wie die Glasscheibe der Wurlitzer mit einem herzzerreißenden Klirren zersplitterte.

Dann war Ruhe.

Die Poldi hörte kaum noch etwas. Am offenen Schlitten der Pistole erkannte sie, dass Silvia Favarotta das ganze Magazin abgefeuert hatte. Sie wirkte wie von einer Last befreit.

Die Poldi richtete sich kurz die Perücke, öffnete die Verandatüren, schenkte Whisky nach und reichte Silvia ein Glas. Sie tranken und sahen zu, wie der Rauch träge hinaus in die Sommerhitze wehte.

Alles ohne ein einziges Wort, denn beide hörten immer noch kaum etwas nach dem Geballere, und viele Worte waren ohnehin nicht mehr nötig.

»Sie können jetzt gehen oder *Commissario* Montana anrufen oder was Sie wollen«, sagte Silvia Favarotta schließlich.

Die Poldi winkte ab. »I glaub nimmer, dass Sie Ihren Mann umgebracht haben.«

»Jetzt nicht schwach werden, Donna Poldina! Ich würde mich auch verdächtigen. Aber ich schätze, Aldo liegt mit dieser Lenka Melnik längst an irgendeinem Strand der Welt und verprasst die Million.«

»Wer leitet dann die Firma?«

»Niemand. Aldo ist ohnehin bankrott. Wie es aussieht, hat er sich mit seinen letzten Reserven abgesetzt. Ich bin zwar als Gesellschafterin eingetragen, aber ich kann nur noch die Insolvenz abwickeln und zusehen, wie ich da irgendwie heil rauskomme. Selbst für den Fall, dass er tot ist, stehe ich mit diesem Testament vor dem Nichts.

Ich hatte angenommen, dass er auf mich hört, aber Aldo hört auf niemanden. Er hat mir die Hälfte der Firma versprochen, wenn ich ihn nicht verlasse, aber das war wie immer eine Lüge. Aldo belügt jeden. Er hat mich genauso ausgetrickst, wie er jeden austrickst. Er hat ja auch Sie ausgetrickst.«

»Sie meinen, er hätte mir sowieso nicht verraten, wo Maria steckt?«

»Wie denn?! Er kennt sie gar nicht. Er hat nur geblufft.«

»Jalecktsmiamarsch. Aber wie ...«

»Aldo hat ein Talent dafür, die Schwachstellen von Menschen zu finden und ihnen dann alles zu versprechen, was sie sich wünschen. Er hatte von der Sache mit Ihrer Schwester Wind bekommen und eins und eins zusammengezählt, das ist alles. Aldo ist zwar ein Narzisst, aber kein Idiot.«

»Kreuzsacklzement!«

Die Poldi dachte nach. Sie zeigte nach oben zu dem Deckengemälde, das Favarotta mit Mussolini zeigte.

»Ist das ernst gemeint?«

»Natürlich nicht. Es ist nur eine weitere Provokation. Wie alles im Leben meines Mannes. Mich wahrscheinlich eingeschlossen.«

»Sie glauben also, dass Ihr Mann noch lebt?«

»Umgebracht zu werden passt einfach nicht zu Aldo. Zu gewöhnlich.«

»Haben Sie ihn deshalb geheiratet? Weil er alles andere als gewöhnlich ist? Eine konstante Provokation?«

Silvia lachte bitter.

»Es klingt vielleicht seltsam, aber Aldo kann sehr charmant sein. Wenn er will.«

Das hatte die Poldi schon zu oft in ihrem Leben gehört, um es glauben zu können. Das mit dem Charme der bösen Jungs. Das hielt sie nur für eine Ausrede für den viel größeren Selbstbetrug. Dass diese Frauen nämlich geglaubt hatten, sie seien Sirenen. Dass die bösen Jungs ihrem Gesang folgen würden. Dass ihr Gesang die Männer betören und verändern könne. Dass sie Macht über sie hätten. Aber am Ende, wusste die Poldi, war es genau anders herum. Die Männer waren die Sirenen. Sie sangen ihr Lied, das Frauen an die Klippen und ins Verderben lockte. Denn am Ende taten sie immer nur, was sie wollten. Oh, natürlich gab es Ausnahmen hie und da. Bloß fragte sich die Poldi manchmal, ob ihr geliebter *Commissario* wirklich zu diesen seltenen Exemplaren zählte.

Die Poldi atmete durch.

»Okay. I brauch alles, was Sie über Ihren Mann haben. Handy, Computer, Notizzettel, Steuerunterlagen, Bankverbindungen, einfach alles. I will seine Anzüge sehen und auch seine Unterwäsche. I will wissen, was er am liebsten isst, von was er träumt, wo es ihn juckt und was er hasst. I will alles wissen, hören Sie, selbst wenn des Monate dauert. Niemand verschwindet spurlos. Irgendwo versteckt sich immer ein Muster, und dieses Muster wird uns zu ihm führen.«

Silvia seufzte. »Ich hab Ihnen doch gesagt, das mit Ihrer Schwester war ein Bluff. Ich habe nichts, was ich Ihnen anbieten könnte.«

Die Poldi winkte ab. »Des ist jetzt etwas Persönliches. Wer Isolde Oberreiter verarschen will, der muss fei scho früher aufstehen.«

Sizilien ist kompliziert. Das Urland der Umwege und verschlungenen Pfade und persönlichen Verflechtungen. Immer kommt irgendwas dazwischen. Kaum will man zum Beispiel in Ruhe heiraten, steckt man – hoppala – schon wieder mitten in irgendeiner Ermittlung drin. Kaum hält man eine Person für verdächtig, erweist sie sich – hoppala – als unverdächtig. Kaum hat man sie nicht mehr in Verdacht, wird sie – hoppala – schon wieder zur Hauptverdächtigen. Und das Universum kichert sich eins.

Auch Vito Montana lebte in einem Paralleluniversum. Ich weiß nur nicht genau, in welchem. Vielleicht eines, in das ihn die Poldi hineingesungen hatte. Ein freundliches, in dem es Glück und Verständnis gab, einen ruhigen Lebensabend und trotzdem genug Abenteuer. Vielleicht aber auch ein dunkles, in dem es nur Verbrechen, Mord und Lügen gab und in das eine Sirene namens Italia mit ihrem Lied von einer gerechten Welt ihn einst gelockt hatte. In diesem Universum kannte Montana sämtliche Regeln, Tricks und verborgenen Trampelpfade, er bewegte sich darin so natürlich und instinktiv wie ein Jaguar im Dschungel des Amazonas.

Als die Poldi ihm das Foto des Testaments schickte, warf er nur einen kurzen Blick darauf und telefonierte dann ein bisschen herum. Denn Montana gehört noch zu einer Generation, die zuallererst reflexartig zum Telefon greift. Beziehungsweise zu seinem uralten, abgewetzten, ledergebundenen Adressbuch, das ihm sein Vater nach dem bestandenen Abschluss an der *Scuola Superiore di Polizia* geschenkt hatte. Viele der Namen und Nummern waren inzwischen durchgestrichen, hinter anderen wiederum hatte Montana über Jahrzehnte hinweg kleine Notizen und Symbole gekritzelt, die nur er selbst verstand.

»Meistens brauche ich das gar nicht mal«, erklärte er mir am Abend. »Ich kenne fast jede Nummer auswendig. Darauf war ich immer stolz.« Er tippte sich an die Schläfe. »Du musst immer wissen, wer dir noch einen Gefallen schuldig ist oder wem *du* noch was schuldest. So läuft das in Italien.«

Wir saßen im Dunkeln auf der Dachterrasse, nur Montana und ich, rauchten, tranken was und genossen die leichte Brise, die vom Meer herüberwehte.

Montana war spät vom Dienst gekommen, irgendwie gestresst. Auch die Poldi wirkte auf einmal angespannt.

Ich hatte schon gehört, dass bei Hochzeitspaaren kurz vor dem Tag X die Nerven blank liegen, aber bei meiner Tante Poldi und Vito Montana hätte ich das nicht vermutet.

Fast schweigend aßen wir die Reste vom Mittag, dann schickte die Poldi uns hoch auf die Terrasse, damit Montana mir seinen Teil der Story erzählen konnte.

Montana ist ja eher der wortkarge Typ. Im Gegensatz zur Poldi kein großer Erzähler. Ich sah, dass er Anlauf brauchte und ließ ihm Zeit. Zeit ist überhaupt die Lösung für fast alles. Nur in Mordermittlungen kann sie zum Problem werden.

Montana telefonierte also ein bisschen herum, und als *Capitano* Savasta vom *Carabinieri Comando Compagnia di Taormina* misstrauisch zurückfragte: »Lenka Melnik?

Warum willst du das wissen?«, wusste Montana, dass er auf dem richtigen Trampelpfad gelandet war.

»*Vaffanculo*, ich hab keine Ahnung!«, gab er genervt zurück. »Urlaubszeit, kennst du doch. Alle sind weg, und wir haben die Arschkarte gezogen, dürfen irgendwelchen Routinekram abarbeiten und sollen ein paar Namen überprüfen. Je eher ich mit dem Scheiß durch bin, desto eher kann ich mich wieder um die wichtigen Sachen kümmern.«

Er wusste, dass Savasta ihm kein Wort glaubte. Aber sich auf diese Weise bedeckt und den Ball ganz ganz flach zu halten, gehörte zum Spiel dazu. Das Spiel hieß: *Möglicherweise, also ganz vielleicht eventuell, weiß ich etwas, aber was krieg ich dafür?* Und wie immer bei diesen Spielen galt: Wer zuckt, ist raus.

Zumal man nicht vergessen darf, dass Montana zur *Polizia di Stato* gehörte, und damit zur direkten Konkurrenz der militärisch organisierten *Carabinieri*. Als *Capitano* bekleidete Savasta etwa den gleichen Rang wie Montana als *Commissario Capo*, sprich, Hauptkommissar. Obwohl Savasta ein paar Jahre jünger war, kannten die beiden sich noch aus ihrer Zeit in Rom. Beide kamen aus Sizilien, beide hatten sich durch die langjährige Ausbildung durchbeißen und das Mobbing gegen die *siciliani-africani* ertragen müssen und eine beeindruckende, stürmische Karriere hingelegt. Dann musste irgendwas vorgefallen sein, denn wie auch Montana hatte man Savasta vor einigen Jahren nach Sizilien strafversetzt.

Montana hatte immer nur Gutes über Savasta gehört, dennoch waren sie irgendwie nie so richtig miteinander warm geworden. Vielleicht wegen der Konkurrenz. Vielleicht aber auch noch aus einem ganz anderen Grund.

»*Mah!*«, sagte Savasta gedehnt am anderen Ende der Leitung. »Ich glaube nicht, dass ich dir da helfen kann.«

Für Montana klang das wie die endgültige Aufforderung zum Tanz.

»Ach, weißt du was?«, erwiderte er. »Scheiß auf diesen Routinekram. Ich muss eh noch Karten für das Teatro Greco abholen. Was hältst du davon, wenn ich nachher kurz vorbeischaue, und wir nehmen einen *caffè*?«

Die Wache der *Carabinieri* von Taormina liegt zentral in einem schönen Palazzo in der Nähe des Teatro Greco. Mit der großen blauen Leuchtschrift über dem Eingang könnte man sie glatt für ein Edelhotel halten.

Montana und Savasta trafen sich jedoch in der *Bam Bar*, nicht weit entfernt. Die hat zwar einen beknackten Namen, aber sie ist eine Institution in Taormina und macht die zweitbeste Granita der Welt.

Die beste macht ja bekanntlich die Bar der Signora Cocuzza in Torre Archirafi, aber ich gebe zu, das ist eine sehr subjektive Meinung, für die ich von Onkel Martino regelmäßig gerügt werde. Der Onkel schwört nämlich auf die Bar *Cipriani* in Acireale.

Kleines kulturgeschichtliches Intermezzo zwischendurch gefällig?

Ecco la!

Zwei schiffbrüchige Sizilianer stranden auf einer einsamen Insel. Nach vielen Jahren werden sie endlich von einem Schiff entdeckt, und der Kapitän wundert sich, als er sieht, dass die beiden drei Caffè-Bars eröffnet haben.

»Wozu denn drei?«, fragt er perplex.

»*Mah!*«, sagt der eine Sizilianer. »Eine für mich, eine für Pippo und eine, wo man nicht hingeht.«

Die *Bam Bar* ist definitiv keine Bar, wo man nicht hingeht, im Gegenteil, sie ist ein Muss. Schon wegen der Mandarinengranita im Winter und der Maulbeergranita im Sommer. Und wegen der italienischen B-Promis, die sich regelmäßig dort einfinden und Selfies mit dem Wirt machen.

Als Montana eintrat, entdeckte er Savasta in der vollen Bar in der hintersten Ecke neben einem Tisch mit einer amerikanischen Großfamilie, die sich lärmend unterhielt. Kein Platz hätte geeigneter sein können, um unbelauscht ein paar Informationen auszutauschen. Als er sich setzte, hörte Montana einen der Jugendlichen fragen: »*What's risotto, dad?*«

Montana fand, dass sich Savasta seit ihrer letzten Begegnung in Rom vor vielen Jahren kaum verändert hatte. Savasta trug Uniform, die Mütze lag auf dem Tisch, ihr immer noch dichtes schwarzes Haar hatte sie zu einem strengen Dutt zusammengebunden.

Wie viele Witzchen in ganz Italien auch immer über die Dämlichkeit der *Carabinieri* kursierten – *Capitano* Francesca Savasta war nicht die Frau, der man blöd kommen konnte, ohne eine Sekunde später ein Knie im Rücken zu haben.

Montana begrüßte sie mit zwei Küsschen links und rechts wie eine alte Freundin.

»Ciao, Francesca. Du wirst immer schöner.«

»Du hast dich nicht verändert, Vito. Immer noch die gleichen zerknitterten Anzüge und immer noch keine Ahnung, wann ein Kompliment angebracht ist und wann nicht.«

»Ich scheiß auf die Etikette, weißt du doch«, erwiderte Montana.

»Weil du im Grunde auch nur ein alter sizilianischer Sexist bist.«

Sie bestellten Granita und tranken einen *caffè*.

»Wie man hört, heiratest du demnächst wieder. Gratuliere.«

»Danke. Wie geht's Nino?«

»Wir sind geschieden.«

»Gratuliere.«

»Danke. Ich hätte ihn lieber erschossen, aber dann hätte es nachher wieder geheißen, Frauen würden immer nur emotional reagieren.«

Montana musste grinsen.

»Ich hab nie verstanden, wie du mit einem solchen Vollidioten zusammen sein konntest.«

»Du meinst, im Gegensatz zu den anderen Vollidioten, die sich nicht mal vorstellen konnten, mit einer Frau in Uniform zusammen zu sein?«

Montana stöhnte und fragte sich, ob dieses Treffen wirklich so eine gute Idee gewesen sei.

Zum Glück kam in diesem Augenblick die Granita.

Als Mann mittleren Alters und wegen *bella figura* und so versuchte er zwar, auf sein Gewicht zu achten, aber da wird Sizilien mit seiner Fülle von Aromen und Leckereien so richtig kompliziert. Da kommt schnell was dazwischen. Ein *gelato* zum Beispiel. Oder eine *parmigiana*. Oder ein *cannolo*. Aber da die Poldi sein kleines, kompaktes Bäuchlein ohnehin sehr schätzte, zumal, wenn es auf *ihrem* kleinen, kompakten Bäuchlein lag, verkniff sich Montana die Genüsse der sizilianischen Patisserie nicht mehr.

Die *granita*, so unscheinbar und schlicht sie auch rüberkommt, ist ein weiterer Meilenstein der sizilianischen

Küche und wird traditionell nur an der Ostküste hergestellt. Es ist ein Sorbet und wirkt auf den ersten Blick wie die kleine, naseweise Schwester des barocken *gelato* mit der Komplexität seiner Rezeptur und der Wucht seiner Aromen. Dabei ist die *granita* die Urform des Speiseeises und ein völlig eigenständiges Erlebnis.

Angeblich vermischten schon die Römer Schnee vom Ätna, der ja fast ganzjährig verfügbar ist, mit Rosenwasser und Honig. Zumindest aber tausend Jahre später die Araber. Da die Beschaffung des Schnees ziemlich aufwendig war und Kühlmöglichkeiten fehlten, konnte diese eisige Köstlichkeit nur früh am Morgen genossen werden.

Als typischer Sizilianer würde Montana daher normalerweise nie eine *granita* nach zehn Uhr vormittags essen. Denn merke: Die *granita*, zusammen mit einer ofenfrischen Brioche, ist ein *Frühstück*! Genauso wie der Cappuccino. Wer es ganz klassisch liebt, bestellt *mandorla-caffè*, also halb Kaffee, halb Mandelmilch. Die Konsistenz muss fast cremig fest sein, wie Schnee eben, niemals wässrig. Wahlweise *con due strade di panna*, sprich, Sahne unten und oben.

Himbeere, Mandarine, Blutorange oder Pfirsich eignen sich zwar auch vorzüglich für *granita*, aber es war Maulbeersaison. Die *granita di gelsi*, die Maulbeergranita, gehört zu den wahren Aroma-Offenbarungen. Die schwarze Maulbeere verbindet den Geschmack von Brombeere mit Himbeere und ist ein kleines bisschen bitter.

Denn das ist die epochale kulinarische Erkenntnis der arabischen Küche – dass alle Süße immer nach einer Spur Bitterkeit verlangt. Wie der Zucker nach Kaffee, wie die Liebe nach Abschied.

Eine Weile löffelten Montana und Savasta schweigend in ihren *granite*.

»Warum interessierst du dich für diese Lenka Melnik?«, fragte Savasta schließlich.

»Es ist nichts Offizielles«, sagte Montana. »Ihr Name taucht in einem Testament auf.«

»Wessen Testament?«

Montana schüttelte den Kopf. »Erst du, Francesca.«

»Nein, so läuft das diesmal nicht, Vito. Du musst mir was anbieten.«

»Und an was hast du dabei gedacht?«

Savasta sah ihn an. »Ich möchte eingeladen werden.«

Montana verstand erst nicht.

»Klar. Lass uns was ausmachen.«

»Nicht zum Essen, du Idiot. Ich will zu deiner Hochzeit eingeladen werden.«

»Wie bitte? Ich meine, wieso ...«

»Halb Sizilien spricht über diese Hochzeit. Ich möchte dabei sein und neben Amal und George sitzen. Meinetwegen auch Ringo Starr oder Gianna Nannini. Aber darunter mach ich's nicht. Ich sitze hier am Arsch der Welt fest, okay, am schönsten Arsch der Welt, aber ich hätte gerne etwas Glamour. Vielleicht findest du das ja schräg, aber ich würde gerne mal wieder ein tolles Kleid und Killerpumps tragen, so tun, als könnte ich Englisch, und wäre eine ganz normale Frau und nicht bloß *Il Capitano*, okay? Und falls du jetzt grinst, schieße ich dir ins Knie, und die Unterhaltung ist beendet.«

Montana riss sich zusammen.

»Das muss ich erst mit Poldi besprechen.«

Savasta zuckte mit den Schultern. »Dann ist die Unterhaltung damit beendet.«

»Ihr spinnt doch alle!«, rief Montana, und die amerikanische Familie drehte sich zu ihnen um. »In Ordnung«, stöhnte Montana, »Ich weiß nicht mal, wer alles kommt, aber okay.«

Savasta streckte ihre Hand aus. Montana schlug ein. Ihr Händedruck war fest, aber er fand ihre Hand immer noch erstaunlich weich.

»Lenka Melnik ist tot. Ein Fischer hat ihre Leiche heute früh am Ufer der Isola Bella entdeckt.«

Sie reichte ihm ein Foto, das eine junge, nackte Frau zeigte. Sie lag im Sand, Sand und Seetang in den Haaren, und wirkte fast wie eine Nixe. Sehr blass und mit erloschenen Augen.

»Ist sie das?«

»Ich weiß es nicht«, gestand Montana. »Ich hab nur den Namen. Wie habt ihr sie so schnell identifiziert?«

»Routine. In den Sommermonaten haben wir ständig Ertrunkene. Meistens Touristen. Lenka Melnik hat die Sprachschule hier besucht und ein für eine Studentin ziemlich luxuriöses Apartment gemietet.«

Savasta hielt inne, aber an ihrem Blick erkannte Montana, dass das noch nicht alles war.

»*Dai*, Francesca!«

Savasta schüttelte den Kopf.

»Du bist dran. Welches Testament?«

Montana atmete durch.

»Möglicherweise das von Aldo Favarotta. Der möglicherweise spurlos verschwunden ist.«

Savasta pfiff leise durch die Zähne.

»Wir haben die Leiche routinemäßig zur Obduktion übergeben«, fuhr sie fort. »Vorhin kam das Ergebnis:

Lenka Melnik war bis zur Halskrause voll mit Ketamin, als sie starb.«

»*Porca Madonna.*«

»Sehen wir auch gar nicht so selten. Taormina ist eine Partystadt geworden und Ketamin derzeit die angesagte Partydroge. Wurde im Vietnamkrieg viel als Narkosemittel eingesetzt. Wegen der Hallus in der Aufwachphase hat es in den letzten Jahren eine steile Karriere in der Szene gemacht. Beliebt vor allem durch das ›*K-Hole*‹. Ein Zustand völliger Ablösung von der Realität und vom eigenen Ich. Die Konsumenten haben das Gefühl, den eigenen Körper zu verlassen, die Wahrnehmung von Raum und Zeit löst sich auf. Emotionen nehmen ab, die Beweglichkeit ist eingeschränkt, das Schmerzempfinden verschwindet. In höheren Dosierungen können Nahtoderlebnisse auftreten. Konsumenten berichten, dass sie auf ein Licht am Ende eines Tunnels zugehen. Sobald sie dann in das Licht eintreten, stelle sich ein Gefühl tiefen Friedens ein. Die geschätzte Dosis dürfte bei Lenka Melnik dafür gereicht haben. Wahrscheinlich ist sie bei einem Bootstrip über Bord gegangen.«

»Dafür müsste es ja Zeugen geben.«

»Wir überprüfen sämtliche Bootsverleiher und die Marinas in der Umgebung.«

»Was ist mit dieser *Forza Verde*?«

Savasta schüttelte den Kopf. »Sagt mir nichts.«

Obwohl ich sie kaum gekannt hatte, ging mir Lenkas Tod ziemlich an die Nieren. Ich gab Montana ihre Nummer, damit er eventuell ihr Handy orten oder zumindest ihren letzten Standort ermitteln konnte, und fühlte mich schuldig.

»Vergiss das bloß!«, brummte Montana, während er die Nummer notierte, als hätte er meine Gedanken erraten.

Und als ich ihn perplex anstarrte, sagte er: »Ich kenne diesen Blick. Aber mit dir hat das alles gar nichts zu tun. Du denkst, vielleicht hätte das mit euch ja was werden können, in einem anderen Universum. Das ist eitler Blödsinn. Es gibt kein anderes Universum, es gibt nur diese eine Realität. Sie ist schmutzig und ungerecht, aber zumindest trifft dich in dieser Realität keine Schuld.«

»Und wenn ich Lenka ...«

»Nein!«, fuhr mir Montana über den Mund.

Er zog an seiner Zigarette.

»Wir sind außerdem gar nicht sicher, ob sie ermordet wurde.«

»Nicht?«

»Nicht sicher, sage ich. Der Pathologe hat Wasser und Luft in ihrer Lunge gefunden. Das ist üblich, wenn Menschen ertrinken, weil sie dabei noch reflexhaft nach Luft schnappen. Menschen dagegen, die ertränkt wurden, haben nur Wasser in der Lunge.«

»Aha«, sagte ich ein bisschen schaudernd.

»Noch zwei Dinge. Ein toter Körper sinkt im Wasser ab und treibt später wieder auf. Dem Zeitpunkt ihres Todes nach hätte Lenkas Leiche jedenfalls noch nicht an den Strand gespült werden können. Dazu passt, dass sie Süßwasser in der Lunge hatte. Kein Salzwasser.«

»Oh«, sagte ich. »Also glaubt ihr, dass sie jemand in der Badewanne oder so ertränkt und sie dann am Strand abgelegt hat?«

»Möglich.«

»Aber warum?«

Montana gab keine Antwort.

Wir rauchten wieder schweigend und in Gedanken, in dieser wundervollen Septembernacht, die eine freundliche Gottheit ganz aus Sternenhimmel und Seeluft gewebt hatte.

Ich stellte mir uns beide als Cops aus einem knallharten Actionfilm vor, nachdem wir den Fall gelöst und es irgendwie aus der Mafiahölle herausgeschafft hatten. Bloß, dass der Fall weiterhin so was von ungelöst war und die Poldi unten gereizt und blockiert in der Küche klapperte. Vielleicht wirkte Montana deswegen so gestresst.

Ich musste an meinen kleinen Deal mit der Poldi denken. Ich hatte überhaupt keine Lust, Montana nachzuspionieren oder sein Vertrauen zu missbrauchen und womöglich in seinen Sachen herumzuschnüffeln. Ich wollte die Angelegenheit möglichst diplomatisch und offen angehen und fragte mich, wie man einen knallharten Cop wie Montana unauffällig aushorchte. Ich hab's allerdings eher nicht so mit Männergesprächen, und bei den meisten kritischen Themen fällt mir nicht viel mehr als »Tja, musst du selbst wissen« ein. Aber wenn ich schon Lenka nicht hatte retten können, vielleicht konnte ich wenigstens das Glück der Menschen retten, die mir am Herzen lagen. Was Montana betraf, schwante mir, dass es da nur einen einzigen Weg gab.

»Was?«, fragte Montana.

»Wie, was?«

»Was du gerade gedacht hast.«

»Äh ... ach, nichts.«

»Na dann.« Montana erhob sich. »Ist spät. Gute Nacht.«

Ich räusperte mich und platzte heraus. »Hast du eine Affäre? Läuft da was mit *Capitano* Savasta?«

»Wie bitte?«

Mit seinem Ton hätte man ein Stahlblech schneiden können.

Ich hustete.

»Ich weiß, total indiskret und geht mich auch gar nichts an. Also, das heißt, nein, geht mich doch was an. Ein bisschen. Ich meine, ihr seid das coolste Paar, das ich kenne und alles. Aber, na ja, ich spüre da gewisse Spannungen bei euch, also vor allem bei der Poldi. Ich spür so was einfach. Und ich rede nicht gern um den heißen Brei herum, so bin ich eben. Ihr seid komplexe Persönlichkeiten, keine Frage. Ihr habt beide eine Menge durchgemacht im vergangenen Jahr, und jetzt noch dieser Fall plus die Hochzeit – hallihallo, da kommt tüchtig was zusammen. Ein Kumpel von mir hat vor der Hochzeit wieder mit *online dating* angefangen. Ohne Scheiß, nur so aus Stress und Panik. Ja, voll krank, genau. ›Tja, musst du selbst wissen‹, hab ich zu ihm gesagt. Das hat ihm zu denken gegeben. Und nun – Tatsache – ist er kürzlich Vater geworden und glücklich verheiratet und alles – was sagt man dazu?! Okay, schlechtes Beispiel, so labil seid ihr natürlich nicht. Ihr seid im besten Alter, habt einen Nibelungenschatz an Erfahrung und steht auch körperlich noch voll im Saft. Aber vielleicht verständlich, wenn es … also … in gewissen Momenten nicht mehr ganz rund läuft bei euch. Und ich dachte, nun ja, vielleicht ist da was, worüber du mal … also von Mann zu Mann reden möchtest?«

Montana starrte mich an. »Reden. Ich. Mit dir. Von Mann zu Mann.«

»Entschuldige, vergiss es.«

Aber dann fiel mir wieder ein, was die Poldi mal über das Entschuldigen gesagt hatte: »Entschuldige dich nie für etwas, des du gar nicht bereust. Entschuldigungen und Mitleid aus Höflichkeit sind Infektionen der Seele. Genauso wie Fernsehen und online dating.«

»Nein, nicht Entschuldigung!«, schob ich daher hastig nach. »Du musst nicht mit mir reden. Wer bin ich schon, dass du mich ernst nehmen müsstest. Ich bin ja bloß der verklemmte deutsche Neffe. Aber ehrlich, ich schwöre, falls du die Poldi unglücklich machst, kriegst du es mit mir zu tun.«

Montana atmete durch und zündete sich eine neue MS an, die italienische Traditionsmarke, die im Volksmund ›morto sicuro‹ heißt. Schweigend rauchte Montana die ganze Zigarette im Stehen bis zum Stummel herunter. Er drückte sie sorgfältig aus und legte mir dann eine Hand auf die Schulter, so groß und schwer, dass ich damit auf den Grund des Ozeans hätte sinken können.

»Du hast mir das Leben gerettet«, sagte Montana, »aber du solltest jetzt besser gehen.«

Ohne ein weiteres Wort ging er nach unten.

Ein bisschen verdattert blieb ich noch eine Weile sitzen, dann schlich ich mich aus dem Haus wie ein ungebetener Gast.

Ich konnte die Poldi und Montana im Schlafzimmer hören. Das heißt, vor allem Montanas Stimme. Sie klang wie ein ruhiger Fluss, aber ich wagte nicht zu lauschen. Mit der Befürchtung, dass ich gerade einen unverzeihlichen Fehler begangen hatte, zog ich leise die Haustür hinter mir zu und fühlte mich wie der allerletzte Idiot.

8. Kapitel

Erzählt von Schuldgefühlen und Penissen, von Abzeichen, Lügen und *missing links*, von Schmierblättern, Häschen in der Grube, Parteien und Investoren. Die Poldi beißt auf Granit und zeigt dem Neffen ein Foto. Die Signora Cocuzza und Padre Paolo bereiten sich auf einen *undercover*-Einsatz vor. Die Poldi dagegen stattet Russo einen Besuch ab, telefoniert mit einer Redaktion in Rom und fühlt Silvia Favarotta auf den Zahn.

Valérie schlief schon, als ich in Femminamorta ankam. Um sie nicht zu wecken und mit meinen Schuldgefühlen zu belämmern und weil ich mir wahnsinnig einsam vorkam, zog ich mich in das Kapellenzimmer zurück.

Ich hätte gerne wieder weiter an meinem Familienroman geschrieben, der seit einigen Wochen wieder so ein bisschen auf Eis lag. Ich konnte spüren, dass nach einer Phase der eidechsenhaften Erstarrung, die offenbar zum Schaffensprozess dazugehörte, die verblüffenden Wendungen, opulenten Bilder und elektrisierenden Adjektive wie Mücken nur so um mich herumtanzten. Ich war sozusagen kurz vor dem Sprung. Aber Lenkas Tod und meine Unbedachtheit vorhin zügelten meine sonst ungestüme erzählerische Kraft. Einstweilen.

Also vervollständigte ich stattdessen meine Notizen mit allen Details, die die Poldi mir noch erzählt hatte. Denn, bildete ich mir ein, vielleicht versteckte sich darin ja irgendetwas, das sie bislang übersehen hatte. Etwas, das die Ermittlung weitertreiben und Poldis und Montanas Hochzeit retten würde.

Am Tag, nachdem sie das Testament gefunden hatte, stattete die Poldi zusammen mit Silvia Favarotta dem Notar Scaramella einen Besuch in Castelmola ab.

Castelmola ist der kleine, bisschen verschnarchte Ort oberhalb von Taormina, auf dem Rücken des Monte Tauro. Man erreicht den Ort nur über einen steilen, wildromantischen Fußweg oder die verschlungene Serpentinenstraße. Meine Eltern hatten dort ihr erstes Date in der Bar *San Giorgio*. Aber seitdem sind die Immobilienpreise so sehr explodiert, dass fast keine Einheimischen mehr dort leben. Die meisten Häuser und Wohnungen werden inzwischen als Ferienwohnungen vermietet oder sind Sommersitze vermögender Politiker, Unternehmer und Anwälte und einiger Promis. Was bedeutet, dass der Ort im Winter praktisch ausgestorben ist.

Die Kanzlei Scaramella lag an der Piazza Duomo, aber Scaramella hatte sich am Telefon mit Renovierungsarbeiten entschuldigt und die *Bar Turrisi* nebenan als Treffpunkt vorgeschlagen. Die ist auch besser bekannt als *Bar dei Cazzi*, die Penisbar.

Eine Institution, kann man sagen, seit Generationen in Familienbesitz und über Jahrzehnte hinweg auf drei Etagen über und über mit Penissen und Phalli aller Art und aus aller Welt dekoriert. Penisse überall, wohin das Auge blickt. Auf sämtlichen Bildern an den Wänden, als

Stuhllehnen, Lampenfüße, Aschenbecher, Wasserhähne, Holzskulpturen, Terrakotta-Nippes oder Likörflaschen. Das ist in keiner Weise vulgär oder kitschig gemeint, erklärt einem die Webseite der Bar. Denn schließlich gehört der Phallus zur antiken griechischen Kultur wie der Wetterhahn auf eine Kirchturmspitze. Zum anderen will die Bar an die Geschichte von Taormina und Castelmola als liberale Refugien im ausgehenden neunzehnten Jahrhundert erinnern. Als Künstler und Bohemiens aus London, Paris, München und Berlin hier ungehindert ihre Homosexualität ausleben konnten. Als D. H. Lawrence, Oscar Wilde und Thomas Mann hier ihre Sommer verbrachten und der deutsche Fotograf Wilhelm von Gloeden die jungen Knaben des Ortes nackt und in lasziven Posen vor Tempelruinen ablichtete.

Außerdem machen sie dort eine ganz ordentliche *granita*, und von den kleinen Balkonen hat man einen spektakulären Blick aufs Ionische Meer.

Wie man sich vielleicht denken kann, kannte die Poldi die Bar.

»Weißt, da hab i doch damals«, unterbrach sie ihren Bericht schon wieder, »den George Michael getroffen. Kurz nachdem diese hässliche *cruising*-G'schichte in Hollywood passiert war. Weißt schon, wo ihm dieser *undercover*-Polizist auf einer öffentlichen Toilette seinen Schniedel g'zeigt und ihn dann angezeigt hat. Damit war dann raus, dass der George schwul war. Des hat ihn richtig fertigg'macht, weil er hat ja gedacht, des wär's jetzt mit der Karriere. ›Mei, George‹, hab i g'sagt, ›schau dich doch um und lerne von Sizilien. *You know*‹, hab i g'sagt, ›*you are an artist. When you feel like an outsider turn it into art*.‹ Mei, und dann hat er halt *Outsider* g'schrieben und ein Video dazu g'macht, wo man sieht, wie sich zwei Polizisten küssen. Des hat mir g'fallen. Des war einer seiner größten Songs. Irgendwo muss i noch die Postkarte von ihm haben, mit einem nackten Polizisten drauf, wo er sich bedankt hat.«

Denn von Außenseitern, der Kunst und auch von Penissen verstand meine Tante Poldi was.

Dottore Scaramella war ein Mann, der sein Ego so protzig vor sich hertrug wie seine monströse Officine-Panerai-Taucheruhr am Handgelenk. Ende vierzig, rasierter Schädel, braun gebrannt, mittelblauer Anzug, weißes Hemd, die Hose ein bisschen hochgekrempelt, braune Lederslipper ohne Socken. Trotz des kleinen Bäuchleins wirkte er durchaus fit, aber an seinen unablässigen Kaubewegungen, den farblosen Augen, dem Schweißfilm und der permanenten Anspannung erkannte die Poldi den gewohnheitsmäßigen Kokser. Am Revers bemerkte die Poldi außerdem einen kleinen, schildförmigen Anstecker. Wie ein kleines Wappen mit einem Symbol, das sie nicht kannte, und einer Aufschrift, die sie auf die Entfernung nicht lesen konnte.

Scaramella begrüßte Silvia Favarotta und die Poldi mit Handkuss in einem Separee im dritten Stock und deutete auf das kleine Sofa an der Wand. Davor stand ein kleiner Tisch, und von dem erhob sich ein von vielen Händen blank polierter Holzphallus von der Größe eines Marterpfahls.

Die Poldi ist männlichen Genitalien in der Kunst und in natura ja grundsätzlich wohlgesinnt. Als sie jedoch den Riesenpenis sah, verstand sie, dass Scaramella sie einschüchtern wollte. Bloß war er da leider an die Falsche geraten.

»Das ist ja so originell hier!«, rief die Poldi entzückt aus. »Da muss ich erst mal ein Selfie machen!«

Sie postierte sich neben Scaramella, umschlang kokett den Holzphallus und – *klick*! Dann erst nahm sie neben Silvia Favarotta auf dem Sofa Platz.

Scaramella setzte sich auf einen Stuhl den beiden Frauen gegenüber, spreizte die Beine, legte ein großes Smartphone auf den Tisch wie ein Cowboy seinen Colt und bestellte *caffè*.

Von Poldis Position auf dem Sofa sah es fast so aus, als würde ihm der riesige Holzphallus geradewegs aus dem Schritt emporwachsen. Die Poldi dachte sich ihren Teil.

»Wie kann ich Ihnen helfen, meine Damen?«

»Ich möchte das Testament meines Mannes sehen«, erklärte Silvia Favarotta ohne Umstände.

Scaramella zuckte mit den Wangenmuskeln und legte bedauernd die Hände über Kreuz.

»Ich habe es Ihnen ja schon am Telefon erklärt. Ich helfe gern, aber ich bin an die Schweigepflicht und die Anweisungen meiner Mandanten gebunden. Ich kann das Testament erst eröffnen, wenn Ihr Mann tot ist oder offiziell für tot erklärt wurde.«

»Ich bin seine Frau!«

»Tut mir leid, Signora.«

»Seit wann vertreten Sie Signor Favarotta?«, fragte die Poldi.

»Seit einem Jahr etwa. Wir haben ein sehr vertrauensvolles Verhältnis. Aldo Favarotta ist ein visionärer Unternehmer und ein echter Patriot.«

»Warum weiß ich nichts davon?«, fragte Silvia eisig.

»Das müssen Sie bitte Ihren Mann fragen, Signora. Gibt es denn irgendwelche Hinweise, wo er sein könnte?«

»Nein«, sagte die Poldi. »Deswegen sind wir ja hier.«

Scaramella beugte sich vor. »Dürfte ich denn einen Blick auf das Testament werfen, das Sie ... gefunden haben?«

»Nein«, sagte die Poldi.

Scaramella hielt seinen Blick weiter auf Silvia gerichtet.

»Von wann ist es?«

»Es ist auf den Tag vor Aldos Verschwinden datiert.«

Scaramella atmete durch.

»Nun, damit wäre es zwar das aktuellste, aber ob es juristisch überhaupt haltbar ist, kann ich erst nach einer genauen Prüfung sagen. Sie können mir vertrauen, Signora Favarotta.«

»So? Kann ich das?«

»Nein«, sagte die Poldi trocken. »Ich glaub nicht.«

Scaramella straffte sich.

»Dann weiß ich nicht, wie ich Ihnen noch helfen kann.«

»Hat Aldo Favarotta Ihnen gegenüber mal erwähnt, dass er vorhat, von der Bildfläche zu verschwinden.«

»Tut mir leid, Donna Poldina.«

»Wer steckt hinter Forza Verde?«

Kurze Irritation bei Scaramella.

»Was soll das sein?«

»Sagt Ihnen das nichts?«

»Ich habe keine Ahnung.« Er wandte sich an Silvia. »Erwähnt Aldo diese Organisation in dem anderen Testament?«

Silvia sah den Notar nur schweigend und eisig an.

»Immerhin wissen Sie offenbar, dass es sich dabei um eine Organisation handelt«, sagte die Poldi.

»Eine Vermutung. Es klang so.«

Sein Smartphone brummte. Der Notar erhob sich.

»Ich muss dann auch leider … Ich bin sicher, Aldo wird bald munter und mit vielen neuen Plänen wieder auftauchen. Bleiben Sie sitzen, meine Damen, der *caffè* geht auf mich.«

Er wollte sich an dem Riesenphallus vorbeidrücken, ohne irgendwie in Kontakt mit ihm zu kommen. Aber da reichte es der Poldi. Sie packte die schwere Holzskulptur, rammte sie Scaramella in den Magen und drückte ihn damit zurück auf den Stuhl.

»Jetzt hör mal genau zu, du verkokstes Ratteng'sicht!«, zischte sie ihn auf Bairisch an. Und dann weiter auf Italienisch: »Wenn du denkst, dass du dir mal eben ein Firmenimperium unter den Nagel reißen kannst, dann hast du dich geschnitten. Weil wir nämlich kein Testament, sondern eine Generalvollmacht gefunden haben. Und die setzt Silvia Favarotta als Generalbevollmächtigte und Alleinerbin ein. Ja, da schaust du!«

Ich weiß ja nicht, wie sie das macht, aber in den größten Stresssituationen gehen der Poldi die unverschämtesten Lügen von den Lippen wie mir nur genuschelte Entschuldigungen.

Die Poldi wandte sich zu Silvia um. »Durfte ich das verraten?«

Silvia Favarotta nickte.

Die Poldi ließ Scaramella wieder frei.

»Das hat auch bereits ein Kollege von dir alles juristisch wasserdicht bestätigt, war nicht billig. Und das kannst du auch gerne deinem Mandanten ausrichten, falls ihr telefoniert.«

Scaramella erhob sich ächzend und richtete sich den Anzug.

»Sie bluffen doch nur, Donna Poldina.« Und an Silvia gewandt sagte er: »Machen Sie bitte keinen Fehler, Signora Favarotta. Ich bin sicher, es wird sich alles regeln. Haben Sie Vertrauen.«

Irgendetwas an der Art, wie er das sagte, irritierte die Poldi.

»Kennen Sie sich etwa?«, fragte sie Silvia Favarotta daher, nachdem Scaramella die Bar verlassen hatte.

»Nein! Wieso fragen Sie?«

Die Poldi sah Silvia prüfend an.

»Mir war vorhin so.«

Die Poldi, muss man wissen, hat ja diesen eingebauten Lügendetektor. Aus Körperhaltung, Handschweiß, Nuancen in der Stimme und vor allem unbewussten Augenbewegungen kann sie in Sekundenbruchteilen in einem Ampelverfahren den Grad einer Lüge bestimmen. Rot für schamlose und bewusste Lügen, Gelb für unbewusste Lügen, Notlügen und Halbwahrheiten und Grün für mehr oder weniger die Wahrheit. Denn: Jeder Mensch lügt immer. Sagt die Poldi. Manchmal mehr, manchmal weniger. Manchmal ist es uns gar nicht bewusst, und meistens ist es auch nicht schlimm. Lügen ist menschlich, sagt die Poldi. Kritisch wird es, wenn der Oberreitersche Lügensensor auf Rot zeigt. Wie zum Beispiel bei Aldo Favarotta, das war der Poldi von Anfang an klar gewesen. Fettes, fettes Rot. Genau wie bei Scaramella.

»Ich habe diesen Mann noch nie zuvor gesehen!«, erklärte Silvia Favarotta.

Und der empfindliche Oberreitersche Lügensensor zeigte auf Gelb.

Eine verschwundene Person zu finden ist normalerweise ein Fall für professionelle Zielfahnder, und die haben ihre Tricks und Erfahrungswerte. Sie wissen, dass wir alle mit unserer Persönlichkeit, unseren Macken und Vorlieben Spuren hinterlassen. Zielfahnder fragen daher zuerst, mit wem sie es eigentlich zu tun haben. Dann gehen sie systematisch und hartnäckig vor, telefonieren Versicherungen, Telefongesellschaften, Fluggesellschaften oder bevorzugte Mietwagenfirmen ab und geben sich als die verschwundene Person aus. Sie fragen vielleicht nach Kleinigkeiten zu dem einen oder anderen Handyvertrag oder warum das erwartete Päckchen noch nicht da ist. Sie sind höflich und bestimmt, und sobald sie nicht weiterkommen, versuchen sie es einfach wieder, denn die nächste Mitarbeiterin im Callcenter ist vielleicht hilfsbereiter. Jede noch so kleine Information führt sie ein Stück näher an die vermisste Person heran. Das ist manchmal nur eine Frage von Stunden, manchmal von Wochen.

Die Poldi durchstöberte Favarottas Sachen, knackte das Passwort seines Computers beim ersten Versuch (3175) und scannte mit ihren hochempfindlichen Oberreiterschen Antennen die ganze Villa nach Hinweisen ab. Sie wühlte sich durch Kontoauszüge, Notizen, Sakkotaschen und Papierkörbe. Denn die Poldi ist ja ein Kriminalterrier an der Wade des Verbrechens, sprich, lässt sich nicht abschütteln. Irgendwas findet sie immer.

Nur diesmal nicht.

Auch bei den Personen von der Liste mit Favarottas Feinden und Gläubigern, die Silvia ihr gemacht hatte, kam sie nicht recht weiter.

Die Poldi glaubte inzwischen ohnehin nicht mehr, dass Favarotta ermordet worden war, denn er hatte große Sorgfalt darauf verwendet, seine Spuren zu verwischen. Hatte Dateien und Dokumente geschreddert, Notizen verbrannt und seine Sakkotaschen bis auf die letzten Krümel geleert. Was die Poldi zu der Vermutung führte, dass Favarotta bei seinem Verschwinden professionelle Hilfe gehabt haben musste.

Auch über Silvia Favarottas Verbindung zu Scaramella fand sie nichts heraus.

Dafür einiges über den schmierigen *Dottore* selbst. Sie hatte sich daran erinnert, dass Scaramella Favarotta als »echten Patrioten« bezeichnet hatte, und wurde auch rasch fündig. Scaramella war nicht nur irgendein Notar, sondern Schatzmeister der rechtsextremen Lega Nord der Provinz Catania. Er war geschieden und liebte offenbar den Luxus, denn die Poldi fand ein paar Fotos von ihm in der Boulevardpresse, die ihn mit jungen Frauen auf Jachten oder bei der Jagd zeigten. Viel interessanter jedoch war ein investigativer Artikel im *L'Espresso*, einem der wichtigsten und seriösesten Nachrichtenmagazine Italiens, der Scaramella in Verbindung mit dubiosen Parteispenden brachte, die über eine angebliche »Malta-Connection« abgewickelt worden waren. Mehr hatten die beiden römischen Journalistinnen allerdings auch nicht herausgefunden.

Die Poldi hängte sich dennoch ein bisschen ans Telefon und hatte schließlich Irene Patti in der Leitung, eine der beiden Journalistinnen.

»Ich kann Ihnen da leider auch nicht weiterhelfen, Signora Oberreiter«, bedauerte Patti. »Wir konnten den Geldfluss bislang nicht weit genug zurückverfolgen, um irgendwas beweisen zu können. Uns fehlt das *missing link*.«

»Ermittelt da irgendeine Behörde?«

Irene Patti lachte nur rau.

»Sagt Ihnen Forza Verde irgendwas?«, fragte die Poldi, als sie sich erinnerte, wie irritiert Scaramella darauf reagiert hatte.

»Was soll das sein?«

Aber das wusste die Poldi ja auch nicht. Und da sie irgendwie Silvias Auftrag angenommen hatte und als Privatermittlerin daher zu Diskretion verpflichtet war, konnte sie Patti auch nichts über Favarottas Verschwinden und sein Testament offenbaren.

Als investigative Journalistin roch Patti den Braten allerdings sofort und machte einen Vorschlag.

»Ich respektiere Ihre Diskretion, aber Informationen haben ihren Preis. Ich melde mich bei Ihnen, wenn ich was Neues habe. Aber dann müssen Sie mir auch was anbieten. *Va bene?*«

»*Va bene!*«

»Ach, und sagen Sie, Signora Oberreiter«, fragte Patti, ehe die Poldi auflegen konnte, »Sie kennen nicht zufällig einen *Commissario* Vito Montana?«

»Doch!«, rief die Poldi verblüfft. »Wir werden in zwei Wochen heiraten.«

Patti lachte am anderen Ende der Leitung. Ein sympathisches, offenes Lachen.

»*Dio mio*, ich wusste es! Ich hatte so eine Eingebung, dass ich da kürzlich was über Sie gelesen hatte.«

»Woher kennen Sie Vito?«

»Er hat mir vor vielen Jahren mal sehr bei einer heiklen Recherche in einem Korruptionsfall bei der Polizei geholfen. Italien könnte mehr von seinem Schlag gebrauchen. Bitte grüßen Sie ihn von mir, ich schulde ihm noch was.«

Die Poldi hatte so das Gefühl, dass sie noch von Patti hören würde. Aber viel weiter war sie damit immer noch nicht. Immer noch keine Spur von Favarotta.

Als sie jedoch die Sammlung sämtlicher Ausgaben von *Aldorama* durchforstete, dem Werbemagazin, das Favarotta viermal im Jahr herausgab, stieß sie auf etwas. Etwas, das sie dazu veranlasste, einem alten Bekannten auf den Zahn zu fühlen. Was sie zwar auch nicht direkt zu Favarotta führte, aber immerhin ihren Verdacht bestärkte, dass ein Profi sein Verschwinden organisiert hatte. Und da fiel der Poldi nur ein Name ein. Daher weihte sie nun auch die Tanten ein, schickte mich mit dem Himmelfahrtskommando »Tischordnung« aufs Abstellgleis und plante mit den Tanten den *honey pot*.

»Moment, Moment, nicht so schnell!«, hatte ich Poldis Redefluss an dieser Stelle in ihrem Bericht unterbrochen. »Was hast du da in dieser Zeitschrift entdeckt?«

»Jetzt unterbrich mich fei nicht immer!«, rief die Poldi empört.

Sie wirkte ein bisschen angespannt, wie unter Zeitdruck.

»I bin gerade im *flow*, merkst des nicht? Wenn du des beim Sex oder in deinem Roman auch so machst, nachert werden dir die Leser, respektive Frauen, reihenweise abspringen. Die Details erzähl i dir dann schon noch.

Außerdem kommt der Vito gleich heim, da möchte i mich vorher noch ein bisserl frisch machen. Und dann ›Häschen in der Grube‹. Verstehst schon.«

Sie machte eine kokette Bewegung aus dem Kanon des Burlesque-Tanzes, die ich hier aus Gründen der Schicklichkeit nicht beschreiben möchte. Ich möchte wirklich nicht spießig oder verklemmt klingen, und ich habe auch wirklich kein Problem mit Sex im reiferen Alter. Aber ich meine, sie war *meine Tante*! »Häschen in der Grube« – ich war sicher, dass mich das Bild bis in meine Träume verfolgen würde.

»Könntest du das bitte lassen?«, stöhnte ich. »Nennst du das etwa blockiert? Ihr könnt nachher so viel Häschen*dings* spielen, wie ihr wollt, mir doch egal. Aber vorher möchte ich doch um ein bisschen Konzentration bitten.« Ich klopfte auf mein Notizbuch wie ein Lehrer aufs Klassenbuch. »Also, was hast du entdeckt?«

Die Poldi rollte mit den Augen und reichte mir ein paar zerfledderte Ausgaben von *Aldorama*.

»Schau mal rein und sag mir, wenn dir was auffällt.«

Aldorama war genau die Art von Schmierblatt, auf das ich mit elf so richtig abgefahren wäre: grell und bunt, die Typografie voll daneben, Satz, Druck und Papier vom Billigsten. Das Blatt bestand zum größten Teil aus Werbung für Favarottas Outlets. Die wenigen »redaktionellen« Plätze füllten üppig bebilderte Serviceartikel, wie man besseren Sex haben könne, gefälschte Promi-Interviews, krude Verschwörungsstorys, UFO-Sichtungen und reißerische »Unglaublich-aber-wahr«-Geschichten. In jeder Ausgabe ging es auch um *Xanadu*. Denn wie das vollkommen unabhängige Nachrichtenmagazin *Aldorama* aus gut unterrichteten Quellen erfahren hatte, hatte Aldo

Favarotta, der berühmte unabhängige Gralsforscher, am Lago Dirillo Hinweise auf den Gral und den Stein der Weisen gefunden. Mehr noch: Er hatte die Memphitische Tafel und die Tabula Smaragdina des mysteriösen antiken Alchemisten Hermes Trismegistos dort ausgegraben. Er hatte Beweise gefunden, dass in der Antike ein Raumschiff von Aliens über dem Lago Dirillo abgestürzt war und dort immer noch auf dem Grund lag. *Aldorama* zufolge hatten sich einige Aliens offenbar retten können, hatten ihr Geheimwissen am See versteckt und sich dann mit der einheimischen Bevölkerung vermischt, um irgendwann, wenn die Zeit reif wäre, das große Geheimnis zu enthüllen und die Menschheit, angeführt von den Sizilianern im Allgemeinen und Aldo Favarotta im Speziellen, in eine märchenhafte Zukunft zu führen. Dieser hanebüchene Mumpitz war eine einzige Beleidigung der Intelligenz. Aber mein elfjähriges Ich, das davon träumte, ein ausgebuffter Scharlatan zu werden, begann, diesen Aldo Favarotta irgendwie ins Herz zu schließen. Gebe ich zu.

Auffällig an diesem Mix von Lügen, Räuberpistolen und Unverfrorenheit fand ich eigentlich alles. Aber als ich dann eine Ausgabe vom vergangenen Jahr durchblätterte, sah ich, was die Poldi gemeint und was sie selbst zwei Wochen zuvor entdeckt hatte.

»*Mon dieu!*«

Das hatte ich mir ein bisschen von Valérie abgeschaut.

»Gell? I hätt's fast übersehen in dieser Freakshow von einer Zeitschrift.«

Ich auch.

In seiner Normalität ging es fast unter: ein Foto, das Favarotta vor einem Jahr an einem Seeufer mit einer

Gruppe von Investoren zeigte und auf dem er gerade strahlend zum Spatenstich für *Xanadu* ausholte.

Unter den Investoren war auch Italo Russo.

Seit die Poldi nach Sizilien ins beschauliche Torre Archirafi gezogen war, hielt sie Italo Russo für einen Obermafioso. *Un boss*, wie man in Italien sagt. Daran hatte auch eine gewisse Vertraulichkeit, die sich zwischen den beiden entwickelt hatte, nichts verändert. Bei all ihren Fällen hatte er ihre Wege gekreuzt, überall schien er seine Finger im Spiel zu haben. Bloß hatte sie Russo bislang noch nie etwas nachweisen können, und die drei Umstände, dass Russo und Montana seit Schulzeiten Freunde waren, dass Russo Montanas Trauzeuge sein würde und dass Russo möglicherweise ganz eventuell auch ein bisschen in die Poldi verknallt war, verkomplizierten die Sache natürlich. Dennoch versuchte die Poldi auch in dieser Hinsicht, vollkommen professionell zu bleiben, Privatleben von Gerechtigkeit zu trennen und Russo bei nächster Gelegenheit zu überführen.

Das Foto, das sie in *Aldorama* entdeckt hatte, gab ihrer Entschlossenheit frischen Auftrieb.

Russo gehörte das Pflanzenimperium *Piante Russo*, wo man von der Strelizie bis zur ausgewachsenen Palme, vom Hibiskus bis zum Olivenbaum alles an mediterraner Flora bekam, was man für die Verschönerung seines Gartens, seiner Hotelanlage oder seines kommunalen Parks brauchte. Die Großgärtnerei erstreckte sich rund um Torre Archirafi auf Hunderten von Hektar. Seine Lastwagen donnerten fast Tag und Nacht über die kurvigen Provinzialstraßen, und irgendwo sirrte immer das Sicherheits-*Tatütata* einer seiner Bagger.

Wie Montana kam Russo jedoch aus kleinen Verhältnissen. Wie Montana hatte man ihn oft unterschätzt.

Ein gut aussehender Mittfünfziger, der lieber Jeans und Polohemd als Anzug trug, braun gebrannt, rasierter Schädel und wache Augen, denen nichts entging. Ein jovialer Mann, geschieden, eine erwachsene Tochter, der einen Raum allein mit seinem gelassenen Selbstbewusstsein füllen konnte. Der Typus eines modernen sizilianischen Unternehmers, der es mit viel Arbeit, Geschick und einer tüchtigen Portion Härte geschafft hatte.

So etwas gelingt – in Sizilien wie irgendwo sonst – nicht, ohne sich die Hände schmutzig zu machen. Je größer der Haufen, desto mehr. Und ja, Russo hatte schmutzige Hände, so viel wusste die Poldi inzwischen, auch wenn an diesen Händen immerhin kein Blut klebte. Russo hatte die adligen Großgrundbesitzer und Valéries Verwandte, die ihn verachteten, einen nach dem anderen bei Landverkäufen abgezogen. Er war mit mächtigen Leuten, die das Licht der Öffentlichkeit scheuten, gewisse Allianzen eingegangen. Und irgendwann, davon war die Poldi überzeugt, gehörte er selbst zu diesen Leuten und ihrer Firma namens Cosa Nostra, die sich den italienischen Staat zum Feind erklärt hatte.

Nur beweisen konnte sie es nicht, und das wurmte sie halt.

Außerdem war Russo Valéries direkter Nachbar. Das Hauptgebäude von *Piante Russo* lag gleich vis-à-vis und Femminamorta mitten im Meer von Russos endlosen Monokulturen. Die letzte Insel der verhassten Bourbonen, die er nicht hatte kaufen können, weil Valérie jedes noch so hohe Angebot trotzig ausschlug.

In den vergangenen Wochen hatte ich ihn ein paarmal

gesehen, wenn er auf einen *caffè* vorbeikam, Valérie aus alter Gewohnheit ein neues unverschämtes Angebot machte, mich munter nach den Hochzeitsvorbereitungen ausfragte und sich sogar nach meinem Familienroman erkundigte.

Ich mochte ihn. Russo strahlte diese lässige, bisschen gefährliche Aura aus, dass ihm die ganze Welt gehörte, er hatte Charisma. Überhaupt war ich in meiner neuen sizilianischen Heimat umgeben von Menschen mit Charisma. Die Poldi, Montana, Valérie, die Tanten, Onkel Martino, Padre Paolo, die Signora Cocuzza. Sogar Maria und Totti. Bloß ich bastelte da immer noch verbissen an einem Konzept und kam charismamäßig irgendwie nicht richtig aus der Gründungsphase heraus. Aber ich schweife schon wieder ab.

Die Poldi und Russo trafen sich an einem von Poldis Lieblingsplätzen, dem kleinen Kieselstrand von Praiola, nicht weit von Torre und Femminamorta.

Kein schicker Lido mit Beach-Bar, sondern ein Strand der kleinen Leute, der Familien und Liebespaare, nur mit dem uralten Motta-Eiswagen von Signor Fusella, der auch Limonaden und Pflaster verkaufte.

Russo war ohne seine beiden Schäferhunde gekommen und stapfte mit zwei Eisbechern über die großen, rund geschliffenen Kiesel voran. Er grüßte einige Mitarbeiter mit ihren Familien und fand ein Plätzchen am Wasser, wo sie ungestört reden konnten.

»Das sollten wir öfter machen«, sagte er, als die Poldi neben ihm Platz nahm.

»Das gibt doch nur Gerede, wenn du hier über mich herfällst.«

»*Beh!* ... Also, was hast du auf dem Herzen?«

Die Poldi zeigte ihm das Foto.

»Und?«

»In welcher Verbindung stehst du zu Aldo Favarotta?«

»Warum interessiert dich das?«

»Könntest du bitte erst meine Frage beantworten?«

Russo löffelte seelenruhig sein Eis weiter.

»Ich vertrete eine Gruppe von Investoren, die in Favarottas neues Outlet investiert haben«, erklärte er schließlich.

»Wer sind diese Investoren?«

»Kann ich dir nicht sagen. Das sind Leute, die nicht gerne in der Öffentlichkeit stehen.«

»Mafia also.«

Russo seufzte genervt.

»Favarotta ist spurlos verschwunden«, sagte die Poldi. »Seine Frau hat mich beauftragt, ihn zu finden.«

»Ja, ich weiß.«

Die Poldi starrte ihn an. »Aha?!«

»Sie versucht, die Firma zu retten und mit den Investoren zu verhandeln. Leider gibt es da wenig Spielraum.«

»Was bedeutet das?«

»Favarotta hat uns über den Tisch gezogen. Ich gebe es nicht gerne zu, aber der Typ hat uns allen was vorgemacht. *Xanadu* ist ein einziger Beschiss. Seit dem Spatenstich ist nichts passiert. Auf meine Nachfragen hat Favarotta immer wieder Ausreden gefunden. Bis ich vor einer Woche selbst hingefahren bin und ihn anschließend zur Rede gestellt habe.«

»Und?«

»Erst kam er wieder mit tausend Ausreden. Aber als

ich ihm klargemacht habe, dass die Investoren wissen wollen, wo ihr Geld geblieben ist, hat er mir Einblick in sämtliche Bücher versprochen. Wie du dir vielleicht denken kannst, ist das nicht passiert. Als ich ihn gestern aufsuchen wollte, um ihm den Ernst der Lage zu verdeutlichen, war er bereits verschwunden. Das Geld auch. Ein zweistelliger Millionenbetrag. Einfach futsch.«

»Autsch. In welcher Höhe bist du dabei?«

»Es wird mich nicht umbringen. Aber die Leute, die ich vertrete, verstehen in diesen Dingen keinen Spaß. Die haben wiederum Verpflichtungen anderen Leuten gegenüber, die auch keinen Spaß verstehen.«

Russo atmete durch und sah sich kurz um.

»Man wird ein Kopfgeld auf ihn aussetzen. Falls er nicht schon tot ist, wäre Favarotta gut beraten, nie wieder aufzutauchen. Jedenfalls nicht ohne das Geld plus eines branchenüblichen Entschädigungszuschlags.«

Die Poldi dachte nach.

»Hältst du ihn für so dämlich?«

»Nein. Aber ich halte ihn für einen größenwahnsinnigen, notorischen Lügner und Zocker, der jahrelang davon profitiert hat, dass ihn alle – auch ich, gebe ich zu – völlig unterschätzt haben. Ich glaube, *Xanadu* sollte so etwas wie sein Meisterstück werden. Die ultimative Abzocke. Und wenn ich dir einen guten Rat geben darf – hör auf, nach ihm zu suchen. Die Investoren haben das bereits mitbekommen. Falls du Favarotta wirklich aufstöberst, könnte es auch für dich gefährlich werden. Ich sage das übrigens nur, weil ich keine Lust habe, mir die Hochzeit meines besten Freundes und meiner liebsten Nervensäge versauen zu lassen.«

Die Poldi verstand.

»Eigentlich hatte ich gehofft, dass du mir einen Hinweis geben könntest, wo Favarotta ist.«

»Ich gebe dir gerade einen Hinweis. Ich meine es ernst.«

»Zu spät. Es gibt eine Tote, die in Verbindung zu Favarotta steht. Vito ist dran, die *Carabinieri* in Taormina sind dran. Selbst wenn ich es wollte, könnte ich es nicht mehr stoppen.«

Russo verstand. Er dachte nach.

»Es gefällt mir nicht, ausgerechnet dich darum zu bitten«, sagte die Poldi. »Aber was, wenn ich Favarotta finde und ihn überzeuge, das Geld, oder wenigstens den größten Teil davon, zurückzuzahlen? Könntest du mir dann etwas Luft verschaffen?«

»Ich weiß es nicht«, gestand Russo. »Aber ich kann es versuchen. Doch eines muss dir klar sein: Diese Leute sind sehr nervös. Viel Zeit hast du nicht.«

Das hatte die Poldi sich alles irgendwie anders vorgestellt.

In düsteren Gedanken fuhr sie zurück nach Torre. Sie überlegte, ob sie sich mit Montana beraten oder sich lieber gleich die Kante geben sollte. Dann jedoch entschloss sie sich, zuerst ihre Freunde einzuweihen.

Auf dem Weg zur Bar hörte sie Musik aus der kleinen Fischerkirche von Torre Archirafi. Tangomusik.

Als die Poldi in die Sakristei trat, sah sie, wie die Signora Cocuzza versuchte, dem Padre Tango beizubringen.

»*Madonna*, nicht so steif, Padre. Mehr *fuego*! Mehr aus der Hüfte heraus. Bedenken Sie, dass Sie führen. Sie müssen die Glut entfachen.«

»Die Höllenglut werde ich entfachen, wenn ich noch

einen weiteren Schritt in diesem gottlosen Paarungstanz mache!«, fluchte der Padre.

»Erklärt ihr mir, was ihr da macht, Kinder?«, fragte die Poldi, die das Spektakel von der Tür aus beobachtete.

Augenblicklich ließ der Padre die Signora Cocuzza los, als hätte er sich an ihr verbrannt.

»Gar nichts!«, platzte er heraus wie seine Ministranten, wenn er sie am Messwein erwischte.

»Wir bereiten uns vor«, erklärte die Signora Cocuzza. »Auf eine *undercover*-Mission.«

Im Innern der Signora Cocuzza, muss man wissen, so klein und zart, so graumäusig und mies gelaunt sie oft wirkte, loderte nämlich ein Feuer der Leidenschaft. Für den Krimi. Sie verschlang Krimis wie der Padre ein Gelato, sie rauchte sie weg wie Onkel Martino seine MS, sie saugte sie ein wie die Poldi einen Gin Tonic. Krimis konnten der Signora Cocuzza gar nicht blutig und grausam genug sein, sie war ein Kriminaljunkie an der Nadel menschlicher Abgründe und messerscharfer Deduktion.

Seit die Poldi in ihr Leben getreten war und sie am Opiumrauch echter Mordermittlungen geschnuppert hatte, war sie vollends auf dem Trip. Ein Traum hatte sich erfüllt. Vielleicht also verständlich, wenn die Signora zwischendurch in einen gewissen Aktionismus verfiel.

»Die Milonga in Randazzo war die letzte richtige Spur, die wir von Favarotta haben«, sagte sie zur Poldi. »Daher werden der Padre und ich *undercover* in die Tangoszene einsickern und uns unauffällig ein bisschen umhören.«

»Gar keine schlechte Idee, Kinder«, fand die Poldi.

»Ich kann das nicht!«, ächzte der Padre. »Das verbietet mir mein Keuschheitsgelübde.«

»Sehen Sie es so, Padre«, erklärte ihm die Signora Cocuzza. »Wenn ich alleine in die Gluthölle des Tango trete, dann werde ich bestimmt nicht lange für die Rein-
heit meiner Gefühle einstehen können. Daher brauche
ich einen charakterlich gefestigten Beschützer an meiner
Seite, der mich vor der Versuchung und dem unweiger-
lichen Abrutschen in die Sünde beschützt.«

»Ist was dran«, fand die Poldi. »Aber Sie brauchen ein
passendes Outfit, Padre.«

Er hatte einfach keine Chance.

Als die beiden *undercover*-Agenten am nächsten Tag in
Padre Paolos altem Punto zu ihrer ersten Milonga nach
Randazzo fuhren, sah die Poldi die traurige Signora zum
ersten Mal mit hohen Schuhen und in einem aufregen-
den roten Kleid, das sie jahrelang nicht getragen hatte.
Die Haare waren hochgesteckt, und sie hatte sogar Lip-
penstift aufgetragen. Der Padre trug einen weißen Leinenanzug und sah aus wie ein italienischer Filmstar der
Sechziger. Die Poldi war sich ziemlich sicher, dass er
demnächst das Priesteramt hinwerfen und eine *tanguera*
aus Randazzo ehelichen würde.

Zwei Tage später jedoch tauchte der Padre mürrisch und
wieder in seiner abgetragenen Soutane bei der Poldi auf.

»Ich bin raus!«, polterte er noch in der Tür mit hoch-
rotem Kopf. »Es ist passiert!«

»Was ist passiert?«, fragte die Poldi alarmiert. »Haben
Sie Favarotta gefunden?«

»Ach was, keine Spur!«, winkte der Padre ab. »Es ist
viel schlimmer! Diese Tangoszene ist ein einziger sata-
nistischer Swingerclub. Die Signora Cocuzza ...«

Er stockte, und die Poldi hatte so eine dunkle Ahnung, dass bei der Signora in der Hitze des Tangos womöglich die Sicherungen des Anstands durchgebrannt waren.

»Was ist mit ihr?«, fragte sie leise.

»Sie hat jemanden kennengelernt!«, platzte der Padre heraus. »Einen Signore aus Randazzo. Ehemaliger Polizist, verwitwet.«

»Nein!«, platzte die Poldi heraus.

»Doch.«

Die Poldi lachte.

»Die kleine Nachmacherin.«

»Da können Sie mal sehen, was Ihr schlechter Einfluss angerichtet hat. Außerdem ist er auch noch Kommunist und Katholik.«

»Ja und?« Die Poldi lachte. »Das sind Sie doch auch!«

»Das können auch nur Sie mit Ihrer lockeren Moral sagen!«, polterte der Padre weiter. »Ich habe versucht dazwischenzugehen. Wie es meine heilige Pflicht war. Weiche zurück, Dämon! Aber dann hat sie mich beiseitegenommen und mir erklärt, dass ich mir keine Sorgen zu machen brauche, sie sei schließlich erwachsen und könne ganz gut alleine auf sich aufpassen.«

Die Poldi verstand.

»Sie hat Sie weggeschickt.«

Der Padre nickte geknickt.

»Er konnte auch viel besser tanzen. Wenn Sie das gesehen hätten, Donna Poldina! Ich will mich nicht beklagen, aber so eine Harmonie zwischen Mann und Frau – das schließt einen Mann mit meinem Amt einfach aus.«

Die Poldi schenkte Wein ein.

»Grämen Sie sich nicht, Padre. Im Gegenteil, freuen wir uns, wenn unsere Freundin nach allem, was sie im

Leben durchmachen musste, noch ein bisschen Lebensfreude findet.«

»*Madonna*, und was, wenn die beiden ... Ich meine, Sie wissen schon ...«

»Dann freuen wir uns noch mehr, Padre.«

»Sie sind schamlos, Donna Poldina!«

»Und Sie sind ein guter Freund.«

9. Kapitel

Erzählt von *sugar daddies*, Meteoriten, Reissäcken und Eklats. Aber auch von Pulverfässern und femininen Energien. Der Neffe macht eine Liste, die Poldi und Montana suchen Ringe aus. Aber schon wieder kommt was dazwischen. Die Poldi wird nämlich schon wieder verfolgt und lässt den Korken knallen. Der Neffe hat eine unwirkliche morgendliche Begegnung. Ein Vertrag wird geschlossen, und Rauch steigt auf.

Allmählich sickerte Favarottas Verschwinden durch, tröpfelte in die Online-Nachrichten, gluckerte in die Spalten der Lokalzeitungen und füllte allmählich den Pool des Sommerlochs.

Trotz aller unterschiedlichen Bewegungen hakte es in der Ermittlung jedoch. Wie bei einem Tanzschüler, der die Schritte nicht kapiert und nie richtig in den *flow* kommt. Die Poldi kam nicht voran, Montana wurde komisch, irgendwie war der Wurm drin.

Das Einzige, was Montana und Savasta unter dem Radar der Presse halten konnten, war Favarottas Verbindung zu Lenka.

Diese Verbindung war so profan wie ernüchternd.

Lenka stammte aus Bratislava, studierte in London

Völkerrecht, aber in den letzten zwei Jahren war sie hauptsächlich gereist. »*Love to travel*«, stand in ihrem Online-Profil unter den Bikinifotos auf dem Dating-Portal für *sugar daddies*. Was der übliche Code dafür war, dass man sie als Begleitung für einen Luxusurlaub buchen konnte. Mit Betonung auf »Luxus«. Ihr Pass war voller Stempel und Visa, ihre beiden Koffer voller Designer-Kleidung. Wenig Schmuck, kein Bargeld.

Im vergangenen Jahr war sie zweimal für jeweils drei Monate nach Italien eingereist. Und zwar vermutlich auf Einladung von Favarotta, das ging aus dem kurzen Chat-Verlauf der beiden hervor, bis sie ihre Telefonnummern ausgetauscht hatten. Lenkas Handy fand die Spurensicherung nicht. Was wiederum den Verdacht nahelegte, dass ihr Tod möglicherweise kein Unfall gewesen war. Zumindest legte es die Vermutung nahe, dass wer auch immer Zeuge ihres Ertrinkens geworden war, lieber nicht mit ihr in Verbindung gebracht werden wollte.

Aber bis zu dem Tag, an dem die Poldi und Montana mir das alles erzählten, blieben es eben nur Vermutungen.

Fest stand nur, dass Favarotta Lenka in ihrem Apartment besucht hatte. Die kriminaltechnische Untersuchungsstelle der *Carabinieri*-Kommandatur in Taormina konnte das durch Kleiderfasern, Fingerabdrücke und auch ältere DNA-Spuren in der Bettwäsche belegen.

Silvia Favarotta behauptete weiterhin, Lenka nicht gekannt zu haben und hatte kein richtiges Alibi für beide Nächte. Weder für die, in der ihr Mann verschwand, noch für die, in der Lenka den Tod fand. Wie man sich denken kann, stellte die Poldi sie daraufhin wieder zurück auf den Kaminsims des Mordverdachts. Aber so plausibel es sich auch anhörte, dass Silvia Favarotta ihren Mann und seine Geliebte aus Eifersucht und Geldgier in einem Aufwasch um die Ecke gebracht hatte – solange Favarottas Leiche nicht auftauchte und solange ihr keine Verbindung zu Lenka Melnik nachgewiesen werden konnte, gab es keinen Grund, offiziell gegen sie zu ermitteln.

Aber die Sache mit dem Testament und dem schmierigen Scaramella war immerhin merkwürdig genug, dass Montana am Ball blieb und regelmäßig Kontakt zu *Capitano* Savasta hielt.

Was der Poldi dann irgendwie auch nicht gefiel, denn in dieser seltsamen Zeit des Stillstands begann besagte kleine Lustflaute bei den beiden.

Montana kehrte nun öfter erst spät in der Nacht in die Via Baronessa zurück und wirkte oft abwesend. An den Hochzeitsvorbereitungen beteiligte er sich nur noch mürrisch, als hielte er die aufgekratzte Stimmung der Poldi und meiner Tanten für lästigen Bohei.

Als die Poldi mit Montana und meinen Tanten Teresa, Caterina und Luisa im Schlepptau nach Catania zur alteingesessenen *Gioielleria* Agatino Avolio auf der Piazza Università fuhr – sprich, erstes Juweliergeschäft am Platz –, um die Ringe auszusuchen, kam es zum Eklat.

Nach ausgiebiger Beratung durch einen jungen Verkäufer mit gezupften Augenbrauen und in einem gockelhaften karierten Anzug hatte sich die Poldi immer noch nicht zwischen drei Modellen entscheiden können. Einem eher klassischen, aber nicht gerade zierlichen Modell aus gebürstetem Gold, einem kantigen, postindustriellen Designermodell aus Titan, das aussah wie ein chirurgisches Implantat mit einem eingearbeiteten Splitter Obsidian vom Ätna, und einer verspielten und zerbrechlich wirkenden Fantasie aus reinem roten Korall. Denn: Dezenz ist Schwäche.

Die Poldi hatte die drei Modelle mehrfach anprobiert und auch Montana dazu genötigt, der immer schweigsamer und dessen Falte zwischen seinen Augenbrauen immer tiefer geworden war. Untrügliches Zeichen für eine bevorstehende Eruption. Hätte die Poldi wissen können, aber irgendwie hatte sie sich von der aufgekratzten Stimmung der Tanten und ihrer eigenen Nervosität ablenken lassen.

»Ich weiß es nicht!«, stieß sie schließlich hervor. »Ich kann mich einfach nicht entscheiden. Jetzt sag doch auch mal was, *tesoro*.«

Man ahnt schon – Pulverfass, Funken. Montana explodierte ohne weitere Vorwarnung. Sozusagen aus dem Stand.

»*Porca miseria*, ich weiß es auch nicht! *Vaffanculo*, und es ist mir auch scheißegal. Es sind bloß Ringe. Sie kosten ein Vermögen, ich werde mit allen dreien wie der letzte *cretino* aussehen, aber ist mir das wichtig? Nein, ist es nicht! Weil es nur verdammte Ringe sind. Ich brauche keine Ringe, um glücklich mit dir zu sein, aber wenn du Ringe willst, bitte! Aber dann entscheide du das auch! Ich bin raus!«

Die Tanten zuckten zusammen, der junge Geck hinter der Vitrine wich einen Schritt zurück.

»Aber ich dachte, dir wären Ringe wichtig!«, rief die Poldi bedröppelt aus.

»Weil ich Sizilianer bin? Und damit automatisch ein kitschverliebter Spießer? Willst du etwa das sagen?«

»Aber nein, *tesoro*! Mir sind Ringe doch auch nicht wichtig, das weißt du.«

»Und warum machen wir dann den ganzen Scheiß?«

Das war dann der Moment, wo die Poldi von perplex auf wütend umschaltete.

Dafür bewundere ich sie ja. Für dieses bayrische Urtalent, sämtliche Widrigkeiten des Lebens, Anfeindungen, Schuldzuweisungen, Neid und Ungerechtigkeit, allen Unbill eben, nicht in sich hineinzufressen, sondern wie eine Art emotionaler Wärmetauscher in herzhafte bajuwarische Wut zu verwandeln.

»Wie meinst du jetzt das?«, zischte sie Montana an. »Von was für einem Scheiß reden wir jetzt? Meinst du die Ringe, meine Gefühle oder die ganze Hochzeit allgemein?«

»Verdreh mir nicht wieder das Wort im Mund! Mach jetzt bitte kein Fass auf, Poldi!«

»*Jaleckmiamarsch!* Was heißt denn jetzt ›wieder‹? Wer macht denn hier ein Fass auf? Ich bin die Ruhe selbst! Aber bitte – ich brauche das alles auch nicht!«

Mit großer Geste zog sie sich den Korallenring vom Finger. Sie hätte ihn gerne theatralisch auf die Vitrine gepfeffert und zugesehen, wie er dabei in hundert Splitter zerbröselte, aber sie hatte sich noch im Griff. Sie legte ihn vorsichtig ab, bedachte Montana mit einem Blick voller Verachtung, deutete mit dem Finger auf ihn, wollte etwas sagen, ließ es jedoch und rauschte aus dem Laden wie der goldene Drache aus dem Palast des Windes.

Die Tanten sahen sich bedrückt an. Montana ballte die Fäuste.

»Die hat Klasse, die *signora!*«, hauchte der karierte Geck ergriffen in die Stille hinein.

Aber mit dramatischen Abgängen ist es oft wie mit einem Champagnerkorken. Mit herrlichem *Plopp* schießt er schaumgetrieben aus der Flasche hinauf in den Himmel oder jemandem an den Kopf, aber schließlich landet er doch nur auf dem Boden, kullert unters Sofa, wird vergessen und passt nicht wieder in den Flaschenhals. Stelle ich mir vor.

Ein bisschen ging es der Poldi jedenfalls so, als sie in ihrem auffälligen Cinquecento zurück nach Torre fuhr.

In ihrer kleinen pistazienfarbenen Knutschkugel herumzugurken, zu plärrendem Italo-Pop von Radio Galatea 95,2 auf voller Pulle, dazu die Blicke der Leute – das verschaffte der Poldi normalerweise immer tüchtig gute Laune.

Diesmal jedoch blieb das Radio stumm. Bedrückt lavierte die Poldi den Fiat durch den catanesischen Feierabendverkehr, während ihre Wut nach und nach verdunstete und Verzweiflung nachströmte.

Und das ist bei der Poldi meist die Vorstufe zum Vollrausch. Sie brauchte dringend einen Drink. Sie wollte sich schnellstmöglich mit den Herren Walker, Bacardi und Absolut ins Bett legen und so dermaßen abschießen, dass sie am liebsten nicht mehr aufwachen würde.

»So schlimm?«, unterbrach ich sie bedrückt, als sie es mir später in der Via Baronessa erzählte.

Die Poldi nickte. »Was soll i machen. Einmal Säuferin, immer Säuferin. Für eine Weile, weißt, kriegst es in den Griff und denkst, der Dämon hat keine Macht mehr über dich. Du fühlst dich richtig gut und stark und clean. Aber kaum passiert irgendeine Scheiße, hat er dich gleich wieder am Wickel, der Dämon Alkohol. Denn am

Ende, weißt, bin i halt doch nur eine versoffene Krampfscherbn.«

»Bist du nicht!«

»Passt schon, Bub. Wenn Männer saufen, ist des cool,
bei Frauen ist des bloß erbärmlich. Wenn Männer saufen, dann sind sie selbstzerstörerische Schurken, die mit
ihren Abgründen gegen das System rebellieren. Wenn
Frauen saufen, heißt es gleich: ›Pfui, wie melodramatisch.‹ Saufende Frauen sind das Sinnbild des Elends.«

Wie zum trotzigen Beweis trank sie einen Schluck
Whisky.

»Du hast mir nie erzählt, wie es angefangen hat«, sagte ich leise.

Die Poldi dachte nach.

»I muss so dreizehn oder vierzehn g'wesen sein«,
fuhr sie dann fort. »Mein Vater hatte Geburtstag, ein
paar Freunde und Kollegen waren da, und es gab Sekt.
Da hab i's zum ersten Mal g'spürt. Diese Magie. Den
leichten Rausch. Wie in dem Gedicht von Eichendorff,
weißt? ›Und die Welt hebt an zu singen, triffst du nur das
Zauberwort.‹ Mit vierzehn hab i des Zauberwort getroffen.«

»Nimm's mir nicht übel, aber *das* klingt jetzt ein bisschen melodramatisch.«

»Aber genau so war's. I hab mich g'fühlt wie eine bessere Ausgabe von mir selbst. Gar nimmer schüchtern,
sondern selbstbewusst und stark und kokett. I war fast
ein bisserl sauer, warum die Welt mir des bislang vor-
enthalten hatte. I mein, alle haben g'soffen. Die Maß am
Abend, der Vollrausch im Bierzelt – des war damals ganz
normal. Für die Männer. Des hat mir g'stunken. Aber
als i dann mit Anfang zwanzig in München die Bohème

kenneng'lernt hab, da hab i mich frei g'fühlt. Des Trinken war meine Art zu sagen: ›I mach jetzt nur noch, worauf i Lust hab.‹«

»Wundert mich, dass du deinen Beruf und alles dabei so gut hingekriegt hast.«

»I war ja nicht immer besoffen. Und, darfst nicht vergessen, i hab diesen Beruf geliebt. Die ganze Arbeit beim Film, die Anerkennung, den Glamour. Des ist lange gut gegangen. Dann hab i eine sehr schlechte Phase g'habt und meinen ersten Entzug g'macht. Ohne den Peppe und die Meryl hätt' i des nicht g'schafft.«

»Äh, welche Meryl jetzt?«

»Mei, die Meryl Streep freilich! So eine wunderbare Freundin. Die hat mir doch damals den Platz in dieser Promi-Klinik besorgt. Aber mei, wie i schon g'sagt hab: einmal Säuferin, immer Säuferin. Des ist ein Auf und Ab.«

Die Poldi konnte an gar nichts anderes mehr denken als an den ersten Drink und den anschließenden Rausch. Daher fand sie auch den Anruf der Signora Cocuzza eher lästig.

»Was gibt's denn?«, meldete sie sich ein bisschen ungehalten.

»Sie werden es nicht glauben, Donna Poldina«, flüsterte die Signora Cocuzza am anderen Ende der Leitung aufgeregt.

Im Hintergrund lief Tangomusik.

»Ich habe jemanden kennengelernt.«

»Ich hörte davon«, brummte die Poldi unkonzentriert.

»Ein pensionierter Polizist«, raunte die Signora Cocuzza heiser. »*Madonna*, alles, was Sie je über Polizisten und, na, Sie wissen schon, erzählt haben – es ist alles wahr!«

Die Poldi stöhnte. »Ich gratuliere.«

Die Signora Cocuzza gluckste in der Leitung, riss sich dann aber wieder zusammen. »Er ist ein wirklich feiner Herr. Und ein fantastischer *tanguero*. Sein Name ist Corrado. Er will mich auf alle Milongas in der Umgebung mitnehmen. Auch nach Taormina ins Teatro Greco und nach Catania in den Palazzo Biscari.«

»Ja, sehr schön«, murmelte die Poldi. »Aber ich bin gerade im Auto und ...«

»Corrado hat mir etwas über Favarotta erzählt!«, presste die irgendwie gar nicht mehr traurige Signora hervor.

Und das interessierte die Poldi dann doch.

»Schießen Sie los!«

»Favarotta, hat Corrado erzählt, war auf den Milongas immer ganz anders, als ihn die Medien dargestellt haben. Immer sehr aufgeräumt und offen. Er hat gerne geplaudert und auch von sich privat erzählt.«

»Soso.«

»Warten Sie, Donna Poldina, jetzt kommt's! Denn ...«, die Signora Cocuzza machte eine dramatische Pause, »er stammt gar nicht aus Enna! Sondern aus Sutera. Das ist ein kleines Bergdorf in der Provinz Caltanissetta.«

Die Poldi spürte einen leichten Kopfschmerz. Wie immer, wenn der Durst kam, der richtige, böse Durst.

»Ja und?«

Die Signora Cocuzza wirkte ein wenig perplex. »Ich dachte, das interessiert Sie. Das könnte doch eine Spur sein, meinen Sie nicht?«

»Er ist ein pathologischer Lügner«, ächzte die Poldi.

»Er kann nur das – lügen. Aber vielen Dank, meine Liebe. Ich hab's im Kopf. Wir sprechen später ausführlich, ja?«

Und ehe die Signora Cocuzza sich noch wundern konnte, legte die Poldi auf.

Der Kopfschmerz und der Durst wurden schlimmer. Vielleicht also verständlich, dass sie der biografischen Information ihrer Freundin nicht weiter nachhing. Und vielleicht auch verständlich, dass sie den schwarzen Mini hinter ihr erst bemerkte, als sie Catania verlassen hatte und auf der Staatsstraße 114 Richtung Acireale fuhr.

Im Stadtverkehr von Catania ist man ohnehin gut beraten, sich dem sizilianischen *flow* anzupassen. Das bedeutet: Vergiss bloß den Rückspiegel! Sizilianer leben in der Gegenwart, alles läuft immer nur nach vorne, und man braucht da vorne alle Sinne, um mitzuschwimmen. Stadtverkehr in Catania oder Palermo mag auf teutonisch geschulte Automobilisten chaotisch wirken, aber er folgt einfachen Regeln. Alles fließt – aber viel langsamer als in Deutschland. Die Straßen werden kreativ in ganzer Breite genutzt, man wurschtelt sich halt irgendwie durch und nutzt kleine Lücken im Strom. Ganz wichtig dabei: Augenkontakt. Auch nie verkehrt: Arm aus dem Fenster halten und signalisieren, was man vorhat. Beziehungsweise das Nebenauto berühren, wenn man über seine Spur hinweg abbiegen will. Hilfreich dabei: kurz freundlich hupen. Denn ein kurzes *Mööp* signalisiert, dass du gerade dabei bist, dich in diese Lücke da vorne vorzuarbeiten, *attenzione per favore, grazie, molto gentile*. Der Blick in den Rückspiegel ist dabei völlig nutzlos und lenkt nur ab. Wenn man diese wenigen Grundregeln beachtet, freundlich bleibt, nach vorne schaut und den *flow* nicht behindert, dann kann sizilianischer Straßenverkehr reine Achtsamkeitswellness sein.

Den schwarzen Mini bemerkte die Poldi auch nur, weil sie öfter als sonst in den Rückspiegel schaute, ob da nicht vielleicht Montana mit Blaulicht und *Tatütata* hinter ihr auftauchen würde, um sie abzufangen und sich auf offener Straße vor ihr in den Staub zu werfen.

Aber: kein Montana.

Dafür fiel ihr irgendwann der Mini auf. Mit dem langsamen Fiat 500 war sie es gewohnt, überholt zu werden. Als dieser Mini bei Guardia immer noch hinter ihr klebte, wurde sie daher stutzig. Er folgte ihr auch noch, als sie bei San Leonardello rechts Richtung Meer abbog. Den Fahrer konnte sie nicht erkennen, die Frontscheibe schien dunkler als sonst getönt zu sein. Als die Poldi in Carruba testweise an einem *alimentari* hielt, um etwas Obst und eine Flasche Grappa zu kaufen, wartete der Mini in einigem Abstand.

Da reichte es der Poldi. Sie presste sozusagen den Korken mit aller Gewalt zurück in die Champagnerflasche und schüttelte sie kräftig. Der brennende Durst ließ nach. Stattdessen geladen mit frischer, perlender Wut warf sie den Einkauf in den Cinquecento und stapfte hinüber zu dem Mini, um ihrem Stalker zwei, drei geharnischte Lebensweisheiten beizupulen.

Sie sah, wie der Wagen losrollte. Statt aber zu beschleunigen und an ihr vorbeizubrausen, rollte er im Schritttempo auf sie zu und hielt schließlich neben ihr. Die dunkel getönte Seitenscheibe surrte herab.

Die Poldi beugte sich vor, bereit, den Wutkorken knallen zu lassen.

Aber es kommt ja immer was dazwischen.

»Jaleckmiamarsch!«, rief die Poldi aus, als sie die Fahrerin erkannte.

Die Frau am Steuer des Mini trug das gleiche rote Kleid mit weißen Tupfen, das auch die Poldi besaß, dazu einen roten Turban und eine Sonnenbrille. Sie wirkte älter als die Poldi, trug auch keine Perücke, aber die Ähnlichkeit war dennoch unverkennbar.

Auf dem Rücksitz saß der Tod mit seinem Klemmbrett und strahlte die Poldi an.

»Was stehst jetzt da so deppert rum?«, blaffte Maria sie an. »Steig halt ein, wir müssen reden!«

An dieser Stelle endeten meine Notizen blöderweise, denn da war Montana nach Hause gekommen, und die Poldi spannt mich ja ohnehin gerne auf die Folter.

Und nun lag ich schwitzend auf einem durchgelegenen Bett in der alten Kapelle von Femminamorta und verfluchte mich für meinen bescheuerten Versuch, mit Montana ein Männergespräch zu führen. Ich war inzwischen sicher, dass ich damit die Trennung der beiden ausgelöst hatte und dass damit auch die Ermittlungen auf Eis liegen würden.

Daher beschloss ich, meinen Fehler wenigstens ein bisschen wiedergutzumachen. Indem ich die Ermittlungen auf eigene Faust fortsetzte.

Ich stellte mir vor, wie ich unbeirrbar in die Niederungen des Verbrechens hinabstieg, wie ich Aldo Favarotta finden und den Mord an Lenka aufklären würde. Ich stellte mir vor, wie ich – möglicherweise angeschossen – der Poldi und Montana bescheiden, aber selbstbewusst eine lückenlose Indizienkette präsentieren würde, und überlegte, wie die Poldi vorgehen würde.

Die Poldi hat's ja mit Listen.

»Listen, weißt, sind angewandte Magie«, hat sie mir mal erklärt. »Stell dir vor, du hast ein Problem, tausend Fragen, aber keinen Plan. Sollte dir nicht schwerfallen, gell? Also was machst, nachert? Pfeilgrad, eine Liste machst. Der Trick ist, sperr die Ohren auf: nicht dabei zu denken. Mei, sollte dir ebenfalls nicht schwerfallen. Denn merke: Listen verbinden dich direkt mit deinem Unterbewusstsein. Du schreibst einfach auf, was dir durch den Kopf geht, ein Punkt kommt zum anderen, du kommst in einen *flow*, auf ein richtiges Listen-*High*, wie i des nenn, und auf einmal – hoppala – stehen dort Dinge, auf die wärst mit Nachdenken nie und nimmer gekommen. Des ist fast so gut wie Sex.«

Entschlossen, alles zu geben, stand ich auf, riss eine Seite aus meinem Notizbuch, atmete ein und aus, ließ alle störenden Gedanken in Frieden los, klinkte mich in mein Unterbewusstsein ein und machte eine detaillierte Liste meiner nächsten Ermittlungsschritte.

– Massimo finden

Sah doch schon ganz gut aus, fand ich. Ich riss die Seite heraus, faltete sie sorgfältig und steckte sie ein.

Elektrisiert von mir selbst, stellte ich mir vor, wie die Poldi und Montana einsehen würden, dass ich das alles nur für sie getan hatte. Ich stellte mir vor, wie die beiden mir unter Tränen versicherten, dass ich ihnen die Augen geöffnet hätte und sie sich nicht trennen würden. Ein schönes Bild. Möglicherweise ließ sich das später alles – hoppala – in meinen Familienroman einbauen.

Bloß kam, man ahnt es, wieder was dazwischen. Vielleicht hatte der umgefallene Sack Reis in China ganz andere Kettenreaktionen in einem labilen globalen Gleichgewicht ausgelöst. Vielleicht hatte die koreanische K-Pop-Sängerin ihr Interview nicht platzen lassen, vielleicht war deswegen ein Kaffeebecher in der Redaktion umgekippt, und jemand hatte seine neue Hose in die Reinigung bringen müssen und in der Eile aus Versehen den süßen Malteser-Hund einer Investmentbankerin getreten. Vielleicht hatte das wenig später den Börsenkurs seltener Metalle um ein Hundertstel Prozent beeinflusst, vielleicht hatte genau das einem jugendlichen Sklavenarbeiter in einer Kobaltmine im Kongo das Leben gerettet. Vielleicht war die norwegische Ärztin, die ihn behandelte, darüber so erleichtert, dass sie am Abend im Camp dem hartnäckigen Werben des plastischen Chirurgen aus Messina endlich nachgab. Vielleicht hatte der Chirurg deswegen einen Anruf seiner *mamma* weggedrückt, vielleicht hatte das eine Kette weiterer an sich belangloser Reaktionen ausgelöst, die irgendwie zu Lenkas Tod und möglicherweise zur Trennung von Poldi und Montana geführt hatten. Vielleicht hing wirklich alles zusammen, vielleicht war alles einfach auch nur Zufall.

Die Nacht war warm, das Kapellenzimmer mit dem kleinen Fenster so stickig und von den Sommermonaten aufgeheizt, dass ich mich grübelnd auf der alten Matratze hin und her wälzte. Ich überlegte, ob ich mich nicht doch rauf zu Valérie schleichen sollte, ließ es aber, weil ich mich immer noch wegen des Ausflugs mit Lenka schämte. Ich lag nackt auf dem Bett und lauschte dem Gesang der Tigermücken, die eine Party auf mir feierten.

Draußen zirpten die Zikaden, und nebenan und ringsum knackte und ächzte das Haus mit seinen alten Bal-
ken und Möbeln wie eine schnarchende Großmutter im
Schlaf. Wahrscheinlich spukten irgendwo auch noch ein
paar Urahnen von Valérie herum. Ein pockennarbiger
Baron Raisi di Belfiore oder eine wunderschöne blasse
principessa in weißem Kleid, die an gebrochenem Herzen
gestorben war.

Ich wäre jedenfalls nicht überrascht gewesen, denn
Femminamorta ist ein verwunschener Ort. Ein länd-
licher *palazzo* in verblichenem Rosa, im neunzehnten
Jahrhundert aus Lavabasalt erbaut, und nur zur Weinern-
te bewohnt. Nach einem harmlosen Erdbeben hatte das
ganze Anwesen samt Einrichtung hundert Jahre leer gestanden, bis Valérie es mit dem restlichen bisschen Land
ringsum von ihrem Vater geerbt und aus seinem Dorn-
röschenschlaf wachgeküsst hatte.

Seitdem versuchte sie mehr schlecht als recht, es
durch eine kleine Palmen-Plantage zu bewirtschaften.
Da der Ertrag kaum reichte, vermietete sie noch Zimmer
an Leute, die irgendwie Wind davon bekommen hatten,
dass man hier für wenig Geld in einem uralten sizilianischen Traum übernachten konnte.

Zimmer gab es genug. Großzügige Zimmer mit Balkonen und Ätna-Blick darunter, prächtige *salotti* mit Fres-
ken und einer Bibliothek und einer Kapelle für die Herrschaft. Endlose Durchgangszimmer für die Familie und
winzige Kammern für die Dienstboten.

Das ganze Haus ist voller Winkel und Ecken, in denen
die Zeit verwirbeln und sich sammeln kann wie Staub.
Alles ist hier alt, alles hat seine Geschichte. Die Möbel-
stücke, die Bilder, die Vasen, Tausende von Büchern, die

sich überall stapeln, die Kerzenleuchter, Heiligenfiguren, Schalen, Teppiche und Porzellan.

Femminamorta, totes Weib. Solche Ortsnamen sind in Sizilien nicht ungewöhnlich, dabei passt er hier nur halb. Denn die Energie dieses Fleckchens Erde ist höchst lebendig. Aber sie ist tatsächlich weiblich. Alles an diesem Ort ist weiblich. Valérie hatte mir erzählt, dass zahlreiche Rutengänger das Grundstück abgeschritten und übereinstimmend von einer ungewöhnlich starken positiven Energie geschwärmt hatten. Offenbar steht Femminamorta auf einem uralten *hot spot*, einem Vulkan von Lebensenergie. Und die ist immer weiblich, sagt die Poldi, denn von Energie und Leben versteht sie schließlich was.

Nach sehr wenig Schlaf erwachte ich bei Sonnenaufgang, verschwitzt und von Mücken zerstochen. Ich hatte krudes Zeug geträumt, erinnerte mich aber schon nicht mehr genau daran. Nur das Gefühl war noch da und bedrückte mich. Ich befand mich in einem seltsamen Zustand, irgendwo zwischen Träumen und Wachsein. Wie irgendwie aus der Wirklichkeit gerutscht.

Als ich aus dem muffigen Kapellenzimmer hinaus in den Garten trat, um eine zu rauchen – verpennt, in Shorts und T-Shirt, wirre Haare –, sah ich im Dämmerlicht den Tod auf einem Plastikstuhl an einem Plastiktisch unter einer Palme sitzen. Neben ihm war noch ein Stuhl frei.

So viel zum Thema »Lebensenergie«, dachte ich und setzte mich dazu.

Der Tod trug eine alte Mönchskutte aus grobem Wollstoff mit Kapuze. Hinter ihm lehnte eine Sense an der Palme. Er hielt ein Klemmbrett mit einer eng geschriebenen Liste mit Namen und Zahlen locker im Schoß in seinen knochigen Händen. Alles so, wie die Poldi es mir beschrieben hatte. Sogar den käsig-verschwitzten Geruch nahm ich wahr. Da wurde mir dann doch leicht schwummrig.

»Morgen«, sagte ich bemüht lässig.

»Morgen.«

Ich nestelte nervös an meiner Zigarette, traute mich aber nicht, sie anzuzünden.

»Schön hier«, sagte der Tod, als versuchte, er Konversation zu machen.

»Nehmen Sie's mir nicht übel«, nahm ich das Gespräch wieder auf, »aber ehrlich gesagt, habe ich Sie immer für ein Hirngespinst der Poldi gehalten.«

»Jaja«, näselte der Tod. »Keiner glaubt's, bevor ich dann – huch! – vor ihnen stehe. Aber wir können ›Du‹ sagen.«

»Fein«, sagte ich matt und streckte die Hand aus.

»Keine Vertraulichkeiten, bitte«, wehrte der Tod ab. »Ist gegen die Compliance-Vorschriften.«

»Klar«, nuschelte ich schüchtern und steckte mir nervös die Zigarette in den Mund. »Äh, oder stört das?«

»Iwo«, sagte der Tod. »Ist eh die letzte.«

Ich starrte ihn an.

»War'n Scherz.«

Ich erinnerte mich, dass die Poldi oft von den bemühten Scherzen des Tods gesprochen hatte und paffte nervös.

»Ist erst die vorletzte«, sagte der Tod ungerührt. »Kein Scherz.«

Ich entdeckte Oscar, der durch den Garten stromerte, Valéries kleine Mischlingstöle mit dem Unterbiss. Er schnupperte in unsere Richtung, knurrte kurz und trollte sich dann wieder.

»Also, äh ...«, sagte ich, »dann ist es jetzt also so weit?«

»Yep. Geht gleich los.«

Der Tod zog eine kleine Sanduhr aus einer Tasche und stellte sie auf den wackeligen Plastiktisch zwischen uns. Im fahlen Licht konnte ich sehen, dass sie halb abgelaufen war.

»Wie, hier? Ich meine ... Ich fühle mich eigentlich ganz gut, und hier ist doch alles friedlich und so.«

»Meteorit.«

»Soll das ein Witz sein?«

»Ganz kleiner nur, nicht viel größer als eine Walnuss. Aber eben sauschnell. Aus den Tiefen des Weltalls. Die Wahrscheinlichkeit ist etwa so hoch wie ... Ach, sagen wir, saugering. Aber so ist das ja mit der Statistik. Irgendwann steht man doch auf der falschen Seite. Wird bestimmt ein paar Artikel darüber geben. ›Deutscher von Sternschnuppe erschossen‹.«

»Na super. Auch eine Art von Nachruhm.«

»Schön, dass du das so siehst.«

»Muss ich noch irgendwo unterschreiben oder so?«

»Nö. Den Papierkram erledigen wir dann drüben.«

Ich drückte meine vorletzte Zigarette aus, dachte, *was soll's*, zündete mir gleich die nächste an und stellte mir eine Walnuss vor, die aus dem Weltall gerade in die Erdatmosphäre eindrang. Ich überlegte, ob ich aufspringen und wegrennen sollte. Aber dann fiel mir ein, dass das vielleicht genau der Fehler sein könnte. Außerdem: Hatte man schon mal gehört, dass irgendwer dem Tod erfolgreich davongelaufen wäre? Ich versuchte, ruhig zu bleiben.

»Darf ich Sie ... äh, ich meine ... dich mal was fragen? Nur so aus Interesse.«

Der Tod warf einen kurzen Blick auf die Sanduhr. »Okay.«

»War Lenkas Tod ein Unfall oder Mord?«

Der Tod rollte die Augen. »Darüber darf ich doch keine Auskünfte geben. Das solltest du von der Poldi inzwischen wissen.«

»Nee, ist klar.«

»Falsche Frage außerdem.«

»Aha? Und was wäre die richtige?«

»Bitte, bitte, lieber Tod«, rief der Tod gespielt jämmerlich aus, »was muss ich tun, damit du mir noch ein kleines bisschen Aufschub gewährst? Ich tu auch alles, was du willst!«

»Ich denke, *das* ist gegen die Vorschriften?«

Der Tod hob die Arme. »Du könntest es ja wenigstens versuchen. *Be a game changer*, verstehst du?«

Ich stöhnte. »Also gut. Bitte, bitte, lieber Tod, was muss ich tun, damit du mir noch ein kleines bisschen Aufschub gewährst? Ich tu auch alles, was du willst!«

»Echt alles?«

»Alles!«, sagte ich im Brustton der Überzeugung.

Der Tod warf wieder einen Blick auf die Sanduhr. Der Sand war fast durchgerieselt.

Mir wurde kalt.

»Bitte!«, flüsterte ich.

Der Tod räusperte sich. »Also, es ist so ... Die Poldi und ich ... Also, wir sind inzwischen, darf ich vielleicht sagen, so etwas wie Freunde geworden.«

Ich nickte. »Geht mir genauso.«

»Das ist schön. Dann verstehen wir uns. Sie liegt mir

wirklich am Herzen. Ich fühle da eine gewisse Seelenver-
wandtschaft, darf ich vielleicht sagen.«

»Okaaaay. Aber *was* willst du eigentlich sagen?«

»Ich will sagen, dass ich ihr aus freundschaftlicher
Verbundenheit gerne einen Herzenswunsch erfüllen
würde. Ich weiß ja, dass Unsterblichkeit ihr herzlich
wurst ist. Ich meine, irgendwann ist halt jede Uhr abgelaufen, nicht wahr, schneller, als man denkt, da muss ich
ganz professionell denken.«

»Moment!«, unterbrach ich seinen Redeschwall alarmiert. »Was soll das denn jetzt heißen? Von wegen
›schneller, als man denkt‹? Ist irgendwas mit der Poldi?«

Der Tod drehte sein Klemmbrett um.

»Darüber darf ich nicht sprechen. Aber so viel kann
ich sagen: Die Uhr tickt. *Capisci?*«

Ich nickte betreten.

»Tja. Aber vielleicht gibt es ja doch einen Weg, ihr ein
kleines bisschen Unsterblichkeit zu schenken. Wäre das
nicht auch in Ihrem Sinne?«

»Waren wir nicht schon beim Du?«

»Stimmt, sorry. Bei Schriftstellern packt mich immer
ein wenig die Ehrfurcht. Muss an meiner klassischen
Ausbildung liegen.«

»Ich bin kein Schriftsteller. Und, na ja, wie's aussieht,
wird da wohl auch nichts mehr draus.«

»Und wenn doch?«

»Äh, wie jetzt?«

Der Tod schob die Sanduhr ein bisschen beiseite und
beugte sich zu mir vor. »Schreib ihre Fälle auf. Als Krimis. Mach sie unsterblich. Dann kann ich vielleicht was
mit dem Meteoriten drehen.«

»Boah, nee!«, stöhnte ich. »Sag mal, habt ihr euch

etwa abgesprochen? Ich meine, Krimi ist einfach nicht mein Genre. Ich hab der Poldi schon dutzendmal gesagt, dass ich nicht weiß, ob ich das kann.«

»Kannnicht wohnt in der Willnichtstraße!«, nölte der Tod. »Aber gut, ich seh schon.«

Er nahm die Sanduhr wieder an sich und erhob sich.

»Warte!«, rief ich hastig. »Meinst du das ernst? Wenn ich Poldis Fälle als Krimis aufschreibe, dann muss ich nicht sterben?«

Der Tod setzte sich wieder.

»Yep. Also nicht hier und jetzt. Aber schön *juicy* und mit viel *Dings* müssen die Krimis schon sein, wie die Poldi es mag. Und mich lässt du schön raus.«

»Das ist doch total gegen die Vorschriften.«

»Die werden mich schon nicht rausschmeißen«, sagte der Tod schulterzuckend. »Also? Ich will ja nicht drängen, aber ...« Er hielt mir die Sanduhr hin.

Es fehlten nur noch wenige Körnchen.

»Gut, ich mach's!«, rief ich hastig. »Herrgott noch mal, ich hatte das eh schon längst überlegt. Ich lass mich nur nicht gern erpressen. Die Kunst muss ...«

Der Tod streckte seine knochige Hand aus.

»Äh, nichts Schriftliches?«

»Ach, Schicksalsverträge gelten auch per Handschlag. Du bist ja nicht Moses. Kleiner Scherz.«

Die letzten Körnchen.

Ich schlug ein und ergriff die eisige Hand, die erstaunlich kräftig zupackte.

Im selben Moment hörte ich ein Pfeifen aus der Luft und kurz darauf einen dumpfen Einschlag, gar nicht mal laut. *Wwwwwmmm!* Direkt vor uns, keine fünf Meter entfernt, stieg eine kleine Rauchfahne vom Boden auf. Das war's. Für einen Moment herrschte Stille. Kein Wind, kein Vogel, kein Rascheln, kein Laut.

»Nicht anfassen, noch heiß«, sagte der Tod. »Und du kannst meine Hand jetzt loslassen.«

Tat ich aber nicht. Der Tod wollte sich entwinden, aber ich hielt seine Hand weiter fest.

»Eh, was soll das?«

»So, wie ich das sehe, hast du mich verarscht. Du hast genau gewusst, dass der Meteorit mich nicht treffen wird. Du wolltest mir nur ein bisschen Dampf machen.«

»Das ist jetzt aber sehr hässlich von dir!«, jammerte der Tod.

Er versuchte weiter, von mir loszukommen. Aber keine Chance.

»Hey, ich bin immer noch der Tod, *capisci*? Ich kann jederzeit ...«

»Halt die Klappe!«, zischte ich ihn an. »Wir sind noch nicht fertig.«

Das schien den Tod zu irritieren. »Äh, nicht?«

»Ich werde meinen Teil des Deals einhalten. Aber du gefälligst auch. Wenn ich Poldis Fälle aufschreibe, dann auch richtig. *Con tutto.* Aber dafür brauche ich mehr Informationen, *capisci*? Und ich könnte einen kleinen Hinweis gebrauchen, damit die Ermittlungen nicht ins Stocken geraten, solange die Poldi und Montana ihre Beziehung neu kalibrieren.«

Der Tod rollte mit den Augen. »Also, was willst du wissen?«

Ich ließ ihn los und knallte meine herausgerissene Seite mit der Liste auf den Tisch.

»Sonst noch was?«, jammerte der Tod.

»Was war mit Maria?«

»Woher soll ich das wissen? Ich war nicht ...«

»Mich würde ja interessieren«, unterbrach ich ihn, »was die Personalabteilung des Universums sagt, wenn sie eines schönen Tages einen anonymen Hinweis aus dem Fegefeuer erhält, dass einer seiner langjährigen Außendienstmitarbeiter nebenbei private Geschäfte abwickelt und Gefälligkeiten gewährt. Wer weiß, was dabei alles noch so ans Licht kommt? Weiß auch nicht, warum, aber irgendwie muss ich gerade an die Dinos und den Kometen denken. Ob da alles mit rechten Dingen zugegangen ist? Tja, und niemand ist unersetzlich.«

Der Tod kniff die Augen zusammen, als nähme er mich zum ersten Mal richtig wahr.

»Da hat sich aber einer ganz schön was abgeschaut von der Poldi.«

»Kannst du mal sehen.«

Der Tod seufzte ergeben und setzte Poldis Bericht fort.

10. Kapitel

Erzählt von Unterbewusstsein und Versöhnungssex, von *love, peace and ecstasy*, Erdbeeren und Kartoffelchips. Valérie findet den Neffen im Garten und wird sauer. Eine Liste wird erweitert, die Poldi macht eine Spritztour und sitzt emotional wieder mal zwischen allen Stühlen. Dann aber zählt sie eins und eins zusammen und plant einen Ausflug. Der Neffe muss würgen, hat einen kleinen Aussetzer und kommt dann aus dem Staunen nicht heraus.

Kaum saß die Poldi auf dem Beifahrersitz des Mini, gab Maria Vollgas und heizte durch das kleine Carruba hindurch Richtung Meer. Die Poldi schnallte sich an.

»Wo geht's hin?«, fragte sie.

»Wir fahren nur ein bisserl herum und ratschen. Wie in alten Zeiten.«

Maria bog rechts ab, ohne abzubremsen, ließ den Mini driften und konnte noch gerade so eben einer entgegenkommenden Ape voller Artischocken ausweichen.

»Bist gar nicht überrascht, dass i noch leb?«

»Mei«, seufzte die Poldi und rief laut: »Magst du da hinten vielleicht was dazu sagen?«

»Nö«, nuschelte der Tod vom Rücksitz und raschelte geschäftig mit seinen Unterlagen.

»Siehst jetzt schon Gespenster?«, gluckste Maria. »Hast dir schon so sehr des Hirn weggesoffen?«

»Was willst du, Maria?«

»I brauch deine Hilfe.«

Die Poldi sah ihre Zwillingsschwester überrascht an und dachte an all die tausend Male, in denen Maria ihr das Leben zur Hölle gemacht hatte, und die tausend Male, in denen die Poldi ihr dennoch hatte helfen wollen.

»Leckmiamarsch, Maria. Du hast mich umbringen wollen.«

»Ah geh!«, rief Maria. »Immer bist so nachtragend wegen jeder Kleinigkeit.«

»Gegenvorschlag, Maria. Wir fahren jetzt zur Präfektur in Acireale. Du stellst dich den Behörden, i besorg dir den besten Anwalt, und dann reden wir.«

»Naaaa! Des ist nicht mein Stil.«

»Dann kannst mich auch gleich hier rauslassen. Mir reicht's.«

Aber Maria bretterte einfach voll Stoff weiter, heizte kreuz und quer durch den duftenden Abend, über die engen kurvigen Landstraßen, links und rechts gesäumt von alten Lavasteinmauern, hinter denen Zitronengärten lagen. Dem spärlichen Gegenverkehr wich sie immer in letzter Sekunde aus.

Erleichtert atmete die Poldi auf, als Maria in die breite Zufahrtstraße einbog, die hinunter ans Meer, zu ihrem kleinen Lieblingsstrand von Praiola, führte.

»Herrgott, was bist du immer stur«, grantelte Maria beim Fahren weiter. »Und wenn i dir anbieten tät, dass du hernach eine Ruh vor mir hast? Für immer.«

»Geh, Schmarrn.«

»I hab nimmer lang«, fuhr Maria ungerührt fort. »Vielleicht ein Jahr, vielleicht zwei maximal.«

Die Poldi wandte sich zum Tod auf dem Rücksitz um, der ihr mit einer Geste bestätigte, dass die Zeitspanne so Pi mal Daumen hinkomme.

»Vielleicht hast des ja auch und weißt es bloß noch nicht«, sprach Maria weiter. »Immerhin sind wir Zwillinge, und bei deinem Lebenswandel – i sag nur. Aber mei, die Zeit, die mir noch bleibt, die möcht i halt irgendwo in Ruhe genießen. Vielleicht hin und wieder ein Haus abfackeln, aber ansonsten ganz unauffällig und bescheiden.«

»Sehr witzig.«

»Ja, des sieht dir wieder mal ähnlich. Ob i leb oder sterb, des geht dir halt am Arsch vorbei.«

Mit einer Vollbremsung hielt Maria am Ende der Straße, dort, wo der Strand aus großen, rund geschliffenen Lavasteinen begann.

Der alte Signor Fusella machte seinen Eiswagen gerade zu, die letzten Familien mit Kindern kamen ihnen entgegen. Kaum jemand schenkte den beiden älteren Frauen in dem schwarzen Mini größere Beachtung, alle schienen sich auf eine Dusche, das Abendessen und das Fernsehprogramm zu freuen.

Wie schön, dachte die Poldi ein bisschen neidisch.

»I mein's ernst«, sagte Maria leise. »I will aussteigen, i mag nimmer. I hab des so satt. Den ganzen Dreck, den i g'sehen und ja, den i mit angerichtet hab. Des ganze Versteckspiel, heute hier, morgen dort. Und vor allem ...«, Maria sah die Poldi an, »ein Leben lang hinter meiner Überschwester herjagen, die immer von allen geliebt wird, nur um ein Mal auch nur halb so viel geliebt zu werden.«

»Wie bitte?!«

»Die Mama und der Papa haben halt nur dich lieb g'habt. Mich haben's in ein Irrenhaus g'sperrt.«

»Weil du ihnen des Haus abg'fackelt hast!«

»Des war nur ein stummer Schrei nach Liebe!«

»Geh, Schmarrn«, rief die Poldi. »Du hast mir immer nur mein Leben schwer g'macht. Was hast da erwartet? Liebe? Geh weiter!«

»Ja, i hab viele Fehler g'macht«, seufzte Maria. »Und dafür möcht i dich um Verzeihung bitten.«

»Dann stell dich der Polizei.«

»Des kann i nicht, Poldi. Des musst bittschön verstehen. Wenn i zur Polizei geh, nachert würden ein paar Leute sehr nervös werden. Des würd i keine vierundzwanzig Stunden überleben, verstehst? Aber i will einfach nur noch zwei ruhige Jahre haben, und dann seid's ihr mich eh alle los. I bin müd. Saumüd. I weiß, jemand wie i hat kein Recht, sich noch was zu wünschen vom Universum. Aber, gell, wenn i mir doch was wünschen dürfte, dann, dass du eine Nachsicht mit mir haben würdest und mir helfen könntest auszusteigen.«

Ihre Stimme war rau geworden, sie wischte sich die Augenwinkel.

Auf dem Rücksitz hinter ihnen knackte und knabberte der Tod Pistazien.

»Da schau her, jetzt flenn i dir schon was vor, scheißklumpverreckt.«

»I glaub dir kein Wort, Maria.«

»I hab mich verliebt«, flüsterte Maria.

»Leckmiamarsch«, rief die Poldi. »In wen?«

»In dieses Land. In Sizilien. I bin dir um die Welt g'folgt. Mir war des Land immer wurst. I bin halt dein

Schatten, dein Unglück und dein Schicksal. I hab am Anfang nicht g'spannt, warum du dich ausgerechnet in dieser rückständigen Provinz hast totsaufen wollen. Weil, einen schönen Meerblick, den kriegst doch überall. Hab i gedacht. Aber dann hab i mich halt in dieses rückständige, provinzielle, chaotische, wunderschöne, magische Sizilien verliebt. Wie eine Prinzessin, die sich in den buckeligen Stallknecht verliebt. Kannst dir des vorstellen, i und verliebt? I kann's mir ja selbst kaum vorstellen. Aber mei, was soll i machen?«

»Isso!«, nuschelte der Tod zwischen zwei Pistazien.

»Und daher würd i meine restliche Lebenszeit halt gern hier verbringen. I hab schon ein Haus gekauft.«

»Wie bitte?«

»Kein Schmarrn. Ein kleines Häuserl in Sambuca di Sicilia. Bisserl im Landesinneren am Lago Arancio gelegen. Wunderschönes Fleckerl. Eine Perle! Ein Juwel! Aber die Leute sind halt alle weggezogen, und inzwischen ist alles so heruntergekommen, dass die *commune* dort ganze Häuser für einen Euro verkauft. Mit Auflagen freilich, kannst dir schon denken. Die Käufer müssen alles komplett restaurieren. Aber ein bisserl Diridari hab i ja zurückgelegt, also ist des nachert kein Problem. Die Arbeiten haben schon angefangen, Ende des Jahres wird alles fertig sein. Da schau!«

Maria reichte der Poldi ihr Handy und zeigte ihr ein paar Fotos, die ein halb verfallenes Haus in einer kleinen Gasse zeigten, das einmal sehr schön gewesen sein musste. Andere Fotos zeigten das Haus mit einem Baugerüst und auch die Arbeiten im Innern des Hauses. Und wie zum Beweis hatte Maria auch ein Selfie mit den Handwerkern gemacht und strahlte in die Kamera.

Ein ungewohnter Anblick, der die Poldi ein kleines bisschen verstörte.

»Gell, da staunst. Und des erbst alles du, ist schon geregelt. Glaubst es mir jetzt?«

Die Poldi sah ihre Schwester an, als ob sie sie zum ersten Mal sähe.

»Wo ist des Problem?«

»I steh auf einer Abschussliste«, seufzte Maria. »Mei, nicht zum ersten Mal. Aber diesmal könnt's eng werden. I hab was verbockt.«

»Des mit Favarotta.«

Maria sah die Poldi erstaunt an. »Des hast dann schon g'spannt.«

»War nicht schwer«, sagte die Poldi. »Spurlos zu verschwinden klappt nur mit sehr guter Vorbereitung. Oder mit der Hilfe eines Profis.«

Maria kicherte.

»Du deckst auf, was i versteck. Des haben wir früher schon g'spielt.«

»Lass mich raten«, fuhr die Poldi fort. »Er hat dich beauftragt, sein Verschwinden zu organisieren. Aber als es dann ans Bezahlen ging, ist er abgetaucht.«

»Fast. Meinen Service gibt's nur gegen Vorkasse. Da muss ein Haufen Leute bezahlt werden, du machst dir keine Vorstellung. Bis vor ein paar Jahren lief des noch alles über Cash. Aber heutzutage läuft alles in Bitcoin, des ist anonymer. Virtuelles Geld, Krypto, Blockchain – schon mal davon g'hört? Egal. Favarotta hat die vereinbarte Summe auch brav auf mein Wallet eingezahlt. I hab alles organisiert, hab ihm die Unterlagen gegeben, und dann ist er auch verschwunden.«

»I seh des Problem immer noch nicht.«

»Ja, mei. Der Favarotta, der schuldet halt noch ein paar anderen Leuten ein bisserl Geld. Respektive eher viel Geld. Und diese Leute sind jetzt stinksauer, kannst dir ja denken.«

»Ja, i hab davon gehört.«

»Mei, und jetzt haben diese Leute sich halt an mich gewandt. Dass i den Favarotta wieder zurück auf die Bildfläche zaubern soll. Weil sonst halt ...«

Maria hielt sich zwei Finger an den Kopf und drückte ab.

»So läuft des halt in meinem Business.«

»Aber i seh des Problem immer noch nicht«, sagte die Poldi. »Du bist doch sonst nicht so zimperlich. Zauberst den Favarotta eben wieder her, du weißt doch eh, wo er steckt.«

»Mei, theoretisch. Bloß praktisch ist er wirklich von der Bildfläche verschwunden. I weiß, dass er seinen Flug nach Argentinien nie angetreten hat. Und auch sonst sind meine Nachforschungen im Sande verlaufen. Und des ist dann schon ein bisserl blöd.«

Die Poldi dachte nach.

»Also noch mal: Du hast Favarottas spurloses Verschwinden organisiert. Aber dann ist er wirklich verschwunden, und auch du hast keine Ahnung, wo er steckt.«

»Saublöd, i weiß.«

»Dann kann er nur tot sein.«

»Ja mei. Aber für diese Leute müsst i des zumindest nachweisen. Und dieser Favarotta, der wirkt zwar, als ob er auf der Brennsuppn daherg'schwommen ist, aber des ist ein ganz ein Ausg'fuchster. Dem würd i zutrauen, dass er noch lebt. Aber falls er noch lebt, der Saubatzi, dann steckt er immer noch irgendwo in Sizilien, so viel steht fest.«

»Und i soll dir jetzt helfen, ihn zu finden.«

»Mei. Wie früher halt. Du deckst auf, was i versteck.«

»Und dafür hab i für immer eine Ruh von dir.«

»Über einen Besuch gelegentlich würd i mich allerdings schon freuen.«

Die Poldi hörte hinter sich ein Geräusch und drehte sich um. Der Tod schnäuzte sich ergriffen in ein nicht besonders sauberes Taschentuch. Als die Poldi ihn kopfschüttelnd ansah, machte er das Herz-Zeichen mit beiden Händen. Die Poldi stöhnte.

Maria drehte sich ebenfalls um und spähte aus dem Rückfenster. »Ist uns jemand g'folgt?«

»Sei mir nicht bös, Maria«, sagte die Poldi, »aber des kommt jetzt alles sehr überraschend.«

»I weiß«, sagte Maria geknickt. »Aber Sizilien hat mir die Augen geöffnet. Und i hätt halt gern eine letzte Chance. I glaub, die Mama und der Papa oben im Himmel würden sich so sehr freuen.«

»I hab doch selbst keinen blassen Schimmer, wo Favarotta steckt. Es fehlt des *missing link*!«

»Hast des immer noch nicht g'schnallt?«

»Was jetzt?«

»Dass du des bist. Seit du hier in Sizilien angekommen bist, dreht sich alles nur um dich. Glaubst, des war alles Zufall mit deinen Fällen? Ah, geh weiter! Du bist ein Schicksalsmagnet. Du bist die Sonne, um die alles kreist. Des hat auch der Favarotta g'spannt, der wollte ums Verrecken auf deine Hochzeit.«

»Du glaubst, er hat des alles inszeniert, um dann quietschvergnügt auf meiner Hochzeit aufzukreuzen?«

»Wundern würd's mich nicht. Bloß könnt's dann halt zu spät sein. Für mich. Also hilf mir nachert, Poldi!«

Maria nahm Poldis Hand. Die Poldi konnte sich nicht erinnern, wann sie das zum letzten Mal getan hatte. Beziehungsweise, ob überhaupt. Sanft entzog die Poldi ihr die Hand.

»I muss darüber nachdenken.«

»*Mon dieu*, hast du etwa hier draußen geschlafen?«

Es war Valéries Stimme, die mich schließlich weckte. Sie sprach Italienisch, mit diesem französischen Akzent, bei dem ich immer aufpassen musste, ihn mir nicht anzugewöhnen.

Mit einem nicht wirklich coolen Schnarchlaut schreckte ich hoch.

»Äh, was?«

Valérie stand im Gegenlicht vor mir, die Hände in die Hüfte gestemmt. Alles an ihr war wundervoll. Der prüfende, neugierige Blick. Die abgeschnittenen Jeans und ihr Tanktop. Ihre Haut, die golden glänzte, und ihre Haarsträhnen und ein bisschen Flaum auf ihren Armen, der im Gegenlicht flirrte. Einfach alles.

Sie war kleiner als Lenka und auch in keiner Weise so ätherisch wie sie. Keine Sirene. Eher ein Wesen, das gerade aus der sizilianischen Vulkanerde entstanden war, mit Wurzeln tief in der Zeit. Ein uraltes Erdwesen, das Felsen beiseiteräumen und eine Last tragen konnte, seine eigene und meine, und trotzdem noch dabei schwingen. Ein Wesen, dem ich folgen könnte, so steil und schwierig der Weg auch wäre.

»Wer bist du, überirdisch schönes Geschöpf aus Honig, Milch und Blut?«

»*Mon dieu*, ob du hier geschlafen hast, hab ich gefragt!«

Ich schüttelte den Kopf.

»In der Kapelle. Wollte dich nicht wecken. Ich war früh auf und, äh, hatte ein Jungsgespräch mit dem Tod hier draußen.«

Sie runzelte die Stirn.

»*Bon*. Es gibt Kaffee. Die Poldi ist auch da.«

Sie ging zum Haus zurück.

Ich erhob mich ächzend aus dem Plastikstuhl und sah hinüber zum Haus. Totti tollte mit Oscar herum, die Poldi saß an einem Tisch unter den großen Rundbögen und winkte mir zu.

Sie trug ihren Lieblingskaftan, den weißen mit den Goldfäden, und ihre goldenen Riemchensandalen und wirkte etwa so getrennt und verzweifelt wie ein frisch gefütterter Golden-Retriever-Welpe, der mit seinen Geschwistern auf einem Frotteehandtuch herumtapste.

Ich winkte schlapp zurück, kratzte mich kurz und entdeckte das Blatt mit meiner Liste auf dem Tisch. Ein neuer Punkt war hinzugekommen.

– Massimo finden
– Fragolina

Fragolina. Erdbeere. Keine Ahnung, was das bedeutete, aber es war meine Handschrift, kein Zweifel. Unschlüssig faltete ich das Blatt zusammen und schlurfte los, um den Meteoriten zu suchen.

Normalerweise finde ich noch nicht mal meinen Schlüssel wieder, wenn er mir vor die Füße gefallen ist, aber nach einigem Hin und Her entdeckte ich eine kleine

Lücke im Gras. Ein bisschen Erde lag frei, viel weniger, als ich erwartet hatte. Mit den Fingern pulte ich einen walnussgroßen Stein aus der lockeren Erde. Schwarz und glänzend, ein bisschen platt wie ein Kiesel, aber porös wie ein Lavabrocken. Er konnte genauso gut vom Ätna stammen, aber ich bildete mir ein, dass er noch ein bisschen warm war, und steckte ihn ein.

»Herrgott, siehst du fertig aus!«, rief die Poldi, als ich mich zu den beiden setzte und mir Kaffee einschenkte. »Schlimme Nacht g'habt?«

»Danke für das konstruktive Feedback. Ich hab mir ja bloß die schlimmsten Selbstvorwürfe und Sorgen gemacht, einen Deal mit dem Tod abgeschlossen und wär um ein Haar von einem Meteoriten erschlagen worden. Aber ansonsten alles paletti. Und selbst so?«

»I fühl' mich großartig. Quasi Wiedergeburt.«

»*Mon dieu*, könnt ihr bitte italienisch sprechen?«

Ich hatte nicht genug Elan für eine geistreiche Antwort.

Ich packte so viel Zucker in meinen Espresso, bis die Tasse überlief und rührte um. Ziemliche Sauerei. *Voll das Symbolbild*, dachte ich beim Umrühren. Ich so der bittere lauwarme Espresso, die Poldi so der Zucker und immer zu viel und anschließend Sauerei und alles, aber trotzdem eine Offenbarung.

»Habt ihr euch getrennt?«, fragte ich.

»Gell, wieso jetzt des?«

Ich zuckte mit den Schultern. »Sag du's mir.«

Die Poldi holte Luft und legte dann los. »Im Gegensatz zu deiner Generation von verhätschelten Einhörnern ohne Frustrationstoleranz sind der Vito und i aus anderem Holz g'schnitzt. Wir können noch konstruktiv an Beziehungen arbeiten und werfen nicht gleich beim ersten Stresstest greinend die Butterbrezn hin, um uns dann sofort beim nächstbesten Dating-Portal anzumelden.«

Ich trank in aller Seelenruhe meinen Espresso. Ich kann nämlich auch cool sein.

»Wir hatten ein sehr gutes und offenes Gespräch, der Vito und i«, fuhr die Poldi fort. »Sehr reinigend und ganz ruhig und vernünftig. Mei, gut, vielleicht sind wir beide zwischendurch ein bisserl emotional und eventuell auch ein bisserl unsachlich g'worden. Und ganz vielleicht hab i zwischendurch ein bisserl weinen und Dinge nach ihm werfen müssen. Aber am Ende, weißt, sind wir beide erwachsene Menschen. Und was tut ein erwachsenes Paar nach einer zünftigen Aussprache?«

Ich ahnte es.

»Es hat hemmungslosen Versöhnungssex.« Die Poldi sah Valérie und mich an und wiederholte es auf Italienisch. »*Sesso sfrenato di riconciliazione.*«

»*Mon dieu!*«

»Hatte Montana denn nun eine Affäre oder nicht?«, hakte ich nach.

»Des geht dich nichts an.«

»Eh, Moment mal. Das geht mich vielleicht sehr wohl was an? Vielleicht bin ich hier immer noch der Chron...«

»I hab's dem Vito versprechen müssen. So viel nur: I bin nimmer blockiert.« Sie zwinkerte mir zu. »Sexuell, verstehst schon, gell. I mein, der Mann ist halt Kriminalkommissar und Sizilianer, sprich, sexueller Flächenbrand. Der weiß halt, wie man einen vorübergehend erloschenen Vulkan wieder entfacht.« Sie strich mir mit einer Hand über die Wange. »Aber danke, Bub, dass du mit dem Vito g'sprochen hast. Er hat g'sagt, dass ihr ein sehr gutes Männergespräch geführt habt. Und dass ihm des die Augen geöffnet hat.«

»Oh. Echt?«

»Du, was hast da vorhin g'sagt mit dem Tod und dem Meteorit?«

Ganz cool und *hard boiled* legte ich den kleinen Stein auf den Tisch.

»Dein käsig riechender Freund war hier und hat mir von deinem Treffen mit Maria erzählt.«

Die Poldi sah mich besorgt an. »Des hab *i* dir erzählt. Gestern, kurz bevor der Vito heimkam.«

»Nein, hast du nicht.«

»Geh, freilich. Todsicher sozusagen.«

Ich schüttelte den Kopf. »Todsicher nicht. Würde ich mich doch dran erinnern.«

»War vielleicht alles ein bisserl viel für dich, gestern. Emotional und intellektuell.«

»Hör mal, Poldi, ich bin nicht plemplem, okay? Ich weiß genau, dass du mir gestern nicht von deinem Gespräch mit Maria erzählt hast.«

»Dann hast des halt verdrängt. Des nennt man Unterbewusstsein. Und weißt, des mit dem Tod – vielleicht nimmst in Zukunft nicht alles wörtlich, was i dir erzähl. I mein, bei deiner überreizten Fantasie.«

Ich deutete auf den kleinen Stein auf dem Tisch.

»Und das? Dieser Meteorit hätte mich heute früh fast erschlagen. Aber weil ich dem Tod etwas versprochen habe, hat er in letzter Sekunde noch was gedreht.«

Die Poldi und Valérie wechselten einen Blick. Valérie nahm den Stein und sah ihn sich an.

»Das ist Lava. So was kommt hier ständig runter.«

Nervös entfaltete ich das Blatt mit der Liste, legte es auf den Tisch und tippte auf das Wort »*Fragolina*«.

»Und das? Als ich vorhin aufgewacht bin, stand das plötzlich da.«

»Des ist doch deine Sauklaue.«

»Aber schon seltsam, oder?«

Die beiden sahen mich besorgt an, als ob ich Fieber hätte.

»Findet ihr etwa nicht?«

Valérie und die Poldi schüttelten die Köpfe.

Ich gab auf. Ehrlich gesagt, glaubte ich selbst nicht mehr daran, dass ich kurz vor Sonnenaufgang mit dem Tod gesprochen hatte. Ich fragte mich nur, ob auch unser Deal damit obsolet geworden war. *Aber vielleicht besser, nichts zu riskieren*, dachte ich. *Man weiß ja nie.*

»*Fragolina*«, sagte die Poldi. »Klingelt da bei dir irgendwas?«

Aber am Ende bin ich nur die süße fragolina, *mit der sie ficken und vor ihren Kumpels angeben wollen.*

»Lenka hat damals im Auto so was gesagt«, sagte ich vage.

»Du kanntest sie?«, fragte Valérie scharf. »Wieso im Auto?«

Ich hatte es befürchtet.

»Ich erklär's dir später, ja?«

Sie knallte ihre Espressotasse auf den Tisch.

»*Mon dieu*, du kannst zur Hölle fahren!«

»Sonst nichts?«, fragte die Poldi unbeeindruckt.

Ich schüttelte matt den Kopf und sah hilflos zu, wie Valérie wütend ins Haus abrauschte.

»Denk nach!«, sagte die Poldi.

»Kann gerade nicht.«

Die Poldi zog ihr Handy heraus, tippte darauf herum und reichte es mir dann.

Ich sah ein Musikvideo auf einer Video-Plattform. Die Sängerin hieß Fragolina, der Song hieß *Xanadu*, und der Refrain ging etwa so:

> *I can bring you peace,*
> *I can set you free.*
> *Follow my ecstasy.*
> *Uhhh, uhhh, uhhh,*
> *Follow my ecstasy,*
> *follow me to Xanadu!*
> *Xanadu, Xanadu!*
> *My love will heal you*
> *in Xanadu!*

Ziemlich eklektisch. Um nicht zu sagen, billigster, abgedroschenster Schrott zu synthetischem Pop aus der Loop-Sammlung einer Musik-App.

In dem bombastisch aufgemotzten Video wanderte die sehr spärlich bekleidete Sängerin Fragolina einigermaßen verloren in einer trostlosen Seelandschaft herum und beklagte den allgemeinen Zustand der Welt. Krieg, Hass, Ignoranz, das Übliche. Zwischendurch harte Schnitte in eine dystopische Wüstenlandschaft, wo offenbar Krieg herrschte. Es gab viele Explosionen, Panzer rollten durchs Bild, Soldaten ballerten auf frisch gelandete Aliens. Ringsum überall verstümmelte Leichen. Dort wanderte Fragolina schon wieder verloren herum. Bis sie schließlich einen verschwitzten und verzweifelten Soldaten – Typ altes Frontschwein – traf, den sie erst zärtlich, dann leidenschaftlich küsste. Darauf folgte eine heiße Liebesszene mit viel Haut, sehr viel Haut, woraufhin der Krieg endete und man die beiden schließlich friedlich schlafend in einem Bett an einem idyllischen See sehen konnte.

Es war das schlimmste Musikvideo, das ich je gesehen hatte. Und es war genau das Musikvideo, von dem Favarotta der Poldi bei ihrer ersten Begegnung stolz erzählt hatte.

Der Soldat war Favarotta. Die Sängerin war Lenka.

Ihre Stimme war nicht die größte, freundlich ausgedrückt, aber ich erinnerte mich jetzt wieder, dass sie diesen Song auch auf unserer nächtlichen Fahrt nach Catania gesungen hatte.

»Ach du Kacke«, ächzte ich.

»Schau, des nennt man Unterbewusstsein. Gut g'macht, Bub. Herrgott, i könnt mich links und rechts ohrfeigen, dass i des nicht früher g'schnallt hab.«

»Was denn?«

Ohne mir zu antworten, griff die Poldi zum Telefon.

»Wir haben eine Spur. Hol mich ab«, sagte sie nur und legte gleich wieder auf. Zu mir sagte sie: »Na los, zieh dich an. Wir müssen los.«

»Äh … Wohin?«

Die Poldi rollte mit den Augen und scheuchte mich ins Haus.

Als ich an der Küche vorbeikam, hörte ich Valérie wütend klappern. Ich zögerte kurz, wagte mich aber bis an den Türrahmen.

»Da war nichts«, klaubte ich mein rudimentäres Französisch zusammen. »Ehrlich. Hey, ich erklär's dir nachher, okay?«

Aber da musste ich bereits den Kopf einziehen, weil

sie eine Untertasse nach mir warf. Schon das zweite tödliche Flugobjekt an diesem Morgen, das mich nur haarscharf verfehlte. Ich trollte mich und überlegte, ob ich den Tag nicht vielleicht besser im Bett verbringen sollte. Von wegen aller guten Dinge sind drei und so. Ich ahnte ja nicht, wie richtig ich damit lag.

Aber wie das eben ist, wenn einen das Jagdfieber packt – da hält einen nichts mehr. Ich zog mich also brav an, bereit, diesen Fall zusammen mit der Poldi ruckzuck aufzuklären und Valérie danach alles zu erklären. Inklusive anschließendem *sesso sfrenato di riconciliazione*.

Ich gebe zu, ich freute mich sogar darauf, mit der Poldi und Montana zusammen loszuziehen. Nicht mehr nur als fünftes Rad am Wagen, sondern als vollwertiges Mitglied im Team Poldi.

Als ich kurz darauf – aufgeräumt, mit einer kleinen Umhängetasche mit meinem Notizbuch und schon viel besser gelaunt – aus dem Haus trat, stand jedoch nicht Montanas Alfa, sondern ein schwarzer Mini auf dem Hof.

Die Poldi und Maria lehnten an der Motorhaube wie so zwei in die Jahre gekommene Rapper-Bitchez, die noch mal das Plattencover von damals nachstellen wollten. Aus dem hinteren Seitenfenster lugte Totti heraus und bellte mir gut gelaunt entgegen.

Maria trug einen schwarzen Jumpsuit mit Leoparden-Print und eine schwarze Lederjacke. Beide Schwestern hatten Sonnenbrillen auf.

Ich erstarrte. Vielleicht verständlich, wenn man sich daran erinnert, dass Maria uns alle hatte killen wollen.

»Nee!«, sagte ich. »Könnt ihr knicken.«

»Macht der immer so ein G'schiss?«, fragte Maria die Poldi.

Die Poldi seufzte nur und rief mir zu: »Jetzt steh halt nicht so deppert herum, wir müssen los!«

Ich trat vorsichtig näher.

»Hallo Maria«, sagte ich tapfer aus sicherer Distanz, Kloß im Hals.

»Für dich immer noch *Tante* Maria!«, blaffte mich Maria an und stieg ins Auto.

Die Poldi hob die Arme und hielt mir die Beifahrertür auf, damit ich auf die Rückbank zu Totti klettern konnte.

»Hast du dir das auch gut überlegt?«, fragte ich sie.

»Mei. Du wirst schon auf mich aufpassen, gell?«

»Und wohin fahren wir nun?«

»Herrgott, bist du vernagelt! Nach Xanadu halt.«

Meine Eltern waren sehr umsichtige und defensive Autofahrer, dennoch ist mir bei langen Autofahrten auf dem Rücksitz früher immer schlecht geworden. Jeden Sommer – wenn es nach Sizilien in die Ferien ging, wenn mein Vater uns mit blendender Laune um drei Uhr morgens weckte, meine Mutter, meine beiden Geschwister und mich in seinen Subaru packte, den Kofferraum wie ein Tetris-Weltmeister bis zum letzten Zentimeter genutzt – war mir dreißig Stunden lang schlecht. Nichts half. Ich würgte und kotzte die ganze Fahrt über. Meine Geschwister hätten mich am liebsten auf der ersten Raststätte – hoppala – unauffällig vergessen. Meine Eltern überlegten laut, ob man mich nicht irgendwie stark sedieren oder auf den Dachgepäckträger binden könne. Stattdessen haben sie mich jedoch irgendwann vorne mitfahren lassen und dafür liebe ich sie bis heute.

Sobald ich selbst fahre oder vorne sitze, ist alles prima. Hinten jedoch werde ich zu einem würgenden Häufchen aus komplexen Eiweißverbindungen und Elend. Nichts zu machen.

Die Poldi hat ja schon einen sehr, ich sag mal, individuellen Fahrstil, aber Maria fuhr wie eine Wahnsinnige. Wie eine apokalyptische Reiterin, die spät dran ist für Armageddon. Obwohl ich angeschnallt war und mich krampfhaft an der Tür festkrallte, wurde ich auf dem Rücksitz hin und her, nach vorne und wieder zurück geschleudert.

Während sie fuhr, trank Maria Cola aus einer Dose und mampfte unentwegt Kartoffelchips aus kleinen Tütchen. Und das in Sizilien, dem Land der köstlichsten Köstlichkeiten.

Der Geruch machte mich fertig. Ich umklammerte Totti, der herzergreifend wimmerte und furzte, schloss mit meinem Leben ab und versuchte, gegen den Würgereiz anzuatmen.

»Gell, Bürscherl, wenn du mir ins Auto kotzt, dann schneid i dich in Streifen!«, ranzte mich Maria an. »Hast mich?«

»Mmmmmmmm«, wimmerte ich.

Die Poldi reichte mir einen Zipperbeutel aus ihrer Handtasche. Keine Sekunde zu früh.

Als wir auf die Autobahn Richtung Catania und Siracusa fuhren, versuchte Maria dann, die Schallmauer zu durchbrechen und prügelte den Mini im Zickzack durch den morgendlichen Verkehr.

Ich wimmerte um Gnade.

Maria ignorierte mich.

Erst, als die Poldi sie ermahnte, dass es wenig hilfreich sei, in eine Polizeikontrolle zu geraten, ging sie unwirsch vom Gas.

Ich atmete auf.

»Okay ... Also, was ist der Plan?«, ächzte ich, als ich mich ein wenig gefangen hatte.

Maria stöhnte genervt. Die Poldi drückte einen Anruf auf ihrem Handy weg und wandte sich zu mir um.

»Mei. Wir finden Favarotta und klären den Mord an Lenka Melnik auf.«

»Und dann g'hört er mir«, mischte sich Maria ein.

»Nein, des haben wir anders besprochen.«

»Er g'hört mir und damit *basta*.«

»Maria, jetzt werd nicht wieder starrsinnig.«

»Mir g'hört er.«

»Weiß Montana eigentlich davon?«, fragte ich.

»Du gehst mir langsam auf die Nerven«, zischte Maria.

»Mei, Bub«, sagte die Poldi, »des kannst dir doch vielleicht denken, dass des ein kleines bisserl kompliziert wäre, gell? Dem Vito zu erklären, dass i da mit der Maria unterwegs bin. Weil, die würde er doch umgehend verhaften, verstehst? I hab ihm g'sagt, dass i mit dir reden muss.«

»Aha. Also bin ich doch nur wieder ein Alibi und kein vollwertiges Teammitglied.«

Maria öffnete die nächste Cola-Dose mit einer Hand.

»Hast dich vielleicht schon mal im Spiegel ang'schaut? Des würde die Frage nämlich beantworten.«

»Sehr witzig, Tante Maria«, platzte es aus mir heraus. »Sagt genau die Richtige. Eine schwerkriminelle Psychopathin, die sich aber lieber als Opfer inszeniert. Mimimi, meine Kindheit war so schwer, und die Chips waren alle, buhuhu, da musste ich eben alles anzünden und allen das Leben versauen.«

Ehrlich, ich weiß nicht, was mich da ritt. Vielleicht

hatte ich zufällig meinen Verstand mit ausgewürgt. Aber irgendwie kam ich in einen *flow*.

»Schon mal darüber nachgedacht, warum dich niemand leiden kann, Tante Maria? Schon mal dran gedacht, dass du einfach nur ein einsamer, durchgeknallter, alter Kotzbrocken sein könntest?«

Die Poldi sah mich an, als wäre ich meschugge geworden. Stimmte ja vermutlich auch. Vielleicht ist Wahnsinn ansteckend, und durch die räumliche Nähe zu Maria hatte ich mir was eingefangen.

Ich sah, wie Maria zum Handschuhfach griff. Die Poldi fing ihre Hand ab und führte sie zurück ans Lenkrad.

»Sag ihm, dass er sein dreckig's Schandmaul halten soll«, zischte Maria. »Oder i leg ihn um. Gleich hier im Wagen. Scheiß auf Familie, scheiß auf die Sauerei, i leg ihn um.«

»Kotzbrocken!«, rief ich. »Wird man ja wohl noch sagen dürfen. So ein schönes Wort. Habt ihr gewusst, dass alle Worte mit ›K‹ komisch sind? Kkkkotz...«

Ich würgte wieder in den Beutel. Damit war der Bann gebrochen, mein Verstand setzte wieder ein.

»Des reicht, i leg ihn um.«

Maria griff wieder zum Handschuhfach, aber die Poldi hielt es mit aller Macht zu.

»Du, Bub!«, sagte sie mit größter Selbstbeherrschung. »Magst mir vielleicht einen Gefallen tun?«

»Klaro. Was denn?«

»Bist so gut und hältst die Klappe? Des ist hier nämlich auch nicht ganz einfach für mich, verstehst?«

»Okay.«

Ich schloss die Augen und konzentrierte mich aufs Atmen. Eine Weile ging das gut. Trotz Cola und Kartoffelchips. Aber als Maria von der Autobahn abbog, brach meine Neugier wieder durch. Außerdem half mir das Reden gegen die Übelkeit.

»Und wo liegt jetzt Xanadu?«

»Am Lago Dirillo«, erklärte die Poldi. »Zwischen Caltagirone und Ragusa. Da, wo Favarotta sein neues Outlet bauen wollte.«

»Was macht dich so sicher, dass er dort ist?«

»Gar nix. Reine Intuition. I hab des erst g'schnallt, als i ›Fragolina‹ g'lesen hab. Mei, war i blockiert.« Sie stieß Maria an. »Aber du fei auch, gell!«

Maria gab nur einen Grunzlaut von sich.

»I mein«, fuhr die Poldi fort und schlug sich leicht vor die Stirn, »dieses ›Xanadu‹, des hängt sogar als Deckenfresco im *salotto*! Des ist sein Baby, vielleicht sogar sein Lebenswerk. Wo kann er sonst noch hin, falls er noch in Sizilien ist?«

Fand ich so ein bisschen weit hergeholt. Aber an dieser Stelle musste ich dann wieder in den Beutel würgen.

»Und was habt ihr vor, wenn er wirklich dort sein sollte?«

»Dann g'hört er mir«, sagte Maria grimmig und gab wieder Gas, und ich musste wieder würgen.

Daraufhin entspann sich zwischen den Schwestern eine hitzige Diskussion über die Vorgehensweise, an die ich mich nicht mehr in allen Einzelheiten erinnere, weil ich zu sehr mit Atmen und Würgen beschäftigt war.

Als wir nach gut zwei Stunden Fahrt und drei weiteren Cola-Dosen und Kartoffelchips-Tütchen endlich den Lago Dirillo erreichten, streckten die beiden Schwestern ihre Glieder wie zwei ganz normale ältere Damen bei einem Ausflug. Maria rülpste, Totti sprang fröhlich aus dem Wagen und stöberte aufgeregt nach Kaninchen oder Pilzen, und ich küsste erst mal den Boden und genoss die frische Luft und das Gefühl, noch am Leben zu sein.

Und als ich mich aufrichtete, kam ich aus dem Staunen nicht mehr heraus.

11. Kapitel

Erzählt von der Schönheit Siziliens, von Tschechow, Koinzidenz, Tod und Unterzucker. Maria flucht, Totti nimmt Witterung auf, und die Poldi versucht, irgendwie die Kontrolle zu behalten. Sie reißt den Neffen zu Boden, und der Neffe findet was. Findet er bloß nicht gut. Die Poldi kriegt eine kleine Eifersuchtsattacke. Was unter anderem dazu führt, dass der Neffe vorne sitzen darf.

Sizilien ist wunderschön. Glaubt man manchmal nicht, wenn man durch trostlose Vororte, verödete Dörfer und endlose Gewerbegebiete fährt. Wenn man den Müll sieht, der sich in Palermo in bestimmten Stadtteilen bis in die erste Etage türmt. Wenn man an Raffinerien und Zementfabriken entlangfährt, die ganze Landstriche mit Gestank und Staub verpesten.

Aber nur wenige Kilometer links und rechts davon liegt das Land. Rau und lieblich, karg und fruchtbar, schroff und sanft, uralt und wie gerade erst entstanden. Das Auge weiß nicht, wo es mit Schauen ansetzen soll, immer ist alles zu viel und zu groß, um es mit einem Blick zu erfassen. Deswegen zieht dann die Seele los, als hätte das Land sie gerufen, um sich zwischen bizarren Felsformationen zu verirren, durch ausgewaschene

Schluchten zu flitzen oder mit der Mittagshitze über endlosen, sanft gewellten Weizenfeldern zu flirren. Und irgendwo, nie ganz weit weg, liegt immer das Meer, man kann es fast riechen. Oder eben ein kristallblauer See, von Fichten, Eukalyptus und dichter Macchia umstanden.

Der Lago Dirillo lag im Mittagslicht vor mir wie ein glitzerndes, lang gestrecktes Juwel. Ein mittelgroßer Stausee aus den Fünfzigerjahren, in einer Senke mitten im Süden des Landes, abseits der großen Verbindungsstraßen. Dennoch wirkte er, als wäre er mit der Landschaft ringsum natürlich verbunden. Zur einen Seite erhob sich ein kleiner bewaldeter Felsrücken, zur anderen Seite senkte sich eine Art Heidelandschaft sanft bis zum Ufer ab und bildete dort kleine, sandige Buchten. Den rostigen Schildern auf dem holprigen Zufahrtsweg nach zu urteilen, gab es eine offizielle Badestelle, aber von unserem Standort oberhalb des Sees konnte ich keine Menschen am Ufer entdecken.

Die Poldi und Maria sahen sich ebenfalls um, aber viel weniger ergriffen von der bescheidenen Schönheit des Ortes. Sie suchten die Gegend rings um das Ufer nach Hinweisen auf Favarotta ab.

Es war warm. Sehr warm. Ich hätte nicht übel Lust auf ein Bad im See gehabt.

»Da kannst sehen, wie blockiert i war«, sagte die Poldi hinter mir. »Der Vito hat g'sagt, dass Lenka Süßwasser in der Lunge hatte. Vielleicht ist sie ja hier im See ertränkt worden.«

Da verging mir dann die Lust auf einen *tuffo* in den See.

Die Poldi öffnete ungerührt eine Plastiktüte, die sie in ihrer Handtasche mitgebracht hatte, zog ein bedrucktes T-Shirt hervor und ließ Totti daran schnuppern.

»Ja, fein, Totti! Jafeinifeinifeini! Schön schnuppi-schnuppi, gell!«

»Was ist denn das?«, wollte ich wissen.

»Ein T-Shirt von Favarotta«, erklärte die Poldi. »Ungewaschen. Fein, machst du des, Totti! Merk dir, wie des riecht!«

Totti ist ja ein ausgebildeter Pilzsuchhund, daher schien er nicht recht zu wissen, was er mit dem verschwitzten T-Shirt anfangen sollte. Er biss hinein und zerrte daran, weil er es vielleicht für ein Spiel hielt. Oder für etwas, das man sich anstelle eines Kaninchens um die Ohren schütteln konnte. Aber die Poldi hielt ihm das Kleidungsstück immer wieder unter die Nase.

Maria öffnete die Beifahrertür. Als ich mich zu ihr umdrehte, sah ich, dass sie eine halb automatische Pistole aus dem Handschuhfach zog, durchlud, sicherte und sich dann hinten in den Gürtel ihres Jumpsuits steckte. Und noch zwei Magazine.

Schlagartig wurde mir wieder flau.

»Eh, Moment mal!«, ächzte ich.

»Halt die Goschen!«, fuhr mich Maria an.

Die Poldi gab mir mit einem Blick zu verstehen, sie habe alles im Griff.

Bloß: Wer glaubt das noch, wenn eine Waffe erst mal ins Spiel gebracht wurde? Ich musste an den Rat von Tschechow denken, den er einem jungen Schriftsteller angeblich mal gegeben hatte: »Wenn im ersten Akt ein Gewehr an der Wand hängt, dann wird es im letzten Akt abgefeuert.« Hatte uns ein Drehbuchautor in einem

Seminar über Kreatives Schreiben an der Uni mal erzählt. Hatte ich bislang eher metaphorisch verstanden, aber nun schwante mir, dass das für echte Waffen in der Wirklichkeit womöglich auch gelten könnte.

»Des war anders besprochen, Maria«, sagte die Poldi ganz ruhig. »Keine Waffen, haben wir g'sagt.«

»Ah geh!«, rief Maria. »Des ist nur pro forma, sonst fühl i mich nackert. I versprech, dass i niemand umleg ... Außer den da!« Sie zeigte auf mich und knallte die Tür zu.

Ich zuckte zusammen und sah mich um, ob der Tod nicht zufällig irgendwo herumlungerte. Aber es war nur Totti, der es nicht erwarten konnte, mit uns loszuziehen.

»Ganz ruhig, Bub«, mahnte mich die Poldi. »I hab alles im Griff.«

Sie stopfte das T-Shirt zurück in die Plastiktüte.

»Und jetzt such, Totti! Such!«

Das immerhin verstand Totti. Wie abgefeuert schoss er zum See los.

Maria verpasste mir einen Klaps auf den Hinterkopf.

»Na los, beweg dich, du Depp!«

»Aua! Eh, das hat vielleicht voll wehgetan!«

»Bub?«, rief die Poldi augenrollend und legte einen Finger auf den Mund. »Bist so gut, ja?«

Wie so eine kleine Familie auf dem Weg zum Strand stapften wir den Trampelpfad hinab zum See. Die Poldi und Maria stramm voreweg, ich dahinter wie der mürrische Teenie und Totti immer im Kreis um uns herum wie ein vergnügtes Elektron um seinen Atomkern.

Als wir das Ufer erreichten, sahen wir ein großes Schild, das Favarottas Bauvorhaben ankündigte. Darauf eine Skizze des Outlets sowie die Namen des Architekten und der Baufirma und das Logo der Provinz Catania, die dieses Projekt offenbar auch noch förderte. Der Skizze nach würde *Xanadu* sich über die Hälfte der nördlichen Uferseite erstrecken. Irgendwer hatte das Schild mit grüner Farbe übersprüht und »FORZA VERDE« darübergekrakelt.

Die Poldi machte ein Foto und sah sich um.

»Seltsam«, sagte sie zu mir. »Des schaut hier aus wie der See, den i in meinem Traum g'sehen hab.«

Aber ehe ich etwas dazu sagen konnte, scheuchte sie Totti schon wieder weiter.

»Schön suchen, Totti! Such!«

Es wurde heißer. Ich schwitzte und verfluchte mich, dass ich kein Wasser mitgenommen hatte. Der Poldi und Maria dagegen schien die Hitze nichts auszumachen. Sie stapften am Ufer entlang wie zwei Hobbits auf ihrem Weg nach Mordor.

Der See glitzerte grün und blau und schwappte träge ans sandige Ufer, als hielte er Siesta. Wir entdeckten einen Müllcontainer, zum Bersten gefüllt mit all dem Verpackungsmüll, Flaschen, kaputtem Spielzeug und Pappkartons, den Badegäste für gewöhnlich hinterlassen. Halb im Wasser stand ein rostiger Klappstuhl. An einigen Stellen Reste von Lagerfeuern.

Obwohl es erst Anfang September war, sahen wir immer noch keine Menschenseele. Als ob die Badesaison gerade abrupt beendet worden wäre. Wegen Zombieapokalypse oder so.

Holzpflöcke im Boden markierten das Baugelände von *Xanadu*. An einer Stelle war bereits ein Loch ausgehoben worden, aber es war nicht besonders groß, und an den Baggerspuren und dem Müll, der sich in der

Kuhle sammelte, sah man, dass hier aktuell nicht gebaut wurde. Überhaupt wirkte die Stelle auf uns wie viele Bauprojekte in Sizilien, die an irgendeinem Punkt aufgegeben worden waren. Aus Geldmangel, aus bürokratischen Gründen oder weil sie von Anfang an illegal gewesen waren und irgendwer schließlich erfolgreich gepetzt hatte.

Denkt man vielleicht auch nicht, aber bei den Naturparks sind die sizilianischen Behörden wirklich pingelig. Selbst wer nur einen Anbau für die erwachsenen Kinder auf seinem eigenen Grund und Boden errichten will, muss in Naturparks mehr bürokratische Hürden nehmen als Sisyphos Steigungen. Beziehungsweise kann es gleich knicken. Beziehungsweise baut illegal und riskiert bei Denunziation durch einen Neider den kompletten Abriss. Die sizilianischen Naturparks sind inzwischen echte Sanktuarien, Schutzzonen für Siziliens unvergleichliche botanische Artenvielfalt, für seine uralten Eichen und Kastanien, für die Nebrodi-Tanne, Mimosen, Orchideen, Gummibäume und Papyrus, für Insekten, den Mauergecko, die Smaragdeidechse und die Zornnatter, für all die Zugvögel, die hier Rast machen, für Geier, Luchse, Wildschweine, Feen und Trolle. Siziliens Naturparks sind magische Orte voller uralter Energiefelder, an denen Körper und Seele Kraft schöpfen können.

Auch wenn der Lago Dirillo nicht offiziell als Naturpark ausgewiesen war, lag es nahe, dass es Naturschutzbestimmungen geben musste, zumal der See ein Trinkwasserreservoir war. Irgendwie schien es Favarotta zwar gelungen zu sein, hier Land und eine Baugenehmigung zu erwerben, aber möglicherweise hatte er immer noch nicht genug Leute bestochen.

Obwohl der ganze See, das Ufer und der bewaldete Hügel und alles vor uns so idyllisch und verwunschen wirkte, kam ich mir vor wie in einem B-Movie nach dem Zeitsprung in eine dystopische Endzeit.

Ich zog meine Schuhe aus und schlurfte und patschte gedankenverloren durch das flache, kristallklare Wasser, sah zu, wie der feine Sand unter meinen Füßen aufwirbelte. Hätte ich noch lange so weitermachen können, aber ein scharfer Pfiff riss mich aus meinen Gedanken.

Poldi und Maria waren schon fast außer Sichtweite. Die Poldi pfiff durch die Finger und winkte mir. Ich zog meine Schuhe wieder an und beeilte mich.

»Herrgott, wo bleibst du denn?!«, tadelte mich die Poldi. »Totti hat eine Spur!«

Tatsächlich lief Totti aufgeregter als vorher im Zickzack herum, die Nase immer am Boden, und schien eine Witterung aufzunehmen.

Im Nu war meine Mittagslethargie verflogen.

»Ja, fein, Totti, fein! Such den Mistkerl! Such!«

Wir folgten Totti zu dem kleinen Waldrücken am anderen Ufer. Außer Bäumen und ein paar Felsen war dort zwar nichts zu erkennen, aber unbeirrt folgten wir Totti auf einem Trampelpfad den Hügel hinauf. Die Poldi und Maria kamen jetzt doch tüchtig ins Schwitzen, schnaufend und fluchend arbeiteten sie sich vorwärts. Totti wurde immer aufgeregter. Bis er uns schließlich zu einer kleinen Lichtung führte, wo halb im Schatten eine Gruppe herrlicher Steinpilze wuchs.

Stolz bellte Totti uns an.

»So ein Drecksköter!«, fluchte Maria los. »So ein bleds Mistviech, so ein verlaustes!«

Enttäuscht und außer Atem stützte sich die Poldi auf ihre Knie.

Ich kraulte Totti hinter den Ohren.

»Fein hast du das gemacht, ganz fein! Da wird sich der Onkel aber freuen. Guter Hund.«

Stolz wie Bolle verschwand Totti hinter einem Felsvorsprung. Da ich ohnehin pinkeln musste, folgte ich ihm.

»Äh ... Poldi? Maria? Könnt ihr mal gerade kommen?«

Vor mir stand eine kleine Hütte, nicht viel größer als ein Schreberhäuschen, roh, aber fachgerecht aus Natursteinen gemauert und mit einem Holzdach. Sie lag halb verborgen hinter einem Felsvorsprung, Kakteen und Büsche wucherten ringsum, deswegen hatten wir sie vom Ufer aus nicht sehen können. Es schien eine jener alten Behausungen für Landarbeiter zu sein, von denen die meisten inzwischen verfallen waren. Diese jedoch nicht. Sie wirkte zwar alt, aber ganz intakt, die Fensterläden der drei kleinen Fenster in jeder Wand standen offen. Ebenso die Holztür, auf die jemand quer »FORZA VERDE« gesprüht hatte.

Totti scharrte aufgeregt an der Schwelle.

»Jalecktsmiamarsch!«, rief die Poldi, als sie hinter dem Felsvorsprung hervorkam.

Maria griff nach ihrer Pistole.

»Lass das, hier ist keiner!«, rief ich.

Aber Maria schob mich nur kommentarlos zur Seite und drang in die Hütte ein.

»Ich hab ein ganz mieses Gefühl mit ihr«, raunte ich der Poldi zu. »Ganz, ganz mies.«

Die Poldi strich mir über die Wange und sah mich

bekümmert an. Sie wirkte erschöpft von der Wanderung in der Hitze.

»Tut mir leid, Bub. I find's auch arg schwierig, des kannst mir fei glauben. Aber was soll i machen? Und außerdem – nicht vergessen, gell –, du bist freiwillig mitgekommen.«

»Der Saubatzi war hier!«, rief Maria von drinnen.

Die Hütte bot innen gerade genug Platz für ein Bett, einen Tisch, einen kleinen Holzofen, eine Kochstelle mit Gaskocher, ein Regal und einen Schrank. Eine Toilette gab es nicht, Strom ebenfalls nicht, das Wasser kam aus einer Plastikzisterne hinter dem Haus, wo auch ein Klohäuschen stand.

Die Hütte war durchsucht worden. Die Matratze lag aufgeschlitzt auf dem Boden, ebenso lagen dort Kleidungsstücke, eine leere Bierflasche und ein Teller mit Resten von Tomatensoße.

Bei den Kleidungsstücken schlug Totti lebhaft an.

Der kleine Schrank unter der Kochstelle stand offen, Eimer, Putzmittel, Konserven, Spaghetti und andere verpackte Nahrungsmittel aus dem Supermarkt lagen davor auf dem Boden. Genauso wie die Bücher, die zuvor in dem einzigen Regal gestanden haben mussten. Nicht irgendwelche Bücher, sondern uralte, ledergebundene Folianten über Alchemie, Astrologie und Hermetik. Einige der Bücher mussten mehrere Hundert Jahre alt sein, schätzte ich. Die Hütte war eine Goldgrube für einen Antiquar.

Einem ehrfürchtigen Impuls folgend, nahm ich einige davon in die Hand und stellte sie zurück ins Regal.

»Nichts anfassen!«, mahnte mich die Poldi.

»'tschuldigung.«

Maria verließ die Hütte wortlos.

Die Poldi sah sich um mit ihrem Scannerblick, dem nichts entgeht.

»Irgendjemand hat hier was g'sucht, ist aber nicht richtig fertig g'worden«, vermutete sie.

Maria kam zurück, in der Hand ein paar Hundert-Euro-Scheine.

»Schaut mal, was i da im Gebüsch g'funden hab!«

Die Poldi nickte. »Ja, des hab i mir schon gedacht.«

Ich sah, wie Maria die Hunderter einsteckte.

»Eh!«

»Halt die Goschen!«, fuhr sie mich an. »Hinterm Haus gibt's einen kleinen Forstweg, der von der anderen Seite des Hügels hinaufführt. Da sind auch Reifenspuren.«

»Also denkt ihr, dass Favarotta hier war?«, fragte ich.

Die Poldi deutete auf die Kleidungsstücke, auf die Totti reagiert hatte, und ein paar verstreute blaue Pillen und zerdrückte Limonadendosen eines Energydrinks namens »Taifun« auf dem Boden.

»I bin ganz sicher.« Sie tippte mit dem Finger in die Reste von Tomatensugo auf dem Teller. »Und zwar noch vor Kurzem.«

»Hat Silvia Favarotta diese Hütte denn gar nicht erwähnt?«, fragte ich. »Sie muss doch von ihr gewusst haben.«

Die Poldi schüttelte nachdenklich den Kopf.

Sie sah sich erneut in der Hütte um, schnupperte in alle Ecken und berührte den Holzofen.

»Favarotta war hier. Irgendjemand muss ihn hier oben versorgt haben. Aber dann hat er sich nicht mehr sicher g'fühlt und ist verduftet.«

Maria stemmte die Arme in die Hüfte und wackelte mit dem Kopf wie der Dorfrichter im Laientheater. »Und was, bittschön, macht dich da nachert so sicher?«

Die Poldi trat wieder an den Holzofen.

»Fühl mal«, sagte sie zu mir.

Ich berührte den Ofen. Er war noch ein bisschen warm. Ich starrte die Poldi an und sah zu, wie sie die Klappe öffnete und den verkohlten Inhalt mit einem Schürhaken rausschaufelte. In der Asche erkannte ich verkohlte Papierfetzen, geschmolzene Plastikteile und eine kleine Platine.

»Wow!«, rief ich aus.

»Hier sind vor ganz Kurzem Papiere und ein Handy verbrannt worden«, erklärte die Poldi nach einer kurzen Inspektion. »Und des macht man schließlich nicht, wenn man sich sicher fühlt an einem Ort, oder?«

Sie sah mich an.

Ich trat einen Schritt vom Fenster weg.

»Äh ... Sag mal, meinst damit ... dass *wir* ... hier eventuell ... auch nicht sicher sind?«

Und wie zur Antwort: *Bäng*!

Die Fensterscheibe zersplitterte, genau dort, wo ich gerade noch gestanden hatte. Ich hörte ein scharfes Pfeifen dicht an meinem Ohr, und das war dann schließlich das dritte Flugobjekt an diesem Tag, das mich knapp verfehlte.

»Runter!«, hörte ich Maria brüllen. »Alle auf den Boden!«

Im nächsten Augenblick riss mich die Poldi mit ihrem ganzen Gewicht von den Füßen wie so ein *halfback* beim Rugby. Totti verkroch sich unter den Tisch und plierte uns verstört an.

Bäng!

Eines der alten Bücher, die ich ins Regal zurückgestellt hatte, fiel getroffen zu Boden.

Bäng!

Die Schüsse kamen in regelmäßigen Abständen. Als ob der Schütze jedes Mal nachladen müsste. Oder ordentlich zielte. In jedem Fall schien er es nicht besonders eilig zu haben.

»Bleibt unten!«, zischte Maria.

Sie entsicherte ihre Pistole, robbte an die Tür, spähte hinaus und feuerte dann zurück.

Bamm, bamm, bamm!

Bäng!

Im Türrahmen splitterte Holz, Maria duckte sich weg.

Die Poldi wirkte zwar ein wenig angespannt, war ansonsten aber die Ruhe selbst. Totti robbte sich flach über den Boden zu uns herüber. Ich dagegen ...

»Ist er da?« Ich sah mich panisch in der Hütte um. »Kannst du ihn sehen, Poldi?«

»Gell, wen meinst jetzt?«

»Den Tod natürlich! Ist er hier irgendwo? War's das?«

»Beruhig dich! Schön atmen und die Klappe halten!«

Bäng!

»Kannst was sehen?«, rief die Poldi ihrer Schwester zu.

Maria schüttelte den Kopf. Sie wirkte ebenfalls nicht sonderlich aufgeregt.

»Naaa. Die oide Oarschkrampn versteckt sich da irgendwo. Aber weit kann er nicht sein.«

Sie feuerte wieder: *Bamm, bamm, bamm!*

Prompt kam die Antwort: *Bäng!*

Die Poldi zog ihren Schminkspiegel aus der Handtasche.

Ich fasste es nicht.

»Du willst dir doch jetzt nicht etwa ...«

»Schschsch!«

Statt sich die Lippen nachzuziehen, hielt die Poldi den Spiegel ein wenig in die Höhe über den Fensterrand und drehte ihn hin und her.

Bäng!

Erneut durchschlug eine Kugel das Fenster. Ich schrie auf. Totti ließ vor Angst einen fahren. Die Poldi zog ihre Hand zurück.

»Drei Uhr!«, rief sie Maria zu. »Kleinen Tick oberhalb von uns.«

Maria drehte sich ein wenig nach rechts und feuerte in die angegebene Richtung.

Bamm, bamm, bamm!

Ich sah, wie sie seelenruhig das Magazin wechselte und dann aus der Hütte trat.

Bamm, bamm!

Bäng!

Dann Stille.

Angespannt warteten die Poldi und ich ab. Die Poldi wirkte ein bisschen blass um die Nase.

Schritte näherten sich der Hütte.

Ich hatte ein ganz mieses Gefühl und wartete darauf, dass der Film losgehen würde. Also der Film des eigenen Lebens, der in Sekunden am inneren Auge vorbeizieht, kennt man ja. Ehe der innere Projektor jedoch anspringen konnte, fiel ein unheimlicher Schatten durch den Türrahmen, und Totti kam wieder auf die Beine und schüttelte sich ausgiebig.

»Weg ist sie, die Oarschkrampn«, rief Maria zufrieden. »Aber i hab seinen Standort entdeckt.«

Sie führte uns zu einer Stelle, nicht weit von der Hütte entfernt. Die Stelle war gut getarnt, die Hütte von hier gut zu erkennen.

Maria deutete auf den felsigen Untergrund und die umliegenden Büsche.

»Da hinten sind auch Fußspuren. Der Kerl hat sich aus dem Staub g'macht.«

»Hast du ihn erkannt, Tante Maria?«

»Glaub mir, du Penner«, fuhr sie mich an, »wenn i ihn erkannt hätte, nachert hätt i ihn auch erwischt. Darauf kannst einen lassen.«

Mir lag eine patzige Antwort auf der Zunge. Aber ich besann mich auf meine Rolle als deeskalierender Ruhepol, als Stimme der Vernunft, als Grafitstab im Kernreaktor, seufzte nur bedeutungsvoll und wandte mich zur Poldi um.

Die Poldi hatte etwas entdeckt und ging ächzend in die Knie. Sie sammelte eine Patronenhülse vom Boden auf und zeigte sie Maria.

»Was meinst?«

»Jagdmunition.«

Die Poldi sah sich um. »Die hier hat er in der Eile nicht g'funden. Aber die anderen hat er schön eing'sammelt. Kein Depp, unser Jäger aus Kurpfalz.«

Ohne ein weiteres Wort und ohne mich weiter zu beachten, begannen die beiden, das Gelände abzusuchen.

Ich hatte schrecklichen Durst.

»Eh, hört mal«, rief ich. »Sollten wir nicht vielleicht ... Ich meine, was, wenn der Typ zurückkommt?«

Sie ignorierten mich. So langsam nahm ich es persönlich.

»Wisst ihr was?«, rief ich ihnen gereizt und vielleicht

auch ein kleines bisschen eifersüchtig nach. »Ihr geht mir ganz schön auf die Nerven im Doppelpack!«

Beleidigt schlurfte ich mit Totti zurück zur Hütte. Und da die überstandene Lebensgefahr inzwischen eine zutiefst menschliche Regung bei mir auslöste, trat ich an das hölzerne Plumpsklo und öffnete die Tür.

Es war besetzt.

»Poldi? Kannst du mal bitte kommen? ... Schnell?«

Vor mir kauerte ein junger Mann, regungslos, wie in sich zusammengesunken. Er war vollständig bekleidet und sah aus, als wäre er nur kurz eingenickt.

Es war der erste Tote, den ich in meinem Leben sah.

»Lecktsmiamarsch!«, stieß die Poldi hervor, als sie das Plumpsklo erreichte.

Sie schob mich ein Stück beiseite, fühlte dem Mann den Puls und beugte sich dann über ihn.

»Er hat ihm einfach in den Rücken g'schossen.«

»Wer?«, presste ich hervor, immer noch schockiert.

»Unser Jäger aus Kurpfalz. Und dann hat er ihn hier einfach so abgelegt. Auf dem Klo.«

Sie rang um Fassung. Kauerte sich vor den Toten und nahm seine Hand.

Diese spontane, persönliche Geste überraschte mich.

»Mei, mei, mei«, sprach die Poldi den Toten bedrückt an. »Warum bloß hast nicht mit mir geredet?«

»Kennst du ihn?«, fragte ich.

Die Poldi wandte sich zu mir um. Ihre Augen waren gerötet.

»Des ist Samir.«

Sie wollte sich aufrichten, kam aber nicht mehr hoch. Als würde ihr auf einmal alle Kraft fehlen.

»Hilfst deiner Tante mal auf, Bub?«

Ich löste mich aus meiner Starre und half ihr auf die Beine. Die Poldi sah mich an.

»Favarotta?«, fragte ich.

»Mei. Warum sollte er Samir töten?«

»Vielleicht wusste er zu viel.«

Die Poldi dachte nach.

»Aber in den Rücken? Mit einem Jagdgewehr aus der Distanz? Samir hat Favarotta immer zu den Milongas g'fahren. Favarotta hat ihm also vertraut. Wahrscheinlich hat Samir ihn hier oben mit Lebensmitteln versorgt.«

Maria kam dazu, schubste mich beiseite und sah mit einem Blick, was los war.

»Ein Feigling und ein mittelmäßiger Schütze«, war ihre Analyse. »I hab keine Ahnung, wie gut Favarotta schießt, aber ein Feigling ist der Saubatzi nicht. Können wir jetzt gehen? I muss was essen.«

Die Poldi sah sich um und dachte wieder laut nach.

»Also nehmen wir an, Favarotta hat sich hier versteckt. Samir versorgt ihn gelegentlich. Wenn also Favarotta ihn nicht erschossen hat, dann wird er ja wohl zumindest dabei gewesen sein, oder?«

»Ach du Kacke!«, rief ich aus.

Wir suchten das gesamte Gelände rings um die Hütte ab. Aber auch mit Tottis Spürnase fanden wir keine zweite Leiche. Zum Glück, muss ich sagen. Die eine reichte mir vollkommen.

Unter uns glitzerte immer noch der See, aber ich kam mir vor wie in einem bösen Traum, in dem sich alles im Kreis dreht und in dem man nie was erledigt kriegt. Ich stellte mir vor, dass da wirklich ein Raumschiff im See läge. Ich musste dringend etwas trinken. Und überhaupt.

»Also ang'nommen, unser Jägersmann wollte beide

töten«, fing die Poldi wieder an, »Favarotta und Samir. Erwischt hat er aber nur Samir. Was bedeutet des?«

»Gar nix!«, maulte Maria wie ein bockiges Kind. »I will jetzt was essen.«

»Dass sich Favarotta mit dem Pick-up retten konnte?«, fragte ich.

»Da schau her, da haben wir ja eine richtige Intelligenzbestie in unserer Mitte!«, spottete Maria und verpasste mir einen Klaps auf den Hinterkopf. »Es kann aber auch ganz anders g'wesen sein, du Depp. Weil, des ist alles bloß spekulative Hirnerweichung. Lasst uns verschwinden, i krieg langsam einen Unterzucker. Und wenn i erst einen Unterzucker hab, nachert werd i grantig. Und des wollt ihr nicht, glaubt mir des.«

Die Poldi hob die Hand. »Wir können nicht einfach verschwinden, Maria. I muss den Vito anrufen.«

»Kein Netz«, sagte ich mit einem Blick auf mein Handy.

»Und eine Scheißidee obendrein!«, grantelte Maria. »Keine Bullen, hab i g'sagt. Meinethalben mach unterwegs einen anonymen Anruf, aber danach brauch i was zum Essen. So läuft des und nicht anders. Herrschaftszeiten, wenn man *ein Mal* mit Amateuren arbeitet!«

Sie wirkte viel gereizter als zuvor, wie ein Reaktor kurz vor der Kernschmelze, das sah auch die Poldi. Offenbar hatte Maria ein Problem mit ihrer Impulskontrolle, sobald ihr Blutzuckerspiegel sank. Ich fragte mich, ob das womöglich das Kernproblem ihres ganzen Lebens gewesen sein könnte. Und auch wenn ich selbst so was von keinen Appetit hatte, sehnte ich mich auf der anderen Seite nach einer Flasche Wasser und einer sauberen Toilette, gebe ich zu.

»Okay«, gab die Poldi nach. »Aber im nächsten Ort machen wir zuerst den Anruf.«

»Immer muss alles nach deiner Pfeife tanzen!«, grantelte Maria weiter und stapfte zurück zum See. »Immer musst recht behalten, immer des letzte Wort. I, i, i! So geht des den ganzen Tag. Immer schon. Nie nimmst eine Rücksicht, immer Vollgas mit ausgefahrenen Ellbogen. So ein scheißklumpverreckter Tag, warum hab i mich bloß bequatschen lassen?«

Schimpfend und fluchend arbeitete sie sich den Pfad hinab.

Ich warf der Poldi einen Blick zu.

Sie wirkte immer noch blass, der Schweiß troff ihr nur so unter der Perücke herunter. Sie zuckte entschuldigend mit den Schultern, wie sie das vermutlich schon Tausende Male getan hatte, wenn es um Maria ging.

»Ich mach mir Sorgen«, sagte ich.

»Ganz ruhig, Bub. Sie tut dir nichts.«

»Um dich, Poldi.«

»Ah geh!«

»Ich trau ihr nicht. Sie hat sich angeblich in Sizilien verliebt und mampft Kartoffelchips – hallo? Was, wenn sie in Wirklichkeit den Auftrag hat, Favarotta zu killen? Und wir führen sie zu ihm! Und überhaupt, dieses ganze Schwesternding macht mir Angst.«

»Und was, wenn da grad ein Traum von mir in Erfüllung geht? Gönnst mir des nicht?«

»Glück ist Realität minus Erwartung. Deine Worte, Poldi. Ich sag nur. Ich meine, kaum ist man mit ihr unterwegs, wird auf einen geschossen.«

Die Poldi seufzte. »Was willst jetzt damit sagen?«

»Pass auf, Poldi. Pass einfach auf, ja?«

Irgendwie freute ich mich nur so mittel auf die Rückfahrt und überlegte verzweifelt, wie ich Maria überreden
könnte, vorne sitzen zu dürfen. Und was soll ich sagen?
Das Universum kicherte sich eins. Ich musste natürlich
wieder hinten sitzen.

Kaum saßen wir im Wagen und wollten auf dem Zufahrtsweg wenden, erschien hinter uns ein Streifenwagen der *Polizia di Stato* und ließ kurz die Sirene auf-
heulen.

»Scheißdreck!«, fluchte Maria. »Des hat mir noch
g'fehlt.«

Sie griff zum Handschuhfach, wo sie ihre Pistole abgelegt hatte.

»Ganz ruhig, Maria«, sagte die Poldi. »Lass mich des
regeln.«

Maria warf einen Blick in den Rückspiegel.

»Na, dann viel Vergnügen.«

Die Poldi drehte sich um.

»Eieieiei!«

Neugierig geworden drehte ich mich jetzt ebenfalls
um und sah, wie hinter uns Montana auf der Beifahrerseite und der *Assistente* Zannotta auf der Fahrerseite ausstiegen.

Zannotta trug Uniform, Montana wieder seinen zerknitterten grauen Anzug. Beide trugen Sonnenbrillen
und wirkten etwa so heiter und entspannt wie zwei Rott-
weiler beim Training.

Trotzdem freute ich mich.

Totti ebenfalls. Er stürmte Montana sofort begeistert
entgegen und sprang um ihn herum. Als ob er sagen wollte: »Menschwasmachstdudennhierachegalichfreumich-
riesiglassunsspielen!«

»Ich kann dir das erklären, *tesoro*!«, rief die Poldi.

Ehe sie jedoch dazu kam, erschien hinter Montana und Zannotta ein weiterer Streifenwagen.

Diesmal allerdings *Carabinieri*. Kurzes Sirenenheulen, der Wagen hielt, die Fahrertür ging auf, und *Capitano* Savasta stieg aus. Auch sie mit Sonnenbrille und Schluss-mit-lustig-Haltung.

Und Montana so: »*Vaffanculo*, was machst du denn hier?«

Und Savasta so: »Das könnte ich dich auch fragen, Vito.«

Und die Poldi so: »Was macht *sie* denn hier?«

Und Zannotta so: »*Madonna mia!*«

Und Maria so: »Woher wussten die, wo wir sind?«

Und ich so: »Ich hab damit nichts zu tun!«

Ich glaube, das Universum prustete in diesem Augenblick so richtig los.

Was folgte, war ein kleines, angespanntes Frage-und-Antwort-Pingpong, das in der Kurzfassung folgende Informationen lieferte: Montana hatte sich nach dem Aufwachen gefragt, wohin die Poldi verschwunden war. Da sie wieder mal nicht auf seine Anrufe reagiert hatte, hatte er am späten Vormittag bei Valérie angerufen, die ihm etwas von Xanadu und einem schwarzen Mini gesagt hatte. Daraufhin hatte Montana Zannotta angerufen und war mit ihm zum Lago Dirillo gefahren.

Savasta wiederum hatte am Morgen die Nachricht erhalten, dass zwei *Carabinieri* den gesuchten Pick-up von Favarotta in der Nähe von Vizzini verlassen am Straßenrand entdeckt hatten. Und zwar mit einem Loch in der Heckscheibe. Woraufhin Savasta losgefahren war, um sich die Sache persönlich anzusehen. Von Taormina nach Vizzini hatte sie fast drei Stunden gebraucht. Die beiden *Carabinieri*, die beide selbst aus Vizzini stammten, hatten geduldig auf sie gewartet und ihr ebenso geduldig dabei zugesehen, wie sie den Wagen auf Blutspuren überprüfte, jedoch keine entdecken konnte. Und so ganz nebenbei hatten sie ihr dann berichtet, dass der Bauer Mangiafico Schüsse am nicht weit entfernten Lago Dirillo gemeldet hatte. Was Mangiafico nur aus dem einen Grund gemeldet hatte, weil keine Jagdsaison war und er vermutet hatte, dass sein Nachbar Brugaletta schon wieder illegal sämtliche Hasen abknallte. Was bedeutete, dass er selbst zu Beginn der Saison wieder leer ausgehen würde. Was, wie die beiden ortskundigen *Carabinieri* Savasta anvertrauten, bedeutete, dass der uralte Familienzwist zwischen den Brugalettas und den Mangiaficos in eine neue Runde gehen und alles bestimmt ein schlimmes Ende nehmen würde. Als Savasta die beiden *Carabinieri* mit der größten Selbstbeherrschung, zu der sie fähig war, gefragt hatte, ob die beiden Vollpfosten da nicht eventuell einen Zusammenhang zu dem Einschussloch in der Heckscheibe eines gesuchten Fahrzeugs hergestellt, beziehungsweise warum, zum Henker, sie ihr das nicht sofort gesagt hätten, hatten sich die Kollegen verblüfft angeschaut und dann angeboten, mit ihr bei Brugaletta vorbeizufahren, um ihm auf den Zahn zu fühlen. An diesem Punkt war Savasta möglicherweise der Kragen geplatzt. Möglicherweise hatte sie auch etwas von »Witzfiguren« und »Konsequenzen« gebrüllt. In jedem Fall war sie umgehend zum See gefahren.

Und da standen wir nun.

Die Poldi funkelte Montana und Savasta an.

»Du hast gesagt, da läuft nichts zwischen euch!«

»Wie bitte?«, fragte Savasta.

»Da läuft auch nichts!«, stöhnte Montana. »Wie ich dir gestern gesagt habe: Wir sind nur Kollegen und alte Freunde.«

»Konkurrenten wohl eher«, sagte Savasta. »Und Freunde können wir streichen.«

»*Madonna mia!*«, sagte Zannotta.

Montana stöhnte erneut.

Die Poldi deutete auf den Hügel am anderen Seeufer. »Da oben ist jemand erschossen worden. Ihr solltet euch das ansehen.«

Montana schüttelte den Kopf.

»Eins nach dem anderen. Du weißt, was ich jetzt tun muss.« Er trat einen Schritt auf Maria zu. »Sie sind verhaftet. Drehen Sie sich um, Hände über den Kopf.«

»*Madonna!*«, sagte Zannotta, sichtlich überrascht von der Wendung der Ereignisse.

»Du miese Verräterin!«, zischte die inzwischen ziemlich unterzuckerte Maria die Poldi an.

»Ganz ruhig, Maria!«, sagte die Poldi auf Deutsch. Und auf Italienisch zu Montana: »Lass uns das später klären, ja? Kümmert ihr euch um die Leiche da oben, und lasst uns fahren, ja? Wie du sagst – eins nach dem anderen.«

»Nein, Poldi, so läuft das nicht. Sie ist eine international gesuchte Kriminelle. Umdrehen!«

»Des kann er knicken, der Gschwollschädel!«

Schneller, als ich *Hoppala* denken konnte, hielt sie ihre Pistole in der Hand und richtete sie auf Montana.

»I geh nirgendwohin mit.«

Was soll ich sagen, im nächsten Moment hatten auch Montana, Zannotta und Savasta Pistolen in der Hand und richteten sie auf uns beziehungsweise Maria.

»Waffe runter!«

»*Tesoro*, bitte!«, rief die Poldi verzweifelt. »Ich hab's ihr versprochen!«

»Waffe runter!«

Montana machte einen weiteren Schritt auf Maria zu. Drei gegen eins.

So, wie ich das sah, hatte sie keine Chance. Aber so, wie ich das sah, würde in der nächsten Sekunde trotzdem eine mörderische Ballerei losgehen, und wir würden alle sterben.

Ich weiß nicht mehr, was ich sonst noch alles dachte, aber in der nächsten Sekunde packte mich Maria und hielt mir die Waffe an den Kopf.

»Zurück!«, brüllte sie auf Italienisch. »Alle zurück und die Waffen auf den Boden! Na los, zackzack!«

Trotz eines starken bairischen Akzents sprach sie erstaunlich gutes Italienisch.

»Maria, nicht!«, hörte ich die Poldi rufen.

»Na los, macht schon!«

Ich sah, wie Montana noch zögerte. Aber dann legte er seine Pistole langsam auf den Boden und richtete sich mit erhobenen Händen wieder auf. Zannotta und Savasta folgten seinem Beispiel.

Maria zerrte mich um den Mini herum und stieß mich auf der Beifahrerseite ins Auto.

»Los, rutsch durch, du fährst!«

»Äh, was?«

»Mach schon, du Wurm!«

Sie quetschte sich neben mich auf den Beifahrersitz, hielt mir die Pistole dabei die ganze Zeit an den Kopf.

Ich sah, dass die Poldi, Montana, Savasta und Zannotta nur versteinert zusahen.

»Lass *mich* fahren, Maria!«, flehte die Poldi. »Der Bub kann doch nix dafür! Und ein miserabler Fahrer ist er obendrein.«

»Halt dein dreckiges Lügenmaul!«, keifte Maria sie an. »Du weißt, dass i nix zu verlieren hab! Sobald i merk, dass wir verfolgt werden, *peng, peng,* war's des!«

Und zu mir dann: »Und jetzt fahr schon, du Depp, bevor i dir gleich hier des Licht auspuste!«

»Wohin denn?«, fragte ich, denn ich hab's ja eher nicht so mit Orientierung und selbstständigem Handeln bei Todesangst.

»FAHR!«

Also startete ich den Mini, wendete umständlich, umkurvte die beiden Streifenwagen und fuhr in Richtung Straße.

»JETZT GIB HALT GAS!«

Die gute Nachricht: Immerhin saß ich jetzt vorne. Keine Übelkeit mehr, dafür halt Todesangst.

Ich glaube, das Universum schmiss sich so richtig weg vor Lachen.

12. Kapitel

Erzählt von stillen Teichen, Schwingungen und Blätterteigtaschen. Von Armut, *fumetti*, Misstrauen, Lügen und Ehre.
Die Poldi schließt einen schmutzigen Deal und überlässt
Montana und Savasta das Feld. Der Neffe bestellt *cipolli-
ne*, Maria gibt einsilbige Antworten und fasst sich an den
Kopf. Die Poldi bildet derweil eine Hypothese und spielt
good cop – bad cop mit Montana.

»Ein Mord ist wie ein Stein, der in einen stillen Teich
plumpst«, hat die Poldi mir mal erklärt. »Merk dir des,
wenn du eines Tages meine Fälle aufschreibst. Du wirfst,
es platscht, ein bisserl Wasser spritzt auf, *gluckgluck*, ist er
weg. Nur du hast es g'sehn und gehört. Denkst. Aber mei,
vielleicht hast eine Rohrdommel aufg'scheucht, die im
Schilf nach Fröschen und Wassermücken gejagt hat. Mit
einem empörten dumpfen ›Huuump!‹ flattert sie davon.
Dein Stein hat außerdem Wellen g'schlagen, die sich nun
träge bis zum Ufer fortpflanzen und des Schilf bewegen.
Aber auch unter Wasser tut sich was. Der Stein sinkt tiefer, schreckt ein paar Fische auf oder einen Biber. Und
dann wirbelt er den Schlamm am Boden auf, trübt des
Wasser ein und senkt sich dann ganz langsam und träge wieder ab. Eine richtige kleine Kettenreaktion. Klein,

aber komplex und unvorhersehbar. Du denkst, was soll's, des beruhigt sich schon wieder. Aber mei, da hast dich halt g'schnitten. Denn jede Tat schwingt immer und immer weiter. Des Universum vergisst nichts. Und wenn du dann blöderweise jemand wie Montana oder meine Wenigkeit an den Hacken hast, dann hast schon mal Pech. Weil, auch wenn wir eifersüchtig oder b'soffen oder blockiert sind – wir sind wie des Schilf am Ufer. Die kleinste Welle bringt uns zum Schwingen. Vielleicht sind wir am Anfang ein bisserl vernagelt. Aber irgendwann finden wir den Stein im Teich. Im Schlamm. Und dann – dann finden wir auch dich.«

Ich weiß nicht, wie zutreffend dieses Bild ist, dazu verstehe ich zu wenig von Mordermittlungen, und die Poldi war auch schon leicht knülle, als sie mir das erzählt hat. Aber der Gedanke, dass das Universum nichts vergisst, gefällt mir inzwischen, nach allem, was passiert ist. Und mir die Poldi als schlankes, schwingendes Schilfrohr am Ufer eines stillen Teichs vorzustellen, ist so daneben, dass es mir auch gefällt.

Wenn ich mir allerdings die Schwingungen zwischen der Poldi, Montana, Savasta und Zannotta am Lago Dirillo vorstelle, dann eher so in c-Moll als A-Dur. Sprich, eher auf der düsteren, beethovigen Seite.

Kaum war der Mini außer Sichtweite, griff Savasta zum Funkgerät.

»Sekunde!«

Montana sah die Poldi abwartend an.

Die Poldi stöhnte.

»Solange sie nicht verfolgt wird, wird sie ihm nichts tun.«

»Was macht dich da so sicher?«

Die Poldi tupfte sich den Schweiß von der Stirn. »Habt ihr Wasser im Auto? Ich muss was trinken.«

Zannotta beeilte sich, der Poldi eine Flasche Mineralwasser zu reichen. Gierig trank die Poldi die Flasche in einem Zug aus.

Savasta stand ungeduldig mit dem Funkgerät an ihrem Wagen.

»Die Sekunde ist um.«

»Bitte, Francesca!«, sagte Montana.

»Weil sie mich noch braucht«, erklärte die Poldi.

Montana schüttelte fassungslos den Kopf.

»Du glaubst ihr?«

»Natürlich nicht. Aber solange sie sich nicht in die Enge getrieben fühlt, wird sie keine Dummheiten machen.«

»Überzeugt mich nicht«, sagte Savasta.

»Können wir das nicht bitte später klären?«, rief die Poldi genervt. »Da oben liegt eine Leiche!«

»Nein, wir klären erst das hier«, sagte Montana unbeeindruckt. »Also, einfache Frage, und ich will eine überzeugende Antwort: Warum brauchen wir Maria?«

»Sie braucht *mich*«, erklärte die Poldi. »Vertrau mir, Vito! Ich weiß, es ist schwer zu verstehen, aber ich bin nicht naiv. Maria muss sich vor einem Gericht verantworten. Sobald wir den Fall gelöst haben, liefere ich sie dir auf einem Silbertablett. Ich würde ihr nur gern noch eine letzte Chance geben, einmal im Leben etwas Gutes und Richtiges zu tun.« Und dann korrigierte sie sich. »Vorletzte.«

Für einen Moment herrschte Schweigen. Selbst Totti spitzte nur aufmerksam und treuherzig die Ohren.

»Ich bin Polizist«, erklärte Montana schließlich. »Ich kann eine bewaffnete Schwerkriminelle mit einer Geisel nicht einfach durchs Land fahren lassen.«

»Darf ich etwas dazu sagen?«, mischte sich der *Assistente* Zannotta schüchtern ein.

»*Dai!*«, seufzte Montana.

Zannotta straffte sich.

»Doch«, sagte er. »Ich will ja nichts sagen, aber doch, das können wir.« Er deutete auf die Poldi. »Das ist Donna Poldina. Anwesende ausgenommen – aber sie ist die beste Ermittlerin, die ich kenne. Wenn sie uns versichert, dass für ihren Neffen keine Gefahr besteht, dann glaube ich ihr. Wenn sie sagt, dass sie ihre Schwester den Armen der Gerechtigkeit überantworten wird, dann glaube ich ihr. Ich will ja nichts sagen, aber – *vaffanculo* – wir als *Polizia di Stato* und *Carabinieri* sind auch nicht ganz dämlich. Ich glaube, dass wir diesen Fall gemeinsam aufklären *und* eine lang gesuchte Kriminelle schnappen können. *Viva l'Italia!*«

Montana funkelte Zannotta an. »Das hast du dir von mir abgeschaut, Zannotta!«

Der *Assistente* hob verlegen die Schultern. »Nur von den Besten wollen wir lernen.«

»Bis auf die Schleimerei.«

Montana wandte sich an Savasta. »Francesca?«

Capitano Savasta atmete durch. »Aber dafür will ich was.«

»*Madonna*, ich hab doch gesagt, du bist zur Hochzeit eingeladen!«

»Wie bitte?«, rief die Poldi spitz.

»Das meine ich nicht«, sagte Savasta und sprach die Poldi direkt an. »Ich will Ihre Schwester. Wenn es so weit ist, will *ich* sie verhaften. Ihre Schwester ist mein Ticket zurück nach Rom.«

Vielleicht kein Wunder, dass die Poldi später nicht gern mit den Einzelheiten dieses schmutzigen Deals herausrückte, und es fällt mir immer noch schwer, mir vorzustellen, wie lässig sie da mit meiner Todesangst gespielt hat. Auf der anderen Seite macht es mich auch ein bisschen stolz, dass sie mir zugetraut hat, ganz alleine mit Maria klarzukommen. Und die Wahrheit ist: Es war auch alles andere als lässig für sie.

Denn selbst nach allem, was zwischen der Poldi und Maria vorgefallen war, brach es der Poldi das Herz, die todgeweihte Schwester ans Messer der Justiz zu liefern. Muss ich mal so ungeschminkt sagen. Denn Gerechtigkeit ist eine Sache, die Liebe – selbst zu völlig verkorksten Familienangehörigen – eine ganz andere. Und von Gerechtigkeit und der Liebe verstand die Poldi was.

»Jetzt gib halt endlich Gas!«, keifte mich die todgeweihte Schwester einigermaßen lebendig an, als wir auf die Staatsstraße Richtung Modica einbogen.

»Hier ist achtzig«, wandte ich ein. »Was, wenn wir ...«

»GIB GUMMI, DU WURM! I MUSS WAS ESSEN!«

»Okay.«

Ich ließ den Motor aufröhren.

»Gib mir mal dein Handy!«, sagte Maria.

Kaum hatte ich es ihr gereicht, warf sie es aus dem Fenster.

»Eh!!! Da waren vielleicht wichtige Dinge drauf!?«, rief ich.

»Halt die Goschen!«

Beruhigenderweise legte Maria immerhin die Pistole zurück ins Handschuhfach.

Weniger beruhigend: Die Kartoffelchips waren alle. Mit jeder Minute wurde Maria gereizter. Das konnte – zumindest für mich – nur in einer Katastrophe enden.

Daher tat ich etwas vollkommen Tollkühnes: Ich fuhr an der nächsten Raststätte raus.

In Italien heißen die natürlich nicht Raststätten, sondern »Bar« – wie ja alles. Eine italienische »Bar« ist sozusagen das Schweizer Messer der Unterzuckerten in Eile. Nach dem äußeren Schein der Bar kann man nicht gehen, da verhält es sich oft wie mit dem Obst: je schäbiger, desto süßer. Selbst in der hinterletzten Provinz-Bar kann man auf wahre Offenbarungen des *street food alla italiana* stoßen, auf duftende *cornetti al miele*, hausgemachtes *gelato*, frische *antipasti*, Berge von Lammkotelets, *zuppa di zucchine della mamma* oder mit Ragout gefüllte Blätterteigtaschen, die jede argentinische *empanada* fade aussehen lassen.

Die Bar am Straßenrand, die ich ansteuerte, sah aus wie die allerletzte Kaschemme. Ein allein stehender, unverputzter Rohbau mit einer Leuchtreklame, vorne Plastikstühle, hinten ein Parkplatz für Lastwagen.

»Was soll jetzt des werden, du Wurm?«

»Wir essen hier kurz was. Ich muss auch mal.«

Ich steuerte den Mini zwischen die parkenden Lastwagen.

»Nein, weder – noch. Du hast hier gar nix zu melden! Wir sind auf der Flucht, schon vergessen?«

»Keine Ahnung, auf was wir hier sind, Tante Maria, aber schieß mich tot, unter diesen Umständen fahr ich keinen Meter weiter.«

Prompt griff sie wieder nach der Waffe im Handschuhfach und hielt sie mir an die Schläfe.

»Bitte sehr, bitte gleich, du Wurm.«

Ich machte den Motor aus, versuchte, einfach nur zu atmen.

Maria sah sich um. Ein Mann in Shorts, fleckigem T-Shirt und mit deutlicher Wampe kletterte zurück in seinen Lastwagen, ohne uns zu beachten. Vielleicht wirkte er satt und zufrieden, ich weiß nicht mehr. Jedenfalls ließ Maria die Waffe sinken.

»Falls du irgendwas versuchst, du Penner, dann blas i dir des Licht aus und richte ein Blutbad in der Bar an. Hast mich?«

»Ehrensache«, ächzte ich.

»Und du zahlst.«

Sie steckte die Waffe ein, setzte die Sonnenbrille auf und scheuchte mich aus dem Wagen.

Wie zwei Desperados einen Saloon betraten wir die Bar. Sie war klimatisiert, nur zwei Tische waren besetzt, eine junge Frau bediente, und es roch überraschend gut.

Ich bestellte zwei Cola und verschiedene warme Snacks aus der *tavola-calda*-Vitrine und verzog mich mit Marias Einverständnis aufs Klo.

Als ich nach einer Weile zurückkam, saß sie an einem Tisch in der Ecke mit Blick zur Tür, vor sich einen Berg köstlich duftender Teigtaschen, *arancini* und frisch frittierter *frutti di mare*. Obwohl ich von der Poldi wusste, dass Maria nicht gerne telefonierte, sprach sie mit irgendwem am Telefon und aß und trank dabei. Als ich mich zu ihr setzte, beendete sie das Telefonat.

»Besser?«, fragte sie kauend.

Ich nickte.

»Mit wem hast du telefoniert?«

»Des geht dich einen Scheißdreck an.«

Ich trank meine Cola und probierte eine heiße *cipollina*. Das ist eine *street-food*-Spezialität der Region Catania, eine gebackene Blätterteigtasche, gefüllt mit gedünsteten süßen Zwiebeln und Schinken. Ich hatte nicht erwartet, dass ich nach dem Fund von Samirs Leiche im Leben überhaupt noch mal Appetit haben könnte, aber sie schmeckte herrlich. Ebenso das *fritto misto* und der halbe *arancino agli spinaci*, den mir Maria gnädigerweise überließ.

Maria bestellte noch eine Cola und ein Stück des Mandelkuchens aus der Auslage.

Sie wirkte schon wieder viel ruhiger und gesammelter.

»So, jetzt geht's mir besser!«, rief sie zufrieden aus. »Jetzt könnt i gut was abfackeln. Na, du Penner, wollen wir irgendwas abfackeln?«

»Nö, lass mal.«

Ich bestellte *caffè* und sah ihr dabei zu, wie sie den Mandelkuchen verdrückte, ohne mir was anzubieten.

»Und was ist jetzt der Plan?«

»Maul halten ist der Plan.«

Ich stöhnte genervt.

»Wir warten.«

Das überraschte mich.

»Äh, sind wir nicht auf der Flucht oder so?«

Sie blieb mir die Antwort schuldig. Überhaupt schien sie keine Lust auf ein Gespräch mit mir zu haben. Sie starrte nur auf ihr Handy.

War mir nur recht, denn ich war inzwischen mit meinen eigenen Fluchtplänen beschäftigt, sah mich nach dem Notausgang um und überlegte, wie ich unauffällig mit der jungen Frau hinter der Theke Kontakt aufnehmen könnte.

»I sag nur Blutbad«, knurrte Maria, ohne aufzublicken. »Wär nicht des erste Mal.«

Ich schluckte.

»Darf ich dich mal was fragen, Tante Maria?«

»Nein.«

»Warum sprichst du so gut Italienisch?«

»I hab im Leben zwischendurch immer viel Zeit g'habt.«

»Heißt das, du sprichst noch mehr Sprachen?«

»Acht, um genau zu sein.«

»Wow!«

»I bin halt des Genie der Familie.«

»Darf ich dich noch was fragen?«

»NEIN!«

»Wie viele Leute hast du umgelegt?«

»Würdest du vielleicht deine Stimme senken, du Depp?«, zischte sie mich an. »Oder legst es darauf an, dass i hier gleich Amok lauf? Vielleicht spricht hier jemand Deutsch.«

»'tschuldigung«, murmelte ich, sah mich kurz um und versuchte, locker zu bleiben.

»Nur so grobe Hausnummer«, raunte ich. »Einstellig? Zweistellig? Oder, äh … dreistellig?«

Maria sah mich an. »Was hat denn die Poldi g'sagt?«

»Die Poldi hat gar nichts gesagt. Die Poldi liebt dich nämlich, auch wenn dich das vielleicht überrascht.«

Maria straffte sich.

»Also sag schon – sind wir uns ähnlich?«

Ich schaute sie an.

Maria sah aus wie eine hastig hingekrakelte Kopie der

Poldi. Zwar ohne Perücke, aber die Ähnlichkeit war unverkennbar.

»Nein.«

»Wie nein?«

Ich holte Luft. »Die Poldi ist ein funkelnder Juwel. Ein Geschenk für jeden, der sie kennt. Ich kann da keine Ähnlichkeit erkennen.«

Ehe ich michs versah, packte Maria mich am Kragen und zog mich über den Tisch.

»Schön aufpassen, du Gwandlaus!«, fuhr sie mich an. »Schön aufpassen! Sonst kannst draußen auf dem Parkplatz gleich leise Servus zu deinem nutzlosen Amöbenleben sagen.«

Sie beutelte mich ein wenig, aber dann verkrampfte sie plötzlich, ließ mich los und fasste sich stöhnend an den Kopf.

»Äh, alles okay?«, fragte ich besorgt.

Maria sagte nichts, keuchte nur. Ich wollte aufspringen, doch sie zischte mich an, dass ich gefälligst sitzen bleiben solle. Ich sah, dass sie schwitzte. Nach einer Weile schien der Schmerz nachzulassen. Maria atmete durch und starrte mich ein bisschen glasig an.

»Du schaust nicht so aus, aber du hast Schneid«, sagte sie matt. »Jemand wie dich könnt i brauchen.«

»Wie bitte?«

»I könnt dir alles beibringen. Oder magst dein Leben lang der Depp bleiben? Mit meiner Hilfe könntest viel mehr aus dir machen. Hättest immer genug Diridari, aufregendes Leben, und ab und zu könntest was anzünden. Wie klingt des?«

Ich starrte sie fassungslos an.

»Also, du Penner?«

»Nein, danke schön.«

Maria sah mich an und zuckte dann mit den Schultern.

»Einstellig«, sagte sie rau.

Ihr Handy brummte kurz. Maria warf einen Blick auf das Display, dann fummelte sie die SIM-Karte aus dem Telefon, knickte sie auf dem Tisch in zwei Hälften und warf sie achtlos auf einen Teller mit Essensresten. Dann legte sie in aller Seelenruhe eine neue SIM-Karte ein.

»Was glotzt jetzt so deppert? Wir müssen los.«

Sie ließ mich zahlen, und ehe ich der jungen Frau an der Kasse noch »Hilfe, ich werde entführt!« auf den Kassenbon kritzeln konnte, zerrte sie mich nach draußen.

An der Stelle, wo ich den Mini geparkt hatte, stand nun ein schmutziger weißer Fiat Doblo in der Lieferantenausführung und mit dem Aufdruck einer Klempnerfirma an den Seiten. Der Schlüssel steckte. Ohne Kommentar setzte sich Maria ans Steuer.

»Eh, wo ist denn der Mini hin?«

»Frag nicht, du Depp, steig ein.«

Zur etwa selben Zeit sahen sich die Poldi, Montana und Savasta bei Favarottas Hütte um.

Zannotta telefonierte mit der Präfektur der *Polizia di Stato* in Caltagirone.

»Habt ihr irgendwas berührt?«, fragte Montana, als die Poldi ihm Samirs Leiche zeigte.

»Nur hie und da, ehrlich. Wir konnten ja nicht ahnen, dass das ein Tatort ist.«

Montana fluchte leise.

Capitano Savasta verkniff sich jeden Kommentar. Sie sah sich die Reifenspuren des Pick-ups hinter dem Haus an und ließ sich die Stelle zeigen, von der aus der Schütze geschossen hatte. Wortlos umkreiste sie den kleinen Fleck, prüfte die Lage zur Hütte aus allen Winkeln und von verschiedenen anderen Stellen aus.

»Was meinst du?«, fragte sie Montana.

»Er kannte sich aus.«

»Ja, denke ich auch.«

Die Poldi kam sich vor wie das fünfte Rad am Wagen.

»Also, wie ist das abgelaufen?«, fragte Savasta Montana.

»Wahrscheinlich hat er hier auf Favarotta gewartet.«

»Nehmen wir mal an, Favarotta hatte sich hier schon die ganze Zeit über versteckt. Warum hat der Schütze dann gewartet, bis Samir raufkam?«

»Weil er beide erledigen wollte?«

Savasta nickte.

»Aber warum hat er nicht erst Favarotta erschossen und dann den Gärtner?«, mischte sich Zannotta nun ein. »Ich will ja nichts sagen, aber ist doch seltsam, oder? Wenn ich entschlossen bin, beide zu töten, warum dann die Umstände?«

Montana und Savasta sahen ihn an.

»Was willst du damit sagen?«, fragte Montana.

»Ich will ja nichts sagen«, sagte Zannotta, »aber vielleicht hat der Schütze gar nicht mit Samir gerechnet. Oder er ist Samir hierher gefolgt.«

»In jedem Fall haben wir es nicht mit einem Profi oder Meisterschützen zu tun«, schaltete sich die Poldi nun ein.

»Woraus schließt du das?«

»Weil wir dann tot wären.«

»Wie ist es eurer Meinung nach stattdessen abgelaufen?«, fragte Montana.

»Warum kann es nicht Favarotta gewesen sein, der seinen Gärtner getötet hat, weil er zu viel wusste?«, fragte Savasta. »Und um eine falsche Fährte zu legen, richtet er die Hütte zu, als wäre sie durchsucht worden, feuert auf seinen Pick-up und lässt ihn dann am Straßenrand zurück.«

Wie dämlich ist das denn, dachte die Poldi, sagte aber nichts.

Keine Frage, sie mochte Savasta nicht. Außerdem war ihr ein wenig flau. Sie setzte sich auf einen Stuhl.

Montana schüttelte den Kopf. »Er schießt ihm aus der Entfernung in den Rücken und kommt dann ohne Auto noch mal hierher zurück? Wie dämlich wäre das denn?!«

Sahen die anderen offenbar genauso.

»Es sei denn ...«, sagte die Poldi in die Stille hinein und genoss es, dass ihr wieder die ganze Aufmerksamkeit gehörte. »Es sei denn, unser Schütze hatte hier in der Aufregung etwas vergessen. Etwas, das das ganze Risiko wert war. Aber dann haben wir ihn gestört.«

»Die Million«, schlussfolgerte Montana. »Aber wenn ihr ihn gestört habt, dann müsste sie ja noch da sein.«

Die Poldi dachte an die Hunderter, die Maria in der Nähe der Reifenspuren gefunden und eingesteckt hatte.

Sie stellte sich eine Gestalt ohne Gesicht oder klare Konturen vor. Konnte ein Mann sein, konnte aber auch eine Frau sein. Eine Gestalt, die sich auf dem Bergrücken auskennt. Vielleicht ein Jäger. Einen Menschen hatte sie allerdings noch nicht getötet. Also, stellte sich die Poldi vor, bleibt sie lieber auf Distanz. Sie ist kein Meisterschütze. Oder: Die Waffe ist unvertraut. Die Gestalt ist nervös. Harrt aber geduldig aus. Das zerrt an den Nerven. Dann kommen die beiden aus der Hütte. Vielleicht wollen sie wegfahren. Letzte Chance also. Die Gestalt feuert. Vielleicht daneben, in der Aufregung. Favarotta und Samir ducken sich. Vielleicht rennen sie zur Hütte oder zum Auto. Die Gestalt feuert noch einmal, trifft Samir in den Rücken. Favarotta gelingt es, das Auto zu erreichen. Er hat die Sporttasche mit der Million dabei. Ein paar Scheine flattern heraus. Blöd, aber nicht zu ändern. Hat die Gestalt allerdings nicht gesehen. Sie feuert wieder, trifft aber nur den Pick-up. Favarotta startet den Wagen, und weg ist er. Die Gestalt hechtet kopflos zurück zu ihrem Wagen, vielleicht, um Favarotta noch aufzuhalten, fährt los. Erst später, als sie sich beruhigt hat, denkt sie an die Million, und daran, dass es vielleicht auch ganz clever wäre, die Leiche verschwinden zu lassen. Also fährt sie noch mal zurück. Vielleicht hat sie es ja gar nicht weit ...

Das alles stellte sich die Poldi mit ihrer einzigartigen kriminalistischen Imagination und Empathie nur vor. Sie hatte keine Lust, ihre messerscharfen Überlegungen vor Savasta auszubreiten und womöglich gar Widerspruch von ihr zu ernten.

Stattdessen sagte sie zu Savasta: »Wie, sagten Sie, heißen diese beiden zerstrittenen Bauern, von denen die *Carabinieri* gesprochen haben?«

»Mangiafico und Brugaletta. Wieso?«

»Und wer von denen hat die Schüsse gemeldet?«

Ich darf mal gerade vorstellen (denn als unzuverlässiger Erzähler dürfe ich das, hat mir die Poldi versichert): Dario Brugaletta, Olivenbauer, zweiundvierzig Jahre, verheiratet, zwei Töchter, elf und neun. Ein kleiner Mann, früh ergraut, aber mit klassischen Gesichtszügen, leider durch die anstrengende Feldarbeit, Akne und zu viel Sonne ziemlich zerfurcht, zerbombt und verbrannt. Weiter als bis Agrigento ist er noch nie gekommen. Ein Mann mit beginnendem Buckel, der viel älter aussieht, als er ist. Der mit seiner Familie ein viel zu kleines Häuschen auf seinem kargen Land bewohnt, das er mit Anfang dreißig mit eigenen Händen gebaut hat. Zum Verputzen der Außenmauern hat es leider nicht mehr gereicht, auch nicht für ein weiteres Stockwerk, daher ist das Dach nur eine Betonplatte von der rostige Moniereisen abstehen wie struppige Haare. Größer hatte Brugaletta damals ohnehin nicht bauen wollen, um hinter dem Haus noch genug Platz für einen Gemüsegarten und ein paar Obstbäume zu haben. Nun denn. Land ist kostbar. Liebe vergeht, Hektar besteht, wie man auf dem Land so sagt. Nur ist Brugalettas bisschen Land widerspenstig, trocken und steinig, wirft kaum genug ab, um die Familie durchzubringen und die Zinsen seiner Kredite zu bedienen, die windige Jungs ihm aufgeschwatzt und verantwortungslose Banken bewilligt haben, und die er nie wird tilgen können. In den Wintermonaten muss Brugaletta daher jede Lohnarbeit annehmen, die er kriegen kann.

Dennoch sitzt die Obrigkeitshörigkeit bei ihm tief. Die Scham über die eigene Armut, der Hass auf die Herren und gleichzeitig die Unterwürfigkeit vor den adligen Großgrundbesitzern und auch neuen Herren wie Favarotta. Generationen von Brugalettas haben ihm das mitgegeben, das kriegt er einfach nicht raus aus seinem System.

Aber irgendwo muss der Mensch ja hin mit seinem Hass und seiner Scham. Also hasst Brugaletta die Afrikaner und die Mangiaficos.

Bereits seit Generationen liegen die Brugalettas mit ihren unmittelbaren Nachbarn, den Mangiaficos, im Streit. Verschobene Grenzsteine, vergiftete Hunde, zerstochene Reifen, Erntediebstahl, das Übliche. Brugalettas Frau Anna ist zwar eine geborene Mangiafico, was die Sache jedoch nicht leichter macht, im Gegenteil. Was die beiden Familien eint, sind die Armut, der Hass aufeinander und – die Jagd.

Jedes Jahr zur Jagdsaison geht Brugaletta auf die Pirsch, um seine zugeteilte Quote zu erlegen, dann kommt Wildragout auf den Tisch, und ein bisschen Geld wirft es auch noch ab. Falls sein Nachbar Mangiafico – das Tor der Hölle möge den Hurensohn verschlingen – ihm die Hasen, Rebhühner und Wildschweine nicht schon vorher alle wegballert. Weswegen Brugaletta ihm lieber zuvorkommt. Er ist ja nicht blöd.

Ach, und Brugaletta hat eine heimliche Leidenschaft: Comics. Seit er halbwegs lesen kann, verschlingt er *fumetti*. Erst Micky-Maus-Heftchen, dann Marvel-Comics, dann Mangas und irgendwann auch richtige *graphic novels*. Er hat niemanden, mit dem er über seine Leidenschaft reden könnte, aber er ist süchtig nach *fumetti*. Er schreibt sogar heimlich selbst welche. Sein Held ist ein großer Jäger namens Brug'ha, der in einer dystopischen Endzeitwelt – Sizilien nicht unähnlich – Monster jagt (sie heißen Mh'angias oder Ficos) und nebenbei mit Scylla, der medusenhäuptigen Amazonenkönigin, wilden Sex hat. Geschichten um Ehre und Rache, die er noch nie jemandem gezeigt hat. Wie es aussieht, wird das auch nie passieren. Es sei denn, er wird, sagen wir, wegen einer ganz dummen Geschichte zu lebenslänglich verurteilt und hat endlich genug Zeit.

Das konnte die Poldi alles nicht wissen, als sie mit Montana in die Küche der Brugalettas trat. Aber einen Gutteil davon konnte sie sich denken. Der Mief der Armut schlug ihr von allen Seiten entgegen.

Das billige Plastikmobiliar, die Wachstuchtischdecken mit Brandlöchern, das verstreute Plastikspielzeug, der Geruch von angebrannten Zwiebeln, aufgewärmtem Essen, billiger parfümierter Seife, Schweiß und Verzweiflung. Ein halbes Dutzend Katzen lungerte vor der Türschwelle herum, wartete auf Reste.

In dem kleinen *salotto* hinter der Küche starrten Brugalettas Töchter wie hypnotisiert auf einen großen Flachbildfernseher, auf dem sich gerade animierte Kampfroboter pulverisierten. Anna Brugaletta, wie ihr Mann vor der Zeit gealtert und ergraut, postierte sich misstrauisch in der Tür zum *salotto*, als wollte sie ihre Töchter vor dem Zugriff der Obrigkeit schützen.

Denn, um das mal zu sagen, das waren Montana und die Poldi, sobald sie aus einem Dienstwagen der *Polizia di Stato* stiegen: Obrigkeit. Immer eine Bedrohung. Immer der Feind.

»Ich habe keine Schüsse gehört«, wiederholte Brugaletta trotzig in starkem sizilianischen Dialekt und stellte sich zu seiner Frau.

Er schwitzte und ballte die Fäuste. Angst und Wut sprachen aus seiner ganzen Haltung.

Keine gute Mischung, fand die Poldi. Sie kannte dieses besondere sizilianische Misstrauen inzwischen, das sich in Jahrhunderten wie ein Sediment in Seelen und Genen abgesetzt hatte und dort versteinert war.

»Das ist seltsam, so nah wie dein Haus am See liegt«, sagte Montana.

Die Poldi bemerkte, dass er den Dialekt zugeschaltet hatte und Brugaletta auch duzte. Sie verstand, dass er das Obrigkeitsspiel mitspielte.

»Dein Nachbar Mangiafico hat nämlich Schüsse gehört, und sein Haus liegt noch ein gutes Stück weiter weg.«

»Ich habe keine Schüsse gehört, *Signor Commissario*. Ich weiß nicht, was der Hurensohn Mangiafico Euch erzählt hat, aber ich habe nichts gehört und auch nichts getan.«

Brugaletta wiederum verwendete die zweite Person Plural als Anrede für Montana. In Italien immer noch üblich im Umgang mit Kunden oder Restaurantgästen. In Sizilien sprach man früher so die Herrschaft an.

»Wo warst du denn heute Morgen? So zwischen sechs und neun.«

»Hier. Draußen auf dem Feld, *Signor Commissario*. Bei der Arbeit.«

»Alleine?«

»Ja, *Signor Commissario*.«

»Und da hast du nichts gehört? Niemand von euch?«

Er sah Anna Brugaletta an.

Sie schüttelte den Kopf.

»Nein, *Signor Commissario*«, sagte Brugaletta.

Die Poldi hielt sich zurück, überließ Montana die Befragung und sah sich nur um. Das ganze Haus bedrückte sie. Es schien sie geradezu anzuschreien, dass sie verschwinden solle. Kein guter Ort, fand die Poldi. Das Eis trug hier nicht.

Dass ein Sizilianer wie Brugaletta immer etwas vor der Polizei zu verbergen hatte, fand die Poldi nicht ungewöhnlich. Je mehr sie Brugaletta aus den Augenwinkeln jedoch beobachtete, desto sicherer wurde sie, dass dieses Etwas sehr konkret und aktuell war.

»Gehst du manchmal auf die Jagd?«, fragte Montana weiter.

»In der Saison, ja. Ich habe eine Lizenz. Die *commune* teilt mir eine Quote zu, an die halte ich mich. Ich respektiere das Gesetz. Im Gegensatz zu Mangiafico. Das Tor der Hölle möge ihn verschlingen, und Scylla möge ihm den Kopf abreißen! Dieser Hurensohn ist ein Wilderer. Warum fragt Ihr den nicht?«

»Die Kollegen von den *Carabinieri* sind gerade dabei. Du hast heute Vormittag also nicht zufällig ein paar Schießübungen am See gemacht?«

Er baute ihm eine Brücke, verstand die Poldi.

Aber Brugaletta schüttelte nur den Kopf.

»Ich würde gerne deinen Waffenschrank sehen.«

Brugaletta rührte sich erst nicht. Dann aber führte er Montana und die Poldi ins Schlafzimmer.

Auch dort setzte sich die Trostlosigkeit fort, im Furnier der Möbel, in den Kunstfaserdecken, dem Geruch nach Mottenkugeln und Zigarettenrauch, in dem Aschenbecher auf dem Nachttisch, in den Stofftieren auf dem Bett und dem Marienbild darüber.

Brugaletta stieg auf einen Stuhl und holte ein in eine Decke eingeschlagenes Gewehr vom Kleiderschrank herunter.

»Du weißt, dass du einen Waffenschrank brauchst«, sagte Montana.

Brugaletta wurde weiß. Wortlos reichte er Montana das Gewehr.

Montana schlug die Decke auseinander.

Eine Repetierbüchse, tschechisches Modell, Kaliber

.308, mit einem Magazin für zehn Patronen. Die Waffe war sauber, geölt, nicht geladen, das Magazin leer.

Montana schnupperte am Lauf und am Hülsenauswurf.

»Wo bewahrst du die Munition auf?«

Brugaletta griff in ein Fach im Kleiderschrank und zog eine Packung Patronen hinter der Wäsche hervor.

Die Poldi sah sofort, dass es die gleichen handelsüblichen Patronen waren wie die, mit denen Samir erschossen worden war.

»Schöne Büchse. Hast du noch ein Gewehr?«

»Nein, *Signor Commissario*.«

»Sonst hast du mir nichts zu sagen?«

Brugaletta schwieg.

»Da oben wurde in den frühen Morgenstunden ein Mensch erschossen. Aber die Meldung wegen der Schüsse kam erst kurz nach neun. Schon seltsam, oder?«

Brugaletta schwieg.

Montana schlug die Repetierbüchse wieder in die Decke ein und nahm sie an sich.

»Die muss untersucht werden. Ich muss dich bitten, für eine erkennungsdienstliche Maßnahme auf dem Revier der *Carabinieri* mitzukommen.«

»Heißt das, ich bin verhaftet?«

»Es geht nur um Fingerabdrücke. Vorerst.«

Die Poldi sah, dass Brugaletta zitterte. Sie nahm Montana kurz beiseite und flüsterte ihm etwas ins Ohr.

Montana sah sie verwundert an, dann richtete er sich an Brugaletta. »Meine Kollegin hat noch ein paar Fragen. Ich warte draußen.«

Nachdem er das Schlafzimmer verlassen hatte, schloss die Poldi die Tür und deutete auf das Bett. »Darf ich?«

»Bitte, *Signora Commissario*.«

»Nennen Sie mich Poldi.«

Mit ein bisschen wackeligen Beinen setzte sie sich auf die Bettkante und klopfte auf die Stelle neben sich. Zögernd ließ sich Brugaletta in sicherem Abstand zu ihr auf seinem Bett nieder.

Die Poldi zog eine Packung Zigaretten aus ihrer Tasche. »Darf ich?«

»Bitte, *Signora Commissario*.«

»Poldi. Oder wenn Ihnen das leichter fällt: Donna Poldina. So nennen mich alle.«

Die Poldi bot ihm eine Zigarette an. Sie rauchten.

»Er ist ein Kotzbrocken«, begann die Poldi. »Der *Commissario*, meine ich. Wir arbeiten noch nicht lange zusammen. Er ist eigentlich kein schlechter Kerl, aber eben verbittert und ein Kotzbrocken. Bitte entschuldigen Sie meine Offenheit.«

»Ihr seid nicht von hier, Signora.«

»Donna Poldina. Ich bin Deutsche. Austauschprogramm, verstehen Sie? Ich habe Sizilien schon immer geliebt. So ein wunderschönes Land. So wundervolle Menschen.«

Brugaletta nickte.

»Sie kennen die Hütte oberhalb des Sees, nicht wahr?«

»Ja, Signora.«

»Donna Poldina.« Sie nahm einen tiefen Zug. »Da oben ist ein Mensch ermordet worden. Sein Name war Samir.«

Brugaletta verzog das Gesicht. »Ein scheiß Afrikaner.«

»Ein Mensch, Signor Brugaletta. Ein Mensch wie Sie und ich. Mit Träumen, Plänen und einer Familie. Aber jetzt ist er tot. Erschossen mit einer Jagdflinte. Tja, und der Punkt ist eben, womöglich mit *Ihrer*, Signor Brugaletta.«

»Ich habe Euch doch schon gesagt ...«

»Woher wissen Sie überhaupt, dass er aus Afrika kam?«

Brugaletta schwieg.

»Ich will Sie nicht von Ihrer Familie wegreißen, Signor Brugaletta. Aber der *Commissario* da draußen, der ist eiskalt. Der kennt nur seine Quote. Helfen Sie mir, Ihnen zu helfen, Signor Brugaletta. Ich bitte Sie.«

Brugaletta nickte geschlagen.

»Kannten Sie Aldo Favarotta?«

»Jeder kannte ihn.«

»Wie gut kannten Sie ihn?«

»Wie man sich eben kennt. Er hat mir erlaubt, auf seinem Land zu jagen.«

»Das ist sehr großzügig. Wann haben Sie ihn zuletzt gesehen?«

»Vor zwei Tagen. Er hat mich angerufen, damit ich das Schloss der Holztür repariere. Also bin ich rauf und hab's repariert.«

»War er allein?«

Brugaletta nickte.

»War irgendetwas ungewöhnlich? Ist Ihnen irgendetwas aufgefallen?«

Kopfschütteln.

»Kam das öfter vor, dass er sie angerufen hat?«

»Ich hab ihm seine Hütte da oben gebaut, letztes Jahr.«

»Oh! Das war sicher ein lukrativer Auftrag.«

Brugaletta verzog das Gesicht. »Er schuldet mir immer noch Geld.«

»Hat er Sie etwa nicht bezahlt?«, fragte die Poldi verwundert.

»Nur die Hälfte.«

»Oh. Dann sind Sie sicher sehr wütend auf ihn, das verstehe ich. Und trotzdem haben Sie sein Türschloss repariert.«

»Was soll man machen. So sind sie, die hohen Herren.«

Die Poldi sah, dass Brugaletta immer mehr in sich zusammengesunken war. Sie berührte ihn sanft am Arm.

»Wann haben Sie Favarotta wirklich zuletzt gesehen?«

Brugaletta schluckte.

»Heute Mittag«, presste er heiser hervor.

»Wo war das?«

»An der Provinzialstraße. Er hatte eine Panne mit seinem Pick-up. Er rief mich an, dass ich ihn mit meinem Wagen abholen solle. Also bin ich hin. Und dann wollte er meinen Wagen.«

»Einfach so?«

Brugaletta nickte.

»Er war ziemlich nervös. Ich hab gesehen, dass da ein Einschussloch in der Heckscheibe war. Signor Favarotta hat mir Geld aus einer Sporttasche angeboten, damit ich ihm meinen Wagen gebe und die Klappe halte.«

»Wie viel Geld?«

Brugaletta zog die Schultern hoch. »Zehntausend?«

Die Poldi pfiff durch die Zähne.

»Und?«

Brugaletta schüttelte matt den Kopf.

»Ich hab ihm meinen Wagen überlassen und bin zu Fuß zurück nach Hause.«

»Warum haben Sie das Geld nicht genommen?«

Brugaletta hob den Kopf und sah die Poldi an. Er hatte Tränen in den Augen.

»Ich weiß, das verstehen Sie im Norden nicht, Donna Poldina. Ich bin nur ein einfacher Mann. Ja, vielleicht habe ich hie und da einen Hasen außerhalb der Saison geschossen. Aber ich bin ein Mann von Ehre. Sie können mich bezahlen, wenn ich Ihnen eine Hütte baue. Aber meine Ehre ist nicht käuflich. Ich hab gesehen, dass Signor Favarotta in Not war, also habe ich ihm geholfen. Dafür nimmt man kein Geld.«

Die Poldi nickte.

»Hat er gesagt, wo er hinwollte?«

»Er hat gesagt, dass ich mir den Wagen in Caltagirone abholen kann. Vor der Chiesa di San Francesco d'Assisi.«

»Mehr nicht?«

Brugaletta schüttelte den Kopf. »Ich schwöre, Donna Poldina.«

Die Poldi nickte ihm zu. »Sie waren oben bei der Hütte, nicht wahr?«

Brugaletta stöhnte, als hätte sich irgendwo tief in seinem Inneren etwas gelöst.

»Ja«, hauchte er. »Als ich die Schüsse gehört habe, dachte ich, es sei Mangiafico. Also bin ich gleich rauf, um ihm den Marsch zu blasen.«

»Wann war das?«

»So gegen halb sieben.«

»Und dann?«

»Als ich oben ankam, hab ich den Toten gesehen. Er lag da neben der Hütte.«

»Ach so?«, rief die Poldi überrascht. »Er lag da?«

»Ja. Lag da. Ich hab gleich gesehen, dass er tot war.

Dann kam auch schon Mangiafico an. Weil, er hatte die Schüsse nämlich auch gehört und gedacht, ich sei's gewesen.«

Er stockte.

»Sonst noch jemand?«

Brugaletta schüttelte den Kopf. »Nein, da war sonst niemand mehr. Alles war still. Wir wussten nicht, was wir tun sollten. ›Schöne Scheiße‹, hat Andrea gesagt. ›Ja, verdammte Scheiße‹, hab ich gesagt.«

»Sie hätten die Polizei rufen müssen.«

»Sie sind nicht von hier, Donna Poldina. Sie verstehen das nicht. Andrea Mangiafico ist ein Hurensohn. Aber er ist auch Annas Bruder, wir sind zusammen zur Schule gegangen, er ist einer von hier. Und wir von hier halten uns aus den Angelegenheiten der Herren von außerhalb raus. Das bringt nur Ärger. Also haben wir verabredet, dass wir schön nach Hause gehen und dass wir erst dann die Schüsse melden.«

»Soweit ich weiß, hat aber nur Mangiafico bei den *Carabinieri* angerufen.«

»Weil, dann rief Favarotta mich an, und danach hab ich's irgendwie verschwitzt. Ich hab Favarotta sogar noch gefragt, ob er den Mann erschossen habe, aber er hat mir bei der Seele seiner Mutter geschworen, nein. Da war ja auch gar kein Gewehr im Pick-up. Er hat mich angefleht und Geld geboten, dass ich noch warte mit dem Anruf bei den *Carabinieri*, bis er in Caltagirone ist. Also hab ich ihm geglaubt und ihm meinen Wagen überlassen und Andrea angerufen, dass er noch warten soll mit dem Anruf, bis ich zu Hause bin. Den Rest kennen Sie ja.«

»Hat Favarotta nicht gesagt, wer der Schütze war?«

»Er hat ihn nicht erkannt. Hat er gesagt.«

Die Poldi seufzte. Sie hatte sich mehr erhofft.

»Danke, Signor Brugaletta.

»Werde ich jetzt verhaftet, Donna Poldina?«

»Nein. Man wird Ihre Aussage und die Ihres Nachbarn zu Protokoll nehmen, das ist alles.«

»Danke, Donna Poldina.«

Müde und frustriert erhob die Poldi sich vom Bett. Der Tag steckte ihr in den Knochen, sie wollte ein Bier.

Als sie gerade die Schlafzimmertür öffnen wollte, rief Brugaletta sie noch einmal zurück.

»Donna Poldina?«

Die Poldi drehte sich um.

»Also, ich werde wirklich nicht verhaftet? Sie regeln das mit dem *Commissario*?«

Die Poldi wollte nur noch weg.

»Sie haben mein Wort.«

Brugaletta griff in seine Hosentasche und reichte ihr etwas.

»Das habe ich neben dem Toten gefunden. Es lag auf dem Boden und blinkte mich in der Sonne an. Da hab ich es aufgehoben. Ich weiß, das hätte ich nicht tun sollen, aber irgendwie konnte ich nicht anders. Vielleicht können Sie es seiner Familie zukommen lassen?«

Die Poldi sah sich an, was da in Brugalettas Handfläche lag und traute ihren Augen nicht.

»Das gehörte nicht dem Toten«, flüsterte sie. »Das gehörte seinem Mörder.«

13. Kapitel

Erzählt schon wieder von Reissäcken und vom Autofahren. Aber auch von Hiob, Materialermüdung, Faschismus, Lachfältchen, *parmigiana di melanzane* und Tango. Der Neffe darf fahren, aber nicht lange. Montana begutachtet ein Indiz, der Poldi wird flau, kurz darauf wird sie zum Tanz aufgefordert. Nach einem sizilianischen Abendessen überreicht Maria dem Neffen ein Zauberschwert. Nützt ihm allerdings eher wenig. Die Poldi will ein Bier, nützt aber auch nichts, sie kriegt keins mehr.

Ich hatte es aufgegeben, Maria zu fragen, was der Plan sei. Da sie ohnehin nicht mehr mit mir sprach, brütete ich auf dem Beifahrersitz des Doblo weiterhin Fluchtpläne aus, die ich kurz darauf aber schon wieder als zu riskant verwarf. Stattdessen hielt ich es für eine gute Idee, meine Gefühle und Gedanken zumindest für die Nachwelt zu erhalten. Sobald ich mich jedoch über mein Notizbuch beugte, wurde mir gleich wieder flau. Also ließ ich es.

»Memme«, raunte Maria.

Wenigstens war der Lieferwagen nicht so PS-stark wie der Mini. Unauffällig und eigentlich ganz gemütlich zuckelten wir durchs Land Richtung Catania.

Ich sah, wie Maria zwei Pillen einwarf. Sie wirkte erschöpft. Kein Wunder – nach diesem Tag.

»Was nimmst du da?«

»Goschen halten!«

»Soll ich mal fahren?«

»Zur Hölle kannst fahren.«

»Eh, wie wär's vielleicht mal mit ein bisschen Vertrauen, Tante Maria? Irgendwann wirst auch du dich mal hinlegen müssen. Was willst du dann tun? Mich fesseln und knebeln und nach hinten in den Laderaum verfrachten?«

Kaum hatte ich das gesagt, merkte ich, wie dämlich das gewesen war. Denn genau das konnte sie schließlich tun.

Maria fuhr jedoch verbissen weiter.

So langsam befürchtete ich, dass Marias Plan – wie auch immer er konkret aussehen mochte – mein Überleben und auch das der Poldi nicht zwingend vorsah. Ich will nicht pathetisch klingen, liegt mir gar nicht, aber ich musste Orpheus werden und ein Lied singen, das die Poldi und mich aus der Unterwelt hinausführte.

»Wie hast du das eigentlich hingekriegt, den Mini so mir nichts, dir nichts gegen diesen Lieferwagen zu tauschen?«

»Willst du nicht wissen, glaub mir.«

Glaubte ich ihr sogar. Aber erstens Orpheus und zweitens dachte ich wieder an meinen Deal mit dem Tod. Und dass ich dafür ganz professionell und knallhart die Abgründe des Verbrechens recherchieren musste.

»Nee, sag doch mal.«

»Herrgott, stell dir halt eine multinationale Firma vor, die international ein Portfolio gewisser Serviceleistungen anbietet, die du nicht in den Gelben Seiten findest. Die rufst an, bezahlst vorab in Bitcoin, und des war's. Nicht ganz billig, kannst dir fei schon denken.«

»Gehörst du auch zu diesen Serviceleistungen?«

Maria sah mich an, als ob sie sich verhört hätte.

»Dann sitzt du jetzt ja ganz schön in der Klemme«, fand ich. »Aber hallo.«

»Gell, wieso?«

»Na ja, du hast gesagt, die Gläubiger von Favarotta haben dir angedroht, dich zu killen, wenn du ihn nicht auf die Bildfläche zurückzauberst. Aber auf der anderen Seite, nehme ich an, dürfte das dieser Servicefirma gar nicht gefallen. Ich meine, wenn sich das rumspricht, dass du zahlende Kunden anschließend ans Messer lieferst.«

Maria sah mich wieder an. Aber diesmal irgendwie überrascht und interessiert.

»Und?«, fragte sie. »Was soll i mit dieser wertvollen Information jetzt nachert anfangen, du Depp?«

»So, wie ich das sehe, brauchst du dringend eine Lösung, die beide Seiten zufriedenstellt, Tanta Maria.«

»I bin ganz Ohr, du Clown.«

»Verhandeln«, sagte ich. »Diplomatie. Schon mal gehört?«

»Geh, Schmarrn. Mit diesen Leuten kannst nicht verhandeln. Die kennen nur Diplomatie Kaliber .45.«

»Ich kenne eine, die das kann.«

»Was soll jetzt des werden? Die Poldi will mich ja doch nur der Polizei ausliefern.«

»Und du willst sie umbringen.«

»Geh, Schmarrn. I werd ihr nur ein bisserl die Hochzeit verderben. Und mei, vielleicht halt des Haus in Torre anzünden.«

Ich stöhnte und musste an diese Geschichte denken, die die Poldi mir vor fast einem Jahr im Zusammenhang mit dem Avola-Fall erzählt hatte.

»Kennst du die Geschichte von Hiob?« Und ehe Maria mir wieder über den Mund fahren konnte: »Altes Testament, du weißt schon. Also Hiob. Gottes bester Mann. Fromm, gläubig, dankbar. Wohlhabend, nette Familie, schönes Haus, viele Schafe und Ziegen. Was will man mehr? Ständig opfert Hiob seinem Gott aus lauter Dankbarkeit. Er liebt Gott, und Gott liebt ihn. ›Na ja‹, raunt da der Satan zu Gott, ›kein Wunder, dem geht's ja auch gut. Bloß, wenn es ihm nicht mehr so gut geht, dann wird er dich schnell verfluchen.‹ ›Nein‹, ruft Gott, ›nicht Hiob! Komme, was wolle, Hiob wird immer an mich glauben.‹ ›Wollen wir wetten?‹, fragt der Teufel. Und sie wetten. Gott stellt Hiob auf die Probe. Er lässt seine Frau sterben, zündet sein Haus an, paar Kinder gehen drauf, die Schafe, die Ziegen, sein ganzer Reichtum. Und krank wird er auch noch. Da reicht es Hiob. Er klagt Gott an und beginnt, mit ihm zu verhandeln. Seine Kumpels raten ihm davon ab. Mit Gott könne man nicht verhandeln, tut man nicht. Aber Hiob ist stur, er verlangt eine Erklärung. ›Ich bin dein Gott‹, sagt Gott, ›schon vergessen?‹ ›Interessiert mich nicht‹, ruft Hiob, ›ist trotzdem unfair!‹ Nun, so geht es hin und her. Hiob klagt und verhandelt, seine Kumpels raten ihm davon ab, Gott gibt sich sperrig. Aber am Ende – am Ende kriegt Hiob eine Entschädigung. Er wird wieder gesund, kriegt seinen Wohlstand zurück, neue Frau auch, mit der er wieder neue Kinder hat. Das Einzige, was er nicht kriegt, ist eine Entschuldigung. Denn Gott entschuldigt sich nicht.« Ich sah Maria an. »*Capisci?*«

»Und i bin jetzt da der Hiob oder was?«

»Quatsch! Die Poldi natürlich! Die hat niemals aufgegeben, wenn das Universum und du, Maria, ihr das Leben zur Hölle gemacht habt. Als Onkel Peppe gestorben ist, als die Sache in Tansania passiert ist. All die tausend Male, wenn sie alles verloren hatte und sich eigentlich nur noch totsaufen wollte. Aber kaum hat sie wieder Lebensmut, jemanden gefunden, den sie liebt, und auch wieder ein Zuhause, da kommst du und willst ihr das alles wieder abfackeln. Leck mich am Arsch, Maria, du bist bloß ihr Schatten! Aber die Poldi, die hat immer weitergemacht und versucht, mit dem Universum zu verhandeln. Denn von der Sturheit, von der Lebensfreude und vom Verhandeln versteht sie nämlich was.«

Maria schwieg.

»Du liebst sie schon sehr, gell?«, fragte sie irgendwann.

»Und die Poldi dich, Maria. Ich versteh's auch nicht, aber sie liebt dich. Gib ihr eine Chance, dir zu helfen. Und dann lass uns alle einfach in Frieden, okay?«

Eine Weile fuhr Maria einfach weiter, und ich befürchtete, dass ich den Bogen wieder mal überspannt hatte. Aber auf einmal fuhr sie rechts ran.

»Was schlägst nachert vor?«

»Wir finden Favarotta, klären zwei Morde auf, und dann verhandelt die Poldi mit Favarottas Gläubigern.«

»Ja, wenn's weiter nichts ist, du Depp! Und wo, bittschön, sollen wir da anfangen?«

Ich hatte keinen Schimmer.

Auf gut Glück sagte ich: »Äh, als Erstes finden wir Massimo und fühlen ihm auf den Zahn.«

»Soso. Und hast auch eine Idee, wo wir diesen Massimo finden?«

»Vermutung.«

Ich bat sie um ihr Handy und rief die Seite des *Lapis* auf.

Das ist ein Magazin für kulturelle Veranstaltungen in Catania, gibt's schon ewig. Früher nur ein schlampig gestaltetes Faltblatt, hat *Lapis* heute eine richtige Webseite. Die Gestaltung ist immer noch wüst und unübersichtlich, gespickt mit Werbung, aber man kriegt einen guten Überblick über Konzerte, Ausstellungen und Yoga-Kurse jenseits des Mainstreams.

Dort fand ich meine Vermutung bestätigt und zeigte Maria die Ankündigung einer Videoinstallation eines gewissen Massimo Tumino für den Abend.

»Ich glaube, das ist er.«

Maria dachte darüber nach. Und dann – zu meiner allergrößten Überraschung – stieg sie aus dem Auto.

»Was glotzt jetzt so blöd!? Steig aus und fahr, du Penner!«

Wir tauschten die Plätze, und ich fuhr den Doblo umsichtig wieder zurück auf die Straße.

Maria warf eine weitere Pille ein.

»Aber eines sag i dir, du Wurm: Wenn du mich verarschst, dann ...«

»Blutbad, ich weiß, Maria.«

»Für dich immer noch Tante Maria.«

»Fahr zur Hölle!«

Ich glaube, wir waren auf dem besten Weg, Freunde zu werden.

Aber nun war in China ja ein Sack Reis umgefallen, und möglicherweise hatte die norwegische Ärztin im Kongo gar nicht mit dem plastischen Chirurgen aus Messina geschlafen. Möglicherweise hatte sie am Abend stattdessen mit ihrem Mann in Oslo telefoniert und ihm von dem geretteten Minenarbeiter erzählt. Möglicherweise hatte das wiederum ein Dominosteinchen in einer ganz anderen labilen Kette umgestoßen, bis die Kettenreaktion schließlich ein paarmal im Zickzack um die Welt gelaufen war, viele kleine Steinchen angestoßen, umgestoßen, weggstoßen hatte, bis sie schließlich zwei Brüder in Caltagirone erreicht hatte. Und zwar in Form eines Anrufs von jemandem, dem die Brüder keinen Gefallen abschlagen konnten. Sie hatten Anweisung erhalten, ihr Auto an einem Rastplatz an der Provinzialstraße unauffällig mit einem schwarzen Mini zu tauschen, und obwohl ihnen der Anruf im Augenblick eher ungelegen kam, hatten sie alles auch brav so gemacht. Allerdings hatten sie dazu lieber den alten Doblo genommen als ihren neuen Citroen.

Als wir kurz vor Lentini eine kleine Anhöhe hinauffuhren und ich dazu kräftig Gas gab, röhrte der Motor auf einmal irgendwie komisch. Ehe ich noch *Nanu?* denken konnte, gab der Doblo unter mir ein ächzendes Geräusch von sich, es polterte und rappelte nur so im Karton, der Motor nahm kein Gas mehr an, und wir rollten – *klonkerdiklonk* – genau auf der Anhöhe aus. Ich schaffte es gerade noch, den Wagen rechts ran zu steuern.

Maria sofort wieder im Alarmmodus.

»Was soll jetzt des werden, du Wurm?«

»Ich hab keine Ahnung!«

Wir stiegen aus und sahen uns die Sache an. Ein Blick

unter die Motorhaube klärte uns darüber auf, dass der Motor sich nach einer Beziehungskrise mit dem Fahrzeugchassis offenbar verabschiedet hatte und nun halb auf der Straße schleifte. Immer hässlich, so ein Rosenkrieg, auch bei Autoteilen. Und die Kinder müssen es dann ausbaden. In diesem Fall wir.

Wie es aussah, hatten Maria und ich erst mal Pause.

»Als Beweismittel wird das nur leider nicht taugen«, sagte Montana zur selben Zeit draußen vor Brugalettas Haus, nachdem er im Wagen mit Savasta telefoniert hatte.

Er betrachtete den kleinen Anstecker, den Brugaletta der Poldi gegeben hatte.

Ein schildförmiges Abzeichen mit einem Symbol in der Mitte, das die Poldi nicht kannte, und mit den drei Worten »FEDERAZ.«, »DELLA«, »CACCIA«. Es schien alt zu sein. Der Sicherheitsnadelverschluss auf der Rückseite war abgebrochen.

Obwohl die Poldi das Abzeichen nur einmal flüchtig gesehen hatte, hatte sie es sofort wiedererkannt. Scaramella hatte es bei dem Treffen in der Bar in Castelmola am Revers getragen. Es war sogar ein bisschen auf dem Selfie vor dem Phallus zu erkennen, das die Poldi in der Bar gemacht hatte.

»*Vaffanculo*«, fluchte Montana. »Wenn Brugaletta das Ding am Tatort liegen gelassen hätte, hätten wir mehr in der Hand. So wird das vor Gericht kaum was bringen. Am liebsten würde ich den Idioten wegen Verschleierung einer Straftat drankriegen.«

»Beruhig dich, *tesoro*«, sagte die Poldi. »Wenn Brugaletta den Anstecker nicht mitgenommen hätte, dann hätte Scaramella ihn wahrscheinlich entdeckt, als er Samir in das Klohäuschen verfrachtet hat. Und dann hätten wir gar nichts. Falls Scaramella der Schütze ist, werden wir ihm das schon nachweisen.« Sie nahm Montana das Abzeichen ab. »Weißt du, was das ist?«

»Ein Abzeichen des italienischen Jagdverbandes«, erklärte Montana. »Aus der Zeit des Faschismus. Schau nicht so, ich wusste es vorher auch nicht. Ich hab's aus dem Internet.«

»Das passt ja zu Scaramellas Gesinnung. Außerdem ist er Jäger, ich hab Fotos von ihm bei der Jagd in irgendwelchen Boulevardblättern gesehen.«

»Vielleicht lag der Anstecker da auch schon vorher rum.«

»Ach, komm, Vito! Was willst du mir hier eigentlich gerade ausreden?«

»Ich sage nur, dass wir nicht zu viel in diesen Pin hineininterpretieren sollten, solange wir nicht mehr in der Hand haben. Die *Carabinieri* in Taormina werden Scaramella einen Besuch abstatten.«

Die letzten Worte hörte die Poldi nur noch wie in eine Tüte genuschelt. Irgendwie war ihr schwindelig. Sie spürte einen dumpfen Druck auf der Brust.

»Ich muss mich mal kurz setzen«, murmelte sie noch, dann knickten ihr die Beine weg, und die Poldi fiel in einen hellen, weichen Nebel.

Als der Nebel sich verzog, saß sie wieder in dem Biergarten am See aus ihrem Traum. Die kleine Bühne war leer, überhaupt der ganze Biergarten verlassen. Die Party war vorbei. Über der Bühne hing schlapp ein Transparent, darauf stand: »DU KAPIERST ES EINFACH NICHT!« Die

Poldi saß in ihrem Hochzeitskleid auf der Bank, aber neben ihr saß diesmal nicht der Tod, sondern – mein verstorbener Onkel Peppe.

Die Liebe ihres Lebens sah mager und jung aus. Genau so hatte er ausgesehen, als sie ihn zum ersten Mal gesehen hatte. Er trug einen Trachtenanzug, das Hemd zu weit offen, und hatte ein Weißbier in der Hand.

»Servus, Poldi.«

»Peppe!«, rief die Poldi. »Mei, was machst du denn hier?«

»I wollt dir zur Hochzeit gratulieren. Ein schönes Fest war des. Ihr habt's fei zünftig krachen lassen.«

»Bin i jetzt tot?«

»Geh, Schmarrn. Aber i hab gedacht, des wär grad eine gute Gelegenheit.«

Die Poldi strich ihrem Peppe über die Wange.

Er zündete sich eine Roth-Händle an.

»Ein guter Mann, der Vito«, sagte er.

»Ach, Peppe.«

Sie kämpfte gegen die Tränen an.

»Nicht weinen, *amore*.«

Onkel Peppe reichte ihr das Bierglas, die Poldi trank einen Schluck. Eine Weile saßen sie einfach nur so da, tranken das Bier, rauchten, hielten Händchen.

»Magst tanzen?«, fragte Onkel Peppe.

»Sehr gerne, *amore*.«

Er führte sie an der Hand zu der kleinen Holzbühne und schuckelte sie ohne Musik ein bisschen im Walzertakt herum.

»So haben wir uns kenneng'lernt«, sagte Onkel Peppe. »Weißt es noch? Du hast mich beim Starkbieranstich tanzen sehen, bist auf die Bühne herauf und hast g'sagt, dass du den Krampf nicht länger mit ansehen kannst. Und dass du mir jetzt einen Walzer und den Foxtrott beibringst, und zwar so lange, bis ich's kann.«

»I weiß«, hauchte die Poldi. »Bloß g'lernt hast es nie.«

»I wollt halt nicht, dass du wieder gehst.«

Onkel Peppe löste sich sanft von ihr.

»Schon?«, flüsterte die Poldi.

»Wir sehen uns irgendwann. Aber bis dahin hast du noch ein paar Dinge zu erledigen.«

Die Poldi sah zu dem Transparent hinüber. »Aber i kapier's einfach nicht.«

»Mei«, sagte Onkel Peppe. »Es ist alles da, du musst es nur zusammenführen.«

Ja, und da erwachte die Poldi wieder.

Sie lag im Bett der Brugalettas, über sich besorgte Gesichter.

»*Madonna*, da bist du ja wieder!«, rief Montana erleichtert.

Er sah blass aus.

»Bleib einfach liegen, der Arzt ist unterwegs.«

»Ein Bier!«, krächzte die Poldi.

Anna Brugaletta reichte ihr ein Glas Wasser, das die Poldi in einem Zug leerte. Dennoch fühlte sie sich immer noch so matt und zerschlagen wie nach einer durchzechten Nacht. Der dumpfe Druck auf der Brust war auch noch da und erschwerte jeden Atemzug.

»Was ist passiert?«

»Du bist einfach weggesackt.«

»Wie lange?«

»Paar Minuten nur. Aber – *Madonna!* – du hast mir einen schönen Schrecken eingejagt. Wie fühlst du dich?«

»Ich war an einem schönen Ort. Ich liebe dich, Vito.«

Montana nahm ihre Hand.

»Der Arzt ist gleich da.«

Die Poldi dachte an ihren Tanz mit Onkel Peppe. Irgendwas war mit Tanz. Irgendwas hing mit Tanzen zusammen. Die Poldi kam erst nicht drauf, aber dann fiel es ihr endlich ein.

»Mei, was war i vernagelt!«

Sie versuchte, sich aufzurichten, aber irgendwie kam sie nicht hoch.

»Bleib liegen«, sagte Montana.

»Ich brauch keinen Arzt«, sagte die Poldi. »Nur ein Telefon.«

»Was hast du vor?«

»Wie klingt: Favarotta finden, zwei Morde aufklären und dich dann heiraten?«

Montana schüttelte den Kopf.

»Wir warten auf den Arzt, und dann wirst du erst mal durchgecheckt.«

»Bist du so lieb und reichst mir mein Telefon, *tesoro?* Ich muss dringend die Signora Cocuzza anrufen.«

Aber Montana rührte sich nicht. Sein Gesicht hart vor Sorge.

»*Tesoro?*«

»Wir warten auf den Arzt. Du hast jetzt Pause, Poldi.«

»Wie meinst du das jetzt?«

Montana atmete durch.

»Und wenn ich dich anketten muss – du bist raus aus dem Fall.«

»Diese Hunde!«, tobte Maria am Straßenrand. »Dieses verrotzte Drecksgeschmeiß! Diese unfähigen Bachratzn,

i leg sie alle um, i spreng sie alle in die Luft, die verlump-
ten Hundskrüppel, Oarschlrampn alle miteinander! Dieses scheiß Italien! Überall auf der Welt kriegst ein ver-
nünftiges Fluchtfahrzeug, selbst in Uganda noch. Bloß in
diesem verranzten Drecksland nicht. Nicht einmal eine
anständige kriminelle Logistik kriegen sie hin.«

Ich musste an Tausende perfekt geplante und durch-
geführte Mafia-Morde denken, hielt aber die Klappe und
ließ Maria wüten.

Eine ganze Weile tobte sie nun schon wie Rumpel-
stilzchen um den Wagen herum. Keines der vorbeifah-
renden Autos hielt. Wahrscheinlich machte ihnen Maria
Angst.

Ich stand nur daneben und versuchte, Maria auf etwas
aufmerksam zu machen.

»Was?«, blaffte sie mich nach meinem elften schüchternen Versuch schließlich an.

Ich deutete die Anhöhe hinab. Gar nicht weit von uns
entfernt lag eine kleine Tankstelle. Ich konnte sehr gut
den Agip-Wolf auf gelbem Grund erkennen, der mir als
Kind bei den Urlaubsfahrten immer signalisiert hatte,
dass wir nun in Italien waren.

»Da könnten wir doch zumindest hinrollen, oder?«

Sie kniff die Augen zusammen, starrte zu der Tankstelle, und dann starrte sie wieder mich an.

»Kommst dir wohl besonders clever vor mit deinem
scheiß Pragmatismus, gell? Immer eine Lösung parat,
immer des letzte Wort.«

Sie setzte sich wieder ans Steuer. Ich wollte auf der
Beifahrerseite einsteigen, aber sie herrschte mich an.

»Du nix einsteigen! Du schieben!«

Da reichte es mir mit Ruhepol und Vernunft und so.

Ich habe schließlich auch meinen Stolz. Kühl und beherrscht rührte ich mich nicht vom Fleck.

»Wie heißt das Zauberwort?«

»Na los, du Penner!«

Ich gab auf. Murrend trat ich hinter den Doblo und versuchte, ihn anzuschieben. Ich musste mich in den Boden stemmen und mit aller Kraft drücken. Er rührte sich keinen Millimeter.

»Würdest du bitte die Handbremse lösen, Maria?«

In diesem Moment rollte der Doblo los, und ich fiel in den Staub. Ehe ich michs versah, rollte der kleine Lieferwagen uneinholbar scheppernd und klonkernd die Anhöhe hinab, und ich musste zu Fuß gehen.

Gut möglich, dass ich in diesem Moment mein Schicksal und das Universum unflätig verflucht habe. Aber irgendwie war ich im Hiob-Modus.

Als ich die Tankstelle erreichte, stand der Doblo vor dem Kassenhäuschen. Maria lehnte lässig an der Fahrertür und trank eine Cola, während ein älterer Signore in einem ölverschmierten Blaumann vor dem Wagen kniete und einen Blick unter die Motorhaube warf. Als ich hinzutrat, kam er gerade ächzend wieder hoch.

»Tja. Zwei Bolzen der Motoraufhängung sind gebrochen.«

Wir stellten uns vor. Er hieß Roberto Pirandello, wie der berühmte sizilianische Literaturnobelpreisträger, und kam jeden Tag zu dieser Tankstelle, um hier einen Kaffee zu trinken. Denn, so behauptete er vergnügt, als Automechaniker schmecke ihm Kaffee nur zusammen mit Benzingeruch.

Maria lachte wie über den besten Witz der Welt.

Trotz des Blaumanns hätte Roberto durchaus als

Schriftsteller durchgehen können. Zumindest, so wie ich mir einen italienischen Schriftsteller vorstellte. Ein Mann um die siebzig, sonnengebräuntes Gesicht unter verwegenen weißen Haaren. Ein Gesicht voller Leben, das nur aus Falten zu bestehen schien, aus Lachfältchen vor allem, mit klugen, wachen dunklen Knopfaugen, die alles genau durchdrangen, Motoren und Menschen.

Er blinzelte Maria und mich abwechselnd an, als wären wir zwei Wellensittiche, die irgendwo ausgebüxt und nun in seinem Garten gelandet waren.

Maria sagte nichts, schlürfte nur ihre Cola und beobachtete ihrerseits Roberto.

»*Beh*«, sagte er. »Ihr habt Glück. Meine Werkstatt ist nicht weit weg. Kann euch dahin abschleppen. Kann nichts versprechen, aber mit zwei dicken Schrauben könnte es vielleicht halten.«

»*Benissimo!*«, rief Maria überraschend aufgeräumt. »Das ist wirklich sehr freundlich, Signor Pirandello! Vielen Dank! Das nehmen wir gerne an.«

Ich konnte mich nicht erinnern, dass ich die Worte »freundlich« und »Danke« schon mal aus ihrem Mund gehört hatte.

»Nennen Sie mich Roberto.«

»Aber nur, wenn Sie mich Maria nennen.«

»Paralleluniversum«, sagte ich.

»Was meinst?«

»Nix, schon gut.«

So vorsichtig es eben ging, schleppte Roberto uns zu seiner Autowerkstatt am Ortsrand von Lentini ab.

Dort wohnte er auch, zusammen mit seiner erwachsenen Tochter und ihrer Familie, in einem kleinen Haus, das er mit eigenen Händen gebaut hatte. Eine kleine Welt mit einem Gemüsegarten hinten und Autoreifen und Motorteilen vorne.

Es war Abend, als wir die Werkstatt erreichten, und es duftete nach frittierten Auberginen, Jasmin, Gummi und Motoröl.

Roberto rollte den Doblo mit seinem Schwiegersohn auf die Hebebühne und sah sich das Desaster an. Maria und ich konnten nur zuschauen.

Ich war erst überrascht, dass Maria sich tatsächlich für den Prozess der Reparatur interessierte, bis mir dämmerte, dass ihr Interesse nur Roberto galt.

Tatsächlich gelang es Roberto und seinem Schwiegersohn, den Motor mit zwei dicken Schrauben wieder zu befestigen, und – oh Wunder – er lief sogar wieder.

»Großartig!«, rief ich. »Was kriegen Sie dafür?«

Roberto winkte ab und blinzelte Maria an.

»Wenn ihr mögt, könnt ihr zum Abendessen bleiben. Meine Tochter hat eine *parmigiana* gemacht.«

»Das klingt sehr verlockend«, setzte ich an, »aber ich fürchte, wir müssen leider ...«

»Sehr gerne!«, unterbrach mich Maria. »Es riecht köstlich.«

Ich starrte sie an. Ich glaubte es einfach nicht.

Kurz darauf saßen wir mit Robertos Familie im Garten an einem langen Klapptisch. Es gab billigen Wein und Limo für die Kinder, auf dem Tisch stand eine riesige Ofenform mit einer noch zischenden *parmigiana di melanzane*.

Das ist eine weitere sizilianische Spezialität, ein Auflauf aus frittierten Auberginen, Tomaten, Mozzarella und Pecorino. Ein Gericht der Familien und kleinen Leute, das satt macht, das man gut vorbereiten und zum Strand oder zum Osterpicknick mitnehmen kann. Wie immer liegt das Geheimnis in der Qualität der Zutaten. Und wie vieles in Sizilien betritt es die Bühne bescheiden, entpuppt sich dann aber als Rockstar.

Maria schaufelte sich zwei große Portionen rein, seufzte lustvoll bei jedem Bissen und plauderte mit Roberto und seiner Familie, als würden sie sich schon ewig kennen.

Ich erkannte sie nicht wieder.

Aber ich gebe zu, es war auch wirklich schön hier, an diesem abgeschiedenen, friedlichen Ort, wo nur Autos repariert und keine Morde aufgeklärt wurden. Wo man Öl, aber kein Blut an den Händen hatte. Wo Hühner im Gras pickten, wo es nach Kaninchenställen roch und nach Holzkohlenrauch.

Wo Sizilien ganz bei sich war, ohne Tamtam und Getöse.

Die *parmigiana* und der einfache trockene Wein machten mich träge und sentimental.

»Wo ist Ihre Frau?«, hörte ich Maria fragen.

»Sie verstarb vor neun Jahren an einer schweren Krankheit«, antwortete Roberto.

»Oh, das tut mir leid.«

Ich traute meinen Ohren nicht.

»Sie sehen aus wie eine Frau, die das Feuer liebt«, sagte Roberto auf einmal.

Es kam ihm über die Lippen wie eine sachliche Erkenntnis, die ihm gerade gekommen war. Ich hätte mich fast verschluckt.

»Sie haben recht«, erwiderte Maria. »Ich zünde gerne Dinge an. Wirklich gerne.«

Roberto nickte. »Und dabei warten Sie doch nur, bis

irgendjemand den Brand bemerkt, der sie schon ein ganzes Leben lang verzehrt – und ihn löscht.«

Ich kam aus dem Wundern nicht mehr raus.

Es gab Pfirsiche zum Nachtisch und dann *caffè* und dann noch *gelato* aus dem Kühlregal.

Obwohl es längst dunkel war, machte Maria immer noch keinerlei Anstalten, sich zu erheben. Sie reagierte auch nicht auf meine Grimassen.

»Wo müsst ihr denn noch hin?«, fragte Roberto.

»Nirgendwohin«, sagte Maria.

»Catania«, sagte ich.

»Ist schon spät. Ihr könnt hier übernachten, wenn ihr wollt.«

»Nein, danke«, bedauerte ich. »Wir müssen leider wirklich noch weiter.«

»Sehr gerne«, sagte Maria.

Und als ich sie dann fassungslos anstarrte, nahm sie mich beiseite und zog mich vor die Werkstatt.

»Jetzt starr mich nicht so an, du Penner!«

»Erklärst du's mir?«

»I kann's nicht erklären. I merk nur, dass i hier grad nicht weg möcht. Dass i noch ein bisserl bleiben will. Und damit *basta*. I bin dir da keine Rechenschaft schuldig.«

»Was ist mit Massimo?«

»Des schaffst schon alleine.«

»Äh, und was, wenn nicht? Ich meine, vielleicht hat er ja Lenka getötet.«

»Dann sperr jetzt schön die Ohren auf und merk dir genau, was i sag. Jedes Wort. Und dann machst es genau so, wie i g'sagt hab. Keinen Millimeter weichst ab vom Script, hast mich?«

»Äh, welches Script jetzt?«

Maria verpasste mir einen Klaps auf den Hinterkopf und erklärte mir, wie ich mich Massimo gegenüber verhalten solle.

»Wie bitte?«, protestierte ich. »Das werde ich auf gar keinen Fall sagen! Das funktioniert doch nie und nimmer. Das will ich nicht! Das kann ich auch gar nicht.«

»Herr, schmeiß Hirn vom Himmel! Doch des kannst sogar du. Und es funktioniert, des garantier i dir. Denn davon versteh i was. Aber du musst es eben genau so machen, wie i sag.«

Sie betete es mir vor wie ein Mantra und ließ es mich dann so lange wiederholen, bis ich es auswendig konnte und auch die Abläufe dazu.

Anschließend nahm sie ihre Waffe und noch ein paar Kleinigkeiten aus dem Handschuhfach des Doblo, ging kurz in die Werkstatt, suchte und fand etwas und reichte es mir.

»Dein Zauberschwert.«

»Haha, sehr witzig. Lass mal, ich brauch das nicht.«

»Halt dich ans Script, hab i g'sagt!«

»Und was, wenn ich improvisieren muss?«

»Nix improvisieren. Halt dich ans Script, dann musst auch nicht improvisieren. Und jetzt schleich dich.«

Sie schubste mich zu dem parkenden Doblo.

Ich meine, ich hätte froh sein können, sie endlich los zu sein. Keine Geisel mehr, keine Todesangst mehr. Aber irgendwie hatte ich auf einmal ein komisches Gefühl. Um nicht zu sagen, ein ganz, ganz mieses Gefühl. Ganz was Neues.

»Kannst du mir einen Gefallen tun, Maria?«

»Herrgott, was denn noch?«

»Diese Leute sind doch nett, nicht wahr? Kannst du ihr Haus bitte nicht anzünden und auch niemanden umbringen?«

In der Dunkelheit konnte ich ihren Blick nicht gut erkennen.

»Schleich dich«, sagte sie leise.

Das muss etwa zur selben Zeit gewesen sein, stelle ich mir vor, als die Poldi im Krankenhaus von Acireale am Tropf hing. Als man ihr Blut abnahm. Als man ihr Gel auf die Brust schmierte und sie mit Ultraschall abscannte. Als man ihr die EKG-Elektroden aufpfropfte wie Tentakel eines mechanischen Oktopus. Als sie trotz aller Schwäche darum bettelte, Montana möge ihr doch ihr Telefon reichen, damit sie die Signora Cocuzza anrufen könne. Als Montana dies jedoch streng und besorgt verweigerte. Bis dann doch ihr Handy klingelte und er den Anruf entgegennahm, verwundert reagierte und der Poldi dann kurz das Handy reichte. Aber nur ganz kurz.

Aber das wusste ich zu diesem Zeitpunkt alles nicht. Denn zu diesem Zeitpunkt fuhr ich den mit seinem Motor wiedervereinigten Doblo in Richtung Catania und betete die Textbausteine herunter, die Maria mir eingebläut hatte. Zu diesem Zeitpunkt war ich auf mich allein gestellt, bei meiner ersten selbstständigen Ermittlungshandlung, auf dem Weg hinein ins Herz der Finsternis.

Beziehungsweise ins *Lo Zò*.

Es war schon nach zehn, als ich den Doblo auf dem Parkplatz vor der ehemaligen Schwefelfabrik abstellte. Ich steckte mein Zauberschwert ein, sodass man es nicht gleich erkannte, und betrat das Gebäude.

Es war noch nicht viel los.

Toni stand hinter der Bar und begrüßte mich freundlich.

»Massimo da?«, fragte ich wie nebenbei.

Toni zeigte in Richtung des Veranstaltungssaals.

»Der macht gerade alles fertig. Aber die Show wird nicht vor zwölf beginnen.«

War mir nur recht.

Ich sah mich kurz um und schlenderte dann unauffällig zum Saal. Beziehungsweise schlurfte mehr, denn mein Zauberschwert behinderte meine natürliche Geschmeidigkeit ein wenig.

Der Saal war dunkel, aber ich erkannte Massimo an einem Pult mit elektronischen Geräten und einem Laptop. Er war allein, drehte wie ein DJ an verschiedenen Reglern und starrte konzentriert auf sein Display.

Auch ich starrte. Aber nicht auf ihn, sondern auf die audiovisuelle Show an der Wand gegenüber. Eine Art Collage aus Videoschnipseln, Fotos und computeranimierten Effekten. Dazu dräuende Ambient-Musik, also ein Soundsmoothie aus Bässen, Beats, Naturgeräuschen und industriellen Klängen. Eher nicht so meins, gebe ich zu. Aber die visuelle Installation magnetisierte und schockierte mich umso mehr.

Ich sah Lenka.

Sie lag nackt an einem Strand, Seetang in den Haaren. Die Kamera schwenkte um sie herum. Das Bild war dunkel, wie nachts aufgenommen, nur durch den winzigen Lichtspot des Handys beleuchtet, mit dem die Aufnahme gemacht worden war.

Sie war tot.

Die Bilder zeigten Lenkas Leiche, immer und immer

wieder. Sie sah wirklich aus wie eine gestrandete Sirene.
So schön. So gebrochen.

Dazu computergenerierte Effekte. Das Bild ver-
schwamm, zerrann förmlich, als ob es schmelzen würde, verrauschte und floss dann wieder zusammen. Dazu
wurden stroboskopartig Blockbuchstaben ins Bild ge-
stanzt, in einer Typo, wie man sie von Waffenkisten
kennt oder von Brandzeichen für Kühe. Immer und immer wieder.

F-O-R-Z-A-V-E-R-D-E

Ich weiß nicht, wie lange ich auf die Installation an der
Wand starrte. Irgendwann löste ich mich und trat aus
dem Dunkel an Massimos Pult.

Erst jetzt bemerkte er mich.

»*Salve*«, sagte ich.

Das wich dann schon direkt von Marias Script ab.

Er erkannte mich nicht gleich.

Aber dann: »Was willst du?«

»Mit dir reden.«

Stand so auch nicht im Script.

Ich deutete auf die Videoinstallation. »Über Lenka.«

»Verpiss dich!«, zischte er mich an. »Oder ich mach
dir Beine.«

Und von diesem Moment an hielt ich mich an Marias
Script.

Umständlich zog ich den riesigen 41er-Maulschlüssel
aus der Hose, den sie mir mitgegeben hatte, und hob ihn
drohend.

»Du verschissene, kleine Ratte. Ich werde dir gleich
den Schädel einschlagen. Ich werde jedes einzelne Wort

aus dir rausprügeln, bis dein Erbsengehirn überall rum-
spritzt! Und wenn ich damit fertig bin, dann piss ich auf
dich. Hast du das verstanden?«

Ich war selbst überrascht, wie locker flockig mir Marias Textbausteine über die Lippen gingen. Sie schienen
sogar Wirkung zu zeigen, denn Massimo wich ein wenig
zurück.

»Was willst du?«

»Hast du sie umgebracht, du mieses Stück ... Dreck?«

Er gab keine Antwort.

Also weiter im Script.

Ich holte mit dem Schraubenschlüssel aus und ließ
ihn auf seinen Laptop niederkrachen. Der erste Schlag
traf das Display. Es zersplitterte, der Laptop hüpfte, die
Videoinstallation brach ab. Massimo zuckte zusammen.

Alles genau wie im Script. Das stimmte mich zuversichtlich.

»Ob du sie umgebracht hast, du Drecksack?«, brüllte
ich.

Blöderweise wich Massimo an diesem Punkt vom
Script ab.

Statt mir winselnd alles zu gestehen, schlug er mir
mit der Faust voll ins Gesicht.

»Auuua!«, schrie ich auf.

Ich griff nach meiner Nase und sah, wie Massimo sich
seinen Laptop schnappte und aus dem Saal stürmte.

»Oh, Mift.«

Zu perplex von dem Schlag und entrüstet über Massimos Impro, reagierte ich zunächst gar nicht. Meine Nase
fühlte sich an wie Brei.

Aber dann ließ ich den Maulschlüssel fallen und spur-
tete ihm hinterher.

Ich sah, wie er den Bar-Bereich Richtung Ausgang durchquerte und rannte ihm nach. Zuversichtlich, dass ich ihn kriegen würde.

Blöderweise kam mir da die nächste Abweichung vom Script dazwischen. In Gestalt von Toni, der in seinem Barmann-Leben nicht nur genug Erfahrung mit schwierigen Gästen gesammelt hatte und der nicht nur zufällig am ganzen Körper tätowiert war, sondern auch einen Kopf größer als ich und ein durchtrainiertes Muskelpaket.

Er hechtete über die Theke und riss mich um.

Tja, Pech.

»Laff mich, Toni! Bitte!«, schrie ich, als er mich zu Boden drückte. »Er hat Lenka getötet!«

Keine Chance. Toni presste mich auf den Boden wie ein Nudelholz einen Pastateig.

Von meiner misslichen Position aus sah ich, wie Massimo den Ausgang erreichte. Ehe er jedoch das Gebäude verlassen konnte, stellten sich ihm zwei Gestalten in den Weg. Zwei Senioren.

Die kleinere der beiden Gestalten fuhr mit ausgestrecktem Finger auf Massimo zu und zischte in sizilianischem Dialekt: »Stehen bleiben, du Lump!«

Massimo, kurz perplex, wollte an den beiden Gestalten vorbeirennen.

Doch da griff die zweite Gestalt nach seinem Arm, wirbelte Massimo mit einem Judogriff herum, als wenn es nichts wäre, warf ihn zu Boden und nahm ihn in den Polizeigriff.

Zum dritten Mal an diesem Tag konnte ich nicht glauben, was da gerade geschah.

Die kleinere Gestalt war die traurige Signora Cocuzza. Sie trug ein rückenfreies rotes Kleid und hohe Schuhe.

Den älteren Herrn neben ihr in der schwarzen Hose und dem schwarzen Hemd kannte ich nicht.

Massimo wand sich in seinem Griff, aber keine Chance. Der ältere *signore* schien so was nicht zum ersten Mal zu machen. Er wirkte völlig ruhig.

»Ganz ruhig, mein Sohn«, hörte ich ihn sagen. »Sonst muss ich dir leider den Arm brechen.«

Die Signora Cocuzza kam auf Toni und mich zu.

»Ist gut, Toni, er gehört zu uns.«

Toni ließ mich los und half mir auf.

Die Signora Cocuzza reichte mir ein Taschentuch für meine blutende Nase.

»Die ift beftimmt gebrochen!«, nuschelte ich.

»Nein«, sagte die Signora Cocuzza trocken. »Das hört gleich auf.«

»Ihr kennt euch?«, fragte ich Toni.

»Die Signora und der Signore kommen regelmäßig zu unseren Milongas. Also – was ist hier los?«

Ich erklärte es ihm, so gut und knapp es ging. Poldis Name wirkte wie ein Zauberwort.

Toni gestattete uns, Massimo zurück in den Saal zu bringen, wo wir auf ihn aufpassen konnten, bis die Polizei eintraf.

»Wie kommen Fie denn hierher?«, fragte ich die Signora Cocuzza.

»Die Poldi hat mich vorhin angerufen. Sie hatte einen Anruf von ihrer Schwester bekommen, dass Sie hier bestimmt ein bisschen Verstärkung gebrauchen könnten.«

Da schwante mir, dass Marias ganzes Script nur dazu gedacht gewesen war, Massimo zu provozieren, damit die »Verstärkung« ihn danach abfangen konnte.

Na super, dachte ich beleidigt.

Der ältere *signore*, den die Signora Cocuzza mir als ihren »Bekannten« vorstellte, hieß Corrado Catalano und war vor seiner Pensionierung bei den *Carabinieri* gewesen. Ein ruhiger Mann Ende sechzig mit sehnigen Armen, offenbar aus Stahl.

Er ließ Massimo auf einem Stuhl Platz nehmen, blieb aber hinter ihm, eine Hand auf seiner Schulter.

Die Signora Cocuzza überließ mir tatsächlich die Befragung.

Das Nasenbluten hatte nachgelassen, aber ich hielt es für eindrucksvoller, mir das blutige Taschentuch noch weiter vor die Nase zu halten.

»Alfo noch mal«, begann ich. »Warum haft du Lenka getötet?«

»Hab ich nicht«, presste Massimo hervor.

Er wirkte ziemlich bedient, kein bisschen großspurig mehr.

»Das ist die Wahrheit!«

»Wer foll dir daf glauben? Du haft ihre Leiche gefilmt, alf du fie an der Ifola Bella abgelegt haft. Du bift auch noch fo dämlich, darauf eine Videoinftallation fu machen.«

Massimo weinte.

»Ich musste das irgendwie verarbeiten. Ja, ich hab sie gefilmt. *Madonna!* Und ja, ich hab sie da auch abgelegt. Ich konnte sie doch nicht einfach ins Meer werfen, wie Favarotta wollte. Aber ich hab sie nicht getötet. Das ist die Wahrheit. Wirklich! Ich hab sie geliebt! Es war ein Unfall.«

Ich entdeckte den großen Schraubenschlüssel auf dem Boden und überlegte kurz, ob ich es noch mal mit Marias Methode versuchen sollte. Der 41er-Maul zwinkerte mir

zu. Ich ließ ihn liegen. Die Schuldfrage war Sache der Polizei, und die würde bald da sein.

»Waf ift ›Forpfa Verde‹?«, fragte ich stattdessen.

14. Kapitel

Erzählt von Leberwerten, Bonbonieren, Briefkastenfirmen und Alibis. Und von Geld, viel Geld. Und von Sirenen. Und von Kamasutra und Fernbedienungen. Während Montana eine Allianz der Entschlossenen bildet, hat die Poldi Hausarrest und schmuggelt Kassiber. Der Neffe gerät an eine *femme fatale* und setzt mit der Signora Cocuzza und Padre Paolo einen tollkühnen Plan um. Bloß kommt dann doch wieder was dazwischen.

Sie behielten die Poldi zur Beobachtung eine Nacht im Krankenhaus, dann durfte Montana sie nach Hause bringen.

Der Verdacht auf Herzinfarkt hatte sich zwar nicht bestätigt, aber so richtig toll sah das EKG nicht aus. Die Blutwerte auch nicht. Die Leberwerte vor allem, wie man sich vielleicht denken kann. Aber auch andere Parameter lagen mehr so im gelb-roten Bereich, denn im Universum wie im menschlichen Körper ist ja alles miteinander verbunden.

Komplexe Systeme sind träge. Sie streben stabile, gesunde Zustände an, in die sie wohlig seufzend einrasten und die sie nur unwillig murrend verlassen, wenn man wie wild an allen Reglern fummelt. Wenn man sie durch hartnäckige Ressourcenverschwendung, Regenwaldabholzung, Monokultur, Stress, Unglück, Suff, Gewalt oder schieren Mutwillen jedoch erst einmal in ein labiles Gleichgewicht gebracht hat, dann muss nur irgendwo ein Sack Reis umfallen, und holterdipolter geht alles den Bach runter. Hab ich mal gelesen.

Der fesche Oberarzt hatte der Poldi erklärt, dass sie bei diesem Lebenswandel ihren nächsten Geburtstag vermutlich nicht erleben werde. Er hatte ihr unappetitliche Szenarios von multiplem Organversagen ausgemalt, ihr absolute Ruhe und Abstinenz verordnet und sie dann um ein Selfie für die Promi-Fotowand im Schwesternzimmer gebeten.

Leider gehören Abstinenz und Ruhe zu den ganz wenigen Dingen, von denen die Poldi eher nichts versteht.

Sie versuchte, Montana zu erklären, dass der Fall so gut wie aufgeklärt sei. Dass sie nur noch ein, zwei Spuren zusammenführen müsse. Dass sie sich dann auch wirklich endgültig zur Ruhe setzen würde. Sie bettelte Montana an, ihr das Handy zurückzugeben und ihr einfach noch zwei Tage zu geben.

Aber diesmal blieb Montana hart. Er bildete eine Allianz der Entschlossenen mit Caterina, Luisa und Teresa und erteilte der Poldi bis zur Hochzeit Hausarrest inklusive Handyverbot, Alkoholverbot und Überwachung rund um die Uhr.

Die Tanten sollten sich in drei Schichten abwechseln, die Poldi bekochen, sie mit Smoothies versorgen und versuchen, sie mit Hochzeitsvorbereitungen abzulenken.

Als Erstes breiteten sie ein Dutzend Muster von Bonbonieren auf Poldis Bett aus und nötigten sie, eine Entscheidung zu treffen.

Denn die *bomboniera* gehört notwendigerweise, absolut unumgänglich und alternativlos zu jeder sizilianischen Hochzeit dazu. Aber auch bei runden Geburtstagen, Taufen, Kommunionen, Staatsexamen und Pensionierungen dürfen *bomboniere* nicht fehlen. In der Regel werden sie vom Gastgeber an die Gäste verschenkt oder auch als kleine Aufmerksamkeit für einen Jubilar.

Wie der Name schon sagt, handelt es sich dabei um Bonbon-Döschen, in denen sich kleine Tüllsäckchen mit glasierten Mandeln befinden, je nach Anlass in einer anderen Farbe. Weiße Mandeln reicht man bei Hochzeiten. Bei achtzehnten Geburtstagen und Pensionierungen ist Grün zu empfehlen. Bei Examen und Doktortiteln variiert die Farbe je nach Studienfach: schwarze Mandeln für Architekten und Ingenieure, lilafarbene für Sprachwissenschaftler, gelbe für Betriebswirte und blaue für Juristen. Bei Silberhochzeiten und Goldenen Hochzeiten sind die Mandeln natürlich silbern oder golden glasiert, eh klar. Im Zweifelsfall fragt man besser eine meiner Tanten, die kennen sich damit aus.

Das Allerschwerste – vielleicht sogar schwerer als die perfekte Tischordnung – ist jedoch die Auswahl der *bomboniera* selber. Es gibt sie in allen, wirklich allen Farben, Formen und Materialien, und es gibt in Italien einen ganzen Industriezweig dafür. Üblicherweise sind *bomboniere* aus Glas, Porzellan oder Silber. Als Faustregel gilt wie immer: Dezenz ist Schwäche. Je kitschiger und teurer, desto besser. Danach ist man zwar arm, und verwenden kann man die *bomboniere* im Alltag auch nicht wirklich, aber alle Gäste werden noch Jahrzehnte davon sprechen. Und nur darum geht es. Um Eindruck schinden. Um *bella figura*. Und vor allem um Dankbarkeit.

Die *bomboniera* ist ein vorweggenommener Dank des glücklichen Hochzeitspaars für die vierundzwanzigteiligen Kaffeeservices, die Silberlöffel und die Spitzendeckchen, die man ebenfalls niemals verwenden, sondern lediglich im *salotto* ausstellen wird wie Pokale von Weltmeisterschaften.

Für eine pragmatisch und eher postmodern kalibrierte deutsche Seele mag das alles putzig klingen. Aber man darf nicht vergessen, dass wir Sizilianer halbe Orientalen sind. Der ritualisierte Austausch von Geschenken, Aufmerksamkeiten und Dankbarkeit ist das Öl im Getriebe der sizilianischen Gesellschaft, und überall lauern Fettnäpfchen. Aber keine Bange, im Zweifelsfall einfach eine meiner Tanten fragen, die kennen sich aus.

Die Poldi hätte sich daher keine besseren Expertinnen in Sachen Hochzeitsplanung wünschen können. Als barock gestimmter, bajuwarischer Klangkörper hat sie es ja durchaus mit Nippes. Sie versteht auch was von der Poesie nutzloser Dinge, und sie ist der dankbarste und großzügigste Mensch, den ich kenne.

Aber als sie sich, so geschwächt im Bett, mit diesem Halleluja des Kitsches konfrontiert sah, verging ihr auf einmal die Lust am Heiraten, am Feiern, an dem ganzen Brimborium. Sie wollte doch nur wieder gesund sein, vielleicht ein Weißbier zischen, Montana vernaschen und ein bisschen links und rechts ermitteln.

Das gestattete Montana ihr jedoch nicht. Selbst für kleine Spaziergänge am *lungomare* durfte die Poldi das Haus nur in Begleitung verlassen. Besuch war ihr lediglich eine Stunde am Tag erlaubt, ebenfalls nur in Anwesenheit einer Vertrauensperson der Allianz. Zu der ich übrigens nicht gehörte, auch nicht die Signora Cocuzza und Padre Paolo.

»Nimm's mir nicht übel, aber du tust ihr gerade nicht gut«, sagte Montana zu mir, als ich der Poldi am nächsten Tag alles brühwarm berichten wollte.

Montana ließ mich noch nicht mal ins Haus.

»Soll kein Vorwurf sein«, erklärte er mit unerwartet hartem Gesichtsausdruck, »aber deine Tanten haben dir vor einem Jahr einen Auftrag gegeben, und du hast ihn nicht hingekriegt. Du solltest auf die Poldi aufpassen. Sie davon abhalten, sich totzusaufen. Aber was ist stattdessen passiert? Schau dich an. Du trägst bunte Hemden, rauchst, trinkst, prügelst dich, ermittelst auf eigene Faust. Du bist ihr einfach nicht gewachsen. Du bist raus.«

Das saß. Volltreffer, versenkt.

So hatte ich das bislang noch gar nicht betrachtet. Aber wahrscheinlich hatte ich mir in meiner Eitelkeit eben doch nur eingebildet, dass ich im vergangenen Jahr ein wenig Einfluss auf die Poldi gehabt hatte. Dass sie weniger trank, wenn ich da war. Dass es ihr guttat, den verklemmten Neffen zu schurigeln und mit ihren Eskapaden zu schockieren. Dass es sie aufbaute, wenn sie mir ihre Fälle erzählte und sie mit hanebüchenen Episoden über den Tod und ihre Promi-Freunde überzuckerte. Dass sie irgendetwas in mir sah, für das es sich lohnte zu leben.

»Ich wollte nur helfen«, sagte ich mit Kloß im Hals.

»Wir sehen uns auf der Hochzeit.«

Montana wollte die Haustür zuziehen.

»Aber was ist mit dem Fall?«, fragte ich hilflos und ausgebremst.

»Darum kümmern sich die zuständigen Kollegen. Massimos Aussage wird überprüft, Favarotta werden wir bald finden, und spätestens dann werden wir auch den Mord an Samir aufklären. Es ist nur noch eine Frage von Tagen, glaub mir. Und Maria werden wir auch noch auf die Spur kommen.«

Ich glaubte es ihm sogar. Nur froh machte es mich seltsamerweise nicht. Obwohl ich keinen Zweifel hatte, dass Montana nur ihr Bestes wollte, bezweifelte ich eben auch, dass das wirklich das Beste für die Poldi war. Ermitteln war ihr Lebenselixier. Ich bezweifelte, dass sie gesund werden könnte, wenn sie diesen Fall nicht selbst abschloss. Und unfair fand ich es außerdem auch.

Aber was konnte ich tun?

Nun, ich konnte meine Superwaffe einsetzen. Meinen fettesten Trumpf ausspielen. Mein größtes Naturtalent in den Ring werfen.

Meine absolute Harmlosigkeit.

Wie auf heißen Kohlen wartete ich bis zum Abend und besuchte dann Tante Luisa überraschend zu Hause.

Meine Tanten sind warmherzige, sinnesfrohe Geschöpfe voller Herzensgüte und Nachsicht. Allerdings ziemlich stur. Wenn sie sich etwas vorgenommen haben, ziehen sie es durch. Wenn man sie von irgendwas abhalten will, beißt man auf Granit. Vor allem bei Tante Caterina und Tante Teresa. Tante Luisa jedoch, die jüngste der drei Schwestern, ist meine Patentante und hat den weichsten Keks von allen dreien. Leichtes Spiel also.

Ich brachte ihr einen Strauß Strelitzien aus Valéries Garten mit, ihre Lieblingsblumen.

»Ich würde einfach nur gern hören, wie es ihr geht«,

erklärte ich ihr auf Deutsch, denn Tante Luisa spricht gern Deutsch mit mir. »Also persönlich.«

»Aber Montana möchte das nicht«, sagte Tante Luisa zögerlich. »Ich finde das ja auch schwierig, aber schau, vielleicht ist es wirklich besser so.«

»Nur hören, wie es ihr geht«, sagte ich beschwörend und griff mir an die Brust. »Einfach nur ein paar Worte wechseln. Dass sie sich keine Sorgen um mich machen muss. Dass mit mir und Valérie auch wieder alles in Ordnung ist. Dass ich angefangen habe, ihre Fälle aufzuschreiben, das wird sie freuen.«

Ja, es war unverschämt. Ja, ich zog sämtliche Register.

Tante Luisa arrangierte die Strelitzien in der Vase.

»Mei, sind die schön.«

Bingo, dachte ich. *Du bist ein Virtuose auf der Klaviatur der Emotionen. Du bist der geborene Scharlatan.*

Tante Luisa sah mich milde an. »Du warst immer so ein lieber, stiller Bub. Aber auf einmal bist ein richtig durchtriebener Halunke.«

»Äh, was?«

»Ich wollte es ja nicht glauben, aber Teresa hat vorausgesagt, dass du's bei mir versuchen würdest. Also, was willst du wirklich?«

Ich hustete verlegen.

»Ich will sie nur auf den Stand der Dinge bringen. Mehr nicht, ehrlich. Das hat sie schließlich verdient.«

Tante Luisa dachte nach.

»Und was krieg ich dafür?«

»Äh ... An was hast du denn gedacht?«

»Ich möchte, dass du mich einmal im Monat besuchen kommst. Und wenn du Poldis Fälle eines Tages aufschreibst, möchte ich als clevere *femme fatale* darin vorkommen. Detektivin oder Gangsterin, kannst du dir aussuchen.«

»Vergiss es«, stöhnte ich. »Die Besuche mache ich gerne, aber was die eventuellen Krimis betrifft – eh, das ist kein Wunschkonzert.«

Tante Luisa nickte. »Das verstehe ich. Du bist ja schließlich Künstler. Gell, bestellst der Valérie schöne Grüße von mir, ja?«

»Ich mach dich zur Hauptfigur in meinem Familienroman«, bot ich verzweifelt an.

Tante Luisa schüttelte den Kopf. »Ach, weißt du, Krimi mag ich lieber.«

»Ihr spinnt doch alle«, ächzte ich.

Tante Luisa streckte eine Hand aus. »Clevere *femme fatale*. Erotisch, aber nicht vulgär. Und mit einem dunklen Geheimnis. Den Namen kannst du dir aussuchen.«

Am nächsten Vormittag wartete ich zur verabredeten Zeit auf einer Bank unter einem Orangenbaum am *lungomare* von Torre Archirafi.

Ich erschrak ein bisschen, als ich die Poldi am Arm von Tante Luisa sah. Sie ging langsam, wirkte erschöpft, fast tapsig.

Ächzend ließ sie sich neben mir auf der Bank nieder.

Tante Luisa setzte sich dezent außer Hörweite auf die Bank unter dem nächsten Baum und deutete mir mit den Fingern an: zehn Minuten.

Die Poldi trug ihr gelbes Kleid mit weißen Tupfen, war geschminkt und alles, aber die Blässe und die Augenringe waren unübersehbar. Ich fragte mich, ob das wirklich so eine gute Idee gewesen war mit dem Gespräch.

»Wie geht's dir?«

»Mei. Du hast nicht zufällig ein Bier dabei?«

»Haha, sehr witzig.«

Die Poldi seufzte. »Einen Durst hab i, des kannst du dir nicht vorstellen. I hab mir vorg'stellt, dass i mein Leben genau so beende, wie i immer g'lebt hab: frei und mit Tschingderassabum. Aber jetzt schau mich an: a oide Krampfscherbn auf dem Trockenen.«

»Vom Jammern wird's auch nicht besser.«

»Hört, hört. Wolltest mich deswegen treffen? Um mir obendrein noch ein paar Schlaumeiersprüche mitzugeben?«

Ich atmete durch.

»Forza Verde gibt's gar nicht.«

»I weiß.«

Ich starrte sie perplex an. »Was soll das heißen?«

»Mei, wenn zwei ausgefuchste Kriminalgenies wie der Vito und i einfach nix über eine bestimmte Organisation finden, dann kann des fei nur bedeuten, dass diese Organisation gar nicht existiert, meinst nicht?«

War was dran.

»Was weißt du noch?«, fragte ich.

»Alles nur Vermutungen. I hab gestern heimlich mit Irene Patti vom *L'Espresso* telefonieren können. Sie ist da an was dran.«

»Aha.«

»Jetzt sei nicht wieder gleich beleidigt. I hab's bei dir versucht. Aber Ihro Gnaden waren ja nicht erreichbar.«

Ich musste an mein Handy denken, das Maria aus dem Auto geworfen hatte und das wahrscheinlich irgendwo unter Macchia-Büschen verrottete.

In aller Kürze erzählte ich ihr von meinem Abenteuer mit Maria bis zu der Befragung von Massimo.

»Massimo hat behauptet, dass er Lenka vor einem Jahr im *Lo Zò* kennengelernt habe«, berichtete ich. »Sie hatten kurz was miteinander. Und dann habe Lenka ihn überredet, Forza Verde zu gründen, um mit Guerilla-Aktionen auf die Zerstörung der Umwelt in Sizilien aufmerksam zu machen. Kurz darauf habe Lenka über diese Dating-Plattform Favarotta kennengelernt. Angeblich, um ihn für eine erste Aktion auszuspionieren. Bloß stand Favarotta dann eines Tages auf der Matte und bot an, Forza Verde im Hintergrund zu finanzieren und was ganz Großes daraus zu machen.«

»Typisch.«

»Tja, und Massimo hat's geglaubt. Plötzlich war viel Geld im Spiel, und er wollte Lenka ja immer noch beeindrucken. Bloß wurde nix draus. Irgendwann hat Massimo Favarotta darauf angesprochen, und dann kam raus, dass Favarotta Forza Verde als Deckname für eine Briefkastenfirma benutzt hatte. Mit Sitz auf ...«

»Malta.«

»Oh, das weißt du also auch schon.«

»Des hat Irene Patti rausg'funden. Favarotta hat des ganze Geld, das er für *Xanadu* bei den Investoren eing'sammelt hat, wahrscheinlich rüber zu Forza Verde g'schaufelt. Weil, verständlich, nur mit einer traurigen Million wollte er sich schließlich auch nicht absetzen. Aber jetzt rate, wer außer Favarotta noch als Gesellschafter von Forza Verde eingetragen ist.«

»Silvia Favarotta?«

»Nicht schlecht, aber falsch. Scaramella.«

Ich pfiff durch die Zähne.

»Was sagt er dazu?«

»Schweigt.«

Die Poldi berichtete mir von ihren Ermittlungen bei Brugaletta und dem Abzeichen, das er ihr gegeben hatte.

»Als die *Carabinieri* bei Scaramella vor der Tür standen, hat er ihnen nur ganz cool des Abzeichen an seinem Revers gezeigt. Seine Jagdflinte stand ordnungsgemäß im Waffenschrank und ist nicht die Tatwaffe. Obendrein hat Scaramella sogar ein Alibi für die Tatzeit. Und jetzt rate noch mal.«

»Silvia Favarotta.«

»*Cento punti.* Sie schweigt natürlich auch. Aber i bin mir ziemlich sicher, wie's war. Scaramella wollte Geld für seine Partei, Favarotta wollte als Politiker groß rauskommen, und Silvia wollte ihren Anteil an der Firma. Also hat Silvia alles eingefädelt. Bloß, als sie dann des Testament g'sehen hat, hat sie g'schnallt, dass Scaramella sie belogen hat. Nur beweisen müsst ich es halt noch können.«

»Glaubst du, Silvia Favarotta und Scaramella wollten Favarotta umbringen?«

»Schwer zu sagen. Durch des Testament hätte Scaramella ein Motiv. Denn falls der Mord unaufgeklärt bliebe, wäre er ja Treuhänder des Vermögens.«

»Aber Silvia Favarotta würde dann leer ausgehen. Da wird sie wohl kaum mitgespielt haben.«

»Pfeilgrad. Und riskant wär's auch.«

»Warum deckt sie Scaramella dann überhaupt noch?«

»Mei, vielleicht, weil immer noch ein Haufen Geld im Topf ist? Und, i glaub, da ist noch ein weiterer Faktor mit im Spiel, der alles durcheinandergewirbelt hat.«

»Wen meinst du?«

»Nicht wen, sondern was. Die Liebe. Schon mal davon g'hört? Aber da muss i erst noch ein bisserl tiefer graben.«

Ich dachte laut nach. »Und dann ist Favarotta plötzlich abgetaucht und alle so: ›Huch!‹«

»Pfeilgrad. Weil Favarotta eben nicht blöd ist. Alle miteinander haben sie gedacht, dass sie Sirenen sind. Silvia, Scaramella, Massimo. Sogar Russo und seine Mafia-Investoren. Dass sie bloß ihr Liederl singen müssten, und schon zerschellt der blöde Favarotta an ihren Klippen, und sie brauchen nur noch sein Schiff plündern. Bloß, in Wahrheit ist Aldo Favarotta die Sirene. Er hat schamlos allen alles versprochen, und alle haben sie ihm geglaubt. Scaramella und seinen Faschisten hat er ein paar Millionen versprochen, Silvia hat er die Firma versprochen, Samir hat er die Leitung von *Xanadu* versprochen, Lenka hat er ein Luxusleben versprochen, Massimo hat er Forza Verde und Lenka versprochen, Russo und den Investoren hat er märchenhafte Renditen versprochen. Dabei war *Xanadu* bloß genau des: ein Märchen, ein einziger Beschiss, sonst nix. Einer nach dem anderen ist seinem Lied gefolgt, und auf einmal waren zwei Menschen tot.«

»Massimo behauptet, Lenkas Tod sei ein Unfall gewesen.«

Das schien die Poldi zu überraschen.

»Oha.«

»Hat Montana dir das etwa nicht erzählt?«

»Der Vito ist gerade sehr streng mit mir. Nur im Bett, da ist er gerade sehr sanft. Weil, als Kriminalkommissar ist er ja nicht nur kriminalistisch ein Genie. Der weiß halt, welche Art von Akupressur und Sex ein rekonvaleszenter Mensch wie i braucht. Du, i glaub, der Vito und i, wir sind da gerade auf einer kamasutrischen Expedition. Lach nicht, gut möglich, dass wir kurz davorstehen, eine weltbewegende Entdeckung zu machen. Natürlich brauchen wir da noch viel mehr Daten und müssen noch sehr viel forschen, sehr viel. Sag, hast du g'wusst, dass auch Männer einen G-Punkt haben?«

»Poldi, bitte!«, stöhnte ich.

»Vielleicht schreib i ja auch noch ein Buch. Einen Ratgeber. Des *Oberreiter-Kamasutra*, was meinst? Oder klingt des zu wissenschaftlich? Populärer wäre: *Alle können kommen.*«

Ich hielt mir die Ohren zu. »Lalala!«

Aber irgendwie kam mir die Poldi schon wieder viel rosiger vor.

»Ansonsten aber schirmt er mich ab, wo er nur kann«, schwenkte sie ungerührt zurück in die Spur. »Deswegen erzähl i ihm auch nix. Des hat er nun davon. Also, was hat Massimo g'sagt?«

»Seine Version ist die: Lenka hatte sich angeblich in Favarotta verliebt. Oder in sein Geld, was weiß ich. Deckt sich aber mit dem, was sie mir an dem Abend im Auto gesagt hat. Eine Woche vor ihrem Tod teilt sie Massimo überraschend mit, dass sie mit Favarotta weggehen wird. Irgendwohin, anderes Land, wahrscheinlich Argentinien. Massimo total von den Socken und bestürzt. Weil, das war ja nicht der Plan gewesen. An dem Abend, nachdem Favarotta verschwunden war, bittet Lenka Massimo, sie zu der Hütte am Lago Dirillo zu fahren. Dort aber stellt sich nun raus, dass Favarotta gar nicht mehr vorhat auszuwandern. Sondern, dass er nur eine Weile am See die Füße stillhalten will, bis sich ein paar Dinge geklärt haben. Es kommt zum Streit zwischen Lenka und Favarotta. Auch Massimo mischt sich ein. Lenka ist zu diesem Zeitpunkt angeblich schon bis zur Halskrause voll mit Keta. Sagt Massimo. Dann geht wohl alles ziemlich schnell. Lenka zieht sich aus, läuft zum See und springt rein, um Dampf abzulassen. Favarotta und Massimo hinter ihr her. Aber als sie zum See kommen, treibt Lenka schon bewusstlos im Wasser. Sie ziehen sie ans Ufer, versuchen, sie wiederzubeleben. Leider erfolglos.«

»Und Favarotta kapiert«, schaltete sich die Poldi an der Stelle ein, »dass des seinen ganzen schönen Plan zerschießt, wenn er jetzt die Polizei ruft.«

»Genau. Also bequatscht er Massimo, Lenkas Leiche irgendwo im Meer zu versenken. Massimo will erst nicht, aber dann erklärt ihm Favarotta, was die Alternative ist: nämlich Ermittlungen, Mordverdacht und vor allem Schluss mit Forza Verde und der Kohle. Also lässt sich Massimo darauf ein.«

Die Poldi nickte.

»Aber dann bringt er's nicht über sich, die schöne Sirene einfach ins Meer zu kippen wie Sperrmüll. Sondern er legt sie am Ufer der Isola Bella ab.«

»Nicht nur das«, ergänzte ich. »Er dekoriert sie sogar noch ein bisschen und macht Aufnahmen, die er später für eine Videoinstallation verwendet.«

»Nein!«

»Doch.«

»I glaub's nicht. Wie deppert ist des denn?!«

»Spricht allerdings gegen ihn als Mörder«, sagte ich. »Und so, wie ich Montana verstanden habe, geht der Autopsiebericht auch eher Richtung Unfall.«

Wir schwiegen.

Ich dachte an Lenka, stellte mir vor, wie sie im Lago Dirillo trieb.

»Das verbrannte Handy in der Hütte«, begann ich wieder. »Das hat Lenka gehört, nicht wahr?«

Die Poldi nickte erneut.

»Warum hat Favarotta es erst so spät verbrannt?«

»Mei«, seufzte die Poldi. »Weil es ihm schwerfiel? Weil noch Fotos oder andere Erinnerungen drauf waren? Weil er sie vielleicht wirklich geliebt hat?«

Ich stöhnte.

Ein Zischen von der linken Seite. Ich drehte mich um und sah, dass Tante Luisa mir zwei Finger zeigte.

»Hast du was von Maria gehört?«, fragte ich die Poldi. Sie schüttelte den Kopf.

»Sie hat mich angerufen, kurz nachdem du mit dem Doblo losgefahren warst. I konnt ja nix machen, also hab i die Signora Cocuzza angerufen, weil die hab i ja eh dringend sprechen wollen. Aber der Vito hat mir kein langes Telefonat gestattet, und es hat ja auch pressiert. Ein Glück, dass die Signora Cocuzza und ihr *tanguero* da gerade auf einer Milonga im Palazzo Biscari waren, praktisch ums Eck.«

»Und Maria?«

»Abgetaucht. Der Vito hat sofort ein Team zu der Werkstatt g'schickt, die du der Signora Cocuzza beschrieben hast. Aber der *meccanico* meinte nur, dass sie fortgegangen sei, und er wisse nicht, wohin.«

»Soso.«

»Was soll jetzt des heißen?«

»Nichts. Vielleicht ist sie ja nach Sambuca di Sicilia zurück, wo sie sich dieses Häuschen gekauft hat.«

Abermals schüttelte die Poldi den Kopf.

»Des Häuschen g'hört gar nicht der Maria. Sie hat des alles erfunden. Wie immer.«

»Oh Kacke. Du meinst, sie plant immer noch was?«

»Davon geh i fest aus. Aber mei, was hab i erwartet?!«

Ich dachte an den seltsamen Abend mit Maria bei Roberto Pirandellos Familie.

»Ich bin mir da nicht mehr so sicher.«

»Na los, spuck's schon aus.«

Ich zögerte.

»Ist es okay für dich, wenn ich mich da alleine drum kümmere?«

Die Poldi sah mich verblüfft und auch ein bisschen respektvoll an, bildete ich mir ein.

»Da schau her. Der Herr Autor hat Geheimnisse.«

»Vertrau mir einfach mal, okay?«

Die Poldi strich mir über den Arm. »Ach, Bub, des tu i doch eh. Auch wenn dich des jetzt überrascht.«

»Bleiben noch zwei Fragen«, sagte ich. »Wer hat Samir getötet? Und wo ist Favarotta?«

Die Poldi nickte.

»Wir müssen Favarotta finden. Alles hängt an ihm.«

»Irgendeine Vermutung, wo er sein könnte?«

Die Poldi grinste mich an. »Wo geht ein sizilianischer Mann hin, wenn er sonst nirgendwo mehr hinkann?«

»Äh ...«

»Zu seiner *mamma*!«

»Moment. Favarottas Mutter ist doch tot, denke ich. Heilige Frau, Schamanin, einbalsamiert und so weiter.«

»Aber nun wissen wir ja inzwischen, dass Aldo Favarotta der größte Lügner vor dem Herrn ist, gell? Erinnere dich an des Foto in seiner Brieftasche. Und dann erinnere dich, dass Favarotta in Sutera geboren wurde. Und nicht in Enna. I hätt mich schon wieder ohrfeigen können, dass i da nicht gleich drauf ang'sprungen bin. Aber mei, da saß i ja im Auto, hatte eine Stinkwut auf den Vito und einen Mordsdurst obendrein.«

Fand ich so mittelüberzeugend.

»Aha. Aber das könnte doch auch schon wieder gelogen sein.«

»Mei. Aber haben wir was Besseres? Nein, sag nichts, haben wir nicht. Außerdem hab i diesbezüglich bereits Nachforschungen ang'stellt.«

»Wie jetzt? Ich denke, Montana und die Tanten passen wie Schießhunde auf dich auf?«

»Hältst mich für scheintot, oder was? I hab natürlich meine Mittel und Wege. I hab der Signora Cocuzza ein Kassiber unterg'schoben, als sie ein paar *dolci* aus der Bar vorbeigebracht hat. Und heut Morgen kam die Antwort in einem *dolci*-Paket zurück.«

Aus dem Augenwinkel sah ich, wie Tante Luisa mir hektische Zeichen machte. Ich versuchte, sie zu ignorieren und konzentrierte mich auf die Poldi.

»Los, sag schon.«

»In Sutera gibt's zwei Favarottas.«

Ich dachte kurz nach.

»Okay, ich kümmere mich darum.«

Die Poldi hakte sich bei mir unter.

»Des Sympathische an dir ist ja, dass du dir deine kindliche Naivität bewahrt hast. Nicht wirklich sexy, aber sympathisch.«

»Was soll das denn jetzt heißen?«

»*Wir*, soll des heißen. Wir beide werden morgen nach Sutera fahren.«

»Äh ... Nein?! Also, im Sinne von: Das kannst du mal schön knicken, da mach ich nicht mit. Schon vergessen, dass du nicht gesund bist? Außerdem hast du Hausarrest.«

»Genau deswegen wirst mich ja auch rausholen.«

Ich merkte, wie sie mir etwas in die Hand drückte und meine Finger darum schloss. Dann erhob sie sich.

»Mit meinem Leben kann i fei immer noch machen, was i will, merk dir des.«

Sie schlurfte rüber zu Tante Luisa und hakte sich wieder bei ihr unter.

Tante Luisa winkte mir zu.

Ich winkte matt zurück, öffnete das gefaltete Papierchen, das die Poldi mir zugesteckt hatte, und stöhnte. Der Kassiber enthielt genaue Anweisungen, wie man sich auf hirnrissigste Art und Weise den Hals brechen konnte.

Wie in dem Kassiber beschrieben, trommelte ich als Erstes das Poldi-Team zusammen. Wir trafen uns in der Sakristei und studierten Poldis Anweisungen.

Und ich so: »Das ist doch Wahnsinn!«

Und Padre Paolo so: »Das ist Selbstmord.«

Und die Signora Cocuzza so: »Das ist ... tollkühn.«

Wir sahen uns an und beugten uns wieder über Poldis detaillierte Anweisungen.

Und ich so: »Das klappt nie und nimmer.«

Und Padre Paolo so: »Kriminell ist es auch.«

Und die Signora Cocuzza so: »Aber auch tollkühn.«

Damit war es beschlossen.

»Sobald wir Sichtkontakt zu den Zielobjekten haben, geht es los«, bestimmte der Padre. »*In nomine Patris et Filii et Spiritus Sancti. Amen.*«

Er schlug das Kreuzzeichen über uns, und wir planten den Ausbruch des Jahrhunderts.

Bei den »Zielobjekten« handelte es sich um die drei Bauarbeiter von der Baustelle gegenüber Poldis Haus.

Die Poldi, grundsätzlich neugierig, hatte in den ersten Tagen versucht, von ihrer Dachterrasse auf das Grundstück zu spähen, um herauszufinden, was dort entstand. Dabei war ihr eine gewisse Regelmäßigkeit aufgefallen: Jeden Mittag um eins ließen die drei Arbeiter Hammer, Bohrer und Schubkarre fallen und begaben sich in die Bar an der Piazza. Dort knallten sie ihre Schlüssel und Geldbörsen auf den Tisch, bestellten Cola und Snacks aus Signora Cocuzzas *tavola-calda*-Vitrine, daddelten ein bisschen an ihren Handys herum und dösten dann eine halbe Stunde im Schatten, bevor sie auf die Baustelle zurückkehrten.

Diese knapp zweistündige Mittagspause war das Zeitfenster, in dem Phase eins des Ausbruchplans über die Bühne gehen musste. An Phase zwei mochte ich gar nicht erst denken.

Aber wie das ja immer so ist, wenn der Stein erst mal ins Rollen gekommen ist, wenn man des Wahnsinns fette Beute geworden ist oder einfach nur versucht, einem Menschen, den man liebt, zu helfen – es gab kein Zurück mehr.

Bis zum Mittag übten wir unsere verschiedenen Rollen, parkten Padre Paolos Wagen um, setzten uns an einen Tisch auf der Terrasse vor der Bar und warteten auf die Zielpersonen.

Was soll ich sagen? Es wurde eins und Viertel nach eins und halb zwei. Keine Zielpersonen.

Was daran lag, dass in China ein Sack Reis umgefallen war. Weswegen der ältere der drei Arbeiter seit Tagen auf seinem Handy online *Scrabble* gegen einen Unbekannten mit dem Nickname »Mr. Bombastic« spielte und die laufende Partie unbedingt noch vor der Mittagsruhe beenden wollte. »Mr. Bombastic« führte in der Endrunde mit dreiundfünfzig Punkten und hatte bislang jedes Spiel gewonnen. Aber mit dem Befreiungsschlag ›FLEBOTO-MO‹ – was »Sandmücke« heißt, womit im Mittelalter jedoch Bader bezeichnet wurden, die Aderlässe machten, und heutzutage auch Kurpfuscher – konnte der ältere Arbeiter zum ersten Mal ein Match für sich entscheiden. Der Jubel war groß.

Als die drei Arbeiter kurz vor zwei endlich in der Bar eintrafen und ihre Schlüssel und Geldbörsen auf den Tisch knallten, lagen bei mir die Nerven blank.

Zu den vielen Talenten, die ich ganz gewiss nicht habe, gehört die Schauspielerei. Aber genau die wurde in Phase eins verlangt. *Dezenz ist Schwäche*, dachte ich nur.

Auf ein Zeichen des Padre hin erhob ich mich von meinem Platz und simulierte einen Anfall. Und zwar *con tutto*. Ich zuckte wie wild, verkrampfte, knurrte und fluchte auf Deutsch und warf mich anschließend zuckend und krampfend über den Tisch der drei Arbeiter. Großes Kino.

Sofort natürlich Geschrei und Alarm. Alles fiel vom Tisch – Gläser, Snacks und Schlüssel –, alle sprangen auf, ein Riesendurcheinander.

Ich hielt mich ans Script, zuckte einfach weiter.

Padre Paolo beugte sich über mich, schlug das Kreuzzeichen und erklärte den Arbeitern unter vielen Entschuldigungen, dass ich leider von einem deutschen Dämon namens »Oberreiter« besessen sei und er mich umgehend in der Kirche exorzieren würde.

Er führte mich auch sofort weg, während die Signora Cocuzza eilfertig den umgekippten Tisch wieder klarmachte und den drei Arbeitern frische Snacks und Cola brachte.

Dass einer ihrer Schlüsselbunde dabei ausgetauscht worden war, merkten sie in der Aufregung und der ungebrochenen Freude über den *Scrabble*-Sieg ihres Kumpels nicht.

Wie der Teufel auf dem Weg zum Blocksberg heizte der Padre mit den erbeuteten Schlüsseln in seinem alten Punto zu einem Schlossereibetrieb in Giarre und kehrte eine Dreiviertelstunde später mit drei Nachschlüsseln in der Hosentasche zurück. Außer Atem rauschte er in die Bar.

Kurz darauf erschien die Signora Cocuzza mit drei Espressi aufs Haus bei den Arbeitern, wischte umständlich den Tisch und tauschte dabei die Schlüsselbunde unauffällig wieder aus.

Die Arbeiter, bereits wieder auf die nächste *Scrabble*-Runde gegen »Mr.Bombastic« konzentriert, merkten nichts.

»*Bravo*, Padre, *bravissimo!*«, applaudierte die Signora Cocuzza dem Padre wenig später in der Sakristei. »Das war tollkühn!«

»*Madonna!*«, rief der Padre und tupfte sich die Stirn. »Ich hoffe nur, das sind auch die richtigen Schlüssel.«

Ich sagte nichts. Starrte die Schlüssel nur an wie reines Plutonium.

Der Padre schlug mir auf die Schulter. »Das kriegst du schon hin, mein Sohn ... Aber wehe, du versaust es!«

Mit »es« meinte er Phase zwei.

In der kommenden Nacht, pünktlich um kurz vor drei, trafen wir uns in der Via Baronessa wieder. Wir waren wie Schatten. Die Signora Cocuzza trug Schwarz, ich auch, der Padre eh.

Er reichte mir den Schlüsselbund. »Versau's nicht.«

Die Baustelle war mit einem Holzzaun abgesperrt, die hölzerne Tür mit einem Vorhängeschloss gesichert.

Ich probierte die Schlüssel durch, und natürlich war es wie immer der dritte, der passte.

Ich schlüpfte durch die Tür auf das Grundstück, stiefelte durch die Ruine des ehemaligen Fischerhauses in den verwilderten Garten, wo der Kran stand.

Er war nicht groß, besaß auch keinen Führerstand, sondern wurde mit einer klobigen Fernbedienung gesteuert. Ich hatte so was noch nie gemacht, aber es gab nur sechs Knöpfe: Auf, Ab, Links, Rechts, Vor, Zurück. Eigentlich ganz einfach.

Ich sah mich um. Alles so still. Licht kam nur von den schummrigen Straßenlaternen. Von einer Mauer aus schauten mir zwei Katzen interessiert zu.

Für einen Moment stellte ich mir vor, dass dies mein Haus und Garten werden würden. Dass ich hier mit meiner Familie leben, oben unterm Dach schreiben, einkaufen, für die Kinder Pasta kochen und ihnen bei den Hausaufgaben oder beim Zöpfeflechten helfen würde, während meine Frau die Welt rettete. Bloß, welche Frau – das konnte ich mir nicht richtig vorstellen.

Als ich den Kopf hob, erkannte ich eine Gestalt auf der Dachterrasse der Via Baronessa 29. Sie trug einen Onesie mit Hasenohren und winkte mir zu.

Ich fasste es nicht.

Mit dem zweiten Schlüssel schloss ich den Baustromkasten am Haus auf und legte den Hauptschalter um. Mit dem letzten Schlüssel schloss ich den Steuerkasten des Krans auf, der mit einem tiefen Brummen erwachte.

Der Haken baumelte über dem Haus.

Ich nahm die Fernbedienung in die Hand und drückte beherzt auf »Zurück«.

Nichts.

Der Haken rührte sich nicht, der Elektromotor sprang nicht an.

Ich drückte noch mal.

Nichts.

Ich drückte hektischer.

Null.

Drüben winkte mir die Poldi.

Leise fluchend tat ich das, was meistens hilft: Ich schüttelte die Fernbedienung.

Half aber auch nicht.

Ich rannte zurück zum Stromkasten, überprüfte den Hauptschalter, überprüfte den Steuerkasten des Krans, schüttelte die Fernbedienung, drückte hektisch Knöpfe.

Nichts.

Kurz bevor mein Stammhirn in den Panikmodus schaltete, meldete sich mein Großhirn mit der schüchternen Empfehlung, vielleicht, äh, doch mal die Kabelverbindung zwischen Steuerkasten und Fernbedienung zu checken.

Und was soll ich sagen? Danke, Großhirn!

Meine Kopfhaut juckte vor lauter Adrenalin, keuchend stöpselte ich das Kabel ein und drückte wieder »Zurück«.

Surrend bewegte sich der Haken.

Ich ließ den Ausleger des Krans ein wenig nach links schwenken, bis ich den Haken genau über mir sah und ließ ihn dann herab. Er bewegte sich nur quälend langsam, der Kran ächzte dabei wie ein alter Mann beim Frühsport. Ich war sicher, dass ich sämtliche Nachbarn wecken würde.

Als ich den Haken endlich greifen konnte, hängte ich die vier Bänder mit der großen schwarzen Maurerwanne aus festem Kunststoff ein und drückte auf »Auf«. Als die Maurerwanne über den Dächern der Via Baronessa baumelte, ließ ich den Ausleger bis über Poldis Terrasse herumschwenken.

Die Poldi gab mir Zeichen. Bisschen mehr links. Nein, zu viel. Stopp. Und jetzt ab.

Ich ließ die Wanne ab und sah, wie die Poldi hineinkletterte. Ein scharfer Pfiff. Sie war bereit.

Aber ich war es nicht. Ich konnte es einfach nicht. Ich konnte meine Tante doch nicht einfach mit einem Kran durch die Luft schwenken. Immer wieder stellte ich mir vor, wie die Bänder reißen, wie der Kran umkippen, wie die Kunststoffwanne mit meiner Tante Poldi abstürzen würde. Ich konnte keinen Finger rühren, ich war wie gelähmt.

Der Padre und die Signora Cocuzza eilten über die Baustelle auf mich zu.

»Ich kann nicht!«, quiekte ich.

»Ich mach das«, flüsterte der Padre und wollte mir die Fernbedienung abnehmen.

Aber ich hielt sie mit beiden Händen fest umklammert, konnte meine Hände nicht mehr lösen.

»Verdammter Scheißdreck!«, zischte Padre Paolo.

»Lassen Sie das, Padre!«, zischte ihn die Signora Cocuzza an und wandte sich an mich.

»Du kannst das. Ich weiß es.«

»Nein, kann ich nicht!«, quiekte ich.

»Doch, du kannst es.«

»Sie wird abstürzen.«

»Nein. Und weißt du, warum nicht?«

Ich schüttelte den Kopf.

»Weil wir hier noch nicht fertig sind«, erklärte mir die Signora Cocuzza. »Weil die Poldi hier noch nicht fertig ist. Weil wir alle miteinander noch nicht am Ende unserer Reise sind.«

»Und was, wenn doch?«

Die Signora Cocuzza schüttelte den Kopf. »Egal, was du jetzt tust, unsere Reise ist noch nicht zu Ende. Aber du hast jetzt in der Hand, wie sie weitergeht.«

Sie hauchte mir einen Kuss auf die Wange.

Vielleicht hat mich das erschreckt. Jedenfalls drückte ich auf »Auf«.

Ich erinnere mich nicht gerne daran.

Die Maurerwanne mit der Poldi geriet ins Pendeln, als ich sie hochzog. Das verstärkte sich noch, als ich den Ausleger herumschwenkte. Der Kran stöhnte regelrecht unter der Hebelwirkung, ich hatte sogar den Eindruck, dass er bereits ein bisschen kippte. Erst, als die Poldi hoch genug über den Dächern war und ich wieder auf »Zurück« drücken konnte, wurde es besser. Alles ging nur sehr, sehr langsam. Ich musste viel hin und her schwenken, was das Pendeln noch verstärkte. Als ich die Wanne endlich genau über mir sah, ließ ich die Poldi herab.

Padre Paolo und die traurige Signora griffen nach der schwingenden Wanne wie Bremser auf einem Kirmeskarussell und halfen der Poldi heraus. Totti sprang uns ebenfalls entgegen, schüttelte sich und ließ einen Erleichterungsfurz fahren.

»Das mit Totti war nicht abgesprochen!«, zischte ich. Etwas anderes fiel mir in diesem Moment nicht ein.

»Den werden wir brauchen«, erklärte die Poldi, nahm mein Gesicht in beide Hände und drückte mir einen Schmatzer auf den Mund.

»Namaste, Bub. Falls des nix wird mit der Schreiberei, kannst immer noch auf Kranführer umschulen. Da verdienst auch mehr.«

Sie zog ein Kleid und Schuhe aus einem Leinenbeutel, den sie mitgenommen hatte und zog sich vor uns aus.

Der Padre und ich drehten uns reflexartig um.

»Und Montana hat nichts mitgekriegt?«, fragte ich.

»Sexkoma«, sagte die Poldi hinter meinem Rücken. »I weiß, des sagt dir nichts, glaub mir einfach.«

Es erschien mir wie ein Wunder, dass wir mit unserer Aktion offenbar niemanden in der Via Baronessa geweckt hatten.

Fast geräuschlos wie ein Trupp Spezialagenten verließen wir die Baustelle und eilten zu Padre Paolos Punto am Ende der Straße.

Und ich so: »Oh Kacke.«

Und Padre Paolo so: »*Merda!*«

Und die Poldi so: »Jalecktsmiamarsch.«

Die Signora Cocuzza sagte diesmal nichts.

An Padre Paolos klapprigem, schmutzigem Fiat lehnte ein Mann im Anzug und rauchte. Als er uns sah, trat er seine Zigarette aus, als zerquetschte er ein gefährliches Insekt.

»Ihr seid alle verhaftet«, sagte Vito Montana.

15. Kapitel

Erzählt vom Ruf der Sirenen, von Gewissen und Freunden. Von der Schönheit Siziliens und seinen Widersprüchen. Von der Liebe. Vom Fremdsein, Ankommen und Zurückkehren. Von Wahrheit und Waffen. Von Lügen, so vielen Lügen. Von Unterwürfigkeit, Elend, Karabinern, unnützem Verhalten, Augenkontakt und den Chancen des Lebens. Von Kindern. Von Müttern. Von Totti. Und schließlich davon, wie die Poldi und Montana diesen Fall aufklären.

Neben Montana saß Totti mit erwartungsvoll gespitzten Ohren, als ginge es in die Pilze. Wir vier standen betreten herum wie junge Golden Retriever, die gerade dabei erwischt worden waren, wie sie einen Haufen Klopapier im *salotto* zerfetzt hatten.

»Woher ...?«, setzte die Poldi an.

»Tante Luisa«, sagte ich leise.

»Mir wäre wirklich danach, euch alle einzubuchten«, knurrte Montana. »Ich hätte so richtig Lust, euch alle miteinander durch den Wolf zu drehen.« Er löste sich von der Motorhaube und öffnete die Beifahrertür. »Na los, steig ein.«

Wie ein geölter Blitz sprang Totti als Erster ins Auto.

Die Poldi löste sich aus ihrer Starre und folgte ihm. Ich ebenfalls.

»Äh, könnte ich eventuell vorne sitzen?«

Montana versperrte mir den Weg. »Du bist raus.«

Er wartete, bis die Poldi auf dem Beifahrersitz Platz genommen hatte, schloss dann die Tür und setzte sich ans Steuer. Ohne ein weiteres Wort fuhren die beiden ab.

Wie so drei falsch ausgelieferte Päckchen sahen die Signora Cocuzza, der Padre und ich ihnen nach. Der Padre bekreuzigte sich und segnete seinen Punto.

»Ich mach uns *caffè*«, seufzte die Signora Cocuzza und wandte sich ab.

Die beiden trollten sich in Richtung Bar. Ich blieb allein zurück.

Alles still, alles dunkel, Torre Archirafi schlief noch. Ich schätzte, dass es so kurz vor vier Uhr morgens sein musste. Noch gut zweieinhalb Stunden bis Sonnenaufgang. Irgendwo maunzte ein rolliger Kater, hinter mir klatschten verschlafene Wellen an die kleine Marina, vom Meer wehte eine kühle Brise heran, salzig, süß, sauer und bitter.

Ich stand einfach da, wie der Welt abhandengekommen, und atmete Sizilien ein. Ein. Aus. Annehmen. Loslassen. Vielleicht wartete ich auf den Ruf einer Sirene, die für mich singen und mich irgendwohin locken würde. Meinetwegen in den Untergang, egal, Hauptsache irgendwohin.

Aber mit jedem Atemzug in dieser herrlichen sizilianischen Spätsommernacht spürte ich, dass ich längst dem Gesang einer Sirene gefolgt war. Der Gorgone Sicula. Dass ich längst gestrandet war. Man könnte auch sagen: angekommen. Dass ich, ob es mir nun gefiel oder nicht, gar nicht mehr woanders sein mochte als in diesem Land mit seinen Gegensätzen und Widersprüchen.

Und dass ich außerdem noch was erledigen musste.

Also ging ich in die Bar, trank einen Kaffee mit meinen Freunden, aß das erste *cornetto*, noch heiß aus dem Ofen, und machte mich dann in Poldis grünem Cinquecento auf den Weg.

Als gewissenhafter Chronist der Abenteuer meiner Tante Poldi muss ich an dieser Stelle erneut darauf hinweisen, dass ich ein unzuverlässiger Erzähler bin. Da ich ja nicht mit nach Sutera durfte, kann ich nur versuchen, die Ereignisse aus den bruchstückhaften Berichten der beteiligten Personen möglichst genau zu rekonstruieren.

»Namaste, *tesoro*«, sagte die Poldi leise, als sie Torre verließen.

Montana brummte nur.

»Stört es dich, wenn ich rauche?«

»Nein, *tesoro*. Stört es dich, wenn ich noch ein bisschen döse?«

»Nein, *tesoro*.«

Die Poldi streckte eine Hand aus, bis sie Montanas Bein berührte.

»Ich liebe dich.«

»*Beh*.«

Montana kurbelte die Seitenscheibe herunter, zündete sich eine MS an. Die Poldi drehte ihre Rücklehne herunter und schloss die Augen.

»Ich war in der Zwischenzeit nämlich auch nicht ganz untätig«, beantwortete Montana eine Frage, die die Poldi gar nicht gestellt hatte.

»Willst du's mir erzählen?«, murmelte die Poldi.

»Nein.«

»*Beh.*«

Viel mehr sprachen sie auf der ganzen Fahrt nach Sutera nicht. Sie tankten, sie tranken einen *caffè*, sie fuhren weiter. Montana rauchte, die Poldi döste die meiste Zeit.

Zu ihrer Rechten ging die Sonne auf, kleidete das Land der Zyklopen, Gorgonen, Sirenen und Musen in roten Samt und krönte es mit Gold.

Es gibt ja diesen beliebten sizilianischen Witz über Gott, der Sizilien aus den Resten sämtlicher Kontinente zusammengesetzt habe. Und als die Engel ihm zuraunten, dass er da – au weia! – ein Paradies geschaffen habe und dass die anderen Erdteile schlimm neidisch sein würden und es Streit und ein Mordstrara geben würde, da erschuf der Herr zum Ausgleich schnell noch – *ecco là!* – die Sizilianer.

Ja, das ist lustig, aber falsch. Zu den vielen Wundern Siziliens gehören die Sizilianer mit all ihren Widersprüchen.

Die Einwohner des Dorfes Sutera sind da das beste Beispiel.

Ein alter Ort, bereits zu Zeiten der arabischen Herrschaft befestigt. Er liegt zwischen Palermo und Agrigento, auf sechshundert Metern Höhe am Fuße des Monte Paolino, eines monolithischen Tafelbergs. Aber vor allem liegt er nicht auf dem Weg. Auf keinem Weg, von irgendwo nach irgendwo. Sutera liegt so abseits, wie ein Dorf nur abseits liegen kann, denn die Straßen dorthin sind schlecht, und außer Weizen, Mandeln, Oliven und Misere gibt es dort nichts. Die meisten *suteresi* sind in den vergangenen vierzig Jahren abgewandert, die meisten Häuser unbewohnt und verfallen. Ein sterbender Ort von knapp über tausend Einwohnern, der sich kaum noch selbst am Leben erhalten kann, auch wenn er offiziell zu den schönsten Dörfern Italiens zählt.

Vor einigen Jahren jedoch haben die letzten *suteresi* ein kleines Wunder geschaffen. Als 2013 vor Lampedusa mehr als dreihundert Flüchtlinge ertranken und die sizilianischen Gemeinden aufgefordert wurden, Grabstätten zur Verfügung zu stellen, fand der Bürgermeister von Sutera es besser, lebende statt tote Menschen aufzunehmen. Und so kamen ein paar Hundert Fremde nach Sutera, die aus ihren Ländern geflüchtet und an der libyschen Küste in überfüllte Schlauchboote gestiegen waren. Junge Männer, ganze Familien, die die Überfahrt irgendwie überlebt hatten. Sie kamen nach Sutera, bezogen die verwaisten Häuser und lernten Italienisch.

Niemand liebt die Fremden wirklich, nirgendwo auf der Welt. Aber Gastfreundschaft und Offenheit gehören zu Sizilien wie die Zitronen und der Fatalismus. Vielleicht haben Sizilianer auch einfach mehr Erfahrung mit Fremden, die übers Meer kommen. Sizilien hat über die Jahrhunderte so viele Fremde zu Sizilianern umgepolt, dass es sich vielleicht deswegen vor Überfremdung viel weniger fürchtet als der Rest der Welt.

Umgekehrt wissen Sizilianer auch, was Emigration ist. Welche tragische Erfahrung es ist, seine Heimat und alles zurückzulassen – aus schierer Not. Wie es sich anfühlt, fremd zu sein.

Weil das so ist und vielleicht weil sich der Kreis zur arabischen Geschichte des Dorfes schließen musste, hatte Sutera diese Geflüchteten aufgenommen.

Natürlich hatte es zunächst auch Widerstände gegeben. Aber das änderte sich, als mit den Fremden auch EU-Fördergelder kamen und dem Ort neues Leben einhauchten. Als die Schulen, Plätze und Bars sich wieder füllten, als Handwerksbetriebe und Pensionen wiedereröffneten, als die Felder bewirtschaftet und die alten Häuser restauriert wurden. Als man wieder Feste auf der Piazza feierte und hoffen konnte, dass dies ein Anfang von etwas sei.

In diesem sterbenden Bergdorf, in dem sich ein kleines sizilianisches Wunder vollzogen hatte, war Aldo Favarotta geboren und aufgewachsen. Dorthin war er offenbar zurückgekehrt. Denn: Alle Orte und Organisationen im Niedergang, hat mir die Poldi mal verraten, ziehen unausweichlich Selbstdarsteller und Narzissten an, deren einziger Traum sie selbst sind.

Als die Poldi und Montana sich Sutera näherten, ließ die Morgensonne den Monte Paolino erglühen. Der Ort schmiegte sich wie schutzsuchend um den Fels herum, still und verschlafen.

Die Poldi bat Montana, kurz zu halten. Sie stiegen aus, streckten die Glieder, sogen die frische Morgenluft ein und bestaunten das Naturschauspiel. Wie auf einem Ausflug.

»Hast du eigentlich eine Waffe dabei?«, fragte die Poldi unvermittelt.

Montana schüttelte den Kopf.

»Du weißt, wie ich darüber denke. Wir sind hier, um die Wahrheit zu finden. Und die Wahrheit versteckt sich vor Waffen.«

Totti stromerte herum, die Poldi wippte ein bisschen auf und ab.

»Dies ist ein guter Ort«, erklärte sie. »Hier trägt das Eis, das spür ich. Können wir hier bitte für immer bleiben, *tesoro*?«

»Nur, wenn du versprichst, nicht zu sterben.«

»Wenn's sein muss«, seufzte die Poldi und nahm seine Hand.

Montana lächelte sie an. Wirkte gar nicht mehr schlecht gelaunt, sogar die ewige Zornesfalte zwischen seinen Augen wirkte wie vom Morgenlicht geglättet.

Und das war, stelle ich mir vor, einer dieser Momente, die man für immer festhalten will. Und nicht kann.

Das muss so um die Uhrzeit gewesen sein, als ich an Robertos Werkstatt bei Lentini eintraf. Im Osten ging dieselbe Sonne auf, von den Hühnern begackert und vom Hahn bekräht.

Roberto saß auf einem Klappstuhl in der Morgensonne vor der Werkstatt, als hätte er mich erwartet. Er holte einen zweiten Klappstuhl aus der Werkstatt, ich setzte mich zu ihm.

Es war ein sehr schöner Morgen.

»Sie ist gegangen«, sagte er nur.

»Wohin?«

Er zuckte mit den Schultern.

Ich hatte das Gefühl, dass er log. Dass Maria mich von irgendwoher beobachtete.

»Können Sie ihr was ausrichten?«

Er schüttelte den Kopf.

»Aber ich soll dir was geben.«

»Oh.«

Roberto fummelte ein nagelneues Smartphone aus seiner Hosentasche und reichte es mir.

Neuestes Modell mit allen Schikanen. Ich öffnete die Kontaktliste. Kein Eintrag.

»Du kannst es auf leise stellen, aber du sollst es nicht ausschalten, hat sie gesagt.«

»Sonst noch was?«

Roberto schüttelte den Kopf, sah den Hühnern zu, wie in Gedanken.

»Hat sie Ihnen erzählt, wer sie ist?«, fragte ich.

Roberto nickte.

Und dann: »Glaubst du an Gott?«

»Äh ... weiß nicht. Glaub nicht, eigentlich.«

Roberto sah mich an.

»Überleg's dir.«

Sutera wirkte wie ausgestorben, als die Poldi und Montana an der zentralen Piazza Sant'Agata ausstiegen. Wie immer in Sizilien waren alle Fensterläden verrammelt, aber die Hälfte der Häuser wirkte ohnehin verwaist und baufällig. Menschen waren um die frühe Uhrzeit nur wenige zu sehen.

Die Poldi und Montana hatten es nicht eilig. Sie tranken *cappuccino* vor der Bar *Kaleidos*, die gerade öffnete. Der junge pakistanische Barista brachte heiße *cornetti*, gefüllt mit einer Creme aus lokalen Mandeln, wie er stolz erklärte.

Als Montana ihn fragte, sagte er: »Ja, natürlich kenne ich Signora Favarotta.«

Und beschrieb ihnen den Weg.

Das kleine, einstöckige Haus lag im verwinkelten *Rabato*, dem ehemaligen arabischen Viertel und ältesten Ortsteil. Es war so schmal, dass es nach vorne nur eine Tür hatte, und sah aus wie eine Ruine zwischen den restaurierten Altstadthäuschen in der Gasse, wie der letzte faule Zahn in einem frisch sanierten Gebiss.

Als sie das Haus erreichten, schnüffelte Totti aufgeregt an der Tür, als hätte er Pilze gewittert.

Die Poldi tätschelte ihm den Kopf. »Fein, Totti, fein! Des hast dir gut gemerkt! Feines Naserl!«

Es gab zwar einen Briefkasten, aber keine Klingel. Niemand öffnete, als die Poldi klopfte. Auch nach mehrfachem Klopfen nicht. Erst, als Totti es nicht mehr aushielt und laut bellte, hörte man von drinnen Schritte.

»Wer ist da?«

»Signora Favarotta?«, rief die Poldi. »Ich bin Isolde Oberreiter. Poldi. Und mein Verlobter, *Commissario* Montana. Wir würden gerne mit Ihrem Sohn Aldo sprechen.«

»Aldo ist nicht hier. Gehen Sie.«

»Signora«, schaltete sich jetzt Montana ein. »Wir wissen, dass er bei Ihnen ist. Wenn wir jetzt gehen, werden andere kommen. Und die werden viel weniger höflich sein als wir und sich nicht mit Klopfen aufhalten.«

Erneut Schritte hinter der Tür. Gepresste Stimmen. Wieder Schritte. Schließlich öffnete sich die Tür, gerade so weit, wie es eine stabile Türkette zuließ, und Aldo Favarotta spähte hinaus.

Er war kleiner, als die Poldi ihn in Erinnerung hatte, trug eine zerknitterte Chino und ein Feinripp-Unterhemd, und wirkte, als wäre er soeben erst geweckt worden.

Er musterte die Poldi und Montana, sah sich kurz in der Gasse um.

»Donna Poldina! Wie schön, Sie wiederzusehen.«

Kaum aufgestanden und schon die erste Lüge, dachte die Poldi.

»Dürfen wir reinkommen?«

353

Favarotta zögerte kurz.

Dann: »Öffnen Sie Ihr Jackett, *Commissario*, und drehen Sie sich um.«

Montana schien so etwas erwartet zu haben. Geduldig lüftete er sein Jackett, drehte sich um und zog auch seine Hosenbeine ein wenig hoch.

»Der Hund muss draußen bleiben. *Mamma* fürchtet sich vor Hunden.«

»Totti ist ein wahres Goldstück, er hat noch nie ...«

»Er bleibt draußen. *Mamma* mag keine Hunde, und Hunde mögen *mamma* nicht. Ist leider so.«

Totti verstand die Welt nicht mehr, als die Poldi ihm verbot, ihr zu folgen. Als Favarotta die Tür wieder schloss, hörte sie ihn draußen winseln.

Im Haus war es dunkel und klamm, es roch faulig nach alten, nie gereinigten Rohren. Wie bei den Brugalettas und wie in vielen alten Häusern in Sizilien üblich, standen die Poldi und Montana gleich in der Küche mit einem Esstisch aus Vorkriegszeiten. Gekocht wurde auf einem Herd mit Holzbefeuerung, der offenbar auch die einzige Heizung des Hauses darstellte. Die wenigen Töpfe und Pfannen hingen darüber, das wenige Geschirr stapelte sich auf einem kleinen, schmutzigen Kühlschrank. Fließendes Wasser kam über ein Rohr von draußen, das über dem Putz verlief, als wäre es vor vielen Jahren nachträglich installiert worden. Ebenso wie die elektrischen Leitungen. Der alte Steinboden war überall gesprungen und an einigen Stellen notdürftig mit Zement ausgebessert worden. Hinten führte eine Steintreppe ins obere Stockwerk.

Alles in diesem Haus wirkte marode und wie aus der Zeit gefallen. Das Mobiliar, das Geschirr, die vergilbten

Schwarz-Weiß-Fotos an den Wänden, die Heiligenbilder, sogar der Fernseher in der Ecke. Und eben auch die Frau von dem Foto in Favarottas Brieftasche. Seine Mutter.

Eine Frau in einem schwarzen Kleid mit einem fleckigen Kittel, die nach Poldis Schätzung nicht älter als Mitte siebzig sein konnte, aber zehn Jahre älter aussah. Sie war noch kleiner als ihr Sohn, fast winzig, stand neben dem Herd und starrte den Besuch ihres Sohnes ängstlich und feindselig an.

»Signora«, begrüßte Montana sie mit einem Nicken.

»*Baciamu li manu, Voscenza*«, sagte die alte Frau in sizilianischem Dialekt mit einer knappen, unterwürfigen Verbeugung – »Küss die Hand, Eure Exzellenz«, die uralte Anrede einfacher Sizilianer für die Obrigkeit oder Mafiabosse.

Bei den Brugalettas hatte die Poldi bäuerliche Armut gesehen. Hier nun sah sie das Endstadium jahrzehntelanger Vernachlässigung und Gleichgültigkeit. Die deprimierendste Seite eines alten, fast vergangenen Siziliens.

»*Madonna*«, flüsterte die Poldi.

»*Mah!*«, sagte Favarotta in die bedrückte Stille hinein. »Nun wissen Sie's. Hier bin ich aufgewachsen. Mit drei Brüdern. Da oben, wo ich jetzt schlafe, haben wir früher zu viert geschlafen. Hinten raus gibt es noch ein Elternschlafzimmer und einen winzigen Garten, wo *mamma* ein bisschen Gemüse anbaut. Früher stand da ein Plumpsklo, heute wenigstens ein richtiges WC.«

Er ging nach hinten und öffnete ein Fenster. Nun fiel immerhin ein wenig Licht ins Haus.

Montana behielt Favarotta und seine Mutter im Blick und sah sich die alten Fotografien an.

»Nehmen Sie doch Platz«, sagte Favarotta aufgeräumt.

Er rückte der Poldi einen Stuhl zurecht, setzte sich ebenfalls und legte ein Smartphone auf den Tisch.

»Lassen Sie sich nicht vom ersten Eindruck täuschen. Ich habe große Pläne. Für dieses Haus, für *mamma*, für ganz Sutera. Sutera wird das neue Xanadu. Ich werde investieren, groß investieren. Ich hole die besten Experten der Welt hierher. Deutsche Ingenieure werde ich abwerben. Von BMW! Ich bin ein Innovator. Ich werde hier den *Favamot* weiterentwickeln und die Mobilität neu erfinden. Ich mache Sutera zum Silicon Mountain Europas. Silicon *Mountain*, wie finden Sie das, großartig, nicht wahr? Ich werde Tausende von Arbeitsplätzen schaffen, was sagen Sie? Junge Menschen werden nur so herbeiströmen und sich hier ansiedeln.«

Er strahlte die Poldi an.

»Haben Sie Samir getötet?«, fragte die Poldi.

Favarotta verzog das Gesicht, als hätte der Name einen Schmerznerv getroffen.

»Nein. Ich ...« Er schluckte. »Er hat sein Leben für mich gegeben. Wenn Samir sich nicht vor mich geworfen hätte, hätte Scaramella mich erwischt. Ich hätte ihm nie vertrauen dürfen. Das werfe ich mir vor.«

»Warum sind Sie nicht zur Polizei gegangen?«

Favarotta rang um Worte.

»Ich hatte Angst um mein Leben. Habe ich immer noch«, sagte er nach einer Weile.

»Warum sind Sie nicht untergetaucht? Obwohl Sie meiner Schwester schon so viel Geld dafür bezahlt hatten.«

»Ich konnte nicht. Ich konnte einfach nicht. Ich bin Sizilianer, hier gehöre ich hin.«

»Das haben Millionen von sizilianischen Emigranten auch gesagt und sind trotzdem in die Fremde gegangen.«

»Ich konnte es nicht.«

»Das Elend Ihrer Mutter lindern konnten Sie offenbar auch nicht.«

Favarotta schwitzte.

»Sie müssen das verstehen, Donna Poldina. Ich wollte damals hier raus. Ich wollte *jemand* werden und das alles hier vergessen.«

»Ihre ärmliche Herkunft war Ihnen einfach peinlich.«

»Aber Sutera hat mich verändert. All diese wunderbaren Fremden hier. Ganz großartige Leute. Ich habe mich hier neu erfunden. Die Welt wird einen neuen Aldo Favarotta erleben. Aldo Favarotta, den Freund der Fremden.«

»Und Lenka?«

»Ich habe Lenka geliebt. Ich wollte mit ihr ein neues Leben anfangen.«

»Aber dann wollten Sie sie doch lieber ins Meer kippen wie Abfall.«

»Sie war tot! Es war ein Unfall. Es hat mir das Herz gebrochen.«

Die Poldi schüttelte fassungslos den Kopf.

Favarottas Smartphone bimmelte kurz. Er warf einen Blick auf das Display und runzelte die Stirn.

»Schlechte Nachrichten?«

»Ich spiele online *Scrabble* gegen eine unbekannte orientalische Schönheit. Gestern hat sie mich zum ersten Mal geschlagen. Mit dem Wort ›flebotomo‹. Schon mal gehört? Ich nicht, dabei arbeite ich mit einem Anagramm-Generator aus dem Internet.«

»Sie meinen, Sie bescheißen.«

»Das machen alle.« Favarotta wandte sich an Montana. »*Commissario*, kennen Sie das Wort ›*pleonastico*‹?«

Montana setzte sich und legte eines der gerahmten alten Fotos auf den Tisch. Es zeigte zwei junge Männer mit Gewehren.

»Es bezeichnet überflüssiges oder unnützes Verhalten. So wie Ihres.«

»Wie bitte?«

Montana deutete auf die beiden Männer auf dem Foto. »Wer sind die?«

»Mein Vater und mein Onkel. Das muss 1942 gewesen sein. Mein Vater war viel älter als meine Mutter. Er starb, als ich fünf war. Mein Onkel fiel im Krieg.«

Favarotta tippte auf sein Display und passte bei diesem Zug.

Montana schob der Poldi das Foto hinüber. Und die Poldi sah sofort, was er meinte.

»Aldo Favarotta, ich verhafte Sie wegen Mordes an Samir Dschebril.«

»Moment mal, ich war's nicht. Scaramella ...«

»... hat uns erzählt, dass Sie ihm das Abzeichen des faschistischen Jagdverbandes geschenkt haben. Ich hab's nicht geglaubt. Vor allem nicht, dass Sie zwei davon besitzen könnten. Aber ...«

Er tippte auf die uniformierten Männer auf dem Foto. Sie trugen beide das gleiche schildförmige Abzeichen.

»Das beweist doch nichts«, sagte Favarotta.

»Nein. Aber wir werden schon noch mehr finden.«

Für einen Moment herrschte Schweigen. Favarotta machte keinerlei Anstalten zu fliehen. Die Poldi sah, wie seine Mutter, die bislang keinen Ton gesagt hatte, sich nach hinten verzog. Und sie sah, wie Favarottas

Körperspannung auf einmal nachließ. Als ob irgendwas von ihm abfallen würde, das ihn bislang aufrecht gehalten hatte.

»Warum?«, fragte die Poldi.

»Er wollte kein Geld.«

»Wie meinen Sie das?«

»Alle wollen immer Geld von mir. Das macht die Leute verlässlich. Aber Samir wollte nur noch gehen. Das mit Lenka hat ihn gequält. Ich habe ihm Geld angeboten, damit er bleibt und die Klappe hält. Wissen Sie, Menschen, die kein Geld wollen, sind gefährlich. Sehr gefährlich. Aber Samir wollte einfach keines annehmen. Brugaletta auch nicht. Sehr gefährliche Leute. Undankbar. Samir hat mir alles zu verdanken. Aber so sind sie, diese Afrikaner, gefährlich und undankbar. Wahrscheinlich habe ich noch Schlimmeres verhindert.«

»Sie haben ihn einfach von hinten abgeknallt.«

»Ich war in einem Schockzustand.«

»Immerhin noch so geistesgegenwärtig, auf Ihren Pick-up zu feuern, das Geld zu schnappen, ein paar Geldscheine zurückzulassen und Scaramella alles in die Schuhe zu schieben.«

»Ich kann mich an nichts mehr erinnern.«

»Warum sind Sie überhaupt noch mal zurückgekommen?«

»*Pleonastico*«, sagte Montana.

Favarotta hob die Schultern. »Ich hatte was in der Hütte vergessen, in der Aufregung.«

Die Poldi verstand.

»Das Gewehr. Und dann haben Sie gesehen, dass wir den Berg raufkamen und haben Samir schnell noch auf dem Klohäuschen versteckt.«

»Ich wollte Sie nicht erschießen, Donna Poldina. Nur vertreiben.«

»Ach, Blödsinn«, sagte Montana. »Das können Sie alles später noch zu Protokoll geben.«

Er wollte sich erheben, aber Favarotta hob die Hand.

»Warten Sie! Da oben liegt eine Million. Die können Sie haben. Ich bin ein großzügiger Mensch, sie gehört Ihnen. Ich tauche ab, wie Ihre Schwester es geplant hat, und wir vergessen die Sache. Wer war Samir denn schon?! Wer vermisst ihn? Eine Million, überlegen Sie!«

»Sie widern mich an«, sagte die Poldi.

Favarotta seufzte.

»Sie sind auch gefährlich, Donna Poldina. Sehr gefährlich. Ich hätte Sie nie anrufen sollen.«

»Wo ist die Waffe?«, fragte die Poldi leise.

Favarotta sagte nichts.

Sein Handy bimmelte wieder, reflexartig warf er einen Blick auf das Display und wollte einen weiteren Zug machen, doch die Poldi nahm ihm das Handy weg.

Montana erhob sich nun.

»Mir reicht's. Kommen Sie mit.«

In diesem Moment hörte die Poldi Schritte hinter sich.

»Setzen Sie sich, *Commissario*!«

Favarottas Mutter stand hinter ihnen, ein Gewehr im Anschlag. Einen kurzläufigen Mauser-Karabiner. Alt, aber gut gepflegt, wie die Poldi mit einem Blick erkannte. Ebenso, dass Signora Favarotta die Waffe wie eine Jägerin hielt und mit der Handhabung vertraut zu sein schien. Und die Poldi hatte keinen Zweifel, dass dies die Waffe war, mit der Favarotta Samir getötet hatte. Sie erkannte auch, dass es sich bei dem Karabiner um ein Mehrlade-Repetiergewehr handelte, mit vermutlich fünf Patronen im Magazin. Nach dem ersten Schuss würde Favarottas Mutter über den seitlichen Kammerstängel nachladen müssen. Zeit genug, sie zu überwältigen. Bloß konnte die Poldi da bereits tot sein, denn Favarottas Mutter zielte genau auf sie.

Das hatte wiederum Montana sofort erkannt.

»Ich sage es nicht noch mal. Hinsetzen.«

Montana blieb ganz ruhig, setzte sich wieder, ließ die alte Frau nicht aus den Augen.

»Machen Sie es doch nicht noch komplizierter, als es ist, Signora.«

Signora Favarotta kam um den Tisch herum, die Waffe weiterhin auf die Poldi gerichtet, und trat neben ihren Sohn.

»Hol deine Sachen, Aldo, und verschwinde.«

Ließ sich Aldo nicht zweimal sagen.

»Ja, *mamma*!«

Er sprang auf und eilte nach oben.

Signora Favarotta setzte sich an seinen Platz, mit dem Rücken zur Tür, und zielte weiterhin auf die Poldi.

»Aldo hat so viel durchgemacht«, sagte sie. »Jahrelang hat er nur dafür geschuftet, um eines Tages zu mir zurückkehren und mich stolz machen zu können. Das lasse ich mir nicht von Ihnen kaputtmachen.«

»Er hat Sie angelogen, Signora«, seufzte die Poldi. »Er lügt alle an, er kann gar nicht anders.«

»Halten Sie die Klappe, oder ich knalle Sie gleich hier ab.«

An ihrer ganzen Haltung erkannte die Poldi, dass es ihr ernst war.

Und das verstand auch Montana.

»Schauen Sie *mich* an, Signora«, sagte er.

Aber die alte Frau zielte unbeirrt weiter auf die Poldi.

Favarotta kam mit seiner Sporttasche voller Geld zurück. Er hatte sich ein Polohemd und eine Jacke übergezogen und drückte seiner Mutter einen Kuss auf die Wange.

»Ich bin bald wieder zurück, *mamma.*«

»Gelogen«, flüsterte die Poldi.

»Schschsch!«, zischte Favarottas Mutter.

Die Poldi sah, wie Favarotta aus dem Haus eilte. Aber sie sah auch, wie Totti – kaum, dass die Tür aufgegangen war – ins Haus schlüpfte. Favarotta war so in Eile, dass er ihn nicht beachtete.

Hinter der Tür machte Totti erst mal Sitz, legte den Kopf schräg und plierte die Poldi, Montana und Favarottas Mutter an. Dann erhob er sich wieder, stellte sich neben Favarottas Mutter und plierte nur noch sie an, mit einem Blick, so herzzerreißend treuherzig, wie ihn nur sizilianische Straßenköter und spanische Schnulzensänger hinkriegen.

Die Poldi sah, wie die alte Frau zitterte. Und nichts ist ja gefährlicher als Leute mit einer Waffe, die Angst haben, wusste die Poldi.

»Schaffen Sie den Hund weg!«

»Totti, komm! Na, komm her!«

Totti spitzte zwar die Ohren, aber anstatt der Poldi zu gehorchen, legte er seinen Kopf in Signora Favarottas Schoß. Einfach so.

Die Signora stöhnte leise und versteifte am ganzen Körper. Rote Flecken malten sich auf ihr Gesicht und auf den Hals. Die Poldi sah, dass sie nun heftig zitterte.

»Den Hund ... weg!«, presste sie mühsam hervor.

Aber niemand rührte sich.

Totti schnaufte wohlig aus und plierte Favarottas Mutter treuherzig an.

Die Poldi bemerkte besorgt, dass Signora Favarotta kaum noch das Gewehr halten konnte, denn so was kann dann ja auch übel enden, wusste die Poldi. Wegen hoppala und so.

Montana spannte sich bereits an.

Signora Favarotta stöhnte gequält auf. Doch dann, vielleicht weil wir gar nicht anders können, wenn eine freundliche Töle uns ihren Kopf in den Schoß legt, legte sie das Gewehr auf dem Tisch ab – und kraulte Tottis Kopf. Vorsichtig erst, zaghaft. Aber als Totti vernehmlich wohlig schnaufte, wurde sie mutiger und begann, ihn hinter den Ohren zu kraulen. Als hätte sie ihr Leben lang nie etwas anderes gemacht, als freundliche Tölen zu knuddeln. Ein Seufzer löste sich aus ihrer Brust, als ob von dort irgendwo gerade eine große Last abgefallen wäre.

Die Poldi streckte eine Hand aus, drehte den Lauf des Karabiners zur Seite und zog das Gewehr zu sich.

»Namaste, Leben«, sagte sie leise.

Signora Favarotta streichelte weiter Tottis Kopf.

»Ich habe immer gedacht, sie mögen mich nicht«, sagte sie ergriffen.

Montana griff zum Telefon und stand auf.

»Wir müssen uns beeilen. Falls Maria wirklich an alles gedacht hat, könnte es eng werden.«

Favarottas Mutter schien ihn gar nicht zu hören, kraulte einfach weiter Tottis Kopf. Die Poldi sah, dass sie weinte.

»Totti leistet Ihnen gerne noch ein wenig Gesellschaft«, sagte sie.

Die alte Frau lächelte sie jetzt unter Tränen an.

»Im letzten Herbst kam Aldo mich besuchen. Das erste Mal nach Jahren. Er hat gesagt, dass er seinen Freunden gerne das Gewehr und die Abzeichen zeigen möchte. Das hat mich so für ihn gefreut. Dass er jetzt Freunde hat. Dass er endlich stolz auf seine Familie ist. Da dachte ich, bald wird alles gut.«

Die Poldi reichte ihr ein Taschentuch.

»Danke.«

Favarottas Mutter tupfte sich mit einer Hand die Tränen aus den Augenwinkeln und von den Wangen, mit der anderen kraulte sie unbeirrt weiter Tottis Kopf.

»Wo könnte Aldo jetzt sein, Signora?«

Schweigend kraulte Favarottas Mutter weiter den schnaufenden Totti, als gäbe es nichts mehr auf der Welt, das sonst noch Bedeutung hätte. Aber dann richtete sie sich ein wenig auf und sah die Poldi gefasst und milde an.

»Ich denke, dass er sich noch von den Kindern verabschieden will.«

Ma poi ripenso che tu,
Libera, ormai non sei più.
Penso al signore il tuo sposo che aspetta laggiù.

Aus der Schule wehte der verwundete Belcanto eines lange vergessenen Tenors auf die Straße.

Als die Poldi und Montana die uralte, muffige Turnhalle betraten, sahen sie eine Schar von Grundschülern aller Nationalitäten in Schuluniformen paarweise oder alleine Tanzschritte üben. Es war nicht zu erkennen, ob es wirklich Tangoschritte waren, aber das schien keine Rolle zu spielen. Die Kinder waren voll bei der Sache und konzentrierten sich auf ihre Füße.

Favarotta stand in der Mitte, gab freundlich Anweisungen und korrigierte hie und da eine Haltung. Ein kleiner, glücklicher Mann unter Kindern. Die Sporttasche lag unbeachtet in einer Ecke.

»Schaut nicht auf die Füße! Lasst eure Füße einfach machen, die wissen schon, was sie tun müssen. Das Wichtigste, das Allerwichtigste ist – Au-gen-kon-takt.«

Als er die Poldi und Montana an der Tür entdeckte, stürmte er nicht davon, rührte sich noch nicht einmal. Er hob nur ein wenig hilflos die Arme und sah die Poldi an. Sah sie einfach nur an.

Das war das erste und das letzte Mal, dass die Poldi den wahren Aldo Favarotta erkannte. Oder vielmehr den Aldo Favarotta, der er auch hätte werden können.

Denn von den Chancen im Leben, den genutzten wie den verstrichenen, verstand meine Tante Poldi was.

16. Kapitel

Erzählt vom Glück und *funky sirens*. Von Verlust und gemischten Gefühlen, von *sicilianità* und *bella figura*. Vom Leben und Sterben, vom Wollen und Brauchen und Pipapo. Endlich wird geheiratet. Aber – man ahnt es – Sizilien ist kompliziert. Der Tod sortiert seine Formulare, die Poldi singt ein Lied, schreibt einen Brief und tritt eine Reise an.

Sizilien ist voller Widersprüche und Wunder. Aber wenn die Poldi hier ihr Glück gefunden hat, kann ich es vielleicht auch. Die Signora Cocuzza hat mir einen Job in der Bar angeboten. Hört sich gut an, finde ich. Vielleicht eröffne ich im nächsten Sommer eine kleine Zweigstelle auf den Holzplattformen am *lungomare*, so mit DJ und *con tutto*. Vielleicht eröffne ich aber auch eine coole Jazzbar namens *Funky Sirens* in Taormina und schreibe nebenbei Bestseller, mal sehen. Ich habe keine Ahnung, was mit mir und Valérie wird, aber Glück ist ja Realität minus Erwartung. Also schauen wir einfach mal.

In den ersten zwei Tagen nach Favarottas Festnahme, die wie eine Bombe in den lokalen Nachrichten einschlug, bekam ich die Poldi nicht zu Gesicht. Sie hatte schließlich einen Marathon aus Zeugenaussagen und Interviews zu absolvieren, nur unterbrochen von gelegentlichem Nachmittags-*Dings* mit Montana. Ansonsten erholte sie sich zu Hause von den vergangenen Wochen, möglicherweise unter Einsatz des einen oder anderen Gläschens. Da kann man sich nicht auch noch um seinen Lieblingsneffen, Ghostwriter und Co-Ermittler kümmern. Und nein, ich war fast gar nicht ein bisschen eingeschnappt, nichts läge mir ferner.

Erst vier Tage später stöberte sie mich im Garten von Femminamorta auf, wo ich bereits wieder über der Tischordnung brütete, weil ich ohnehin nichts Besseres zu tun hatte.

»Geh, lass des!«, sagte die Poldi, als sie sah, womit ich mich abquälte. »Des braucht's nimmer.«

Sie sah gut aus, fand ich. Rosig, wie frisch erblüht. Und sie trug ihr Lieblingskleid, das rote mit den weißen Tupfen.

»Äh, wieso? Fällt die Hochzeit etwa aus?«

»Geh, Schmarrn. Aber wir halten den Ball halt ein bisserl flacher.«

Zum Beweis streckte sie mir ihre rechte Hand hin, wo ein fetter, alter Silberring mit einem Stück Koralle von der Größe einer Avocado in der Sonne funkelte.

»Verlobungsring. *Vintage*. Na, was sagst?«

»Dezenz ist Schwäche.«

»*Cento punti!*«

Und dann erzählte sie mir, was nach ihrer nächtlichen Abfahrt aus Torre Archirafi bis hin zu Favarottas Festnahme geschehen war.

Ich versuchte, mitzuschreiben, so gut es ging.

»*Capitano* Savasta hat von Anfang richtiggelegen mit

ihrer Hypothese«, erklärte sie mir. »Bloß hab i des vor lauter Eifersucht nicht wahrhaben wollen. Kannst mal sehen, was des Gift der Eifersucht mit dir macht. I hab mich natürlich entschuldigt. Weil in meiner Welt gelten die Worte ›Danke‹ und ›Es tut mir leid‹ halt noch etwas.«

»Hatten Silvia Favarotta und Scaramella nun eigentlich was miteinander oder nicht?«

»Ah geh! Die Silvia ist viel zu klug, um auf einen Hallodri wie den Scaramella abzufahren.«

»Aha.«

»Jetzt unterbrich mich fei nicht immer. Also, die Silvia ist nicht blöd. Die hatte natürlich g'spannt, dass ihr Aldo irgendwas ausheckt. Also hat sie Samir auf ihn angesetzt und eben rausgefunden, dass er sich regelmäßig mit Scaramella trifft. Also hat sie sich irgendwann auch mit Scaramella getroffen. Der hat ihr erst schöne Augen g'macht, aber als sie nicht drauf ang'sprungen ist, hat er ihr einen Deal angeboten. Dass er nämlich seinen Einfluss auf Favarotta nutzen wolle, damit sie Prokura für die Firma kriegt. Im Gegenzug hat Silvia ihm zwanzig Prozent versprechen müssen.«

»Holla.«

»Du sagst es. Aber was konnte sie tun! Bloß hat Scaramella auch mit ihr ein falsches Spiel g'spielt, weil er hat ja Favarottas Vermögen und alles *con tutto* einkassieren wollen. Des hat dann zu gewissen Spannungen zwischen beiden geführt, als des Testament ans Tageslicht gekommen war. Und dann haben die beiden halt neu verhandelt.«

»Das heißt, Scaramella hatte gar nicht vor, Favarotta umzubringen, um als Treuhänder an sein Vermögen zu kommen?«

»Mei. Es wird schwer sein, ihm des nachzuweisen. Aber die Ermittlungen laufen. Viel interessanter ist, was Irene Patti vom *L'Espresso* alles herausgefunden hat, über diese ganze Malta-Connection. Wie es ausschaut, ist Scaramella seinen Posten als Schatzmeister bei seiner Partei los. Auch da laufen die Ermittlungen wegen illegaler Parteienfinanzierung, und i würd meine Perücke drauf verwetten, dass Scaramella die nächsten Jahre hinter Gittern verbringt.«

»Und Silvia?«

»Ganz astrein ist sie auch nicht, des spür i. Aber de facto ist sie aus dem Schneider. I komm gerade von einem sehr interessanten Meeting mit Russo. Seine Mafia-Partner – also Favarottas Investoren – erhalten zwei Drittel ihres Investments zurück, dafür hält Favarotta diesbezüglich die Klappe. Ja, i weiß, schmutzig, aber ist halt so. Mit dem letzten Drittel bedient Silvia die Gläubiger ihres Mannes und kann so die Firma weiterführen. Favarotta hat ihr alles überschrieben und auch in die Scheidung eingewilligt.«

»Oh. So plötzlich? Einfach so?«

»Natürlich nicht, du Gimpel, kannst dir schon denken. Silvia hat ihm im Gegenzug den besten Anwalt Siziliens besorgt und eingewilligt, ebenfalls die Klappe zu halten, was Favarottas verschiedene Geschäfte betrifft.«

»Was für eine Scheiße!«, stöhnte ich.

»Ein wahres Wort. Aber auch der beste Anwalt der Welt wird nicht verhindern können, dass Favarotta für die nächsten fünfzehn Jahre einsitzen muss. Des mit Samir war heimtückischer Mord, vermutlich sogar geplant. Favarotta hat angekündigt, dass er den Rest seines Vermögens für die Entwicklung von Sutera spenden will, aber des wird ihm auch nicht viel nutzen. Mord bleibt Mord.«

Ich nickte.

Eine Sache lag mir noch auf der Seele.

»Hat irgendwer eigentlich mal Samirs Familie ausfindig gemacht und benachrichtigt?«

Die Poldi sah mich an. »Du bist der Erste, der danach fragt, Bub. Ja, sie haben ihn sogar bereits in seinem Heimatdorf beerdigt. Des ist ein furchtbarer Verlust, den nichts auf der Welt ersetzen kann. Silvia hat es keine Ruhe gelassen, deswegen ist sie mit der Familie im Gespräch, ob man Samirs jüngere Schwester nicht mit einem Stipendium in Europa studieren lassen kann. Nein, sag jetzt bitte nichts dazu. I hab selbst g'mischte Gefühle dabei, aber des ist jetzt Silvia Favarottas Angelegenheit, i misch mich da nicht ein. Überhaupt möchte i mich nirgendwo mehr einmischen. I möchte einfach nur noch meine Ruhe, verstehst?«

»Und was ist mit *Capitano* Savasta?«

»Des ist geklärt. Schwamm drüber.«

Mehr wollte sie dazu nicht sagen, und ich bohrte nicht nach, denn von Diskretion versteh ich was.

»Irgendwelche Nachrichten von Maria?«

Die Poldi schüttelte den Kopf.

»Du?«

Ich schüttelte den Kopf. Das Handy verschwieg ich ihr.

»Mei, sie wird bestimmt auf der Hochzeit erscheinen«, sagte die Poldi. »Der Vito hat mir versichert, dass alles vorbereitet ist. Schauen wir mal.«

»Und sonst so?«, fragte ich. »Gesundheitlich?«

»Alles bestens. I fühl mich gut. Sexmäßig auch keine Klagen – also ...«

»Trinkst du noch?«

»Bist narrisch?«, rief die Poldi entrüstet. »I hab den Warnschuss kürzlich fei schon verstanden, gell? I trink keinen Alkohol mehr.« Sie machte eine kurze Pause. »Nur noch Champagner.«

Eine Woche darauf wurde geheiratet.

Bis zur letzten Minute war ich mir nicht sicher, ob die Poldi nicht doch noch kneifen würde.

Erst, als sie leibhaftig und in einem ungewöhnlich schlichten cremefarbenen Twin-Set neben Montana vor dem Bürgermeister von Acireale stand, glaubte ich es. Ebenso ungewohnt schlicht wie ihr Outfit waren auch die Ringe. Einfache, dezente Goldringe ohne Drama, klare Zeichen einer tiefen inneren Verbundenheit.

Gegen standesamtliche Trauungen in Italien wirken die in Deutschland wie Krönungszeremonien. In Italien ist nach zehn Minuten alles vorbei. Der Standesbeamte oder Bürgermeister trägt eine Schärpe in den italienischen Nationalfarben und rattert einen Haufen Paragrafen herunter wie ein Teufelsgeiger Sechzehntelnoten. Dann die Frage, zweimaliges »Sì«, Unterschriften, Händedruck, Kuss, Applaus, Fotos, und für den italienischen Staat und seine Finanzbehörden ist der Drops damit bürokratisch gelutscht. Der Nächste, bitte!

Dem Anlass angemessen trug ich einen fliederfarbenen Anzug, Lederschuhe und sogar Krawatte und ein orangefarbenes Einstecktuch von Etro. Wegen *sicilianità* und *bella figura* und so.

Entgegen der ursprünglichen Planung hatte die Poldi darum gebeten, den Kreis überschaubar und familiär zu halten. Die große Aftershowparty war ebenfalls abgesagt worden, die Poldi machte Ernst mit klein und bescheiden.

Dennoch platzte das kleine Trauzimmer aus allen Nähten.

Außer Italo Russo und mir, den Trauzeugen, waren fast alle Menschen da, die Poldis Weg im vergangenen Jahr – und manche sogar schon viel länger – begleitet hatten. Meine Tanten Teresa und Caterina plus eine gewisse *femme fatale*, erotisch, aber nicht vulgär. Onkel Martino und Totti mit einer Schleife um den Hals. Die Signora Cocuzza mit Corrado Catalano, Valérie und Montanas Tochter Marta. Der *Assistente* Zannotta war da, die Signora Anzalone von nebenan und auch Signor Bussacca vom *tabacchi*. Zwei aufgekratzte Freundinnen der Poldi waren aus München gekommen, und sogar meine Eltern und Geschwister waren angereist, nicht zuletzt, um Valérie kennenzulernen.

Als ich sah, wie meine Mutter sich beim Hinausgehen bei ihr einhakte, wurde mir flau.

Ich mochte mich täuschen, aber mir war auch so, als ob es von einem der wenigen freien Stühle her ein wenig würzig und käsig röche und ich von dort zwischendurch auch unterdrückte Schniefer hören würde.

Promis waren zwar keine gekommen, dafür Domenico und Stefano, zwei alte Freunde der Poldi. Ich glaube, sie machten irgendwas mit Mode, vielleicht hatten sie sogar ein Mode-Imperium. Jedenfalls waren sie Sizilianer, lebten zwar zwischen Mailand, Paris und New York, aber da sie gerade mal wieder in ihrer Villa in Siracusa waren, hatten sie es sich nicht nehmen lassen zu kommen.

Als die Poldi mir die beiden vorstellte, musterten sie

mein Outfit kritisch. Domenico nahm mir die Krawatte ab, drückte sie mir zusammen mit dem Einstecktuch in die Hand und sagte: »Bei *deiner* Hochzeit kriegst du die Accessoires von uns.«

Ich glaube, das war der größte Nachweis von *bella figura*, den ich je erbracht habe.

Maria erschien nicht.

Nach der Trauung gab es einen kleinen Prosecco-Empfang vor der Bar *Cipriani*, es wurden etwa zehn Millionen Fotos und Selfies gemacht, danach ging es im Auto-Corso mit Gehupe, Getröte, Polizei-Eskorte und *Tatütata* zurück nach Torre Archirafi, wo Padre Paolo uns schon in seiner wunderschönen Fischerkirche erwartete, um die beiden mit Weihwasser zu besprenkeln und zu segnen und die günstige Gelegenheit einer rappelvollen Kirche für eine donnernde Predigt gegen Völlerei, Raffgier, Wollust und das Internet zu nutzen.

Als die Poldi und Montana in die Kirche einzogen, sang der Polizeichor von Riposto die *Ode an die Freude*.

Ich habe sie kaum wiedererkannt und fast ein bisschen geweint.

Maria erschien nicht.

Ich drehte mich während der Zeremonie ständig um, weil ich fest mit ihrem Auftritt, mit einem letzten Coup und einem Brandanschlag rechnete, um der Poldi in letzter Minute den schönsten Tag zu versauen. Aber nichts. Keine Maria.

Dafür brummte ausgerechnet kurz vor dem Segen mein neues Handy in der Jackentasche. Unter den missbilligenden Blicken meiner Eltern warf ich verstohlen einen Blick auf das Display. Unbekannte Nummer. Ich weiß nicht, ob es eine Art Vorahnung war, aber ich schlich mich aus der vordersten Kirchenbank hinaus ins Freie und nahm den Anruf an.

»*Pronto?*«

»Hier ist *Dottoressa* Hadik. Oberärztin am Allgemeinen Krankenhaus von Lentini. Mit wem spreche ich bitte?«

Eine junge Stimme mit einem Akzent und dem Flor der Erschöpfung. Ich nannte meinen Namen. Kurze Irritation auf der anderen Seite.

»Man hat mir diese Nummer gegeben. Sind Sie ein Angehöriger von ... Warten Sie bitte kurz ... Maria Oberreiter?«

Als die Poldi auf der Station ankam, sah sie den Tod auf einer Bank sitzen. Er sortierte konzentriert Formulare mit verschiedenfarbigen Durchschlägen. Als die Poldi vor ihm stand, sah er auf und deutete auf das Zimmer neben sich mit der Nummer 101.

»Du kannst reingehen. Sie wartet schon auf dich.«

»Wie viel Zeit hab i?«

Der Tod zog die Sanduhr aus seiner Kutte und warf einen Blick darauf.

»Passt schon. Lass dir Zeit, ich hab hier sowieso noch was zu erledigen.«

In Zimmer 101 gab es zwei Betten, über jedem hing ein Kreuz, aber nur ein Bett war belegt.

Maria sah aus, als würde sie schlafen. Sie war an einen Tropf und Geräte zur Überwachung der Vitalparameter angeschlossen.

Ein älterer Herr, den die Poldi nicht kannte, saß an ihrem Bett und erhob sich, als die Poldi eintrat.

»Ich bin Roberto Pirandello.«

Sein Händedruck war kräftig und weich zugleich. Die Poldi mochte ihn auf Anhieb. Eis, das trug.

»Danke, dass Sie bei ihr waren, Roberto.«

»Ich hätte gerne mehr getan.«

»Ich glaube, Sie haben mehr für sie getan als je ein Mensch zuvor, mich eingeschlossen.«

»Wenn Sie was brauchen, ich bin draußen.«

Roberto überließ ihr seinen Platz und ließ die Poldi mit Maria allein. Die Poldi setzte sich und betrachtete ihre Zwillingsschwester.

Maria wirkte ganz friedlich und entspannt, ihr Mund war leicht geöffnet. Unter der Decke hob und senkte sich ihr Brustkorb, eine kaum wahrnehmbare Bewegung des Lebens. Die Poldi hatte fast den Eindruck, als ob Maria lächelte. Sie überlegte, wann sie Maria zum letzten Mal hatte lächeln sehen. Es wollte ihr nicht einfallen.

Sie nahm ihre Hand.

»I bin da, Maria.«

Keine Antwort.

Aber die Poldi erwartete auch keine. Die ungarische Oberärztin hatte ihr Marias Zustand bereits am Telefon beschrieben und ihr wenig Hoffnung gemacht. Also hielt die Poldi einfach nur Marias Hand, knetete sie ein bisschen, streichelte sie und hoffte, dass die Berührung irgendwo in der Ferne ankommen würde.

»I bin jetzt da.«

Durch das große Fenster fiel seufzend der Nachmittag ins Zimmer, als müsste er sich kurz auf dem freien Bett ausruhen.

Marias Haare sahen aus, als ob sie kurz zuvor in einen Sturm geraten wäre. Die Poldi zog einen Kamm aus ihrer Tasche und glättete die Wogen mit ruhigen Bewegungen.

Zwischendurch betupfte sie Marias Lippen mit Wasser. Sie überlegte, ob sie Maria irgendetwas erzählen sollte. Ob dies nun der Moment sei, all die tausend ungesagten Dinge auszusprechen. Ob sie ihr von der Hochzeit berichten sollte oder von Favarottas Mutter. Stattdessen aber sang sie ihr etwas vor, wie früher, wenn Maria nicht einschlafen konnte.

> *»Wenn ich ein Vöglein wär',*
> *Und auch zwei Flüglein hätt',*
> *Flög' ich zu dir.*
> *Weil's aber nicht kann sein,*
> *Weil's aber nicht kann sein,*
> *Bleib' ich allhier.«*

Sie musste kurz gegen die Tränen ankämpfen, dann sang sie mit erstickter Stimme weiter.

> *»Bin ich gleich weit von dir,*
> *Bin ich doch im Schlaf bei dir*
> *Und red' mit dir.*
> *Wenn ich erwachen tu',*
> *Wenn ich erwachen tu',*
> *Bin ich allein.«*

Maria verstarb am nächsten Tag. Verging einfach, leise, ohne Getöse, erlosch wie ein Teelicht zwischen den Resten einer festlichen Tafel.

Ich war nicht dabei, aber Montana und Roberto und auch Tante Teresa, Tante Caterina und Tante Luisa. Sie haben mir nicht berichtet, ob die Poldi geweint hat, aber ich kann es mir kaum vorstellen. Die Poldi hatte in ihrem

Leben schon so oft wegen Maria geweint, so oft schon ihren vermeintlichen Tod betrauert, sie sogar bereits zweimal beerdigt. Ich kann auch nicht sagen, ob die Poldi irgendwo hinter dem Vorhang aus Schmerz, ein wenig Erleichterung verspürte, als die kaum merkliche Bewegung unter dem Bett aufhörte und die Geräte abgeschaltet wurden. Denn die Poldi hat noch nicht mit mir darüber sprechen wollen.

Sie war überhaupt sehr schweigsam in den folgenden Tagen, bewegte sich durch ihr Haus und ihr Leben, als ob sie auf dünnem Eis trete.

Aber weil die Poldi eben die Poldi ist, war das kein Zustand, den sie lange ertrug.

»Was willst du jetzt tun?«, fragte ich sie nach Marias Beerdigung.

»Frag dich nie, was du willst«, erklärte sie mir. »Frag dich immer, was du brauchst.«

Also zog ich mich nach Femminamorta zurück, um das herauszufinden.

Nach wochenlanger kreativer Pause klappte ich voll motiviert meinen Laptop wieder auf, um so richtig krachend mit meinem angefangenen Familienroman weiterzumachen und an meinem Weltruhm zu feilen.

Aber meine Figuren schwiegen mich an. Barnaba, Pasqualina, Eleonora, Federico, Walter, Valeria, Vitus Tanner, die überirdisch schöne Zyklopin Ilaria – sie alle starrten mich nur schweigend und ein bisschen peinlich berührt an, als ob sie die Antwort längst gegeben hätten.

Das Fragment einer Familiengeschichte über drei Generationen zwischen Sizilien und München dröhnte und ratterte vor lauter Adjektiven wie ein durchfahrender Güterzug und übertönte die eigentliche Geschichte. Was ich da im vergangenen Jahr aus mir herausgewürgt hatte, war kolossaler Trash. Ich hatte die Welt beeindrucken wollen, nun beeindruckte es noch nicht einmal mehr mich. Wenn ich es mir laut vorlas, schepperte es nur noch hohl.

Doch irgendwo in der Ferne – hinter dem Geklapper der Adjektive und dem Geschwurbel von Eselstritten, Geheimagentinnen, Oligarchen, *sicilianità*, Ehre, Rache, Libido und Wut – blitzte etwas durch, das mir gefiel. Eine Lust am Fabulieren, die in den Monaten mit der Poldi gewachsen war. Eine gewisse Unverschämtheit und Chuzpe, der Spaß an Umwegen, an lustvoller, schamloser Unzuverlässigkeit. Aus den Lücken und Ritzen zwischen den Phrasen zwinkerte mir jemand zu.

Jemand, dem ich ähnlich war. Oder sein konnte.

Da verstand ich, was ich brauchte.

Vielleicht werde ich diese Familiengeschichte eines Tages noch schreiben, man wird sehen. Aber zuvor brauchte ich Mut. Und wie sagt die Poldi immer: »Wo die Angst ist, geht's lang.«

Also öffnete ich eine ganz neue Datei und schrieb:

An ihrem sechzigsten Geburtstag zog meine Tante Poldi nach Sizilien, um sich dort gepflegt zu Tode zu saufen und dabei aufs Meer zu schauen. Das jedenfalls befürchteten wir alle, aber es kam eh immer was dazwischen.

Blöderweise hatte ich an diesem Punkt bereits meine erste Schreibblockade. Also schnappte ich mir mein Notizbuch und fuhr nach Torre Archirafi, um die Poldi auszuquetschen, ihr auf den Zahn zu fühlen, den Finger in sämtliche Wunden zu legen, ihr knallhart die Pistole auf die Brust zu setzen und sie nebenbei zu fragen, was sie von meinem Anfang hielt.

Niemand öffnete mir, als ich vor dem Haus in der Via Baronessa 29 stand. Entschlossen jedoch, der Poldi Wegducken oder Abstellgleis diesmal nicht durchgehen zu lassen, zog ich meinen Zweitschlüssel heraus und betrat das Haus.

»Poldi?«

Niemand da. Das Haus aufgeräumt und frisch geputzt, die Betten gemacht, der Müll geleert, der Kühlschrank voll mit eingekochtem Tomatensugo, einem tiefgefrorenen Schweinsbraten und jeder Menge Bier.

Bloß keine Poldi.

Dafür klemmte ein Brief mit meinem Namen unter einem Magneten in Form eines Oktopus an der Kühlschranktür. Mit einem mulmigen Gefühl öffnete ich ihn. Als ich ihn las, konnte ich ihre Stimme hören.

Mein lieber Bub,
bitte sieh mir nach, dass i dir nix g'sagt hab, aber i bin für eine Weile weg. Jetzt reg dich nicht künstlich auf, i komm schon wieder zurück. Aber der Vito und i haben einstweilen die Schnauze voll von Mord und Lügen, und des Leben ist so kurz. Deswegen machen wir eine kleine Reise, i weiß noch nicht, für wie lange. Weil, es gibt halt noch ein paar Orte auf der Welt, an denen i noch nie war. Außerdem mach i vorher noch eine kleine Kur, weißt schon.
Wenn'st magst, kannst so lange in der Via Baronessa wohnen. Weil, hier trägt des Eis, und außerdem steht des Haus auf einem hot spot *erotischer Energie. Also nutze sie auch!!!*

Im Kühlschrank ist noch Bier, und i hab dir einen Schweinsbraten g'macht.
Danke für alles. Rauch nicht zu viel, schreib lieber deinen Roman fertig. Aber danach dann auch meine Fälle, gell?! Aber schön juicy und mit Sex und allem Pipapo, hörst?
I hab dich lieb. Namaste.

Deine Tante Poldi

Eine tödliche Tortenschlacht!

Jana Fallert
SCHWARZWÄLDER
KIRSCHMORDE -
ISABELLA UND DAS
TÖDLICHE GEHEIMNIS
Schwarzwaldkrimi

288 Seiten
ISBN 978-3-404-18460-6

Zuckerbäckerin Isabella nimmt an einem TV-Backwettbewerb teil – nur widerwillig, denn eigentlich ist sie einem dunklen Geheimnis ihrer verstorbenen Großmutter auf der Spur. Doch dann wird ein Küchenmädchen des Fernsehteams ermordet aufgefunden. Hat die Moderatorin Simone Sommerwind etwas damit zu tun? Oder deren Mann, der Produzent Hajo? Unversehens steckt Isabella mitten in den Ermittlungen …

Ein frisch gebackener Fall für Hobby-Detektivin Isabella. Köstlich spannend!

Lübbe

Madame la Commissaire Marie Mercier löst ihren ersten Fall im Périgord

Julie Dubois
TRÜFFELGOLD
Ein Périgord-Krimi

368 Seiten
ISBN 978-3-7857-2743-0

Die Pariser Kommissarin Marie Mercier hat einen Bauernhof im malerischen Saint-André-du-Périgord geerbt und nimmt eine Auszeit. Doch der mysteriöse Todesfall eines Bikers aus Bordeaux trübt bald die Idylle. Der zuständige Kommissar Michel Leblanc vermutet Mord aus Eifersucht, hatte das Opfer doch eine Liaison mit der vielbegehrten Dorfschönheit Hélène. Marie weiß aus geheimer Quelle, dass das nicht sein kann. Und Leblanc ahnt, dass er mit ihr noch sein blaues Wunder erleben wird ...

Lübbe